INES THORN

Als wir von Schönheit träumten

atb aufbau taschenbuch

INES THORN

Als wir von Schönheit träumten

ROMAN

 aufbau taschenbuch

ISBN 978-3-7466-3898-0

Aufbau Taschenbuch ist eine Marke
der Aufbau Verlage GmbH & Co. KG

1. Auflage 2023
© Aufbau Verlage GmbH & Co. KG, Berlin 2023
Satz Greiner & Reichel, Köln
Druck und Binden CPI books GmbH, Leck, Germany
Printed in Germany

www.aufbau-verlage.de

Erster Teil

1959–1964

Kapitel 1

1959

Frau Hempel warf den Kopf in den Nacken. »Sie haben wohl vergessen, wer ich bin?«

Rudi Salomon unterdrückte ein Seufzen. »Natürlich habe ich das nicht, gnädige Frau. Ihr Mann sitzt im Stadtrat und ist für die Versorgung der Bürger zuständig. Trotzdem bekommen wir kaum noch Stoff, weil wir nicht in der Produktionsgenossenschaft des Handwerks sind. Sie könnten sich aber selbst den Stoff besorgen, den Sie gern möchten, und wir nähen Ihnen das Kostüm.«

Frau Hempel runzelte die Stirn. »Und nähen Sie mir dann auch das, was ich möchte?«

»Selbstverständlich.«

»Ich möchte nämlich ein Kostüm, wie es sie im Westen gibt. Und in Paris natürlich. Dior hat die ›Neue Mode‹ kreiert, das weiß ich von meiner Schwägerin aus München. Seine Entwürfe sind das A und O in Paris.«

Elli Salomon, Rudis Frau, blickte von ihrer Nähmaschine auf. »Was sagt denn Ihr Mann dazu, wenn Sie sich pariserisch anziehen? Der ist doch ein hohes Tier in der Partei.«

»Was soll der schon sagen? In unserer Familie pflegt jeder seine eigenen Vorlieben.«

»Aha.« Elli beugte sich wieder über die Nähmaschine, damit Frau Hempel ihr Grinsen nicht sah.

»Krieg ich nun mein Kostüm?«

»Wenn Sie den Stoff besorgen. Und vielleicht auch gleich noch die Knöpfe.«

Frau Hempel verzog den Mund. »Wenn ich das alles machen soll, kann ich es auch gleich selbst nähen.«

Darauf erwiderte Rudi Salomon nichts, obwohl er einige Antworten parat gehabt hätte.

»Na gut, aber nach dem Pariser Schnitt.«

»Liebe gnädige Frau Hempel, wo sollen wir denn diesen Schnitt herbekommen? Den gibt es nur im Westen. Bei Burda wahrscheinlich.«

»Was sind Sie denn für ein Maßatelier? Keinen Stoff, keine Knöpfe und noch nicht einmal einen Schnitt!«

»Ein sozialistisches Maßatelier sind wir«, erwiderte Rudi gelassen und sah aus dem Augenwinkel, wie seine Frau den Kopf noch tiefer sinken ließ, damit Frau Hempel ihr Kichern nicht bemerkte.

Aber schon wandte sich Frau Hempel ab, verließ das Atelier, nicht ohne die Tür ins Schloss zu pfeffern.

Elli tauchte wieder auf, ihre Augen funkelten. »Ein sozialistisches Maßatelier. Ich dachte, ich müsste mich totlachen.«

»Mal im Ernst, Elli. Sollten wir nicht auch in die Produktionsgenossenschaft eintreten?«, wollte Rudi wissen.

»Auf gar keinen Fall. Das Maßatelier Salomon gibt es seit vier Generationen. Gut, bis 1946 war es in der Innenstadt. Beste Lage. Wir hatten über zwanzig Angestellte und immer die schönsten Stoffe und Schnitte.«

»Und sieh uns jetzt an. Wir hocken in einem Hinterhof, von der Straße aus nicht zu sehen. Wir haben nur noch eine Angestellte, die bald in Rente geht. Wir bekommen die schlechtesten Stoffe, kaum noch Reißverschlüsse und Nahtband, kein Seidenfutter, und die Schnitte, Herrgott, die sehen alle aus wie Kolchosenkittel. Die Kunden laufen uns davon, und ich kann sie sogar verstehen.«

Elli seufzte. Ihre Heiterkeit war verflogen. »Das weiß ich doch alles. Aber dein Vater würde wie ein Brummkreisel im Grab rotieren, wenn er das wüsste. Und deine Mutter erst! Sie war die bestangezogene Frau in ganz Leipzig, an Eleganz nicht zu überbieten.«

»Doch. Eine hat sie überboten. Du nämlich.«

Elli lächelte. »Lieb, dass du das sagst. Aber den Standard werde ich wohl nicht mehr lange halten können.«

»Und wenn ich mal zum Hempel ins Rathaus gehe?«

»Der wird nichts ausrichten können. So viel hat er da sicher auch nicht zu melden.« Elli schüttelte den Kopf.

»Wenn man seiner Frau so zuhört, dann tanzen im Rathaus alle nach seiner Pfeife.«

»Ach, denk doch nur mal an früher. Da hat seine Frau in einer Wäscherei gearbeitet. Und der Hempel selbst! Bürstenmacher war er. Weißt du noch, wie er das erste Mal bei uns war, um sich einen Anzug anmessen zu lassen? Das war kurz nach dem Krieg. Ende 45 oder Anfang 46. Er wollte eine Weste mit fünf Knöpfen, dabei weiß jeder Mensch, dass eine Weste drei oder höchstens vier Knöpfe hat. Dann hat sich herausgestellt, dass er an seiner Arbeitsjacke fünf Knöpfe hatte und eben daran gewöhnt war. Na ja, du hast ihn ordentlich ausstaffiert; er hat eine gute Figur gemacht in dem Anzug. Das Futter war aus Ballonseide, das weiß ich noch.«

»Und wenn du zu ihm gehst? Er mag dich. Er hat sogar ein bisschen mit dir geflirtet.« Rudi lächelte.

»Einen Versuch ist es wohl wert.« Elli erhob sich und heftete zwei Stoffstücke an die Modellpuppe. »Am besten mache ich mich gleich auf den Weg.«

Sie nahm zwei Stecknadeln aus dem Mund – das Sprechen mit Nadeln im Mund war kein Problem für sie, das Sprechen überhaupt war kein Problem – und steckte sie in das Kissen, das sie am Handgelenk trug und nun auf den Arbeitstisch legte. Sie zog ihre Kostümjacke an, die Handschuhe, setzte einen kleinen Hut auf, nahm ihre Handtasche und küsste ihren Mann. »Ich beeile mich. Wenn die Mädchen aus der Schule kommen, sollen sie ihre Hausaufgaben machen. Womöglich mache ich nämlich noch einen kleinen Stadtbummel.«

Rudi blickte seiner eleganten Frau hinterher, wie sie durch den Hinterhof ging, den Angestellten der Heißmangel nebenan winkte. Er seufzte. Sie hat Besseres verdient, dachte er.

Hanka saß in der Schule und langweilte sich. Wie immer im Staatsbürgerkundeunterricht. Stets ging es um den Krieg und um die tapferen Antifaschisten und ihre Gegner. Als ob im Osten alle guten und im Westen alle schlechten Menschen leben würden. Sie zeichnete an den Rand ihres Lehrbuchs ein paar Entwürfe für ein Kleid, das sie sich gerade ausgedacht hatte. Oben eng mit einer schmalen Taille und unten mit einem wadenlangen fließenden Rock. Dazu einen Carmen-kragen und am Saum rot eingefasst. Sie überlegte gerade, woher sie den Stoff für solch ein Kleid bekommen würde, als Herr Bänsch, der Lehrer, sie aufrief. »Nun, Hanka, was sagst du dazu?«

Hanka schrak auf. »Wozu?«

»Zu meiner Frage. Wie würdest du sie beantworten?«

Hanka spürte, wie sie rot wurde. Hinter ihr kicherten ein paar Klassenkameraden. »Könnten Sie die Frage bitte noch einmal wiederholen?«

»Warum? Spreche ich so undeutlich, oder hast du nicht zugehört?«

Zähneknirschend gab sie zu: »Ich habe nicht zugehört.«

»Also gut: Welche Vorteile hat die Planwirtschaft gegenüber der Marktwirtschaft?«

»In … in der … in der Planwirtschaft werden die Ressourcen gerechter verteilt«, stammelte Hanka.

Herr Bänsch nickte. »Das Argument ist neu, aber nicht falsch. Weitere Vorteile?«

Hanka schluckte. Sie wusste, dass sie im Staatsbürgerkundeunterricht besser aufpassen musste. Ihre Note stand auf der Kippe. »Wenn alles geplant ist, gibt es keine Überraschungen«, fügte sie hinzu. »Dann müssen unsere Werktätigen keine Überstunden leisten, dann ist das Angebot in den Geschäften immer gleich gut.«

Alle in der Klasse wussten natürlich, dass das Unsinn war. In den Geschäften gab es regelmäßig und verlässlich nicht das, was gerade gebraucht wurde. Und die Werktätigen leisteten zuweilen Überstunden und hatten dafür an anderen Tagen gar nichts zu tun, weil es an Material fehlte. Ob das im kapitalistischen Westen auch so war, das wusste Hanka nicht.

»Du denkst sehr pragmatisch, Hanka, das gefällt mir. Trotzdem sind das nicht die Antworten, die ich hören wollte. Was sagen die anderen?«

Er ließ seinen Blick über die Klasse schweifen und rief dann Sibylle Scheuer auf, die immer alles wusste. Und schon schwafelte Sibylle etwas von der Herrschaft über die Produktionsmittel und von kapitalistischer Ausbeuterei. Hanka dachte neidvoll an Annekathrin, ihre Schwester, die den ganzen Schulstress schon bald hinter sich haben würde.

Annekathrin stand auf dem Schulhof und biss in ihr Pausenbrot. Leberwurst mit einer Scheibe saurer Gurke obendrauf. Sie hielt Ausschau nach Hanka, weil sie ihren Schlüssel vergessen hatte und deshalb mit Hanka nach der Schule nach Hause gehen wollte. Und da entdeckte sie auch schon ihre Schwester. Ganz in Gedanken versunken, hin und wieder angerempelt von anderen Schülern, ging sie auf die alte Linde zu, die mitten im Schulhof stand.

»Hanka!«, rief sie und sah, wie ihre Schwester den Kopf hob. Hanka winkte und stand schon bald neben Annekathrin. »Hast du den Rock gesehen, den Gabriele Schmaus heute anhat? Garantiert aus dem Westen.«

Annekathrin nickte. Natürlich hatte sie den Rock gesehen. Das Interesse an Mode lag in der Familie, und in jeder Pause führte sie ihre Studien durch. »Hab ich. Aber ich habe auch Susanne Hilfers Bluse gesehen. Wahrscheinlich selbst genäht. Mit Abnähern und allem. Ich werde sie nachher mal nach dem Schnitt fragen.«

»Den gibt sie dir niemals«, vermutete Hanka. »Zumindest wäre sie schön blöd, denn dann hätte nächste Woche die halbe Schule so eine Bluse.«

»Hast recht.« Annekathrin seufzte. Dann fragte sie nach dem Hausschlüssel, verabredete sich mit der Schwester nach dem Unterricht am Schultor und schlenderte dann hinüber zu den Mädchen aus ihrer Klasse, die sich tuschelnd und kichernd unterhielten.

Eleonore Salomon landete in einem ewig langen Flur im Neuen Rathaus in der Lotterstraße. Neben ihr wartete ein halbes Dutzend Leute. »Wollen Sie alle zu Herrn Hempel?«, fragte sie freundlich. Die Leute nickten. Eine ältere Frau mit roten Wangen sagte: »Nicht, dass das was nützen würde. Aber man will ja nichts unversucht lassen.«

Elli setzte sich. »Ach, haben Sie auch Probleme mit der Versorgung?«

»Wer nicht? Alle Lebensmittel sind knapp. Wir haben eine Metzgerei, wissen Sie, schon in der vierten Generation. Das Fleisch, das wir bekommen, reicht hinten und vorne nicht. Wir müssen die Leute wegschicken. Wären wir eine Konsumverkaufsstelle, hätten wir es leichter, aber wir waren immer selbstständig.«

»Ich habe eine Gärtnerei«, mischte sich ein junger Mann ein. »Aber Pflanzen gibt es keine, sind alle ausverkauft. Saatkartoffeln gehen am besten. Jeder, der ein Stück Land hat, baut selbst Gemüse an.«

Elli nickte. Sie hatten einen Schrebergarten, der eigentlich ihren Eltern gehörte. Aber jetzt zog sie dort Zwiebeln und Salat, Kohlrabi und Möhren.

Über eine Stunde musste sie warten, bis man sie endlich in das Büro von Helmut Hempel vorließ. »Guten Tag«, grüßte sie freundlich.

Hempel erhob sich und kam Elli entgegen. »Schön, Sie zu sehen, Frau Salomon.«

»Was haben Sie denn mit Ihrer Krawatte gemacht?«, wollte Elli wissen.

»Der Knoten ist aufgegangen, und ich habe ihn nicht wieder hingekriegt.«

»Darf ich?« Elli löste den Binder und band Hempel einen ordentlichen Windsorknoten.

»Danke.« Er betrachtete sich in einem kleinen Spiegel, der über einem Waschbecken hing. »So gut saß der Knoten bei mir noch nie.«

»Das bringt die Erfahrung.«

Hempel deutete auf einen Stuhl. »Was führt Sie zu mir?«

»Ihre Gattin.«

»Meine Frau?«

»Sie möchte ein neues Kostüm. Aber weil wir nicht in der Produktionsgenossenschaft sind, bekommen wir keine Stoffe. Was sollen wir jetzt tun?«

Hempel seufzte. »Alle, die zu mir kommen, wollen etwas. Aber ich kann mir weder Fleisch noch Kartoffeln und schon gar nicht Stoffe aus den Rippen schneiden. Wo soll ich das Zeug denn hernehmen?«

Darauf wusste auch Elli keine Antwort.

Hempel blickte sie an, fummelte an seinem Krawattenknoten.

»Nicht!«, rief Elli. »So geht er doch gleich wieder auf.«

Hempel ließ erschrocken die Hand sinken.

»Es gibt Stoffe. Die PGHs haben welche. Nur wir Privaten nicht.«

»Wir haben Vorgaben. Im Januar ist der zweite Fünfjahresplan in Kraft getreten. An den müssen wir uns um jeden Preis halten. Die Plankommission in Berlin hat errechnet, welchen Bedarf jeder Industriezweig hat. Das gilt natürlich auch für die Textilindustrie und zwangsläufig für die Abteilung Handel und Versorgung. Die PGHs haben Vorrang, weil sie am ›Sozialistischen Wettbewerb‹ teilnehmen. Da kann ich nichts machen.«

Elli erhob sich. »Tja, lieber Herr Hempel, dann müssen wir das Ihrer Frau wohl so ausrichten.«

Hempel seufzte gequält. »Was will sie denn für Stoff?«

»Gute Baumwolle. Tuchstoff.«

Hempel schüttelte den Kopf. »Baumwolle geht nicht. Dafür müssen wir Westgeld bezahlen. Ich könnte Ihnen Zellwolle geben.«

Elli verzog den Mund. Zellwolle war weiß Gott nicht für ein Kostüm geeignet. Sie wusste jetzt schon, dass es an Stellen Falten schlagen würde, an denen keine sein sollten. »Haben Sie nichts anderes?«

»Nein. Ich bedaure. Und ich kann auch keinen Stoff für meine Frau abzweigen. Wenn das herauskäme, müsste ich mich vor den Genossen verantworten.«

»Dann bitte Zellwolle in Schwarz.«

»Der ist auch aus. Im ganzen Bezirk. Rot habe ich noch, da hatten wir noch Reste aus der Nazizeit.«

»Ein rotes Kostüm für Ihre Frau?« Elli sah ihn ungläubig an.

»Was soll ich denn machen? Sagen Sie ihr einfach, das trägt man jetzt in Paris so, dann wird sie auch ein rotes Kostüm wollen.«

Elli nickte. »Und Knöpfe.«

»Sie brauchen auch noch Knöpfe?«

»Ja.«

»Wie viele Knöpfe hat denn so ein Kostüm?«

»Meistens vier. Und manchmal noch ein paar an den Ärmeln dazu. Und einen Ersatzknopf, falls mal einer verloren geht.«

Hempel seufzte wieder, und Elli sah, welch schwere Last er für die gesamte Stadt auf seinen Schultern trug.

»Lassen Sie das mit den Knöpfen. Ich kümmere mich selbst darum.«

Dankbar blickte Hempel sie an. »Wenn Sie in der PGH wären, dann könnte ich, aber so? Private Unternehmen sind überholt. Die sozialistische Produktionsgenossenschaft und die volkseigenen Betriebe sind die Wirtschaftsformen unserer neuen Zeit.«

Elli nickte, lächelte noch einmal und verabschiedete sich dann. Draußen auf dem Gang atmete sie tief durch. Herr Hempel, sosehr sie ihn mochte, war mit seiner Aufgabe überfordert. Das ging den meisten so, die hier im Rathaus saßen. Die alten Mitarbeiter, die Mitglied in der NSDAP gewesen waren, hatte man gleich nach Kriegsende entlassen. Danach hatte es erheblichen Personalmangel gegeben. Etliche Männer waren noch nicht aus der Gefangenschaft zurückgekehrt, und überdies wollte man echte Sozialisten auf den Posten haben. So wurde der kommunistische Bürstenmacher Hempel kurzerhand zum Stadtrat.

Elli verließ das Rathaus und stromerte durch die Petersstraße. Sie gelangte zum Centrum-Warenhaus und blieb stehen. Sie glaubte nicht, dass es dort etwas gab, was sie brauchen konnte, aber als gelernte Bürgerin der DDR trug sie nicht nur stets einen Einkaufsbeutel bei sich, sondern ging auch nie an einem Geschäft vorüber, ohne wenigstens in die Auslagen zu schauen. Es könnte ja sein, dass es ausgerechnet jetzt und hier gutes Bier, Bettwäsche, Tomatensoße oder sonst was gab, wonach man sonst verzweifelt, und meist vergebens, suchen musste.

Im Erdgeschoss stand eine größere Gruppe von Frauen um einen Wühltisch. Elli trat näher. Schlüpfer. Es gab heute Damenschlüpfer. Sie hatte genug davon, aber ihre zwei Töchter wuchsen so schnell, sie hatten bestimmt welche nötig. Sie drängelte sich an den Tisch, suchte nach den richtigen Größen, wurde von der Frau neben ihr angerempelt, während eine andere ihr die letzten Schlüpfer in Hankas Größe vor der Nase wegschnappte.

Elli zuckte mit den Schultern und begab sich in den ersten Stock zur Damenkonfektion. Sie erblickte ein französisches Kostüm, das man ohne Bluse unter der Jacke trug. Der wadenlange Rock sollte eigentlich weit fallen, aber auf dem Bügel wirkte er eher schlapp. Sie nahm den Stoff zwischen Daumen und Zeigefinger und rieb ein wenig. Auf der Stelle bildeten sich Knitter. Das Tuch war viel zu leicht für das Kostüm, befand sie und ging weiter. Auf einem Ständer hingen die ersten Sommerkleider. Elli nahm einen Bügel mit einem rot-weiß gepunkteten Kleid von der Stange und hielt es sich an. Auch hier fand sie den Stoff zu dünn, doch mit Bügelstärke würde es vielleicht gehen. So gut wie ihre selbst genähten Kleider war es jedoch lange nicht. Elli schlenderte weiter bis zur Abteilung Miederwaren und Nachtwäsche. Da hing ein bodenlanges Perlonnachthemd mit Spitzeneinsatz. Elli betrachtete es von vorn und von hinten. Annekathrin, ihre ältere Tochter, würde im Sommer die Schule abschließen und brauchte für die Abschlussfeier ein Ballkleid. Das würde ihr Elli natürlich nähen, aber da es keine Spitze gab, würde das Perlonnachthemd dafür herhalten müssen, obwohl es so teuer war.

Elli ging zur Kasse, bezahlte 32 DDR-Mark und verließ die Abteilung, fuhr mit der Rolltreppe hinauf in den dritten Stock zu den Stoffen. Die Ballen prangten grau, dunkelblau und schlammgrün im Regal. Elli befühlte sie und erkannte auf der Stelle, dass sie aus Zellwolle hergestellt waren. Zellwolle konnte bei Nässe reißen. Jeder Regenguss war gefährlich und jede Wäsche ebenso. Ansonsten war der Stoff nicht schlecht. Elli würde wegen seiner hohen Saugfähigkeit Tischdecken daraus schneidern. Das klang wie ein Widerspruch, aber die Tischdecken waren ja nicht für die Ewigkeit bestimmt. Sie hatte noch gute Leinentücher mit Lochstickerei. Die legte sie nur bei besonderen Gelegenheiten auf den Tisch. Für den Alltag musste die Zellwolle reichen.

Plötzlich erschien eine Verkäuferin mit einem Ballen Tweedstoff.

»Kann man den kaufen?«, wollte Elli eilig wissen.

»Natürlich kann man«, raunzte die Verkäuferin. Und dann geschah etwas, das Elli schon oft erlebt hatte, aber wofür sie keine Erklärung hatte. Von allen Seiten strömten die Frauen herbei. Woher wissen die, dass die Verkäuferin gerade jetzt den Tweed zum Verkauf bringt?, überlegte Elli, aber dann musste sie ihre Ellenbogen einsetzen, um nicht weggedrängt zu werden.

»Ich nehme zehn Meter«, erklärte sie laut.

»Es gibt pro Person nur drei Meter.« Die Verkäuferin rollte den Ballen aus, maß drei Meter ab und schnitt den Stoff. Hinter ihr tuschelte es aus etlichen Mündern: »Drei Meter pro Person.«

Eine Frau rief nach ihrer kleinen Tochter, stellte sie vor sich. »Sechs Meter bekomme ich, wir sind zwei Personen.«

Unmut wurde laut, die Ersten begannen zu schimpfen: »Das nächste Mal bringe ich die ganze Familie mit. So geht's aber nicht. Drei Meter pro Familie.«

»Woher wollen Sie denn wissen, wie groß meine Familie ist?«, entgegnete eine andere Frau kampflustig. »Ich habe sechs Geschwister.«

Jetzt langte es der Verkäuferin: »Jeder, der über den Ladentisch gucken kann, bekommt drei Meter.«

Die Frau hob ihre kleine Tochter hoch, und wie es weiterging, erfuhr Elli nicht mehr, denn sie verließ mit ihrem Tweedstoff unter dem Arm das Kaufhaus.

Sie schlenderte über den Markt, dabei fiel ihr ein, dass sie gar nicht nach Knöpfen geschaut hatte. Am Bahnhof stieg sie in die Straßenbahn, warf zwanzig Pfennige in den Fahrscheinautomaten, drehte an einer Kurbel und riss ein Billett ab. Sie fuhr mit der Linie 1 über den Klingerweg bis in den Stadtteil Schleußig, stieg aus und begab sich in die Brockhausstraße. Vor einem Zeitungskiosk blieb sie stehen. Eine Zeitschrift lag dort aus, eine, die sonst immer vergriffen war und die man sich innerhalb des Freundeskreises nur widerwillig auslieh. »Sibylle« hieß sie.

»Ich hätte gern eine ›Sibylle‹.«

Die Verkäuferin strich beinahe zärtlich über das Papier. »Ist wieder toll geworden. Die Mode ist phänomenal. Und über Kultur ist auch etwas dabei. Für die moderne Frau.«

»Wie kommt es, dass Sie heute noch eine haben? Sonst ist sie doch regelmäßig nach ein paar Stunden ausverkauft.«

»Die Ersten werden schon im Urlaub sein, denke ich. Es ist die beste Zeitschrift, die unsere DDR hat. Meine Meinung jedenfalls.«

»Das mag wohl sein. Geben Sie mir bitte auch noch eine ›Modische Maschen‹ und eine ›Leipziger Volkszeitung‹.«

Mit ihren Schätzen ging Elli fröhlich nach Hause. Sie freute sich, die Modezeitschrift ergattert zu haben. Ihr gefielen nicht nur die darin vorgestellten Modelle, von denen man kein einziges im Handel kaufen konnte. Sie erfreute sich auch an den tollen Fotostrecken und den Berichten über außergewöhnliche Frauen. Aber als sie nur noch drei Häuser von ihrem Heim entfernt war, blieb sie stehen. Das Haus, vor dem sie innehielt, beherbergte noch bis vor Kurzem eine Putzmacherei. Sie hatte die Inhaberin gut gekannt und alle ihre Hüte bei ihr gekauft, aber vor ein paar Wochen war Lenchen Schwarz in den Westen gegangen. So wie viele, die sie kannte.

Ihre gute Laune war wie weggewischt. Dann dachte sie auch noch an das frühere Maßatelier Salomon, das weit über die Stadtgrenzen hinaus bekannt gewesen war. »Eine Schande ist es, wie sie die Privaten behandeln«, schimpfte sie vor sich hin. »Es ist wirklich kein Wunder, dass so viele in den Westen gehen.«

Kapitel 2
1959

Sie hörte schon im Treppenhaus, dass ihre Töchter zu Hause waren. »Rock Around the Clock« von Bill Haley & His Comets erschallte. Elli seufzte, schloss die Wohnungstür auf und stürmte direkt in das Zimmer der Mädchen. »Macht die Musik aus!«, schrie sie, um den Lärm zu übertönen. »Sofort. Sonst setzt es was vom Watschenbaum!«

Hanka erhob sich und stellte das Radio aus. »Wir haben doch nur Musik gehört«, maulte sie. Und Annekathrin fügte hinzu: »Wir sind jung. Wir lieben Musik. Und jeder, der das nicht versteht, ist ein Spießer!«

Annekathrin würde bald sechzehn Jahre alt werden und war die meiste Zeit auf Krawall gebürstet. Die vierzehnjährige Hanka war nur wenig friedlicher.

»Es geht hier nicht um eure Jugend, es geht darum, dass ihr Westradio hört. Und das auch noch laut! Ihr wisst genau, dass Herr Ohlmann wahrscheinlich bei der Stasi ist. Also hört leise die verbotenen Westsender. Die Ostmusik könnt ihr meinetwegen aufdrehen.«

»Der Ohlmann hängt bestimmt sowieso den ganzen Tag mit dem Ohr an der Wand und lauscht«, moserte Annekathrin. »Zu dumm, dass er unser Nachbar ist.«

»Wenn es nicht Herr Ohlmann wäre, dann wäre es jemand anderes«, erklärte Elli. »Ist euer Vater schon zu Hause?«

Hanka schüttelte den Kopf. »Er muss noch eine Hose umsäumen, dann kommt er, hat er gesagt.«

Elli eilte in die Küche. Hanka und Annekathrin hatten in der Schule zu Mittag gegessen. 2,75 Mark pro Woche für insgesamt fünf Mahlzeiten und noch einmal eine Mark für fünf Milchtüten, das war nicht nur günstig, sondern ersparte Elli auch sehr viel Arbeit. Nicht immer war das Essen nach dem Geschmack ihrer Töchter, vor allem wenn es Graupensuppe gab oder Piepen und Lappen, wie die Leipziger zum Kutteleintopf sagten. Aber meist war das Mittagbrot nahrhaft und schmeckte. Rudi und sie aßen zu Mittag meist Bemmen, belegte Brote, und am Abend etwas Schnelles.

Heute hatte Elli vier Koteletts beim Fleischer erwischt und würde sie rasch braten, Eier darüber, und fertig war die Mahlzeit.

Sie nahm gerade das Fleisch aus der Pfanne, als Rudi nach Hause kam. Er wusch sich die Hände und setzte sich an den Abendbrottisch, den die Mädchen gedeckt hatten. Auf dem Tisch standen außerdem ein Glas selbst gemachte Leberwurst von einer dankbaren Kundin, ein Stück weißer Käse, ein Schälchen Kräuterquark, dazu ein paar rohe Möhren und Äpfel und natürlich ein aufgeschnittenes Mischbrot, 3 Pfund zu 78 Pfennigen.

Hanka nahm sich eine Scheibe Brot und bestrich sie dünn mit Margarine, während Annekathrins Teller leer blieb.

»Was ist mit dir? Warum isst du nichts?«, wollte Elli wissen.

»Ich habe keinen Hunger«, erklärte Annekathrin, aber sie klang missmutig.

»Wieso hast du keinen Hunger?«

»Eben so. Weil ich nichts essen will.«

»Die Begründung überzeugt mich nicht.«

Annekathrin schwieg, und Elli schaute fragend zu Hanka.

»Einer aus ihrer Klasse hat gesagt, sie hätte einen dicken Hintern«, half Hanka weiter.

»Und deshalb isst du nichts?« Elli schüttelte den Kopf.

»Das verstehst du nicht!« Elli sah, wie Annekathrins Augen sich mit Tränen füllten. Von einer ausgelassenen Mahlzeit wird sie nicht sterben, dachte Elli und drängte ihre Tochter nicht weiter, nahm sich aber vor, in den nächsten Tagen mit ihr zu sprechen. Einen dicken Hintern! Woher denn? Butter hatten sie seit Ewigkeiten nicht mehr gegessen, von Kuchen und Schokolade ganz zu schweigen, wenn nicht gerade mal ein Westpaket von Ellis Schwester Betty eingetroffen war.

Nach dem Abendbrot halfen die Mädchen beim Abwaschen, dann gingen sie in ihr gemeinsames Zimmer, und Elli setzte sich zu Rudi in die Wohnstube.

Rudi las in der »Leipziger Volkszeitung«, und Elli war dabei, ein Stück Borte zu besticken, als sie plötzlich die Handarbeit sinken ließ. »Es geht so nicht mehr weiter«, sagte sie kopfschüttelnd.

Rudi sah von seiner Zeitung auf. »Was sollen wir denn machen?« Er wusste sofort, wovon seine Frau sprach.

Elli seufzte. »Am liebsten würde ich auch in den Westen gehen. Zu Betty nach Frankfurt. Aber wir können meine Eltern nicht im Stich lassen. Mit Mutters Hüfte wird es nicht

besser, und wie Vater ist, seit er aus der Gefangenschaft heim-
gekommen ist, weißt du so gut wie ich. Letzte Woche hat er
nur zehn Sätze mit meiner Mutter gesprochen, hat sie mir erzählt.«

»Schweigsamkeit ist nicht immer schlecht«, warf Rudi ein.

»Ja, aber doch nicht so! Mein Gott, wenn ich an früher
denke. Keine Feier ohne Meier. Er hat gesungen und Witze
erzählt. Er hat getanzt und gelacht.«

»Ja, das waren wahrhaft andere Zeiten«, erwiderte Rudi.
»Vielleicht sollten wir doch noch einmal über die PGH nachdenken.«

»Unsere Unabhängigkeit aufgeben?« Elli schüttelte den
Kopf. »Nähen nach Plan? Keine eigenen Entwürfe? Früher
hast du ganze Kollektionen hergestellt. Deine Kleider wurden
auf Modenschauen gezeigt. Die Hautevolee von Leipzig stand
Schlange bei dir.«

»Die Zeiten ändern sich eben.«

»Das heißt aber nicht, dass wir uns ändern müssen.« Elli
schob die Unterlippe ein wenig vor.

»Doch, Elli. Genau das heißt es. Du bist nicht zufrieden, ich
bin es nicht. Die Leute wissen, dass wir keine Stoffe haben. Sie
lassen sich Röcke kürzen und Hosen säumen. Mehr nicht. Wir
sind von einem Maßatelier zu einer Änderungsschneiderei ab-
gestiegen. Ich möchte endlich wieder das machen, was ich am
besten kann: Anzüge und Kostüme schneidern, Kleider entwerfen.«

»Und du bist sicher, dass du das in einer PGH kannst? Du
denkst, du wärst freier dort? Nein, mein Lieber. Da heißt es:
diesen Monat zehn Hosen, nächsten Monat zehn Kostüm-

jacken, übernächsten achtzig rote Fahnen für den Tag der Republik.«

Rudi lachte über die roten Fahnen. »So weit wird es nicht kommen. Auch die Republik will sich modisch kleiden. Wir werden wieder so arbeiten können wie zuvor.«

Elli seufzte. Es gab noch mehr, was für die PGH stand: geregelter Lohn und nicht wie jetzt ewig darauf hoffen, dass am Monatsende etwas übrig blieb. Bezahlter Urlaub, freie Wochenenden und pünktliche Feierabende. Sie hätten wieder mehr Zeit für sich. Sie hätten weniger Sorgen. Aber sie wären unfrei.

Als hätte Rudi ihre Gedanken gelesen, sagte er plötzlich: »Die PGH bietet uns mehr Freiheiten. Wir sind nicht mehr abhängig von Kunden und Aufträgen, von Stofflieferungen und Knöpfen. Es gäbe kein Gefeilsche mehr. Denk nur an Frau Hempel, an den Mantel, den wir im Winter für sie schneidern sollten. Schwarz, mit weißem Kragen und Armaufschlägen. In A-Linie, wie in Paris. Du hast den Schnitt erst herstellen müssen. Das hat Zeit gekostet. Und als Frau Hempel dann diese Zeit nicht bezahlen wollte – ›Es ist doch nicht meine Schuld, dass Sie so etwas nicht auch ohne Schnitt hinkriegen‹ –, haben wir gerade mal für ein Butterbrot gearbeitet.«

»Du hast ja recht«, gab Elli zu und biss mit den Zähnen einen Faden der Stickerei ab. »Und trotzdem! Die PGH widerstrebt mir so. Wenn es wieder genug Stoffe zu kaufen gibt, geht es uns auch besser.«

»Wenn …«

Elli seufzte. »Jetzt haben wir Mai. Lass uns noch ein Jahr

warten. Wenn sich bis dahin nichts geändert hat, gehen wir in die PGH.«

Rudi legte die Zeitung auf den Tisch und nahm Ellis Hand. »Du weißt, wie sehr ich dich liebe, oder? Aber wenn du unbedingt in den Westen gehen möchtest, dann tun wir das.«

Elli schüttelte den Kopf. »Meine Eltern.«

»Es muss ja nicht gleich sein. Nach ihrem Tod vielleicht.«

»Nein, so will ich nicht denken. Sie sollen hundert Jahre alt werden.«

»Dann machen wir es so, wie du vorgeschlagen hast. Wenn wir weiterhin weder Schnitte noch anderes Zubehör bekommen, wenn der Stoff so knapp bleibt wie jetzt, dass wir die Wünsche unserer Kunden nicht erfüllen können, dann reden wir erneut. Und, Elli, es geht nicht nur um deine Eltern, wir müssen auch an unsere beiden Töchter denken.«

Elli seufzte. Das war es ja gerade. Was sollte aus ihnen mal werden? Studieren konnten sie sicher nicht, denn die wenigen Studienplätze waren den Arbeiter- und Bauernkindern vorbehalten. Rudi hatte zwar die Lehrerlaubnis zur praktischen Ausbildung von Lehrlingen, aber Annekathrin würde niemals Schneiderin werden wollen. Sie hatte andere Hobbys, auch wenn sie wie Elli ein Gespür für Visuelles hatte. Bei Hanka dagegen sah die Sache ein wenig anders aus. Sie nähte, wann immer sie Zeit dafür fand. Und sie entwarf Klamotten für sich. Andere, als Elli entworfen hätte, aber sie stellte sich dabei recht geschickt an. Doch wenn sie ihre jüngste Tochter tatsächlich zu einer Maßschneiderin ausbilden würden, was geschah danach? Hanka müsste in eine PGH eintreten. Und ob sie dort so arbeiten konnte, wie sie wollte, das stand in den Sternen. Im

Westen dagegen war alles möglich. Sie hatte von der Nachbarin gehört, dass Lenchen Schwarz bereits ein neues Hut-
geschäft in Bad Hersfeld aufgemacht hatte.

Kapitel 3

1959

Annekathrins Kleid war ein Traum. Rudi hatte es für seine Tochter entworfen. Allerdings hatte Elli den Rocksaum von wadenlang auf mini gekürzt. Am Hals von einem runden Kragen gehalten, fiel das ärmellose Kleid in zahlreichen Plisseefalten bis zur Mitte der Oberschenkel. Es war aus weißer Brillantseide, und Annekathrin gefiel es so gut, dass sie verkündete, darin eines Tages auch heiraten zu wollen. Rudi hatte sich ein wenig über die Länge, nein, vielmehr die Kürze des Kleides beschwert, aber seine drei Frauen überstimmten ihn lautstark.

»Papa!«, hatte Annekathrin ausgerufen. »Wadenlang trägt kein Mensch mehr. Nur noch alte Frauen. Eine neue Zeit bricht an. Rock 'n' Roll.«

»Beim Rock 'n' Roll reichen die Kleider mit den weitschwingenden Röcken bis zum Knie«, erklärte Rudi grummelnd. »Diesen Mini da, den haben noch nicht mal alle Mädchen im Westen. Du wirst auffallen damit.«

Hankas Blick verriet, dass sie ein kleines bisschen neidisch war auf das Kleid ihrer Schwester.

Annekathrin warf ihre langen Haare über die Schulter. »Ich habe einen Ruf zu verlieren. Ich war immer die modernste in der Klasse.«

Hanka nickte bekräftigend, aber gegen ein Minikleid für sie erhob Rudi noch stärkeren Einspruch. »Mini ist etwas für junge Frauen. Du bist noch ein Kind. Sei froh, wenn ich dich nicht in einen Matrosenanzug stecke.«

»Papa!« Hankas Stimme überschlug sich vor Entrüstung.

Zu Annekathrins Abschlussball trug sie dann ein knielanges Kleid aus Acetatseide, das sehr schön fiel. Elli gefiel sich in einem schmalen Kostüm aus Streichgarnwolle, das alle Frauen neidisch betrachteten, und Rudi hatte einen Anzug an, dazu ein weißes Hemd mit schwarzer Fliege.

Der Ball fand in der Aula von Annekathrins Schule statt. Tische und Stühle standen in Bankettbestuhlung, die Bühne war mit Blumen geschmückt. Der Direktor hielt eine Rede, in der von sozialistischen Persönlichkeiten, der Freundschaft zur Sowjetunion und allen Kräften gegen den Kapitalismus gesprochen wurde, was insbesondere die Verwandten aus dem Westen amüsierte. Schließlich waren sie es, die die Nylonstrümpfe zu den Kleidern mitgebracht hatten, die Krawatten der Jungs und noch so manche Bluse für die Mütter.

Die Abschlussschüler wurden einzeln auf die Bühne gerufen und erhielten ihre Zeugnisse.

Annekathrin glänzte mit einem Durchschnitt von 1,4, und die Salomons waren sichtlich stolz auf sie.

»Sie hätte das Abitur mit Leichtigkeit geschafft«, raunte Elli ihrem Mann zu.

»Ja, das hätte sie wohl«, bestätigte Rudi und seufzte, als er daran dachte, dass man Annekathrin trotz ihres einwandfreien Zeugnisses in der achten Klasse nicht auf die Erweiterte Oberschule geschickt hatte, weil es in ihrer Klasse zwei Jungen gab, die zwar schlechtere Zensuren, aber eingewilligt hatten, Berufsoffiziere in der Nationalen Volksarmee zu werden.

Nach der Zeugnisvergabe wurde das Essen serviert, das traditionsgemäß die Schüler des nächsten Abschlussjahrganges in der Schulküche fabriziert hatten: Kartoffelsalat, Würstchen, Buletten und als Nachspeise Vanillepudding mit Kirschsoße.

Anschließend wurde getanzt. Rudi wirbelte Annekathrin, Hanka und seine Frau über das Parkett, unterhielt sich zwischen den Tänzen mit den Tischnachbarn. Annekathrins Freundin Elke würde eine Lehre zur Werkzeugmacherin beginnen, Anita Eckstein wollte Kindergärtnerin werden. Annekathrin war die Einzige, die eine Lehre bei einem Fotografen machen würde.

Kurz nach Mitternacht war das Fest vorüber, und die Salomons gingen zu Fuß nach Hause. Annekathrin hatte rote Wangen vor Aufregung, während Hanka gähnte. »Anneliese hat einen Plattenspieler zum Abschluss bekommen und Elke ein Zelt. Freddy ein Moped und Isolde Geld«, erzählte Annekathrin. Elli lächelte ihren Mann an. Sie hatten Annekathrin ihr Geschenk noch nicht überreicht, aber sie freuten sich schon jetzt auf ihr Gesicht bei dem, was sie ihr zu geben gedachten.

Zu Hause öffnete Rudi noch eine Flasche Wein und goss drei Gläser voll. Hanka protestierte, sie wollte auch Wein haben, und schließlich schenkte Rudi ihr einen Schluck ein. Sie stießen noch einmal auf Annekathrins Abschluss an, dann räusperte sich Rudi. »Du hast dich sicher schon gefragt, ob wir auch ein Geschenk für dich haben.«

Annekathrin schüttelte den Kopf. »Nein, ich brauche kein Geschenk. Ich habe dieses tolle Kleid bekommen.«

Elli schluckte gerührt. »Wir haben trotzdem noch etwas für dich. Bald beginnt ein neuer Lebensabschnitt. Du bist kein Kind mehr. Und deshalb haben wir uns überlegt, was dir wohl auf deinem weiteren Weg nützen könnte.«

Rudi brach ab und betrachtete liebevoll seine Tochter. Ihre Augen blitzten, ihre Lippen waren vom Rotwein leicht verfärbt.

Er nahm einen Briefumschlag aus dem Wohnzimmerbüfett und reichte ihn Annekathrin. Diese nahm ihn entgegen, blickte unschlüssig zu ihrer Mutter.

»Na, los. Mach ihn auf.«

Annekathrin lächelte, öffnete den Umschlag und holte einen Geldschein hervor. 100 Westmark! Das waren in DDR-Mark mindestens 500!

Fassungslos betrachtete sie den Schein.

»Wir haben alle zusammengelegt. Deine Oma und dein Opa, Hanka und wir. Nächste Woche fahren wir nach Westberlin. Du kannst dir dort einen Fotoapparat kaufen.«

Ein paar Sekunden stand Annekathrin da wie vom Donner gerührt, dann stürzte sie jubelnd zu Rudi und warf sich in seine offenen Arme, flog zu Elli, umarmte sie, und auch Hanka bekam ihre Freude zu spüren.

»Eine Kamera. Eine echte eigene Kamera«, flüsterte sie und streichelte den Geldschein.

Annekathrin ging gleich am Montag in das Fotoatelier Rosner, in dem sie im September ihre Lehre beginnen würde.

»Na, Annekathrin, bist du nicht ein bisschen früh dran?«, fragte Herr Rosner, als sie den Laden betrat.

Annekathrins Blick glitt von den holzgetäfelten Wänden, die über und über mit Fotografien glücklicher Hochzeitspaare bedeckt waren, zu den Babybildern und von dort auf die Fotowand hinter der Verkaufstheke, auf der Herr Rosner immer wieder eigene Fotografien ausstellte. Zurzeit hingen dort Landschaftsaufnahmen vom Leipziger Auwald. Gern hätte sich Annekathrin die Fotos näher angesehen, aber deshalb war sie heute nicht hier.

»Herr Rosner, ich bin gekommen, um Sie etwas zu fragen.«

»Dann schieß mal los.«

Annekathrin stammelte ein wenig herum, ehe sie es wagte zu sprechen. Die Rosners waren mit den Salomons befreundet, und nur deshalb getraute sich Annekathrin überhaupt diese Frage: »Ich habe 100 Westmark bekommen. Welche Kamera soll ich mir davon kaufen? Zu welcher raten Sie mir?«

Der Besitz von Westgeld war in der DDR verboten, doch sie vertraute Herrn Rosner.

»Hm, schwierige Frage. Es gibt gute Geräte von Agfa. Aber dafür brauchst du mit der Zeit auch die Objektive. Und unsere ORWO-Filme passen auch nicht überall. Ich denke, du solltest dir mal ein paar Apparate von Carl Zeiss aus Jena ansehen.«

»Zeiss-Kameras gibt es im Osten kaum. Die gehen alle in den Export«, meinte Annekathrin ein wenig verzagt.

»Ja, ich weiß. In Westberlin liegen sie aber in den Geschäften. Sie kosten nicht die Welt. Die Objektive kannst du immer mal wieder bei uns bekommen, und die Filme passen auch. Die Pentacon F ist zwar nicht aus Jena, aber die würde ich mir an deiner Stelle auch ansehen. Und wenn du Geld übrig hast, kauf dir ein paar Filme dazu.«

Die Ladenklingel ertönte, und eine junge Frau betrat den Laden. Höflich wartete sie, aber Herr Rosner sprach sie gleich an. »Was kann ich für Sie tun?«

»Ich hätte gern Passbilder. Ein halbes Dutzend, wenn es geht.«

»Sehr gern, es geht gleich los. Da hinten hängt ein Spiegel, falls Sie sich noch einmal kämmen wollen.«

Die junge Frau nickte lächelnd und holte einen Kamm und einen Lippenstift aus ihrer Handtasche.

Herr Rosner wandte sich an Annekathrin. »Hast du sonst noch Fragen?«

Annekathrin wusste, dass sie nun nicht mehr über Kameras aus Westberlin sprechen durfte. »Nein, das wäre alles. Danke schön. Ich werde Ihre Ratschläge beherzigen.«

Eine Woche später fuhren Annekathrin, Hanka und Elli mit dem Zug nach Westberlin. Vom Hauptbahnhof Leipzig bis zum Bahnhof Lichtenberg brauchten sie zwei Stunden. Dann nahmen sie die S-Bahn und fuhren auf direktem Weg nach Westberlin. Am Bahnhof Zoo stiegen sie aus, und gleich als sie den Bahnhof verlassen hatten, blieben Hanka und Annekathrin staunend stehen.

Überall hingen blinkende Lichtreklamen. Auf den Straßen fuhren blitzende Autos, ein Zeitungsjunge rief sein Angebot aus. Alles war sauber und bunt, sogar die Menschen. Die Häuser waren frisch verputzt, die Fahrbahn wies keinerlei Löcher auf. Oberleitungsbusse fuhren vorbei, in den Schaufenstern prangte eine nie gesehene Pracht.

»Und? Gefällt es euch?«, fragte Elli.

»Und wie!«, rief Hanka entzückt, doch dann fiel ihr Lächeln zusammen. »Schade nur, dass wir kein Geld zum Einkaufen haben.«

Elli seufzte, strich Hanka leicht über den Kopf. »Ja, das ist wirklich schade. Aber heute sind wir ja sowieso wegen Annekathrin hier.«

Elli lotste ihre Töchter über die Fahrbahn zum Kurfürstendamm. Vor dem Schaufenster eines Fotogeschäftes blieben sie stehen. Lange betrachtete Annekathrin die Auslagen. Darin wurden die ersten Spiegelreflexkameras ausgestellt sowie eine Vielzahl an Objektiven und Stativen und anderem Zubehör.

Nach einer Weile, Hanka trat schon ungeduldig von einem Bein auf das andere, drehte sich Annekathrin um. »Können wir woanders hingehen?«, fragte sie ihre Mutter. »Dieses Angebot überfordert mich. Ich kann mich nicht entscheiden.«

Elli verstand das. Hanka aber schlenderte an den Schaufenstern entlang. »Da!«, rief sie. »Die Schuhe! Solche habe ich mir immer gewünscht.« Und: »Dort, die Tasche. Mein Gott, sie ist so schön.«

Endlich fanden sie in einer Seitenstraße des Kurfürstendamms ein kleines Geschäft für Fotozubehör. Aufgeregt betrat Annekathrin den Laden, gefolgt von ihrer Mutter und Hanka.

Sie holte ganz tief Luft und sagte: »Ich hätte gern eine Pentacon F und dazu vielleicht noch das passende Zeiss-Objektiv.«

»Sie meinen das Tessar-Objektiv?«

»Ja, genau das meine ich.«

»Eine gute Wahl. Sie kennen sich aus, oder?«

»Noch nicht«, erklärte Annekathrin. »Das ist meine erste eigene Kamera.«

Der Verkäufer nickte, dann holte er die beiden Geräte hervor und erklärte Annekathrin geduldig, was sie wissen musste.

Annekathrins Mutter und Schwester saßen auf zwei Stühlen, und Hanka blätterte lustlos in einem Fotomagazin.

Als der Verkäufer das bemerkte, wandte er sich an sie. »Interessierst du dich auch für Fotografie?«

Hanka verneinte.

»Dann warte einen Augenblick, ich habe noch andere Zeitschriften da.«

Er ging nach hinten, holte ein paar Exemplare der »Bravo« hervor. »Hier, die liest meine Tochter immer, wenn sie bei mir im Laden ist.«

Hanka hatte natürlich schon von der »Bravo« gehört, die seit August 1956 im westdeutschen Handel erhältlich war. Ihre Freundin Angela hatte ein Exemplar, von ihrer Cousine aus Hannover, in die DDR geschmuggelt. Und jetzt lagen vier »Bravos« vor ihr. Ein Schatz! Sie wünschte, ihre Schwester würde sich noch ewig Zeit lassen.

Der Verkäufer wandte sich wieder an Annekathrin. »Was wollen Sie fotografieren?«

»Alles!«, erklärte Annekathrin mit leuchtenden Augen.

Der Verkäufer lächelte. »Auch in Farbe?«

Das junge Mädchen nickte. »Würd ich gern, aber dazu brauche ich Farbfilme.«

»Was halten Sie von der Pentacon F?«

»Sie gefällt mir gut. Und wenn sie einmal kaputtgeht, kann ich sie in Leipzig reparieren lassen. Und unsere ORWO-Filme passen auch. Wie viel kostet sie samt Objektiv?«

»120 Mark.«

Annekathrin schluckte. »So viel habe ich nicht.«

Der Verkäufer überlegte. »Na ja, ich habe noch eine Kamera im Schaufenster liegen und auch das Objektiv dazu. Morgen werden unsere Auslagen neu gestaltet. Dann könnte ich sie Ihnen für den halben Preis überlassen. Sagen wir, 60 Mark? Sind Sie damit einverstanden?«

Annekathrin stiegen Tränen in die Augen. »Morgen sind wir nicht mehr hier. Wir kommen aus Leipzig. In ein paar Wochen werde ich eine Lehre als Fotografin beginnen.«

»Ich verstehe. Mir ging es zu meiner Zeit ähnlich. Ich wollte unbedingt eine bestimmte Kamera haben. Also gut, ich nehme die Pentacon heute schon aus dem Fenster.«

»Wirklich?« Annekathrin schluckte die Tränen hinunter.

»Ja. Jetzt gleich.«

Er kam hinter dem Ladentisch hervor und stellte eine Minute später Kamera und Objektiv auf den Tisch. Vorsichtig berührte Annekathrin das Gehäuse, streichelte es. Der Verkäufer lächelte wieder.

Dann legte Annekathrin den Hundertmarkschein auf den Tisch, steckte das Wechselgeld sorgfältig in ihre Geldbörse und sah sich nach Mutter und Schwester um. Hanka war vollkommen in die »Bravo« vertieft und nahm nichts ringsum sie wahr. Ihre Mutter lächelte, aber Annekathrin sah, dass das Lächeln eines der Höflichkeit war, nicht der Freude. Ihr Atelierlächeln, das sie aufsetzte, wenn sie schwierige Kunden vor sich hatte.

Der Verkäufer kam aus seinem Lager zurück und drückte Annekathrin ein Zweierpack mit Kodak-Farbfilmen in die Hand. »Da, die schenke ich dir.«

»Nein!« Elli erhob sich und trat an den Ladentisch. »Nein, danke schön. Das können wir nicht annehmen. Sie haben schon so viel für uns getan.«

»Ich habe Töchter im selben Alter wie Sie. Und ich freue mich über jeden jungen Menschen, der sich für Fotografie interessiert. Lassen Sie mir die Freude.«

Wieder schüttelte Elli den Kopf. »Sie müssen uns nichts schenken, weil wir aus dem Osten sind.«

»Das hat mit Ost und West nichts zu tun. Es ist ein Gefallen unter Kollegen. Außerdem habe auch ich die Filme selbst geschenkt bekommen. Von Kodak höchstselbst. Ich soll sie ausprobieren und dann den Kunden empfehlen.«

Da sah Annekathrin endlich auch auf den Lippen ihrer Mutter ein richtiges Lächeln, und kurz darauf standen sie wieder auf der Straße. Hanka zog ein langes Gesicht; sie hätte lieber noch weiter in der »Bravo« gelesen. Annekathrin, die ihren neuen Fotoapparat sorgsam in ihrer Tasche verstaut hatte, holte ihre Geldbörse hervor, nahm die übrigen 40 Westmark heraus, reichte einen Zwanzigmarkschein ihrer Mutter und den anderen ihrer Schwester.

»Ich bin so froh über den Fotoapparat«, erklärte sie. »Und deshalb möchte ich, dass ihr euch auch etwas Schönes kauft.«

»Oh, Annekathrin!« Elli war so gerührt, dass sie ihre Tochter umarmte.

Hanka dagegen wusste schon genau, was sie mit ihren 20 Mark anstellen würde. »Ich kaufe mir ›Bravo‹ und vielleicht noch eine Bluse.«

»Nein, mein Schatz. Das ist Annekathrins Geld. Es ist lieb von ihr, dass sie es mit uns teilen will, aber das lasse ich nicht zu.«

Hanka zog einen Flunsch, aber schon bald war sie wieder von den Auslagen in den Schaufenstern gefangen. Im KaDeWe zeigte Elli ihren Töchtern die Stoffe, mit denen sie früher gearbeitet hatte: echte Seide, Brokat, Organza. Hanka war hingerissen. Sie wollte die Stoffe gar nicht mehr loslassen. Sie hat Nadeln im Blut, dachte Elli nicht zum ersten Mal. Früher hatte sie sich darüber gefreut, denn es schien sicher, dass Hanka einmal das Maßatelier übernehmen würde. Sie seufzte, wenn sie daran dachte, dass die Geschichte des kleinen Unternehmens vielleicht schon bald ihr Ende finden würde. Doch dann kehrte ihr Lächeln zurück, als sie sah, wie Hanka Wildseide an ihre Wange schmiegte. Sie zeigte den Töchtern echtes Leinen, Musselin, Chiffon, Cord und Viskose. Hanka hörte mit großen Augen zu, bestaunte mit offenem Mund die zahllosen Knöpfe, Borten, Verschlüsse und Spitze. Dann seufzte sie, strich noch einmal über die Wildseide und sagte leise: »Solche Stoffe möchte ich auch tragen. Ein blaues Kleid aus Wildseide. Das würde mir gefallen.«

Am frühen Nachmittag landeten sie in einem kleinen Park. Sie packten die Brote aus, die Elli geschmiert hatte, tranken Wasser aus Rudis alter Feldflasche. Als sie gegessen hatten, erhob sich Annekathrin. »Wartet ihr hier auf mich? Ich muss noch etwas erledigen.«

Sie eilte zurück zur Wilmersdorfer Straße, in der sie vorhin ein Kaufhaus entdeckt hatte. Sie kaufte für 10 Mark zwei Meter von einem seidenähnlichen Stoff in Weiß, der mit blauen Segelbooten bedruckt war, dazu sechs Ankerknöpfe. Hanka konnte sich eine Bluse daraus nähen.

Für Elli erstand Annekathrin zwei Nylonstrumpfhosen und fünf Burda-Schnitte. Sie nahm sich Zeit für die Auswahl, kaufte einen Rockschnitt, einen für eine Hose, einen für einen Mantel und einen für ein Kostüm. Alles nach Pariser Fasson.

Dann eilte sie weiter zu einem großen Lebensmittelmarkt und lief langsam durch die Gänge. Konservendosen mit Pfirsichen und Ananas standen da, Haarshampoo in einer endlosen Reihe, duftendes Waschpulver, nach Pfefferminz schmeckende Zahncreme. Sie sah sechs verschiedene Honigsorten und sogar einige Dinge, die sie aus der Werbung vom RIAS kannte.

Hier kaufte sie Onko-Kaffee für ihre Eltern, Sarotti-Schokolade, echte amerikanische Wrigley-Kaugummis und für den Vater ein Päckchen Camel-Zigaretten. Sie bewunderte in der Obstabteilung Bananen, Apfelsinen und andere Sorten, die sie noch nie gesehen hatte. Sie staunte über die zahlreichen Süßwaren, als wären es Schätze aus tausendundeiner Nacht.

Am Ende ihrer Einkaufstour hatte sie gerade mal 38 Pfennig übrig, aber ihr Herz war voll Glück, das sie nur zu gern geteilt hatte.

Kapitel 4

1960 bis 1962

Ein Jahr später kauften Rudi und Elli Salomon einen Kühlschrank der Marke Kristall für 1350 Ostmark. Sie hatten zwei Jahre darauf warten müssen, und nun konnte Elli sich gar nicht sattsehen an dem Eisschrank.

Im Juni des Jahres 1961 verkündete Walter Ulbricht, Generalsekretär des ZK der Sozialistischen Einheitspartei Deutschlands und höchster Regierungsvertreter der DDR, dass niemand die Absicht habe, eine Mauer zu bauen. Zwei Monate später stand der »Antifaschistische Schutzwall« und riegelte Ostberlin und den restlichen Osten vom Rest der Welt ab. Kurz zuvor hatten in nur einem Monat 30 000 DDR-Bürger den Antrag auf Notaufnahme in die BRD gestellt.

Und im Sommer 1962 standen an den ersten Gaststätten, in denen am Wochenende Bands spielten, die Anschläge: »Auseinandertanzen verboten« und »Nieten in Niethosen unerwünscht«.

Wenn Elli das hörte, machte sie sich Gedanken um ihre Töchter. Annekathrin hatte nichts für Beatabende übrig. Ihr Freund Armin, mit dem sie nun fast zwei Jahre zusammen war, liebte Jazz und hatte sie mit seiner Leidenschaft angesteckt. Er hörte am liebsten das Manfred Ludwig Sextett, aber auch die

Musik von Klaus Doldinger oder Albert Mangelsdorff sowie amerikanische Interpreten. Tanzabende in Kulturhäusern verabscheute er. Und so saßen sie bei Elli und Rudi an den Samstagabenden in Annekathrins und Hankas Zimmer und hörten sich Jazzplatten an, wenn nicht gerade irgendwo eine Band auftrat.

Hanka dagegen war ein Tanzmariechen. Kein Wochenende verging, an dem sie sich nicht in ihr schönstes Kleid warf und tanzen ging. Sie liebte die Beatles, die Rolling Stones und die Doors. Zwischen den ausländischen Interpreten wurden immer wieder Schlager aus Ostdeutschland gespielt, Bärbel Wachholz und Fred Frohberg zum Beispiel. Das musste so sein, obgleich sich alle Gäste daran störten. Es gab die 40:60-Regel, die besagte, dass an jedem Tanzabend nur zu vierzig Prozent ausländische Gruppen und Sänger gespielt werden durften, die DDR-Sänger dagegen zu sechzig Prozent. Nicht alle Combos hielten sich daran und sangen, was ihnen gefiel, und so manche Veranstaltung wurde deshalb früher abgebrochen. Aber Hanka tanzte zu gern, und die Aushänge am Eingang interessierten sie kein bisschen. Doch sie ging nicht nur in die Gaststätten, weil sie gern tanzte, sondern auch, um zu sehen, was die anderen jungen Mädchen trugen. So entdeckte sie eines, das hatte ein Kleid mit einem Rückenausschnitt an. Völlig klar, dass der Schnitt nicht aus einer der wenigen DDR-Modezeitschriften stammte. Sie selbst trug ein mittelblaues Kleid mit weißen Punkten, an den Schultern und in der Taille mit weißen Schleifchen verziert. Sie hatte das Kleid selbst entworfen und auch genäht, und nur beim Schnitt hatte Rudi ihr ein wenig helfen müssen.

Ein junger Mann trat auf sie zu: »Darf ich bitten, die Dame?«

Hanka hätte am liebsten gekichert ob der Förmlichkeit, aber sie hielt sich zurück. »Gern.«

Der junge Mann reichte ihr seinen Arm, Hanka hakte sich ein und ließ sich auf die Tanzfläche führen. Die Combo spielte einen Schlager von Lutz Jahoda, der Hanka unheimlich altbacken erschien. Der junge Mann nahm die Haltung ein, die er wohl in der Tanzschule gelernt hatte, und führte sie etwas holprig über das Parkett. Hanka wartete, dass er ein Gespräch anfing, doch er war so sehr auf den Walzerschritt fixiert, dass er kein Wort über die Lippen brachte. Also fragte Hanka: »Sind Sie öfter hier?«

Schon kam der junge Mann aus dem Tritt und latschte auf Hankas weißen Pump. »Aua«, schrie sie auf, obwohl es nicht wehgetan hatte.

Die Verlegenheit des jungen Mannes wuchs. Er bekam rote Ohren. »Entschuldigung, ich bitte um Verzeihung. Habe ich Sie verletzt?«

Zum Glück war das Lied in dem Moment zu Ende. Der Mann führte Hanka zurück zu ihrem Platz und fragte, noch immer verlegen: »Darf ich Sie vielleicht zu einem Kirschlikör an die Bar einladen?«

Hanka lächelte ihn an und nickte. An der Bar reichte sie ihm die Hand. »Ich heiße übrigens Hanka. Und Sie?«

»Oh, ich habe vergessen, mich vorzustellen: Guido Schleicher mein Name.« Und dann ratterte er seinen halben Lebenslauf herunter, wohl um sich nicht erneut in einer peinlichen Situation wiederzufinden. »Guido Schleicher, neunzehn Jahre alt. Student, wohnhaft in Leipzig.«

Hanka musste schon wieder ein Kichern unterdrücken, sie fand Guido süß in seiner Unbeholfenheit, aber insbesondere, dass er an ihren Lippen hing und sie bewundernd betrachtete.

»Was schauen Sie denn so?«, fragte sie kokett und nippte am Kirschlikör.

»Weil … weil Sie die schönste Frau im ganzen Saal sind.«

Hanka lachte hell auf, schenkte ihm ein Lächeln und einen perfekten Augenaufschlag, den sie sich im Fernsehen abgeguckt hatte. »So? Finden Sie?«

»Ja«, stammelte Guido. »Ihre Augen und Ihr Mund und das Kleid. Wunderschön alles.«

Hanka bedankte sich artig und tanzte den Rest des Abends nur mit Guido. Er sah ganz gut aus, wenn auch nicht umwerfend. So wie der Schlagersänger Frank Schöbel zum Beispiel, der letzte Woche erst im Klubhaus »Schwarzer Jäger« gesungen hatte. Guido war groß und hatte mittelblonde Haare. Seine Augen waren weder klein noch groß, aber sie hatten ein hübsches Blau. Doch zum Freund wollte sie ihn bestimmt nicht. Sie war siebzehn Jahre alt und wollte sich amüsieren. Einen, der glaubte, alleinigen Anspruch auf sie zu haben, konnte sie nicht gebrauchen. Sie kannte aus den Erzählungen ihrer Freundinnen, wie solche Geschichten weitergingen. Die Freundinnen durften nicht mehr mit jedem tanzen. Sie durften sich nicht einladen lassen und bekamen bei jedem Blick, der etwas länger dauerte, eine Rüge. Ja, manche schrieben ihnen sogar vor, was für Kleider sie tragen sollten! Oder aber sie geriet an irgendeinen Langweiler wie ihre Schwester Annekathrin, die gar nicht mehr zum Tanzen ging. So war sie nicht. Sie, Hanka, wollte Spaß haben und ihre Jugend genießen.

Trotzdem war sie damit einverstanden, dass Guido sie nach Hause brachte. Sie fuhren mit der letzten Straßenbahn nach Schleußig. Unterwegs erfuhr Hanka, dass Guido in Probstheida wohnte. Er würde nach Hause laufen müssen. Mindestens zehn Kilometer. Sie lächelte, denn sie mochte es, wenn Männer für sie Opfer brachten.

Vor der Haustür reichte Hanka ihm brav die Hand. »Es war sehr nett, dass Sie mich nach Hause gebracht haben.« Kurz überlegte sie, ob sie ihm ein Küsschen auf die Wange geben sollte, doch dann ließ sie es. Am Ende bildete sich Guido noch ein, sie hätte Interesse an ihm.

»Fräulein Hanka, es wäre schön, Sie wiederzusehen.«

»Ja«, erwiderte Hanka. »Vielleicht trifft man sich ja mal wieder im ›Schwarzen Jäger‹.«

Damit ließ sie Guido stehen und eilte die Treppe hinauf.

Am nächsten Tag stand Hanka spät, aber gut gelaunt auf, frühstückte und begab sich sodann ins Maßatelier im Hinterhaus. Sie trug ein paar Röcke über dem Arm.

»Was hast du vor?«, wollte Elli wissen, die in der Küche die Kartoffeln für das Mittagessen schälte.

»Ich will die Röcke kürzen.«

»Die sind schon kurz.«

»Noch kürzer.«

Elli legte das Schälmesser weg. »Das gefällt mir nicht. Minirock, gut, aber was du da vorhast, das sind nur breite Gürtel.«

»Der Witz ist mindestens so alt wie du, Mama«, erklärte Hanka ungerührt.

»Ich möchte das aber nicht.«

»Warum nicht, Mama? Ich bin jung, ich habe schöne Beine.«

»Die sieht man auch in einem Rock, der eine Handbreit über dem Knie endet.« Elli betrachtete ihre Tochter. Sie ist schön, dachte sie. Mit diesen blonden Haaren, den hellen Augen und den langen Beinen. Sie ist mir so ähnlich. Elli lächelte. »Versprich mir, dass du eine Handbreit unter den Pobacken aufhörst, den Stoff abzuschneiden.«

Jetzt lächelte auch Hanka. »Mach ich, Mama. Versprochen.«

Elli wusste, dass dieses Versprechen wahrscheinlich nicht eingehalten werden würde. Und sie würde zu müde sein, ihr die zu kurzen Röcke wegzunehmen. Sie war jetzt oft sehr müde. Der Sommer, die Hitze, ihr Kreislauf vertrug das nicht. Die Arbeit im Maßatelier kam ihr so sinnlos vor. Rudi und sie rackerten den ganzen Tag, und was am Ende übrig blieb, das reichte gerade mal so. Sie würde es nicht zugeben, aber mittlerweile war auch sie der Ansicht, dass es besser wäre, in die Produktionsgenossenschaft einzutreten. Sie hatte sich sogar schon erkundigt. Der Vorgang war ganz einfach. Sie würden ein Papier unterschreiben, in dem sie das Maßatelier der Produktionsgenossenschaft ohne finanziellen Ausgleich übereigneten. Das hieß im Grunde, dass sie dem Staat ihr Maßatelier schenkten. Dann würden sie Stoff bekommen und Knöpfe, Druckknöpfe, Reißverschlüsse, alles, was sie brauchten. Das war natürlich im Vergleich zu früher denkbar wenig, aber immerhin etwas. Sie würden Angestellte im eigenen Atelier sein und dafür Urlaub, geregelte Arbeitszeiten und ein Gehalt bekommen.

Elli seufzte. Nächstes Jahr würde Hanka ihr Abitur machen. Für die Abschlussfeier brauchte sie ein Ballkleid. Dabei hatte sie erst im letzten Winter für ihre Mädchen aus gefärbten Scheuerlappen kurze Jacken genäht, Hirschhornknöpfe angebracht und den Stoff dann mit einer roten Borte versehen. Eine Heidenarbeit, aber ihre Töchter besaßen etwas, was die anderen Mädchen nicht hatten. Die anderen trugen allesamt die Kollektionen, die es im Centrum- oder im Konsumwarenhaus gab. Manchen war es peinlich, wenn sie sahen, dass ihr Kleid beim Tanz noch von vier anderen Mädchen getragen wurde. Deshalb änderten viele die Kleidungsstücke, sobald sie sie gekauft hatten. Und die, die das nicht konnten, die kamen zu ihnen. Hanka hatte ein Händchen dafür und verdiente sich so ein paar Mark dazu. Sie nähte Kragen an kragenlose Blusen, brachte Schleifchen an, setzte hier und da ein paar Abnäher. Manche bezahlten mit Westkaffee oder Tosca-Parfüm, mit Nylonstrumpfhosen von Triumph und Sarotti-Schokolade. Elli hatte gehört, dass einige Handwerker nur noch für Westgeld arbeiteten, aber das wollte sie auf gar keinen Fall mitmachen. Wenn Frau Hempel kam, wurde sie bedient wie alle anderen. Frau Sommer vom Gemüseladen jedoch reichte Elli hin und wieder etwas in einer braunen Papiertüte über den Ladentisch. Darauf stand ein Preis, den Elli, ohne mit der Wimper zu zucken, bezahlte. Erst zu Hause öffnete sie die Tüte und fand darin Apfelsinen oder Mandarinen.

Annekathrin kam in die Küche. »Weißt du, wo Hanka ist?«, wollte sie wissen.

»Sie ist unten im Atelier. Gibt es etwas Dringendes?«

»Ich möchte für meine Abschlussarbeit eine Fotostrecke mit ihr machen. Meinst du, sie wäre einverstanden?«

»Ich denke nicht, dass sie sich eine solche Chance entgehen lassen würde. Die Fotos werden doch in einer öffentlichen Ausstellung gezeigt, oder?«

Annekathrin nickte. »Dann gehe ich mal zu ihr.«

Auf der Treppe kam ihr ein junger Mann mit einem Blumenstrauß entgegen. Mohnblumen, Kornblumen, Zierlauch, Kamille und Schafgarbe, dazwischen ein paar Weizenhalme.

»Guten Tag. Wohnt hier ein Fräulein Hanka?«, wollte der junge Mann wissen.

Annekathrin nickte. »Ja, sie ist meine Schwester.«

»Ob sie wohl zu sprechen ist?«

»Kommen Sie mit. Sie ist unten im Atelier, ich wollte auch gerade zu ihr.«

»Oh, dann will ich nicht stören.«

»Ach was, Sie stören nicht. Ich kann später noch mit ihr sprechen, und beim Nähen kann man sich ganz gut unterhalten.«

Sie führte den jungen Mann nach unten. Hanka hob den Kopf, als sie die Klinke hörte. Sie nahm die Nadeln aus dem Mund und sagte: »Guido. Wie schön, dass Sie mich besuchen.« Sie stand auf, ging ihm entgegen, nahm die Blumen. »Was für ein schöner Strauß. Aber leider habe ich gar keine Zeit für Sie. Sehen Sie, ich muss arbeiten. Kundenwünsche erfüllen.«

»An einem Sonntag?«

»Wann denn sonst? Wochentags gehe ich doch zur Schule. Danach muss ich für den Schulabschluss büffeln, sonst schaffe ich mein Abitur im nächsten Jahr nicht.«

Der junge Mann nickte und sah plötzlich verzagt aus. Annekathrin wandte sich ab und blätterte in Hankas Musterbuch, während Hanka ihm eine Hand auf den Arm legte. »Nicht traurig sein, Guido. Heute Nachmittag könnte ich vielleicht für ein halbes Stündchen.«

»Das wäre schön«, erwiderte der junge Mann, und Annekathrin wusste schon jetzt, dass Hanka ihm recht bald das Herz brechen würde.

Sie lächelte ihn zuckersüß an, dann schob sie ihn einfach zur Tür hinaus, winkte ihm noch einmal kurz zu und setzte sich dann wieder hinter die Nähmaschine.

»Der arme Kerl«, erklärte Annekathrin.

Hanka lachte. »Ich habe ihn nicht gebeten zu kommen. Außerdem ist es besser, wenn er von Anfang an lernt, dass sich nicht alles um seine Wünsche dreht.«

»Heißt das, du hast ihn weggeschickt, obwohl du jetzt Zeit für ihn hättest?«

»Natürlich. Den Röcken ist es gleichgültig, wann sie gekürzt werden. Wie gesagt: Man muss die Männer vom ersten Tag an erziehen. Außerdem wirke ich interessanter, wenn ich nicht sofort in alles einwillige.«

Annekathrin konnte nur den Kopf über ihre Schwester schütteln. »Gefällt er dir denn?«

»Er ist in Ordnung.«

»Aber eine Beziehung mit ihm willst du nicht?«

Hanka fuhr hoch. »Nein, natürlich nicht.«

»Dann solltest du ihm das sagen.«

»Findest du, ja?« Hanka lächelte schief. »Ich habe ihn nicht aufgefordert, mir Blumen zu bringen.«

Annekathrin seufzte. Sie hätte noch mehr zu diesem Thema sagen können, aber sie unterließ es.

»Warum bist du eigentlich hier?«, wollte Hanka wissen. »Soll ich dir auch einen Rock kürzen?«

»Nein. Ich wollte dich etwas fragen.«

»Aha. Schieß los.«

»Ich muss für meine Abschlussarbeit eine Fotostrecke machen. Hättest du Lust, mein Model zu sein?«

»Was soll ich denn machen?«

»Ich dachte an eine Art fotografische Modenschau. Du trägst einfach nur deine eigenen Sachen, und wir stellen dich in eine passende Landschaft.«

»Das ist alles?«

»Nein, das ist nicht alles. Es gibt eine Geschichte dazu, die ich erzählen möchte. Aber die muss ich mir noch ausdenken. Der Aufnahmeort soll im Auwald sein.«

»Was zahlst du dafür?«

»Wie bitte?« Annekathrin traute ihren Ohren nicht.

»War nur Spaß. Du bist ja meine Schwester«, erklärte Hanka lachend, aber Annekathrin wusste, dass dieser Gefallen sie einiges kosten würde.

Kapitel 5
1962

Am nächsten Sonntagmorgen herrschte Nebel in Leipzig. Ein Sommernebel, der sich über die Stadt legte wie eine undurchsichtige Decke. Es war gerade halb sieben, als Annekathrin erwachte. Als sie aus dem Fenster sah, zerrte sie an der Bettdecke ihrer Schwester. »Aufwachen, Hanka. Wir müssen fotografieren gehen.«

Hanka murrte und zog die Decke wieder über sich. »Ich bin gerade erst nach Hause gekommen. Ich bin müde.«

Aber Annekathrin ließ nicht locker, und eine halbe Stunde später saßen die Schwestern auf ihren Fahrrädern und fuhren in den nahen Stadtwald, vorbei am Freibad Schleußig, am Liebesdenkmal und hin zum Durchbruch, einer kleinen Staustufe.

Annekathrin bat Hanka, in die Mitte der Staustufe zu gehen, so dass sie mit den Füßen im Wasser stand und der Nebel ihr um die Beine waberte. Sie schoss einen ganzen Film durch, ließ Hanka die unterschiedlichsten Posen einnehmen. Erst als Hanka »Ich friere, meine Beine sind schon ganz blau« rief, hielt Annekathrin inne. Sie reichte ihrer Schwester einen Becher heißen Kaffee aus der Thermoskanne und legte einen neuen Film ein. »Du hast phantastisch ausgesehen. Wie eine Meerjungfrau.«

Hanka warf sich die Haare über die Schulter. »Das möchte ich auch sein. Schließlich bin ich nicht zum Spaß mitten in der Nacht aufgestanden. Wie geht es jetzt weiter?«

Annekathrin schürzte die Lippen. »Du hast ein paar deiner selbst genähten Kleider dabei. Ich denke, wir sollten noch eine Serie in diesen Kleidern am Liebesdenkmal fotografieren.«

Das Liebesdenkmal befand sich an der Rückseite einer Kleingartenanlage und erzählte angeblich die Geschichte zweier Liebender, die einander nicht lieben durften und gemeinsam gestorben waren. Es war nur eine verwitterte Sandsteinsäule neben dem Weg. Die Inschrift war nicht mehr zu lesen, und Annekathrin kannte niemanden, der wirklich wusste, was einst hier geschehen war.

Es war bereits Mittag, der Nebel längst verzogen, als sie fertig waren. Annekathrin klopfte zufrieden auf ihre Kamera. »Ein paar schöne Bilder sind dabei, das weiß ich genau«, erklärte sie.

»Wann kann ich sie sehen?«, wollte Hanka wissen.

»Heute Abend. Ich gehe gleich nach dem Mittagessen in das Fotostudio und entwickle sie.«

»Das hat dir dein Meister erlaubt?«

»Ja, hat er. Ihm ist daran gelegen, dass sein Lehrling einen guten Abschluss macht.«

Später wollte Hanka ihre Schwester begleiten. »Ich bin so aufgeregt. Endlich bekomme ich einmal anständige Fotos von mir.«

»Ich habe die Bilder nicht gemacht, damit du Abschiedsgeschenke an deine Verehrer verteilen kannst. Es geht bei mir um die Abschlussnote.«

»Bitte, ich werde dich auch nicht stören.« Annekathrin seufzte: »Wollte dein Verehrer nicht heute Nachmittag kommen?«

Hanka zuckte mit den Schultern. »Ich habe ihn nicht eingeladen. Er muss begreifen, dass er nicht immer so einfach angelatscht kommen darf.«

Annekathrin schüttelte den Kopf. Wenn sie das mit ihrem Freund machen würde, sie glaubte nicht, dass Armin das so hinnehmen würde. Aber Hanka war eben Hanka.

Darauf zog sie sich mit den Filmen in die Dunkelkammer zurück, während Hanka im Verkaufsraum in der Nische für die Passbilder saß. Sie blätterte in der »Sibylle«, die Annekathrin begierig las, aber nicht aus modischem Interesse, sondern weil die Fotografien so unheimlich gut waren. »Kunst« nannte Annekathrin die Bilder. Hanka blätterte, besah sich die Mannequins auf den Seiten, die in Alltagssituationen auf der Straße dargestellt wurden. Eines stand an einer Ampel, ein anderes stieg gerade in ein Taxi ein. Was sollte daran besonders sein?

Sie stellte die Frage laut. Und Annekathrins Stimme drang gedämpft aus der Dunkelkammer. »Die Fotos sind von Arno Fischer. Er lehrt an der Kunsthochschule Berlin Weißensee. Er ist sehr bekannt und sieht die Modefotografie als Teil der Kunst.«

»Aha.« Hanka blätterte weiter. Pff. Was nicht plötzlich alles Kunst war! Früher war die Fotografie ein Handwerk. Das sah man schon daran, dass viele Fotogeschäfte zu den PGHs gehörten. Annekathrins Fotograf zum Beispiel war in der PHG »Neuer Blick«. Wäre er das nicht, dürfte er nicht ausbilden. Und das Maßatelier. Auch Handwerk, allerdings noch nicht

Mitglied einer Produktionsgenossenschaft. Wenn das mit der Sitte, alles als Kunst zu betrachten, so weiterging, würden die Friseure sich alsbald »Haarkünstler« nennen.

»Sag mal, was willst du eigentlich nach der Schule machen?«, hörte sie Annekathrins Stimme aus der Dunkelkammer. »Du machst bald dein Abitur. Langsam musst du dich entscheiden. Warst du nicht letzte Woche bei der Studienberatung?«

Hanka legte die Zeitschrift zur Seite. »Ja, war ich.«

»Und?«

»Was und?«

»Was hat man dir empfohlen?«

»Dasselbe wie allen anderen auch: Lehrerin.«

»Lehrer werden gesucht.«

»Trotzdem möchte ich nicht in einer Schule unterrichten«, erwiderte Hanka. »Rotznasen großziehen. Nein, dafür bin ich nicht gemacht.«

»Wofür bist du denn gemacht?«

Hanka lächelte. »Ich bin für die Mode gemacht. Ich werde mich an der Kunstgewerbeschule bewerben, Abteilung Textil.« Ihr fiel nicht auf, dass auch hier das Wort »Kunst« eine Rolle spielte.

»Und wenn du abgelehnt wirst? Du weißt ja, dass Arbeiter- und Bauernkinder bevorzugt werden.«

»Dann gehe ich in den Westen.« Hanka hatte nicht nachgedacht, als sie das sagte, aber jetzt, da es ausgesprochen war, spann sie diesen Gedanken weiter. »Weißt du, ich könnte nach Frankfurt gehen. Zu Mamas Schwester Betty. Ich könnte dort Mode studieren und später Modegestalterin werden. So wie Christian Dior. Ja, das wäre was!« Ihre Stimme klang immer begeisterter. »Meine Entwürfe könnte ich in Paris und New York zeigen. Hier nur in Kleinzschocher und Taucha.«

Plötzlich ging die Tür auf. Annekathrin kam aus der Dunkelkammer. »Was redest du denn da? Das kann dich Kopf und Kragen kosten.«

»Ich erzähle doch nur dir davon.«

»Also hast du es nicht ernst gemeint?«

Hanka zuckte mit den Schultern. »Wer weiß? Wie sind die Fotos geworden?«

Annekathrin lächelte. »Ich bin zufrieden. Die Serie erzählt eine Geschichte. Genau, wie ich es wollte.«

»Meine Geschichte?«, wollte Hanka begierig wissen.

»Nein, die Geschichte, die ich erzählen wollte.«

»Und die wäre?«

»Die vier Elemente. Wasser, Feuer, Erde und Luft.«

»Aber du hast mich doch nur im Wasser und am Liebesdenkmal fotografiert«, warf Hanka ein.

»Ja, das stimmt. Der Sonnenaufgang steht bei mir für das Feuer. Du wirst es gleich sehen, deine Haare auf dem Foto sehen aus, als stünden sie in Flammen.«

»Und Erde?«

»Dafür hatte ich noch keine Idee. Aber ich würde dich gern noch einmal fotografieren. Mit beiden Beinen auf der Erde. Verstehst du?«

Hanka nickte. Besonders originell kam ihr die Idee nicht vor, aber was machte das schon. »Kann ich sie sehen?«

Annekathrin nickte. »Aber sei vorsichtig. Ich habe von jedem nur fünf Abzüge. Drei für die Berufsschule, einen für dich und einen für mich.«

Annekathrin nahm Hanka mit in die Dunkelkammer, in der die Fotos auf einer Leine hingen. Im dämmrigen Licht leuchtete auf jedem Bild Hanka. Einmal groß und schlank, die Füße vom Wasser umspült, dann im Licht der aufgehenden Sonne, die durch Hankas dünnes Kleid schien und ihre Konturen sichtbar machte. Annekathrin deutete auf dieses Bild. »Wenn dir das zu freizügig ist, kann ich es auch rauslassen.«

»Quatsch, es ist schön. Es ist toll. Deine Fotos sind alle toll.« Hanka konnte sich nicht sattsehen daran. Erst als Annekathrin drängelte, verließ Hanka die Dunkelkammer. Zwei Sachen hatte sie heute erkannt: Erstens, dass sie schön war. Und zweitens, dass es für sie unabdingbar war, sich ihre Träume zu erfüllen. Aber darüber würde sie nicht sprechen. Nicht mit ihren Freundinnen, nicht mit ihrer Schwester und nicht mit den Eltern. Erst einmal sehen, was kam.

Vier Wochen später fand Annekathrins Abschlussveranstaltung statt, die Übergabe der Zeugnisse und die Eröffnung der Ausstellung. Hanka hatte ihrer Schwester dafür ein Kleid genäht. Es war ein ärmelloses Kleid aus Kunstleder mit waage- und senkrechten Teilungsnähten. Annekathrin konnte das Modell bei warmem Wetter ohne Bluse und bei kaltem Wetter mit einer Bluse oder einem leichten Pulli darunter tragen. Im Winter dazu knielange Stiefel, im Sommer weiße Riemchensandalen.

Annekathrin fühlte sich schön in diesem Kleid, das sah Hanka. Ihre Schwester strahlte, als sie auf der Bühne in der

Aula der Berufsschule ihr Zeugnis erhielt. Sie war die Zweit-beste ihres Jahrgangs geworden. Der junge Mann, der noch ein kleines bisschen besser war als sie, würde im September bei der »Leipziger Volkszeitung« anfangen. Annekathrin würde erst einmal im Fotoatelier bleiben und sich sehr genau überlegen, was sie später machen wollte. Sie hatte da schon eine Idee, aber die kam ihr selbst beinahe zu kühn vor.

Nach der feierlichen Verleihung wurden die Gäste in das Foyer der Berufsschule geleitet, wo der Direktor die Aus-stellung der Absolventen eröffnete. Jungen und Mädchen aus dem Jahrgang darunter eilten mit Tabletts hin und her, auf denen Sektgläser standen. Dann schlenderten die Eltern und Geschwister an den langen Fotoreihen vorbei, die sich durch das ganze Treppenhaus bis nach oben in den zweiten Stock zogen.

Annekathrin stand neben Armin. Die Aufregung hatte ihre Wangen gerötet. »Meinst du, den Leuten gefallen meine Ar-beiten?«, wollte sie wissen.

Armin lächelte. »Auf jeden Fall. Sie sind anders. Sie sind be-sonders. Das kann jeder sehen.«

Annekathrin lächelte verlegen. Sie blickte zu ihren Eltern, die langsam, Sektgläser in der Hand, von Bild zu Bild gingen und jedes einzelne betrachteten. Plötzlich ging ein Raunen durch die Anwesenden. Eine noch junge und sehr gut geklei-dete Frau betrat das Foyer. Jeder Schüler wusste, wer diese Frau war. Es war Sibylle Gerstner, Gründerin und Herausgeberin der »Sibylle«. Die Absolventen hielten den Atem an. Sie wuss-ten, warum Frau Gerstner hier war. Sie suchte nach neuen Blickwinkeln in der Fotografie, nach neuen Mitarbeitern. Frau

Gerstner lächelte in die Runde, nahm ein Glas Sekt in Empfang und wurde vom Direktor begrüßt, dann begann sie ihren Rundgang, begleitet vom halben Direktorium der Schule. Etliche Schüler schlossen sich an, so dass vor den einzelnen Arbeiten regelrechte Trauben entstanden. Hanka stieß ihre Schwester leicht an. »Willst du nicht mitgehen und hören, was die Gerstner zu deinen Fotos sagt? Immerhin könnten sie gut als Modefotos durchgehen.«

Annekathrin schüttelte den Kopf. »So schön sind meine Bilder auch wieder nicht.«

Beinahe im selben Augenblick drehte sich der Direktor suchend um. »Annekathrin Salomon?«, rief er durch die Menge. »Sind Sie hier, Fräulein Salomon?«

Annekathrin stand wie erstarrt. Armin gab ihr einen leichten Schubs in den Rücken. »Du bist gemeint.«

Da trat Annekathrin einen Schritt nach vorn und hob den Arm, als säße sie noch in der Schulklasse.

»Kommen Sie her, meine Liebe, nur keine Furcht.«

Annekathrin schluckte. Sie drückte noch einmal kurz Armins Hand, sah zu ihrer Mutter, die ihr zunickte, und begab sich dann zum Direktor und Frau Gerstner. Es waren nur ungefähr ein Dutzend Schritte, die sie gehen musste, und doch lief in dieser Zeit ein ganzer Film in Annekathrins Kopf ab: Ob ihr meine Fotos gefallen? Nein, das kann nicht sein. Sie sieht jeden Tag Bilder der größten Fotografen des Landes, was will sie da mit meinen Bildern? Und wenn doch? Wenn sie mich etwas fragt, was soll ich dann sagen?

Endlich stand sie vor Frau Gerstner und wagte kaum, dieser wichtigen Frau in die Augen zu blicken.

»Guten Tag, Fräulein Salomon, ich freue mich, Sie kennen-zulernen.«

»Danke«, antwortete Annekathrin ein wenig stockend. »Ich freue mich auch.«

»Nun, Ihre Arbeiten sind ganz erstaunlich. Ich würde mich sehr freuen, mehr davon zu sehen. Aber erst einmal möchte ich gern wissen, wer Ihr Model war. Die junge Frau auf den Fotos.«

»Das ... das ist meine Schwester Hanka.«

»Sie ist nicht zufällig auch hier?«

»Doch.« Annekathrin wollte sich umsehen, doch schon stand Hanka neben ihr.

»Ach, da sind Sie ja.«

Frau Gerstner betrachtete Hanka von oben bis unten. »Foto-grafieren Sie auch?«

»Nein. Ich nähe lieber«, erwiderte Hanka, nicht die Spur verlegen.

»Sie arbeiten in der Textilbranche?«

Erneut verneinte Hanka. »Ich möchte an die Kunstgewer-beschule.«

»Haben Sie viel Freizeit?«, wollte Frau Gerstner weiter wis-sen. »Was machen Sie an den Wochenenden?«

»Ich gehe tanzen. So wie alle.«

»Was halten Sie davon, als Mannequin für uns zu arbeiten? Nur hin und wieder, die Ausbildung geht schließlich vor.«

»Als Mannequin? Ich? Aber meine Schwester ist doch viel hübscher als ich.« Hanka warf einen Blick zu Annekathrin, die, obwohl sie kleiner war als Hanka und nicht so schlank wie sie, in der Verwandtschaft als die Hübschere galt. Die große, schlanke Hanka wirkte stets ein wenig kühl. Sie war eine Schönheit, aber sie war nicht immer hübsch.

»Haben Sie Lust? Wollen Sie einmal zu Probeaufnahmen kommen?«

Hanka schluckte, blickte sich hilfesuchend nach ihren Eltern um. »Da muss ich erst fragen.« Jetzt stammelte sie auch ein wenig.

Elli und Rudi waren inzwischen dazugekommen. »Wir würden es erlauben«, warf Elli ein und reichte Frau Gerstner die Hand. »Ich bin die Mutter der beiden, Eleonore Salomon, und das hier ist mein Mann Rudi. Wir hatten früher ein großes Maßatelier in der Innenstadt.«

»Das Maßatelier Salomon? Wer kennt es nicht?« Frau Gerstner zeigte sich erfreut. »Da haben Ihre beiden Töchter die Mode also mit der Muttermilch aufgesogen.«

»Ja, das kann man so sagen.« Elli legte Annekathrin eine Hand auf die Schulter, während sich Rudi neben Hanka stellte. »Wir sind sehr stolz auf Hanka und Annekathrin.«

»Sie wären also mit Modeaufnahmen einverstanden? Annekathrin kann gern mitkommen, wenn sie möchte«, ergänzte Frau Gerstner und blickte zu Annekathrin. »Vielleicht kannst du dir dabei von unseren Hausfotografen noch den einen oder anderen Trick abgucken.«

»Nur, wenn sich das Leben unserer Töchter dadurch nicht grundlegend ändert«, erwiderte Elli und wusste noch nicht, welche Macht diese Worte hatten.

Kapitel 6
1962

»Den Kopf etwas nach hinten. Ja, so ist es gut. Lass die Haare fliegen.«

Annekathrin war beeindruckt zu sehen, dass ihre Schwester genau das tat, was von ihr verlangt wurde. Und noch dazu ohne Murren und Maulen. Im Gegenteil, sie lächelte die ganze Zeit.

»Jetzt hock dich mal hin und schling die Arme um die Knie.« Der Fotograf wedelte mit der Hand, weil Hanka nicht schnell genug war.

»Nicht so. Man soll deine Brüste sehen.«

»So?«

»Weiter nach vorn. Ja, so ist es gut.«

Annekathrin hörte das Klacken des Fotoapparates. Zu gern hätte sie jetzt selbst fotografiert, aber sie war nur als Anstandswauwau dabei. Elli hatte nämlich ihr Einverständnis nur gegeben, wenn Hanka nicht allein mit dem Fotografen war.

»Raucherpause!« Der Fotograf ließ die Kamera sinken. Hanka zog sich einen dünnen Bademantel über, obschon die Sonne vom Himmel gleißte.

Der Fotograf bot Annekathrin eine Zigarette an.

»Danke, ich rauche nicht.«

»Und du, Mädel?« Der Fotograf hatte sich weder vorgestellt, noch hatte er die Mädchen nach ihren Namen gefragt.

»Ja, gern«, erwiderte Hanka, nahm eine aus der angebrochenen Packung und ließ sich Feuer geben. Das tat der Fotograf mit einem Feuerzeug, das eindeutig aus dem Westen kam.

Annekathrin hatte versucht, dem Mann auf die Finger zu schauen. Sie wollte von ihm lernen, aber hier ging alles so schnell.

»Sagen Sie bitte, könnte ich auch ein wenig fotografieren?«, fragte sie schüchtern.

Der Fotograf runzelte die Stirn. »Warum das denn?«

»Ich bin auch Fotografin und möchte dazulernen.«

Jetzt grinste der Mann. »Dann mal los.« Er nahm ein Päckchen Stimorol-Kaugummi aus seiner Hosentasche, warf die Zigarette auf den Boden und trat sie aus, dann steckte er sich den Kaugummi in den Mund, ohne den Mädchen etwas davon anzubieten.

Westkaugummi, wusste Annekathrin. Und das Feuerzeug. Es hieß, der Mann sei sogar schon einmal auf der Fashion Week in Paris gewesen und habe dort für das Modeinstitut der DDR fotografiert. Und für die »Sibylle« fotografierten ohnehin nur die Stars der DDR-Fotoszene.

»Was hast du denn für eine Kamera?«, wollte der Mann wissen.

»Eine Pentacon F.«

»Gute Anfängerkamera. Ich habe eine Canon.«

Eine Westkamera, auch das wusste Annekathrin. »Und? Ist sie so viel besser als zum Beispiel eine Zeiss Ikon?«, fragte sie und verschwieg, dass sie ihre Kamera auch aus dem Westen hatte.

»Keine Frage. Himmelweiter Unterschied.« Er schob den Kaugummi von der rechten in die linke Backentasche. Dann schaute er nach oben und verzog das Gesicht. »He, ihr von der Maske. Jetzt macht das Mannequin mal fertig, es ziehen Wolken auf.«

Hanka schreckte hoch, ließ sich von einer jungen Frau Puder auf die Nase stäuben, die Augen mit schwarzem Kajal umranden und von einer anderen ihre langen Haare auftoupieren und ein Haarband hineinflechten. Eine weitere Frau kam dazu, sie war schon etwas älter. Sie war Redakteurin bei der »Sibylle« und wurde Suse gerufen. Sie brachte ein sehr kurzes Kleid mit riesigen graphischen Mustern, das Annekathrin im Leben nicht angezogen hätte, weil sie fand, dass es wie eine Tapete aussah. Hanka schlüpfte in das Kleid, der Fotograf hob die Kamera und schickte Hanka balancierend über einen Baumstamm. Auch Annekathrin hatte ihre Kamera vor dem Auge und fotografierte, aber sie fand nicht den richtigen Winkel. Höher, sie musste höher hinauf, damit das Muster nicht das ganze Foto beherrschte. Sie blickte sich um, sah einen Baum und kletterte in Sekundenschnelle auf den untersten Ast. Sie klammerte sich mit den Füßen fest, lehnte sich mit dem Rücken gegen den Stamm und schoss eine ganze Reihe von Fotos.

Der Fotograf betrachtete sie misstrauisch, dann sagte er: »Die Fotos will ich dann sehen. Was hast du für einen Film?«

»ORWO NP20«, erwiderte Annekathrin.

»Blende?«

»Sonne lacht, Blende acht.«

»Belichtungszeit?«

»1/125 Sekunden.«

Der Fotograf nickte, und Annekathrin fühlte sich wie in einer Prüfung.

»Mach mal weiter«, forderte er sie auf, aber Annekathrin hatte andere Pläne. Sie stieg vom Baum, transportierte den Film bis zum Ende, nahm in heraus, steckte ihn in eine schwarze Plastikröhre und schob ihn in ihre Tasche. Dann legte sie einen neuen Film in die Kamera.

»Was hast du jetzt vor?«, wollte der Fotograf wissen. Mittlerweile war der Himmel von Wolken bedeckt, und am Horizont tauchte eine schwarze Gewitterwand auf.

»Modefotos in der Sonne sind nicht besonders originell«, erklärte sie und hätte sich am liebsten sofort auf die Zunge gebissen. Sie stand vor einem international anerkannten Fotografen! Und sie nannte ihn unoriginell. »Ich meine, Ihre Fotos sind bestimmt toll, aber ich möchte etwas anderes ausprobieren.«

»Fotos im Regen etwa?« Der Fotograf verzog spöttisch den Mund.

Annekathrin schluckte. »Ja. Regenfotos. Ich möchte zeigen, wie sich die Stoffe an den Körper schmiegen.«

Sie zog den Kopf ein, weil sie auf ein Donnerwetter wartete. Oder auf hämisches Gelächter. Aber Suse, die Redakteurin, nickte. »Warum nicht? Ausprobieren können wir es ja.«

Der Fotograf seufzte und zündete sich eine Zigarette an. »Na gut, meinetwegen. Aber beschwert euch hinterher nicht.« Dann kramte er in seiner riesigen Fototasche. »Mal sehen, ob ich noch genug Filme dabeihabe.« Er schaute zu Suse. »Oder hast du noch ein paar Agfa-Filme für mich?«

Annekathrin schnappte nach Luft. Vor Empörung fand sie keine Worte.

»Ist was?«, fragte der Fotograf verwundert.

»Ja«, stammelte Annekathrin und spürte, wie sie rot wurde. Anders als Hanka fiel es ihr schwer, für sich einzustehen. Aber Hanka erfasste die Lage. »Es war die Idee meiner Schwester. Also sollte auch meine Schwester die Fotos machen«, erklärte sie und verschränkte die Arme vor der Brust.

Jetzt lachte der Fotograf. »Die Krümel sollten schweigen, wenn der Kuchen spricht.«

Suse aber meinte: »Hanka hat schon recht. Es war Annekathrins Idee. Und im Grunde bist du hier für heute sowieso fertig. Deine Fotos hast du im Kasten, und für das Regenexperiment könnten wir dich auch gar nicht bezahlen.«

Der Fotograf schoss einen vernichtenden Blick auf Annekathrin, dann räumte er beleidigt seine Kamera in die Fototasche, stieg in seinen Wartburg und brauste davon.

Suse aber lächelte Annekathrin zu. »Hast du noch genug Filme?«

Annekathrin nickte.

Die Redakteurin kramte dennoch in ihrer riesigen Umhängetasche und förderte zwei Agfa-Filme, zwei Westfilme, aus der Tasche. »Hier, nimm die.«

»Oh, danke schön. Ich wusste gar nicht …«

»Ja, die ›Sibylle‹ hat für besondere Aktionen ein Kontingent an Westfilmen. Sie lagern in einer Kühlhalle neben dem Hauptbahnhof.«

Annekathrin strahlte und legte sofort den Agfa-Film in ihre Kamera. Dann warteten sie noch zehn Minuten, bis das Gewitter endlich losbrach. Hanka trug mittlerweile ein weißes Kleid, das nur am Hals von einem ringförmigen Kragen gehalten wurde. Die Maskenbildnerin hatte gefragt, ob sie Hanka neu schminken sollte, doch Annekathrin hatte verneint. Und schon prasselte der Regen nieder. Die Redakteurin und die Maskenbildnerin hatten sich ins Auto, einen Barkas, zurückgezogen und beobachteten aus dem Fenster, was Annekathrin tat.

»Heb die Arme und halte dein Gesicht in den Regen«, bat Annekathrin ihre Schwester. »Lass den Regen von deinen Haaren ins Gesicht tropfen. Ich will, dass die Wimperntusche verläuft.« Immer neue Anweisungen gab Annekathrin, und Hanka gehorchte ihr ebenso wie zuvor dem Fotografen.

Als beide Filme voll waren, fuhren sie alle gemeinsam zurück in die Redaktion in der Waldstraße.

»Kannst du die Bilder hier entwickeln?«, fragte die Redakteurin.

»Ja, warum nicht.«

»Gut, dann warte ich, bis du fertig bist.«

»Das kann dauern.«

»Gut Ding will Weile haben, oder nicht? Mein Schreibtisch ist voll. Aber ich möchte unbedingt deine Fotografien sehen.«

Hanka setzte sich auf einen Stuhl, der neben Suses Schreibtisch stand. »Dann warte ich auch.«

Annekathrin schüttelte den Kopf. »Du fährst nach Hause. Du hast vorhin gefroren. Du brauchst einen heißen Tee, damit du dich nicht erkältest.«

Auch Suse stimmte ein, und so fuhr Hanka nach Hause, während Annekathrin in der bestens ausgestatteten Dunkelkammer der »Sibylle« ihre Fotos entwickelte. Als sie damit fertig war, war es draußen schon dunkel. Sie rief nach Suse. Sofort sprang die Redakteurin auf und kam in die Kammer, in der die Fotos nicht zum Trocknen auf einer Leine hingen, sondern durch eine Trockenpresse liefen.

Suse nahm ein Foto nach dem anderen auf. Mal nickte sie, dann wurde Annekathrin leicht ums Herz, und mal schüttelte sie den Kopf, und Annekathrins Herz sank bis in die Socken. Es dauerte schier unendlich, bis Suse endlich fertig war. Dann sagte sie einfach: »Gut. Wir nehmen sie.«

»Wie?«

»Deine Fotos. Wir nehmen sie alle.«

Durch Annekathrin fuhr die Freude wie ein Stromschlag. »Wirklich?«

»Ja, wirklich. Du kannst die Rechnung an unsere Buchhaltung schicken.«

Annekathrin strahlte über das ganze Gesicht. Dann aber fiel ihr noch etwas ein: »Kann ich die Filme behalten, die Negative?«

»Nein, Schätzchen. Die kaufen wir mit. Aber du kannst dir Abzüge machen, so viele, wie du willst.«

Es dauerte noch zwei Monate, ehe Annekathrins Regenbilder in der »Sibylle« erschienen. Sie hatte vom Verlag zwei Belegexemplare der Zeitschrift erhalten, aber Elli stand trotzdem früh am Zeitungsstand und verlangte weitere Exemplare.

»Was willst du mit den ganzen Zeitschriften?«, fragte Annekathrin.

»Eine ist für deine Großeltern, eine schicke ich meiner Schwester nach Frankfurt am Main, aus der nächsten schneide ich alle Fotos aus und lasse sie ordentlich rahmen, damit wir sie ins Atelier hängen können. Eine Zeitschrift möchte ich selbst behalten, und zwei hebe ich als Reserve auf. Du solltest dir übrigens auch noch ein paar ergattern. Falls du dich mal wo vorstellen willst, hast du gleich etwas vorzuweisen.«

Am begeistertsten aber war Hanka. Stundenlang hockte sie über den Bildern und berauschte sich daran. »Hast du jemals gedacht, dass ich so schön sein kann?«, fragte sie ihre Schwester.

»Ja«, erwiderte Annekathrin. »Du warst schon immer schön.«

»Ob Mama das auch denkt?«

»Mama weiß es. Du warst die Einzige, die es nicht wusste.«

»Warum habt ihr mir das nie gesagt?«, wollte Hanka wissen.

Annekathrin lachte. »Weil du so schon eingebildet genug bist.«

»Ich will meinen Mannequinschein machen«, erklärte Hanka im November. Die Fotostrecke in der »Sibylle« hatte für so viel Wirbel gesorgt, dass die anderen Abiturienten der Max-Klinger-EOS, der Erweiterten Oberschule, sie auf dem Schulhof anstarrten. Noch immer. Sie hatte seit September so viele Einladungen von Jungs erhalten wie nie zuvor. Sie war mit Eric tanzen gewesen, mit Ronny im Kino, mit Sven auf einer Wanderung. Friedhelm hatte sie zum Essen eingeladen, und Marc wollte sogar eine Party für sie veranstalten. Nur Guido hatte sich nicht gemeldet.

»Bist du traurig deswegen?«, hatte Annekathrin ihre Schwester gefragt. »Und glücklich über die anderen?«

Hanka schürzte die Lippen. Es war später Abend. Sie lagen in ihrem gemeinsamen Zimmer im Bett, Hanka auf der Seite, den Daumen an die Oberlippe gepresst, Annekathrin auf dem Rücken, die Arme unter dem Kopf verschränkt.

»Die wollen doch alle nur mit mir gesehen werden«, erklärte Hanka, und Annekathrin hörte Enttäuschung in ihrer Stimme. »Die halten sich für ganz tolle Kerle. Für mich interessieren sie sich eigentlich gar nicht. Ich bin für sie wie eine Westjeans. Mit der kann man auch Eindruck schinden, aber wie sie zusammengesetzt ist, kümmert keinen.« Sie lachte freudlos.

»Und Guido?«, fragte Annekathrin. Sie wusste, dass sich ihre Schwester ein paar Mal mit dem jungen Mann getroffen hatte. Sie hatte gedacht, Guido wäre Hankas fester Freund, so wie Armin ihr fester Freund war, aber Hanka hatte ihn noch nicht den Eltern vorgestellt.

»Guido hat sich, seitdem die Fotos erschienen sind, nicht mehr gemeldet.«

»Vermisst du ihn?«

»Ja, ein bisschen schon. Bei ihm war ich sicher, dass er *mich* will und nicht das Mannequin aus der Zeitung.«

»Glaubst du, er kommt wegen der Fotos nicht mehr?«, fragte Annekathrin in die Dunkelheit.

»Ich weiß es nicht, aber möglich ist das schon.«

»Dann geh du doch zu ihm, wenn er dir fehlt.«

Hanka schreckte hoch. »Ich? Ich laufe doch keinem Jungen nach. Ganz bestimmt nicht. Er muss sich schon um mich bemühen und nicht umgekehrt.«

»Vielleicht wartet er aber darauf, dass du kommst. Vielleicht haben die Fotos ihn eingeschüchtert.«

Hanka antwortete nicht. Draußen fuhr ein Auto vorbei. Seine Scheinwerfer glitten wie leuchtende Finger über die Decke des Zimmers. Von nebenan war ein Fernseher zu hören.

»Vielleicht wartet er, dass du kommst«, wiederholte Annekathrin.

Hanka seufzte. »Was soll ich denn mit einem, der schon bei den ersten Fotos eingeschüchtert ist? Ich will Mannequin werden. Ich will mich zeigen.«

»Er könnte sich daran gewöhnen.«

»Dazu müsste er erst einmal mit mir reden.«

»Hast du dich schon an der Kunstgewerbeschule beworben?«, wechselte Annekathrin das Thema.

»Ja, na ja, ich habe die Unterlagen fertig, aber ich habe sie noch nicht abgeschickt.«

»Warum nicht?«

»Man muss sich mit eigenen Arbeiten bewerben.«

»Du hast doch genug davon.«

»Ich möchte … könntest du …«

»Spuck's endlich aus.«

»Könntest du davon eine Fotostrecke machen?«

»Ja, natürlich. Aber im Augenblick habe ich nicht viel Zeit.«

»Ich könnte dich dafür bezahlen. Wie bei einem richtigen Auftrag.«

»Nein, Hanka, das brauchst du nicht. Du bist meine Schwester. Wie passt dir der Samstag? Ich schlage vor, wir machen die Fotos draußen.«

»Draußen? Ist das nicht zu kalt?«

»Nein, nein, ich habe da schon eine Idee.«

»Verrätst du mir sie?«

»Nein, erst wenn ich noch mehr darüber nachgedacht habe.«

Kapitel 7
1962

Annekathrin arbeitete noch immer im Fotostudio. Sie machte Passbilder, brachte Babys zum Strahlen, wünschte Hochzeitspaaren Glück und lichtete Familien in ihren guten Kleidern ab. »Die Fotos müssen besonders gut werden. Wissen Sie, wir wollen die in den Westen schicken«, erklärten die Brautmütter, die Säuglingsmütter und die Familienmütter.

Und Annekathrin gab sich Mühe. Sie hatte sich in der Deutschen Bücherei alle Fotobände angeschaut, die in der Ausleihe zu bekommen waren. In einem ungarischen Band hatte sie einen Hinweis auf einen amerikanischen Fotografen namens Richard Avedon erhalten. Das abgebildete Foto beeindruckte sie sehr. Darauf stand ein Mannequin zwischen zwei Elefanten. Die Dickhäuter betonten die schlanke Silhouette der Frau und deren schwarzes Kleid mit weißer Schärpe. Dann war da noch ein anderes Foto, das ihr gefiel: Eine Frau im Regenmantel und mit Regenschirm sprang über eine Bordkante. Das Foto wirkte so besonders, weil es eine alltägliche Szene abbildete.

Annekathrin begab sich zu den Karteikästen, in denen der Buchkatalog untergebracht war. Sie suchte nach dem Schlagwort Fotografie und blätterte die Karten durch. Sie fand zahlreiche Bücher über August Sander, *den* Fotografen der Jahrhundertwende. Sie fand ein Buch über die Fotografie am Bauhaus, ein paar über tschechische Absolventen der berühmten Prager Hochschule für Film und Fotografie und ein ganzes Dutzend über die Fotografie in der Sowjetunion. Von Richard Avedon gab es nichts. Bei der Buchausgabe fragte sie: »Sagen Sie bitte, was muss ich tun, um ein Buch über einen amerikanischen Fotografen zu entleihen? Ich habe im Katalog nichts gefunden.«

Der junge Mann hinter der Ausgabe betrachtete sie ausgiebig, bevor er antwortete: »Brauchen Sie das Buch beruflich? Sind Sie Journalistin einer Zeitung? Können Sie eine Bescheinigung Ihres Arbeitgebers vorlegen?«

»Äh … nein, das kann ich nicht. Ich wusste nicht, dass ich so etwas benötige.«

»Wozu brauchen Sie denn das Buch? Schreiben Sie an einer Doktorarbeit?«

»Nein, ich bin Fotografin. Ich wollte mir Anregungen holen für meine Arbeit.«

»Da kann ich Ihnen nur das Buch der sowjetischen Modefotografie empfehlen. Die Bilder von Peter Segal und Ewgenija Kurakina sind wirklich sehr inspirierend.«

Annekathrin wollte den Kopf schütteln. Gab es in der Sowjetunion überhaupt Mode? Die Touristen aus Moskau und Kiew sahen jedenfalls ziemlich ähnlich aus. Kräftige Frauen mit rot gefärbten Haaren und grellrotem Lippenstift. Als Schulkind hatte sie sogar gedacht, die roten Haare und Lippenstifte wären Bekenntnisse zum Sozialismus, aber ihre Mutter hatte gelacht, als sie das erzählte.

»Wollen Sie nun?«

Annekathrin nickte. Sie wollte nicht unhöflich sein.

Zwei Stunden später hatte sie den Band – und war erstaunt. Sie entdeckte ein Mannequin mit der Ausstrahlung eines Dior-Models zwischen sowjetischen Bäuerinnen. Und sie begriff etwas, das sie in der Berufsschule nicht gelernt hatte: Es kam auf die Kontraste an. Ein schmales Mannequin zwischen zwei Elefanten. Eine junge, schöne Frau zwischen Bäuerinnen mit Kopftüchern. Und plötzlich hatte sie eine Idee.

»Es kann sein, dass du deine Kleider hinterher waschen musst«, erklärte Annekathrin am Samstagmorgen ihrer Schwester.

»Warum das denn?«

»Wir gehen heute zu einem Kohlenhändler. Sein Laden liegt gegenüber von Oma Salomons ehemaligem Haus. Ich war gestern bei ihm und darf dich heute vor und auf dem Kohleberg in seinem Hof fotografieren.«

Hanka zog eine Schnute. »Meine Kleider vor schwarzer Kohle? Muss das sein?«

Annekathrin nickte. »Die Fotografie lebt von Gegensätzen. Etwas Zierlichem stellt man etwas Großes gegenüber. Etwas Weißem etwas Schwarzes.«

Hanka seufzte, aber dann nickte sie. »Aber wenn es nichts wird, müssen wir am Sonntag noch einmal ran«, machte sie zur Bedingung.

Die Mädchen setzten sich auf ihre Fahrräder, Hankas Entwürfe in einer Reisetasche, Annekathrins Fototasche auf dem Gepäckträger. Die Lauchstädter Straße war nicht weit von der Brockhausstraße entfernt, so dass sie nach zehn Minuten Fahrt da waren. Gegenüber der Kohlenhandlung befand sich eine Feuerwache. Vor den riesigen Garagen saßen zwei Feuerwehrmänner auf ausgebleichten Campingstühlen und rauchten. Als Hanka ihnen zuwinkte, winkten sie zurück.

»Können wir nicht …«, fragte sie, und Annekathrin wusste sofort, was Hanka meinte.

»Soll ich fragen?«

Hanka warf ihr langes Haar über die Schulter. »Ich frage.«

Sie straffte die Schultern, und wenig später sah Annekathrin ihre Schwester herzlich mit den jungen Männern lachen. Dann drehte sich Hanka um und winkte ihr.

Annekathrin schloss ihr Fahrrad an das Rad ihrer Schwester. Sie schulterte die Fototasche, hielt aber auf halbem Weg inne, zückte ihre Kamera und fotografierte ihre schlanke Schwester im hellen Kleid vor den riesigen Garagentoren.

Und dann ging alles ganz schnell und problemlos. Die Männer, von denen einer Klaus und der andere Heiner hieß, schlossen die Garagen auf und fuhren einen der Feuerwehrwagen direkt auf den kleinen Platz vor den Garagen.

Annekathrin fotografierte ihre Schwester beim Einstiegen in das Auto, mit einem Feuerwehrhelm zu einem leichten Sommerkleid, die typische Rutschstange hinunter, mit einem riesigen Schlauch in der Hand, zwischen den beiden Männern in Uniform. Dann bückte sich Annekathrin, nahm ein wenig Dreck vom Boden auf und rieb ihn ihrer Schwester so ins Gesicht, als käme sie gerade von einem Feuerwehreinsatz. Klaus und Heiner staunten, lachten, machten Vorschläge. Sie holten eine Trage herbei, legten Hanka darauf, so dass ihr Kleid ein wenig herabhing. Annekathrin schoss ein Foto nach dem anderen. Sie hatte kein Gefühl für die Zeit, die verrann, sie war in einem Rauschzustand, wie sie ihn bisher nur einmal erlebt hatte. Nichts existierte, nur das, was vor ihrer Linse war. Sie dirigierte die Männer herum, gab Hanka Anweisungen, und nach eineinhalb Stunden war sie vollkommen erschöpft. Und glücklich, denn sie wusste, dass sie wirklich tolle Fotos gemacht hatte.

Erleichtert und lächelnd ließ sie sich auf einen der Campingstühle fallen. Heiner brachte ihr ein Glas Wasser, das sie dankbar annahm. Auch Hanka wirkte müde. Sie war blass, und die Umrandung ihrer Augen war ein bisschen verwischt.

»Wofür habt ihr die Bilder gemacht?«, wollte Heiner wissen. Doch noch ehe Annekathrin antworten konnten, schrillte eine Sirene.

»Ein Einsatz«, erklärte Klaus. »Wir müssen.«

Die beiden Mädchen hatten kaum Zeit, sich zu verabschieden, da fuhr der erste Feuerwehrwagen bereits aus der Wache. Zwei weitere folgten.

»Wollen wir jetzt noch zum Kohlenmann?«, fragte Annekathrin, doch Hanka schüttelte den Kopf. »Ich denke, wir haben, was wir brauchen.«

Am Abend brachte Annekathrin die Fotos mit nach Hause. Ihr Vater hatte ihr angeboten, einen kleinen Nebenraum des Maßateliers als Dunkelkammer auszubauen, doch Annekathrin benutzte lieber das sehr gut ausgestattete Fotostudio. Hanka war begeistert. »Du hast recht«, sagte sie. »Die Kontraste sind der Schlüssel.«

Annekathrin nickte zerstreut. Sie hatte bereits eine neue Idee. Groß und Klein waren auch Kontraste. Wie wäre es, einmal nur die Struktur der Stoffe zu fotografieren?

Ein paar Wochen später, es war inzwischen November und bereits kalt und regnerisch, eröffnete ihr Hanka eines Abends im Bett: »Ich habe einen Freund.«

»Ehrlich? Ist es Guido? Warst du bei ihm?«

Annekathrin hörte Hanka schlucken. »Nein, es ist nicht Guido. Er heißt Hartmut und ist der Chefredakteur der ›Pramo‹.«

»Pramo« war die Abkürzung für *praktische Mode,* und genau so war die Zeitschrift. Darin gab es Schnittmuster für Küchenschürzen, Anleitungen zum Nähen von Kissenbezügen und auch ein paar Kleider, die vom Schnitt her einfach nicht an die Mode der »Sibylle« herankamen, wie Annekathrin fand. Ihre Mutter kaufte die Zeitschrift selten, denn sie war in erster Linie für Hausfrauen gedacht, die selbst wenig nähten.

»Wo hast du ihn kennengelernt?«, wollte Annekathrin wissen.

»Du sagst es weder Papa noch Mama. Versprich es mir«, drängte Hanka.

»Abgemacht.«

»Er stand eines Tages vor meiner Schule und hat auf mich gewartet.«

»Wirklich? Warum?«

»Er hat Fotos von mir gesehen und wollte mich für die ›Pramo‹ buchen.«

»Aber wieso stand er dann vor deiner Schule?«

Hanka kicherte ein wenig. »Er hatte keine Adresse von mir. Und die ›Sibylle‹-Redaktion hat meine Kontaktdaten nicht verraten, weil ich noch minderjährig und außerdem Schülerin bin. Also hat er in allen Erweiterten Oberschulen der ganzen Stadt angerufen und hat mich gefunden.«

»Aha. Gar nicht dumm. Er will dich wirklich. Und wie ging es dann weiter?«

»Wir sind in ein Café gegangen. Er hat gleich Sekt bestellt.«

»Am helllichten Tag?«

»Na ja, es war eigentlich schon nachmittags.«

»Und weiter?«

»Er hat mich für eine Fotostrecke gebucht.«

»Davon hast du mir gar nichts erzählt.«

»Ich habe ihm gesagt, ich wäre schon achtzehn Jahre alt, damit ich keinen Aufpasser brauche, verstehst du? Mama würde sicher nicht wollen, dass ich zu viele Fotos mache. Und dann auch noch für die ›Pramo‹. Aber Hartmut hat gesagt, er besorge mir auch Aufträge für die ›Modischen Maschen‹. Und ich darf auf einer Show laufen. Stell dir mal vor, Annekathrin, eine richtige Modenschau. Zur Messe im Ringmessehaus. Ist das nicht toll?«, schwärmte Hanka.

»Bis zur nächsten Messe im März ist es noch lang hin«, erkannte ihre Schwester nüchtern.

»Jedenfalls habe ich die Fotos für die ›Pramo‹ gemacht«, fuhr Hanka unbeirrt fort. »Es war unglaublich aufregend.«

»Wie waren sie? In welchem Umfeld? Was für eine Geschichte wurde mit der Bildstrecke erzählt? Kannst du mir die Fotos zeigen?« Jetzt hatte Annekathrin doch die Neugier gepackt.

»Ach, Mann«, beschwerte sich Hanka. »Ich will dir von meiner Liebe erzählen, aber dich interessieren nur die blöden Fotos!«

Annekathrin grinste schief. »Du hast recht. Also erzähl weiter.«

»Danach hat er mich eingeladen. Wir waren im Hotel Astoria. In der Bar.«

»Weiß Mama davon?«

»Nein, ich habe ihr erzählt, ich würde bei Birgit übernachten.«

»Ihr habt also getrunken und getanzt.«

»Ja, bis vier Uhr früh.« Hanka starrte träumerisch an die Decke und seufzte ein wenig.

»Und dann bist du mit zu ihm?«

»Nicht ganz.« Hanka schwieg plötzlich.

»Wo wart ihr dann? Du musst doch irgendwo die Nacht verbracht haben.«

»In seiner Datsche in Naunhof.« Der Satz klang weniger enthusiastisch.

Annekatrin richtete sich auf. »Du warst mit ihm in seiner Datsche?«

»Ich weiß gar nicht, was du willst? Er hatte schließlich Kondome dabei.«

»Hanka, das gefällt mir nicht. Wie alt ist er überhaupt, dein Hartmut?«

»Er wirkt viel jünger, als er ist. Wirklich. Man sieht ihm sein Alter nicht an.«

»Wie alt ist er?«, wiederholte Annekathrin und betonte jede einzelne Silbe.

Hanka seufzte und nuschelte: »Er ist neununddreißig.«

»Und sicher verheiratet.«

»Ja.« Die Antwort kam kleinlaut. »Aber er liebt seine Frau nicht mehr. Er will sich schon lange scheiden lassen.«

»Und warum hat er es noch nicht getan?«

»Na ja, er hat auch Kinder. Einen Jungen und ein Mädchen. Der Junge hatte schon Jugendweihe, und das Mädchen ist nächstes Jahr dran.«

»Bitte *was*?« Annekathrin sprang auf und setzte sich auf Hankas Bettkante. »Dann ist der Sohn schon fünfzehn Jahre alt. Gerade mal drei Jahre jünger als du!« Annekathrin war immer lauter geworden.

»Ja, ich weiß. Aber es ist nicht so, wie du denkst. Wir lieben uns wirklich. Hartmut sagt: Wenn ich an die Zukunft denke, dann denke ich an dich.«

»Und jetzt trefft ihr euch und fahrt in seine Datsche, oder wie?«

»Wo sollen wir denn sonst hin? Wir können nicht in die Restaurants der Innenstadt gehen. Er ist bekannt. Man könnte uns zusammen sehen, und das würde die Scheidung gefährden. Aber er bucht mich, so oft er kann. Im Dezember möchte er mich mit nach Berlin ans Modeinstitut nehmen. Da gibt es eine Schau. Ich mache Karriere mit ihm. Meinen Mannequinschein wird er mir ebenfalls besorgen.«

Annekathrin lief ein kalter Schauer über den Rücken. »Das kannst du nicht machen, Hanka. Du kannst kein Verhältnis mit einem verheirateten Mann eingehen.«

»Aber er will sich doch scheiden lassen.« Tränen stiegen in Hankas Augen.

»Das sagen alle. Du zerstörst eine Familie.«

»Tue ich nicht. Seine Ehe ist schon lange vorüber.«

»Du nimmst seinen Kindern den Vater.«

»Sie sind schon groß, sie brauchen ihn nicht mehr so dringend. Der Junge wird nächstes Jahr in die Lehre gehen.«

»Und seine Frau? Hast du mal an sie gedacht?«

Hanka zuckte mit den Schultern. »Ich kenne sie doch gar nicht. Sie lieben sich schon lange nicht mehr. Die wahre Liebe, sagt Hartmut, hat er erst mit mir kennengelernt.«

»Du musst dich von ihm trennen.«

Hanka verzog den Mund. »Hätte ich dir bloß nichts erzählt! Ich dachte, du freust dich für mich.«

»Ich hätte mich gern für dich gefreut. Aber doch nicht so. Wenn er seine Frau betrügt, wie lange dauert es dann, bis er dich betrügt?«

»Das würde Hartmut niemals tun. Wir lieben uns.«

Annekathrin begriff, dass ihre Schwester wirklich an eine Zukunft mit diesem Mann glaubte. »Lass uns jetzt schlafen. Es ist schon spät«, sagte sie deshalb.

»Aber du erzählst Mama und Papa nichts davon, versprich mir das.«

»Warum willst du nicht, dass sie Bescheid wissen, wenn ihr euch doch so liebt und er sich scheiden lassen will? Du weißt selbst, dass eure Beziehung keine Zukunft hat, oder? Er wird sich nie scheiden lassen, das kann ich dir versichern. Weil sich Fremdgänger nämlich niemals scheiden lassen.«

»Hartmut ist anders.«

»Ist Hartmut der erste Mann, mit dem du im Bett warst?«, wollte Annekathrin wissen.

»Das geht dich gar nichts an«, erwiderte Hanka gekränkt.

»Also ist er es. Und? War es schön?«

»Auch das geht dich nichts an«, wiederholte Hanka, aber Annekathrin befürchtete das Schlimmste.

»Ja, es war schön. Es war wie ein Rausch.«

Kapitel 8
1963

»Jeder Meter Malimo – modisch-mollig-farbenfroh«, erklang die Werbung in Radio und Fernsehen. Elli schüttelte den Kopf. Malimo, ein Stoff, der in der DDR entwickelt und im Kettenstichverfahren hergestellt wurde, ließ sich vielleicht für Geschirrtücher und Lappen verwenden, nicht aber für Kleider. Doch Malimo gab es jetzt überall zu kaufen, denn »Malimo macht Mode«.

Selbst das Maßatelier Salomon konnte etliche Ballen davon beziehen, ganz ohne Beschränkung, aber Elli und Rudi verzichteten dankend. Es stand nicht gut um das Atelier. Und auch wenn Elli es niemals zugegeben hätte, war sie doch froh, dass Annekathrin inzwischen ihr eigenes Geld verdiente und Hanka keine zusätzliche Unterstützung benötigte. Sie war an der Kunstgewerbeschule angenommen worden und würde im September 1963 dort beginnen.

Elli saß hinter ihrer Nähmaschine und zeichnete ein paar Entwürfe auf ein Blatt Papier. Sie lächelte, als sie daran dachte, wie sehr Hanka sich gefreut hatte. Rudi bügelte eine frisch umsäumte Hose auf. Sonst hatten sie keine Aufträge mehr. Frau Sommer vom Gemüseladen würde später noch vorbeikommen. Sie hatte ein wenig zugelegt und brauchte Einsätze in Hosen und Röcken. Frau Hempel war seit einem Jahr nicht mehr da gewesen, und auch die anderen Kunden gingen jetzt lieber zu einer Schneiderei der PGH »Roter Faden«.

Sie seufzte. Was würde noch kommen?

Rudi stellte das Bügeleisen auf den eisernen Ständer und drehte sich zu seiner Frau um. »Ich habe es satt, Eleonore«, sagte er. Eleonore nannte er sie nur, wenn es um bedeutende Angelegenheiten ging.

Elli wusste sofort, wovon er sprach. Vor vier Wochen, kurz vor Weihnachten, war noch einmal ein Vertreter der Genossenschaftsleitung im Atelier gewesen. Er hatte sich umgesehen, hatte die Nase gerümpft beim Anblick von Ellis alter Singer-Nähmaschine. »Unsere Frauen können mit ihren Veritas drei verschiedene Stiche nähen. Alles elektrisch. Alles vom Feinsten.«

»Das würde ich auch gern, aber ich bekomme keine neue Maschine zu kaufen.«

»Weil ihr nicht in der PGH seid.«

»Dafür gehört alles, was hier steht, uns.«

»Nur die Kunden nicht«, spottete der Genossenschaftsvertreter Siebert, den Elli schon seit ihrer Schulzeit kannte.

Sie schwieg, weil jede Antwort ein Eingeständnis der fehlenden Kundschaft gewesen wäre. Siebert sprach schon weiter: »Die Frau Hempel, ich weiß, sie ist anstrengend, aber sie kommt regelmäßig. Gestern hat sie sich ein Ballkleid für die Frühjahrsmesse anmessen lassen. Und ihr Gatte, den steckt sie in einen neuen Anzug. Zum Glück hatten wir Duchesse-Stoff für das Ballkleid, und für den Anzug nehmen wir Kammgarnwolle.« Er blickte sich im Atelier um, und sein Blick blieb an den leeren Stoffregalen hängen. »Wo habt ihr Kammgarn, wo den Baumwollsatin?«

»Hör auf, Willi. Du weißt genau, dass wir nichts davon haben.«

»Ihr könntet aber, wenn ihr wolltet. Ihr braucht bloß Mitglied beim ›Roten Faden‹ zu werden.« Siebert blickte auf seine Uhr. »Oh, ich muss los. Zwei unserer Kolleginnen haben die Grippe. Sie sind zu Hause geblieben, bezahlt natürlich. Da muss ich aushelfen.« Er nickte Elli zu und verschwand.

»Ich gehe in die PGH«, sagte Rudi jetzt und zog den Stecker des Bügeleisens aus der Steckdose. »Ich mache das nicht mehr länger mit.«

»Aber die Tradition! Das Maßatelier Salomon gibt es seit Ewigkeiten in Leipzig.«

»Die Zeiten ändern sich. Und die Zeit der Salomons als Maßschneider ist vorbei. Denk doch nur an letzte Woche. Da haben wir für das Kinderheim Bettwäsche genäht. Im Akkord. Bettwäsche! Weil wir keine anderen Aufträge hatten und weil es schnell gehen musste. Du hattest es an der Galle, hättest dich hinlegen sollen. Stattdessen hast du an der Nähmaschine gesessen. Denkst du, ich hätte nicht gesehen, wie du das Gesicht vor Schmerz verzogen hast? Und in dieser Woche langweilen wir uns. Mir reicht es. Wir gehen in die PGH.«

Elli seufzte. »Ich weiß ja, dass du recht hast. Aber es schmerzt.«

»Mir tut es weh, dich so zu sehen. Du hast früher Ballkleider genäht, die aussahen wie aus tausendundeiner Nacht. Jetzt kürzt du BH-Träger. Und du siehst müde aus.«

»Ja, ich bin müde. Das stimmt.« Sie stand auf, ging zu Rudi, lehnte ihren Kopf an seine Brust. »Es kommt mir wie Verrat vor.«

»Ich verstehe dich«, erklärte Rudi. »Aber wenn wir nicht in die PGH eintreten, dann ist es Verrat an uns. Es geht nicht mehr weiter, Elli. Wir kommen nicht voran. Wir haben doch alles versucht. Und die Zeiten werden sich so schnell nicht ändern.«

Elli schluckte. Sie blickte ihrem Mann in die Augen, sah seine Traurigkeit. »Wenigstens sind unsere Töchter beruflich untergebracht«, sagte sie leise.

»Und wenn du ehrlich bist, dann weißt du auch, dass wir die letzte Generation des Maßateliers Salomon sind. Selbst wenn die Zeiten anders wären, würde doch keine unserer Töchter die Werkstatt übernehmen.«

»Das sehe ich wie du, Elli. Deshalb lass uns einen Termin mit Siebert machen.«

Elli hob die Hand. »Ich gehe zu Siebert. Du weißt, dass ich gut mit ihm kann. Außerdem hasst du es, dich mit Behördenangelegenheiten zu befassen.« Sie hielt inne, blickte ihren Mann an. »Bereust du es, nicht in den Westen gegangen zu sein?«

Rudi schüttelte den Kopf. »Es hat keinen Sinn, darüber nachzudenken. Wir haben hier deine Eltern, haben Pflichten. Sicher wäre es uns im Westen besser ergangen. Wer weiß, vielleicht hätten wir sogar schon wieder ein eigenes Atelier. Aber um welchen Preis? Nein, Elli. Die Familie war uns schon immer das Wichtigste. Ich hätte im Westen keine ruhige Minute gehabt.«

Elli dachte im Grunde genauso. Aber hin und wieder gestattete sie sich doch den Traum von einer Maßschneiderei in

Frankfurt. Sie schlug mit der flachen Hand auf den Tisch. Das machte sie öfter, wenn sie etwas beschlossen hatten, und jedes Mal zuckte Rudi zusammen. »Ich gehe gleich. Ehe mich noch der Mut verlässt.«

»Wolltest du nicht erst anrufen?«, fragte Rudi.

»Nein. Dann hat er keine Zeit, und wir müssen warten und kommen ins Grübeln. Jetzt oder nie.«

Sie zog sich ihren Wintermantel an, setzte sich den Hut auf, streifte die Handschuhe über ihre Hände und nahm ihre Handtasche.

»Viel Erfolg«, sagte Rudi, aber es klang nicht so, als wäre alles, was Elli erreichen konnte, ein Erfolg.

Elli fuhr mit der Straßenbahn. Unterwegs blickte sie auf die graue Stadt, über der der Januarnebel hing. Die Häuser, ohnehin schon grau gefärbt von den zahlreichen Schornsteinen der Stadt, wirkten an diesem nieseligen Tag noch grauer. Ein quietschender Lastwagen, mit Kohlen beladen, rumpelte neben der Bahn her. Der Mann am Steuer hatte ein schwarzes Gesicht. Am Waldplatz stieg sie aus, lief die Waldstraße entlang. Am Gebäude der »Sibylle«-Redaktion hielt sie kurz inne. Dort zu arbeiten, das würde ihr gefallen. Sicher gab es eine Schneiderwerkstatt, Entwurfstische mit allem, was das Schneiderherz begehrte. Sie überlegte, ob sie nicht hineingehen und nach einer Anstellung fragen sollte. Doch dann schüttelte sie den Kopf. Sie konnte Rudi nicht alleinlassen. Sie hatten immer alles zusammen gemacht. Mit einem Seufzer lief sie weiter. Die Geschäftsstelle der Produktionsgenossenschaft des Handwerkes, Abteilung Schneiderei »Roter Faden«, lag nur zwei Häuser entfernt. Elli richtete ihren Hut, strich den Mantel glatt und setzte ein hochmütiges Gesicht auf. Sie trug die Nase normalerweise nie hoch, aber jetzt, in der Stunde ihrer Demütigung, brauchte sie einen Halt. Wie sollte man sonst sein Gesicht wahren?

Entschlossen klinkte sie die Tür auf, begab sich in den ersten Stock und fragte dort nach Siebert. Eine schnippische Sekretärin begutachtete sie von oben bis unten.

»Haben Sie einen Termin?«

»Nein.«

»Nun, Herr Siebert möchte nicht gestört werden. Ich kann Ihnen einen Termin in der übernächsten Woche anbieten.«

Elli schüttelte den Kopf. »Nein. Ich muss ihn jetzt sprechen.«

»Na, hör'n Sie mal. Da könnte ja jeder kommen. So geht das nicht.«

»Entweder Sie kündigen mich jetzt bei Siebert an, oder ich gehe einfach an Ihnen vorbei. Möchten Sie hier Theater haben? Kein Problem.«

Die Sekretärin schluckte, und Elli machte einmal mehr die Erfahrung, dass man nur energisch auftreten musste, um zu bekommen, was man wollte.

»Gehen Sie hinein. Aber denken Sie bloß nicht, dass ich Ihnen einen Kaffee koche.« Auch die Sekretärin musste ihr Gesicht wahren.

Mein Gott, dachte Elli. Wie umständlich das alles ist. Dann klopfte sie an die gepolsterte Tür und trat ein, ohne eine Antwort abzuwarten.

Siebert hockte hinter einem riesigen Schreibtisch und sah aus, als hätte Elli ihn gerade bei etwas Unanständigem ertappt. Er wischte ein Blatt Papier vom Tisch und verstaute es rasch in seinem Schreibtisch. Dann wandte er sich an Elli. »Die Frau Salomon! Na, das ist ja eine Überraschung. Was kann ich für die gnädige Frau tun?«

»Wir treten in deine PGH ein. Jetzt sofort.«

Siebert bot ihr einen Stuhl an, aber Elli schüttelte den Kopf. »Mach die Papiere fertig, ich unterschreibe. Auch für meinen Mann. Hier ist die Vollmacht.« Sie nestelte einen Umschlag aus ihrer Handtasche und warf ihn vor Siebert auf den Tisch.

Siebert lehnte sich in seinem Stuhl zurück. »In die PGH wollt ihr jetzt also doch. Und da kommt ihr einfach so hierher und tut, als hätten wir auf euch gewartet.«

Er blickte sie auffordernd an, aber Elli schwieg.

»Wir springen aber nicht, wenn ihr mit dem Finger schnippt«, fuhr Siebert fort. Und wieder schwieg Elli. Da stand Siebert auf, riss die Tür auf und bellte seine Sekretärin an: »Mach uns Kaffee.«

Elli unterdrückte ein Grinsen. Siebert schlurfte zu seinem Schreibtischstuhl zurück, und Elli sah, dass er Hauslatschen anhatte. Wieder musste sie an sich halten. Aber dann rutschte es ihr doch heraus: »Gemütlich hast du es dir hier gemacht.«

»Was meinst du?«, fragte Siebert und blickte sich in seinem Büro um, als hätte er es vorher noch nie gesehen. Auf den Fenstersimsen standen ein paar Topfpflanzen, die sich redlich mühten, dem Raum einen gewissen Anstrich zu verleihen. Die Bodendielen waren abgetreten, die Wände geweißt und mit einer altmodischen Borte versehen. Ein dunkler Schrank beinhaltete ein paar Bücher, Karteikästen standen daneben, und über Sieberts Schreibtisch hing ein gerahmtes Foto von

Walter Ulbricht, dem Vorsitzenden des Staatsrates der DDR, im Volksmund »Spitzbart« genannt.

»Na ja, man sieht gleich, dass du es zu etwas gebracht hast«, redete sich Elli heraus, ohne Siebert zu sehr zu schmeicheln.

Der räusperte sich. »In die PGH wollt ihr also. Warum?«

Elli seufzte. Sie hatte gehofft, dass ihr etwaige Bekenntnisse erspart bleiben würden. Vergeblich. »Wir haben eingesehen, dass der Sozialismus neue Wege gehen muss.« Sie presste die Lippen aufeinander. Zu mehr Eingeständnissen war sie nicht bereit.

»Dann wollt ihr wohl auch in die Partei eintreten?«, fragte Siebert und machte ein schweinchenschlaues Gesicht dabei.

»Davon war keine Rede.« Elli setzte sich nun doch, und gleich darauf brachte die Sekretärin mit verkniffener Miene den Kaffee. Sie goss Siebert die Tasse voll, Elli übersah sie. Da musste nun Siebert ran. »Milch? Zucker?«

»Nein, ich bin nicht verwöhnt«, erwiderte Elli und betrachtete das Milchkännchen, das Siebert zur Hälfte in seinen Kaffee entleert hatte. Siebert war zwar ein wenig schwerfällig und auch nicht mehr der Jüngste, aber er bemerkte Ellis Spitzen sehr wohl.

»Ihr wollt also alle Vorteile der sozialistischen Produktionsweise, aber ansonsten nichts für die Gesellschaft tun? Sehe ich das richtig?«

»Wir wollen in die PGH eintreten und sonst gar nichts.«

»Also alle Vorteile nehmen und nichts dafür geben.«

»Was soll denn das?«, empörte sich Elli. »Ihr bekommt unsere Werkstatt und unser Können.«

»Pfft!«, machte Siebert hämisch. »Eure Werkstatt ist veraltet.

Ihr habt ja noch nicht einmal eine elektrische Nähmaschine. Und euer Können, na gut. Aber wir haben selbst ausgezeichnete Näherinnen und Schneiderinnen. Auf euch gewartet haben wir bestimmt nicht.«

Elli schluckte. Das Gespräch gestaltete sich nicht so, wie sie es sich gedacht hatte. Siebert hätte strahlen sollen. Er hätte sie herzlich willkommen heißen sollen.

»Wollt ihr nun, dass wir einsteigen, oder nicht?«, fragte Elli und fand ihren Ton selbst eine Spur zu barsch.

»Natürlich wollen wir eine gut funktionierende und große Genossenschaft sein«, erwiderte Siebert. »Wir stehen schließlich im Wettkampf um den Titel ›Kollektiv der sozialistischen Arbeit‹. Aber den Titel kriegt man nicht geschenkt.« Siebert beobachtete Elli. In deren Kopf kreisten die Gedanken wie Mühlenflügel. Sie mochte nicht, wie Siebert sie behandelte. Als wäre sie eine Bittstellerin. Nein, sie hatte durchaus etwas zu bieten.

»Wie viele Maßschneider habt ihr denn in eurer PGH?«, fragte sie. »Bisher hast du nur von Näherinnen geredet und von einfachen Schneiderinnen.«

Siebert holte Luft, und Elli sah, dass sie ihn erwischt hatte. »Es geht nicht nur um die Qualifikation der Leute, es geht auch um die richtige Einstellung.«

»Eine Einstellung kann euch aber kein Ballkleid nähen. Und auch keinen dreiteiligen Anzug. Aber wir können das.«

Plötzlich schien Siebert die Lust an diesem Kampf verloren zu haben. Er sah mit einem Mal missmutig aus. »Du musst wohl immer recht haben, oder?« Seine Stimme klang müde.

»Nein. Nur, wenn ich auch recht habe.«

Siebert seufzte. Dann öffnete er die oberste Schublade seines Schreibtisches und holte mehrere Formulare heraus. »Zu wann wollt ihr in die PGH?«, fragte er.

»So schnell wie möglich.«

»Seid ihr in der Gewerkschaft?«, wollte er weiter wissen.

»Nein.«

»Dann seid ihr das ab heute. Und in der Gesellschaft für deutsch-sowjetische Freundschaft ebenfalls.«

»Wir haben nicht um Eintritt gebeten.«

»Elli, jetzt mach es doch mir und dir selbst nicht so schwer. Jeder ist in der Gewerkschaft, jeder ist in der DSF.«

»Zwangsmitgliedschaft also«, stellte Elli ungerührt fest, aber Siebert hatte nun wirklich die Nase voll. »Nenn es, wie du willst. Das ist mir egal. Hauptsache, ihr tretet ein.«

Elli seufzte, dann holte sie einen Federhalter aus ihrer Tasche, las die Blätter aufmerksam durch und setzte zum Schluss ihre Unterschrift darunter. Sie schob Siebert die Formulare über den Tisch.

Siebert kontrollierte die Unterschrift, dann reichte er Elli seine Hand über den Schreibtisch: »Herzlich willkommen in der PGH ›Roter Faden‹. Auf eine hoffentlich gute und reibungslose Zusammenarbeit.«

»Und wie geht es jetzt weiter?«, wollte Elli wissen.

Jetzt grinste Siebert. »Ihr bleibt zunächst in eurer Werkstatt, und wir geben euch Aufträge. Also alles wie gehabt. Den ersten Auftrag könnt ihr gleich mitnehmen. Das Ballkleid von Frau Hempel.«

Kapitel 9
1964

Der kalte Winter machte Annekathrin das Leben schwer. Jeden Morgen erwachte sie mit Übelkeit, und im Laufe des Tages musste sie immer wieder gegen den Schwindel ankämpfen.

»Bist du schwanger?«, fragte Elli eines Morgens.

Annekathrin lächelte verzagt. »Ich denke schon.«

»Warst du bei einer Gynäkologin?«

»Nein. Aber ich habe einen Termin für die nächste Woche.«

Elli setzte sich an den Küchentisch, an dem ihre Tochter bereits saß und langsam eine Tasse Kamillentee trank.

»Und wie geht es weiter?« Elli hatte ihre Hand kurz auf Annekathrins Hand gelegt.

Ihre Älteste zuckte mit den Schultern. »Das weiß ich, ehrlich gesagt, nicht.«

»Was sagt denn Armin dazu?«

Annekathrin seufzte. »Er weiß es noch nicht.«

»Sollte er nicht der Erste sein, der es erfährt?« Elli runzelte die Stirn.

»Ich … ich wollte ja, aber zwischen Armin und mir läuft es gerade nicht so gut«, brachte Annekathrin kleinlaut über die Lippen.

»Was steht denn zwischen euch?«

»Etwas, das jetzt eigentlich gar keine Rolle mehr spielt, aber sein Denken zeigt.«

»Kind, jetzt lass dir doch nicht alles aus der Nase ziehen.« Elli trommelte voller Ungeduld mit den Fingern auf den Tisch.

»Er will nicht, dass ich studiere«, stieß Annekathrin hervor. »Jetzt ist mein Traum vom Studium sowieso ausgeträumt.«

»Wegen des Babys?«

»Ja. Natürlich.«

»Du müsstest das Kind ja vielleicht gar nicht bekommen.« Elli hatte leise gesprochen und dabei Annekathrins Hand gehalten.

Doch Annekathrin zog die Hand brüsk zurück. »Natürlich werde ich das Baby bekommen. Es kann ja nichts dafür, dass mir der Zeitpunkt gerade nicht passt. Ich werde mich nicht vor meiner Verantwortung drücken.«

Elli seufzte auf. »Das freut mich sehr. Und du kannst sicher sein, dass ich alles tun werde, um dich zu unterstützen. Und Papa natürlich auch.«

»Das weiß ich, aber trotzdem ist alles recht schwierig. Wo soll ich wohnen mit dem Baby?«

»Ach, da findet sich eine Lösung. Zur Not muss Hanka eben im Wohnzimmer schlafen.«

»Ich werde Armin heiraten.«

»Willst du das denn?«

Annekathrin zuckte mit den Schultern. »Es ist das Beste so. Mein Kind soll nicht ohne Vater aufwachsen.«

»Liebst du ihn denn noch?«

»Keine Ahnung. Es ist alles kompliziert. Früher haben wir viel zusammen gelacht, aber das ist schon eine Weile her. Armin hat sich verändert, seit er studiert. Er ist immer so ernst und nimmt seine politische Verantwortung wahr. Am liebsten wäre ihm wohl eine Frau, die nur halbtags arbeitet und sich um Haushalt und Kinder kümmert. Aber so bin ich nicht. Ich will mehr als das.«

»So wie ich ihn kenne, wird er dir auf der Stelle einen Heiratsantrag machen, sobald er von dem Baby erfährt. Aber wenn du ihn nicht heiraten willst, dann kriegen wir das Kind auch ohne ihn groß. Es ist deine Entscheidung.«

Annekathrin stand auf. Sie hatte plötzlich Tränen in den Augen. »Ich hätte so gern studiert.«

Elli nahm ihre Tochter in die Arme. »Ich weiß, mein Mädchen. Und ich denke, du solltest auch darüber noch einmal nachdenken. Du könntest das Kind in eine Kinderkrippe geben. Du musst nicht auf deine Träume verzichten.«

»Danke, Mama.« Annekathrin machte sich vorsichtig los. »Ich muss zur Arbeit.«

Eine Woche später erfuhr sie das Ergebnis des Schwangerschaftstestes. Es war, wie sie vermutet hatte. Sie war schwanger. Das Kind sollte im August auf die Welt kommen. Im August 1964. Und im September hätte ihr Studium an der Hochschule für Grafik und Buchkunst begonnen. Sie hatte die Bewerbungsmappe eingereicht, war zum Gespräch dort gewesen. Alles war in trockenen Tüchern. Als sie die Praxis der Gynäkologin verließ, wusste sie nicht, ob sie lachen oder weinen sollte. Eigentlich sollte sie jetzt im Fotoatelier Rosner arbeiten, aber sie war noch nicht bereit, anderen Menschen gegenüberzutreten. Erst sollte sich der Wirbel in ihrem Kopf beruhigen. Sie lief von der Praxis, die sich in der Karl-Lieb-knecht-Straße befand, zurück in Richtung Innenstadt. Als sie am Reichsgerichtsgebäude vorbeikam, verharrte sie einen Augenblick. Nur einhundert Meter weiter befand sich die Hochschule für Grafik und Buchkunst. Sie sah sich um, als wäre sie im Begriff, etwas Verbotenes zu tun. Dann aber bog sie nach links in die Wächterstraße ab und stand kurz darauf vor der Hochschule. Obwohl es kalt war, war eines der riesigen Atelierfenster geöffnet, und sie hörte Lachen. Zögernd ging sie die wenigen Stufen bis zur schweren Eingangstür. Sie fasste nach der Klinke und hielt inne. Was machte sie hier? Der Traum vom Studium war ausgeträumt. Sie sollte es sich nicht noch schwerer machen. Und doch drückte ihre Hand die Klinke herunter, zog die Tür auf, und plötzlich stand Annekathrin in der Eingangshalle. Sie schloss die Augen, roch den Duft nach Terpentin und Farben. Dann hörte sie Schritte auf der Treppe und räusperte sich. Zwei Mädchen ungefähr in ihrem Alter kamen vorbei. »Können wir helfen? Suchst du was?«, fragte die eine.

»Nein, nein, alles gut«, widersprach Annekathrin, doch dann sah sie, dass eines der Mädchen schwanger war. Schon wandten sich die beiden zum Gehen, als Annekathrin auf einmal rief: »Eine Frage habe ich doch.«

»Ja?«

»Studiert ihr hier?«

Die Mädchen nickten.

»Aber du bist schwanger. Wie geht das?«

»Das ist eigentlich ziemlich problemlos. In zwei Monaten kommt das Kind. Dann mache ich sechs Wochen Pause, und dann nehme ich das Kleine mit in den Unterricht. Aber nur für vier Wochen, denn danach habe ich einen Platz in einer Kinderkrippe.«

»Und der Vater?«

»Der studiert auch. Aber an der Karl-Marx-Uni. Dort ist auch die Kinderkrippe. Es ist praktisch, wenn ein Elternteil gleich in der Nähe ist, falls mal was ist.«

»Bist du verheiratet? Habt ihr eine Wohnung?«

Annekathrin fürchtete, die junge Frau zu verletzen, weil sie so persönliche Fragen stellte, doch die junge Frau lächelte. »Du bekommst auch ein Kind, stimmt's?«

Annekathrin lächelte und ertappte sich dabei, wie sie die rechte Hand auf ihren Bauch legte.

»Und du willst hier studieren?«

»Ja, ich habe einen Platz für Fotografik.«

»Dann kann ich dir nur raten, dich schnell um einen Krippenplatz zu kümmern. Und am besten bist du dabei noch unverheiratet, sonst dauert's länger. Von einer Wohnung können wir nur träumen. Wir wohnen bei den Eltern des Kindsvaters. Die Schwiegereltern sind den ganzen Sommer über in ihrem Schrebergarten, aber im Winter hockt man schon eng aufeinander.«

»Danke«, sprach Annekathrin voller Herzlichkeit und so erleichtert, dass sie die junge Frau am liebsten umarmt hätte. »Danke, du hast mir sehr geholfen. Alles Gute für dich.«

»Und für dich erst!« Die junge Frau hob die Hand. »Ich würde mich freuen, dich im Herbst hier zu sehen.«

Die beiden jungen Frauen gingen, und Annekathrin schloss noch einmal kurz die Augen, um den Geruch der Halle in sich aufzunehmen. Plötzlich fühlte sich das Leben leichter an. Es könnte gelingen, dachte Annekathrin. Aber allein schaffe ich es nicht.

⁓

Am Nachmittag traf sie sich mit Armin. Er wollte ins Kino gehen. Es lief »Der Kinnhaken«, ein Drama mit Manfred Krug und Marita Böhme in den Hauptrollen. Annekathrin hätte den Film auch gern gesehen, aber dafür war später noch Zeit. »Ich muss mit dir reden«, erklärte sie Armin.

»Gut. Worüber?«

»Nicht hier auf der Straße. Lass uns in die Mokkabar unten im Kino Capitol gehen. Wenn der Film läuft, ist es dort sehr ruhig.

Wenig später saßen sie in dem fensterlosen unterirdischen Café, das umso gemütlicher wirkte. Armin hatte zwei Tassen Kaffee bestellt und griff nun über den Tisch nach Annekathrins Hand. »Ich weiß, worüber du reden willst«, erklärte er. »Aber keine Sorge, ich habe alles im Griff.«

»Was meinst du?« Annekathrin hatte keine Ahnung, wovon Armin da sprach.

»Ich spreche von unserer Zukunft. Davon, dass du studieren willst.«

»Und du gerade das nicht willst.«

»Na ja, ich habe nachgedacht. In meiner Seminargruppe gibt es viele Mädchen. Ich denke, ich darf dir deinen Traum nicht zerstören. Studiere, wenn du willst. Ich habe nur eine Bedingung.«

Annekathrin zog die Augenbrauen hoch. Sie fand es lieb, dass sich Armin mit ihrem Problem befasst hatte, aber sie fand nicht, dass er das Recht hatte, Bedingungen zu stellen.

»Lass uns heiraten. Lass uns morgen zum Standesamt gehen und einen Termin ausmachen. Was sagst du?«

Er blickte sie freudestrahlend an, doch Annekathrin sah nicht so glücklich aus, wie Armin sich das wohl gewünscht hatte.

»Warum sagst du nichts?«, wollte er wissen, und seine Stimme klang ein wenig beleidigt.

»Armin, ich bin schwanger.« Der Satz schnellte aus ihr heraus wie ein Pistolenschuss, und auch Armin sah aus, als wäre er eben angeschossen worden. Er riss die Augen auf und schnappte nach Luft. »Ein Baby? Wir bekommen ein Baby? Wieso? Wann?«

Jetzt musste Annekathrin doch lachen. »Wieso wir ein Baby bekommen, weißt du selbst. Ich werde im August entbinden.«

»Aber das ist ja großartig.« Armin beugte sich über den Tisch, um Annekathrin zu küssen, und stieß dabei seine Tasse um, so dass der Kaffee auf seine Hose lief. Aber das schien er gar nicht zu bemerkten. »Ein Baby«, sagte er immer wieder. »Mein Gott, ein Baby.«

»Du freust dich wirklich, nicht wahr?« Annekathrin konnte seine Freude zwar sehen, aber sie musste es aus seinem Mund hören.

»Natürlich freue ich mich.«

»Aber wo sollen wir wohnen? Und was wird mit mir?«

Beinahe ängstlich blickte sie ihn an.

»Es wird sich alles finden. Du bleibst natürlich die ersten Jahre zu Hause. Wenigstens, bis der Kleine in die Schule kommt. Mit dem Geld kommen wir schon klar. Ich kann am Wochenende arbeiten. Und Kindergeld gibt es obendrein.«

»Und wenn ich nicht zu Hause bleiben möchte?«, fragte Annekathrin leise. Sie blickte Armin dabei nicht an, sondern fuhr mit dem Finger durch den verschütteten Kaffee auf dem Tisch.

»Kann mal jemand den Tisch abwischen?«, rief Armin, und Annekathrin konnte seiner Stimme anhören, dass er verärgert war.

Eine Kellnerin kam mit einem Eimer und einem Lappen, säuberte den Tisch und fragte, ob sie noch etwas bestellen wollten.

»Zwei Glas Sekt, bitte schön«, verlangte Armin. »Wir haben etwas zu feiern.«

»Na, dann gratuliere ich mal. Sekt kommt.«

»Was soll das heißen, wenn du nicht zu Hause bleiben möchtest? Wo willst du denn sonst sein?«

»Ich möchte studieren. Du weißt, dass ich im September an der Hochschule mit Fotografik beginnen kann.«

»Ja, aber doch nicht mit einem Baby!«

»Warum nicht? Ich war heute da. Ich wäre nicht die einzige Studentin, die Mutter ist. Es gibt Kinderkrippen.«

Armin schwieg. In seinem Gesicht sah Annekathrin eine Mischung aus Unglauben und Empörung. Er hatte die Lippen fest aufeinandergepresst, und sein Kinn wirkte hart und kantig.

»Du bist egoistisch«, brach es schließlich aus ihm hervor. »Selbstsüchtig und egoistisch. Du opferst dein Kind für deine Träume.«

»Jetzt mach mal halblang. Du tust gerade so, als hätte ich vor, das Kind auf Kirchenstufen auszusetzen.«

»Ein Kind gehört zu seiner Mutter.«

»Und was ist mit dem Vater?«

»Was soll das denn heißen? Verlangst du etwa, dass ich zu Hause bleibe?« Er lachte unfroh.

»Nein, ich bitte dich nur, darüber nachzudenken, warum ich meine Träume aufgeben soll, während du deine erfüllen kannst.«

»Ganz einfach: Weil es der Traum einer jeden Frau ist, ein Kind zu bekommen. Und wenn das bei dir anders ist, dann bist du keine normale Frau.«

Annekathrin erstarrte. Armins Worte hatten sie tief getroffen. Kurz überlegte sie, ob sie aufstehen und gehen sollte. Aber das brachte sie beide auch nicht wirklich weiter. »Ich möchte studieren«, wiederholte sie. »So, wie du auch studierst.«

»Ich studiere, um einen guten Beruf zu haben und meiner Familie etwas bieten zu können.«

»Also nicht, weil du dir immer gewünscht hast, Lehrer für Sport und Geographie zu werden?«

»Ich bin ein Mann, das ist etwas anderes.«

»Warum?«, wollte Annekathrin wissen.

»Was ist denn das für eine Frage?«

»Die meisten Frauen gehen arbeiten. Viele studieren. Wir haben Kinderkrippen, sogar Wochenkrippen und Kindergärten.«

»Mit dir ist ja nicht zu reden. Wahrscheinlich sind das die Hormone.«

Armin stand auf, machte der Kellnerin ein Zeichen, dass er bezahlen wolle.

»Ich bringe dich nach Hause«, sagte er, nachdem er die Rechnung beglichen hatte. »Ich möchte mit deiner Mutter reden. Mal sehen, was sie dazu zu sagen hat.«

Er half Annekathrin in den Mantel, nahm ihren Arm, als sie die Treppe hochstiegen, aber er fasste sie etwas fester an, als sie es gewohnt war.

Kapitel 10
1964

Die Leipziger Frühjahrsmesse hatte ihre Tore geöffnet, und Walter Ulbricht wurde erwartet. Im sowjetischen Pavillon auf dem Gelände der Technischen Messe sollte er mit dem Wirtschaftsminister der UdSSR und mit einigen Vertretern aus Industrie und Wirtschaft beider Staaten Verhandlungen über die weitere Zusammenarbeit führen.

Die Straße, die vom Bahnhof zur Technischen Messe führte, hieß Leninstraße. Doch vom Glanz des Namensgebers war hier nichts zu sehen. Mietskasernen reihten sich aneinander, der Putz war grau, bröcklig und noch mit Einschusslöchern aus dem Krieg versehen. Also wurden Bauarbeiter von den Leipziger Baustellen abgezogen, in die Leninstraße beordert und mit weißen Farbkübeln ausgestattet. Die Häuser wurden bis hinauf zum ersten Stock frisch gestrichen. Für mehr reichte die Farbe nicht, und mehr musste es auch gar nicht sein, da die Anführer des sowjetischen Kommunismus und Walter Ulbricht aus dem Auto heraus ohnehin nicht höher schauen konnten.

Die Leipziger kannten das und lachten, aber es war kein fröhliches Lachen. »Die bescheißen sich selbst, die brauchen gar kein Volk dafür«, ließ Frau Pachnicke, die Zeitungsfrau, alle wissen. Elli dagegen war froh, dass in der Stadtverwaltung ein kluger Mann saß, der sich zu jeder Messe eine andere Fahrtroute ausdachte, so dass mehr Straßen in den Genuss eines Anstrichs kamen, von dem es jedoch nach zwei Jahren nichts mehr zu sehen gab. Alle heizten mit Kohle, jeder Schornstein qualmte. Wie sollte das Weiß weiß bleiben, da Elli jede Woche einen schwarzen Lappen hatte, wenn sie nur die Fensterbretter abwischte? Auch die Haare waren immer schmutzig, ganz gleich, wie oft man sie wusch, das wusste Hanka am besten, die mittlerweile jede Woche auf einer Modenschau lief. Am 8. März, am Internationalen Frauentag, hatte sie sogar drei Auftritte hintereinander gehabt. Sie war mit den anderen Mannequins in einem rumpeligen Barkas von Betrieb zu Betrieb gefahren und hatte dort an einer Modenschau teilgenommen. In den Buntgarnwerken war der Saal knackvoll gewesen, aber wie hatten die Frauen dort ausgesehen? In Kittelschürzen hatten sie dagesessen, das Haar platt von den Hauben, die sie bei der Arbeit tragen mussten, die Haut müde und fahl vom Neonlicht, Arme und Beine schwer und erschöpft. Und sie, Hanka, tanzte mit den anderen Mannequins frisch geschminkt und frisiert zwischen ihnen herum und zeigte Kleider, die diese Frauen niemals tragen würden. Aber wenigstens hatten sie ihren Spaß, der auch vom Sekt kam, der auf den Tischen stand. Hartmut sorgte für die vielen Aufträge, denn dann konnte er mit Hanka zusammen sein, ohne dass jemand Verdacht schöpfte. Schade nur, dass sie nie allein waren. Sie fuhren nach Torgau und Delitzsch, nach Altenburg und Borna. Sie traten bei den Braunkohlekumpeln auf, in Kneipen, zu kulturellen Veranstaltungen und natürlich bei den Frauen der sowjetischen Waffenbrüder, die sich nicht scheuten, die jungen Mädchen anzufassen und hinterher mit Kuchen und Bonbons vollzustopfen.

12 Mark bekam Hanka für jeden Auftritt. Sie sparte das Geld eisern, gab keine Mark davon aus. Ohnehin bezahlte Hartmut meist, wenn sie irgendwo waren. Sie hütete ihre Gage, weil sie ja bald mit Hartmut zusammenziehen wollte. Es konnte nicht mehr lange dauern. Er sei dran, sagte er, und Hanka wusste, dass er Beziehungen hatte.

Hanka hatte sich deshalb auch das Murren verkniffen, als Elli sie bat, aus dem gemeinsamen Zimmer mit Annekathrin auszuziehen und ab sofort im Wohnzimmer zu schlafen. Ihre Schwester war hochschwanger und weinte beim geringsten Anlass. »Das sind die Hormone«, beschwichtigte Elli dann immer, aber Hanka wusste, dass mehr hinter Annekathrins Tränen steckte.

Sie, Hanka, würde sowieso nicht mehr lange hier wohnen. Hartmut war zwar noch immer verheiratet, aber er hatte Hanka versprochen, mit ihr in eine kleine gemeinsame Wohnung zu ziehen, und das auch noch in diesem Jahr. Jetzt war Sommer, und Hanka fuhr am Abend meist mit Hartmut durch die Landschaft. Er hatte einen Wartburg, das Wetter war warm, das Moos im Wald weich. Und obwohl sich Hanka nichts Schöneres vorstellen konnte, als mit Hartmut zu schlafen, hatte sie doch das Gefühl, dass sich ihre Beziehung eigentlich nur über den Sex definierte. »Wollen wir nicht mal etwas anderes machen?«, fragte sie deshalb.

»Was meinst du?«

»Können wir nicht mal ins Theater gehen oder zu einem

Konzert? Manfred Krug spielt in Leipzig. Da möchte ich hin. Die Karten sind bestimmt kein Problem für dich.«

»Du weißt, dass das nicht geht, Hanka. Jemand könnte uns sehen.«

»Na und? Du hast doch selbst gesagt, dass wir bald eine eigene Wohnung haben.«

Hartmut lächelte. »Und deshalb habe ich heute auch eine Überraschung für dich.«

Er holte eine Flasche Krimsekt aus seiner Aktentasche, ihr folgten zwei Gläser, und er öffnete die Flasche mit einem lauten Knall.

»Wir haben etwas zu feiern.«

»Was denn? Nun sag schon!«

»Erst stoßen wir an.«

»Raus damit. Was haben wir zu feiern?«

Hartmut lächelte noch immer und sprach dann, nach jedem Wort eine Pause lassend: »Ich habe eine Wohnung für dich.«

»Du hast eine Wohnung für mich?« Hanka runzelte die Stirn. »Wieso für mich? Wieso nicht für uns?«

Eine Wohnung war für Hanka so unerreichbar wie ein Flug auf den Mond. Sie war unverheiratet, hatte kein Kind. Auf dem Wohnungsamt hätte man ihr nicht einmal ein Antragsformular überreicht. Wohnungen waren knapp. Und es war kein Geheimnis, dass sie nur mit Beziehungen oder für Westgeld zu haben waren.

»Freust du dich denn gar nicht?«, wollte Hartmut wissen.

Hanka schluckte. Auf einen Schlag wurde ihr alles klar. Er hatte sich nur mit ihr geschmückt. Er hatte sein Ego an ihr aufpoliert, und das auf ihre Kosten. Sie sollte ihn in die Wüste schicken. Aber das konnte sie sich noch nicht leisten, schließlich bekam sie von ihm ihre Aufträge. Die Shows, die Fotoshootings. Mit ihm war sie etwas Besonderes, war mehr als nur Hanka Salomon. Sie war schön und jung und begehrenswert. Und der Sex mit ihm war großartig. Sie hatte nicht allzu viel Erfahrungen auf dem Gebiet, aber niemand hatte je ihren Körper so zum Glühen gebracht wie Hartmut. Er hatte ein Auto, und er hatte Geld, er bot ihr Dinge, von denen die anderen jungen Frauen in ihrem Alter nur zu träumen wagten. Und doch fühlte sie sich von ihm benutzt. Ein teures Spielzeug, das womöglich bald in eine Ecke flog. Keine Partnerin, sondern eine Frau zum Vorzeigen.

Hanka beschloss, ab sofort den Spieß umzudrehen.

»Eine Wohnung. Das ist toll. Für mich allein, das ist noch besser.« Sie strahlte Hartmut an. Dessen Gesicht verdüsterte sich. »Ja, weißt du, meiner Frau geht es im Augenblick nicht sehr gut. Sie ist ein bisschen schwermütig. Ich kann mich jetzt nicht von ihr trennen und mit dir zusammenziehen.«

Hankas Herz zerbrach. Aber sie lächelte noch immer, obschon ihr die Wangenknochen und der Kiefer schmerzten, und wedelte mit der Hand, als wollte sie eine Fliege verscheuchen. »Aber das macht doch nichts. Ich bin gern allein, weißt du. Meine Mutter sagt immer, ich wäre nicht für eine Ehe gemacht. Bleib du ruhig bei deiner Frau.«

Sie sah, dass Hartmut diese Worte nicht so leicht wegsteckte. Er verzog den Mund. »Liebst du mich denn nicht mehr?«, fragte er.

»Doch, doch. Aber man kann nicht alles haben. *C'est la vie*, sagt der Franzose. Und jetzt erzähl mir von der Wohnung.«

»Was soll ich dazu schon sagen? Zwei Zimmer, Küche, Toilette auf halber Treppe.« Er sprach rasch, seine gute Laune war verflogen. Hanka wusste genau, wie er sich jetzt fühlte. Ein bisschen benutzt wahrscheinlich, und das war gut so. Jetzt kannte er nämlich das Gefühl, das sie immer öfter in seiner Gegenwart hatte.

»Und wo? Altbau? Was muss daran gemacht werden?«

»Ja, Altbau. In Reudnitz. Einen neuen Kachelofen brauchst du wahrscheinlich. Sonst ist sie so weit in Ordnung.«

Hanka griff nach seiner Hand. »Fährst du mit mir dorthin? Wann bekomme ich den Schlüssel?«

Hartmuts Laune sank immer mehr. Deshalb umarmte Hanka ihn rasch und flüsterte in sein Ohr: »Du weißt gar nicht, wie sehr ich mich freue. Niemand außer dir hätte das geschafft. Du bist ein ganz besonderer Mann. Ich werde mich revanchieren. Du weißt schon, wie.«

Tatsächlich lächelte Hartmut jetzt, und Hanka fragte sich insgeheim, warum alle Männer, die sie kannte, ähnlich auf Schmeicheleien reagierten. Sie musste Annekathrin unbedingt fragen, ob ihr das auch schon aufgefallen war.

»Also, fahren wir?«

Sie hatten sich in der Innenstadt getroffen. An einem Ort, an dem Hartmut sich eigentlich nicht mit Hanka hatte sehen lassen wollen. Aber nun saß er doch neben ihr in der Mokka-Milch-Eisbar und hatte einen Schwedenbecher vor sich stehen.

Er rief nach der Kellnerin, bezahlte, und dann liefen sie wie flüchtige Bekannte bis zum Parkplatz auf dem Karl-Marx-Platz. Eine Viertelstunde später waren sie in Reudnitz, und Hartmut parkte seinen Wartburg vor der Krönerstraße 52.

Hanka stieg aus und sah sich um. Das Haus war alt, aber die Bäume davor waren wunderschön.

Gegenüber lag ein Kindergarten, und sie wusste, dass es in der Nähe einen Park gab. Der Konsum war gleich um die Ecke, sie hatte ihn im Vorbeifahren gesehen, daneben gab es eine Bücherei, einen Fleischer und die Post.

»Kommst du?« Hartmut hielt ihr die Tür auf.

Die Wohnung lag im ersten Stock. Und sie war hübsch. Ein großes Zimmer ging hinaus zur Straße, ein kleineres und die Küche nach hinten raus. Die Wohnung wirkte renovierungsbedürftig, aber da war nichts, was man nicht hätte hinkriegen können. Hanka war einigermaßen handwerklich begabt, was nicht zuletzt an Rudi lag, der seinen beiden Töchtern zur Jugendweihe einen Werkzeugkasten geschenkt und ihnen gezeigt hatte, wie man damit umgehen musste. Hanka konnte eine Lampe anschließen, sie konnte tapezieren und streichen, und wenn es unbedingt notwendig war, würde sie wohl auch einen verstopften Siphon unter dem Waschbecken reparieren können.

»Der Kachelofen«, erinnerte Hartmut. »Der muss abgetragen werden. Und dann muss ein neuer her. Dabei kann ich dir nicht helfen, ich kenne keinen Ofenbauer. Und dann brauchst du noch einen Warmwasserboiler für die Küche. Im Augenblick hast du nur kaltes Wasser. Vielleicht kann man später noch eine Duschkabine einbauen.«

Hankas Augen strahlten. »Das kriege ich alles hin. Es ist August. Bis zum Winter ist noch Zeit. Wann kann ich mit der Renovierung anfangen?«

»Wann du willst. Ich bin befugt, dir den Schlüssel zu geben.«

»Ach, Hartmut.« Sie fiel ihm um den Hals. Und dann liebten sie sich auf dem Fußboden. Genau dort, wo Hanka später ihr Bett aufstellen wollte.

In den nächsten Tagen lief sie von Geschäft zu Geschäft auf der Suche nach Raufasertapete, die sie nicht bekam, und war froh, dass sie ihre Mannequingage so eisern gespart hatte. Sie fand schließlich ein paar Tapetenrollen mit einem kleinen Blümchenmuster, das ihr nicht besonders gefiel, aber sie würde die Wände einfach weiß streichen. Dann begab sie sich in ein paar Möbelgeschäfte, aber sie fand nichts, was sie ansprach. Sie würde die Anzeigen in der »Leipziger Volkszeitung« lesen müssen. Hin und wieder wurden darin Sachen aus Haushaltsauflösungen annonciert.

Noch immer war sie jedes Wochenende unterwegs auf Modenschauen, doch Rudi und Elli und sogar Armin waren dann in der neuen Wohnung zugange. Armin hatte mehrere Paletten besorgt und hatte daraus ein Bett gebaut. Elli hatte Vorhänge genäht, und Rudi hatte gemeinsam mit Armin den alten Kachelofen abgetragen. Ein alter Kunde von ihm hatte ihm gegen 100 Westmark Kacheln für einen Berliner Ofen besorgt, und Armin kannte jemanden, der jemanden kannte, der ihn für 50 Westmark einbauen konnte. Hankas Eltern hatten ihr gesamtes Westgeld angeboten, aber Hanka hatte erwidert: »Ich warte einfach, bis eine Heizungsfirma einen freien Termin hat.« Sie hatte alle Werkstätten in Leipzig angerufen, aber der früheste Termin war im Februar des nächsten Jahres. »Ich zahle euch alles zurück. Auf Heller und Pfennig«, versprach sie Rudi und Elli.

Nach den Modenschauen ließ sie sich von Hartmut zu ihrer Wohnung fahren. Sein Wartburg parkte auf der anderen Straßenseite, und Hartmut versuchte sie davon abzubringen, bei den Renovierungsarbeiten mitzuhelfen und stattdessen mit ihm zusammen zu sein.

»Nein, Schatz, das geht nicht«, erklärte Hanka. »Ich kann meine Eltern und meinen Schwager da oben nicht allein lassen. Das wäre ungerecht.«

»Du hast immer weniger Zeit für mich«, murrte Hartmut.

»Aber denk doch daran, wie viel Zeit wir haben werden, wenn die Wohnung fertig ist. Tag und Nacht können wir zusammen sein.« Das konnten sie natürlich nicht, weil Hartmut noch immer bei seiner Familie lebte und Hanka genau wusste, dass sich daran auch nichts ändern würde.

»Du hast mir noch nicht einmal einen Schlüssel gegeben«, murrte Hartmut weiter.

Und du wirst auch keinen bekommen, dachte Hanka, doch sie sagte: »Ich brauche erst noch ein neues Schloss. Man weiß ja nicht, wer noch so alles einen Schlüssel hat.«

Damit gab sich Hartmut einstweilen zufrieden. Er zog sie an sich, küsste sie lange und dringlich, bis Hanka sich lachend losmachte, ausstieg, ihm von der Haustür noch einen Handkuss zuwarf und verschwand.

Sie wollte gerade ihre Wohnung betreten, als Elli die Tür aufmachte. Sie sah besorgt aus.

»Was hast du?«, wollte Hanka wissen.

»Das wollte ich *dich* gerade fragen. Wer war der Mann?«

»Du hast aus dem Fenster geschaut.«

»Ja, das habe ich. Aber was ich gesehen habe, hat mir nicht gefallen. Sein Ehering hat bis in den ersten Stock geleuchtet.«

»Hartmut heißt er«, erklärte Hanka.

»Und er war es auch, der dir die Wohnung besorgt hat, nicht wahr?«

»Ja«, gab Hanka zu.

»Und das hat er nur gemacht, um ein Liebesnest für euch zu schaffen.«

»Ja.« Hanka blickte zu Boden.

Elli aber stemmte die Fäuste in die Hüften. »Mein liebes Fräulein, ich habe nichts dagegen, dass du einen Freund hast. Aber ich habe etwas dagegen, dass dein Freund verheiratet ist.«

»Er will sich scheiden lassen«, warf Hanka ein.

Elli lachte auf. »Und das glaubst du ihm?«

»Nein, eigentlich nicht. Ich weiß auch gar nicht, ob ich das will. Aber er sorgt dafür, dass ich als Mannequin so oft gebucht werde. Und dann die Wohnung.«

Elli schüttelte den Kopf. »So haben wir dich nicht erzogen, dein Vater und ich. Hast du denn gar keinen Stolz?«

Hanka spürte, wie Ärger in ihr aufstieg. »Stolz muss man sich leisten können. Und daran arbeite ich gerade. Du verlangst von uns, dass wir auf unserem Lebensweg immer schön geradeaus gehen. Aber so verläuft kein Weg. Da gibt es Schlaglöcher und Abkürzungen und manchmal auch ein ›Gesperrt‹-Schild.«

Darauf wusste Elli nichts zu sagen. Aber ihr Gesicht sprach Bände. Du solltest dich schämen, sagte es. Wie kannst du eine Ehe zerstören?, fragte es. Dann holte Elli tief Luft. »Wie alt ist der Mann?«

»Er ist neununddreißig Jahre alt, aber er wirkt jünger.«

»Zwanzig Jahre älter als du. Das kann nicht gut gehen.«

»Ich weiß«, flüsterte Hanka.

»Liebst du ihn?«, fragte Elli, nun ein wenig sanfter.

»Ja. Ich denke schon.« Und sie dachte bei sich, dass das die Wahrheit war. Sie konnte mit ihm spielen, aber sie konnte ihn nicht verlieren.

Kapitel 11
1964

Annekathrin entband am 1. September 1964 um 12.15 Uhr, als Armin und Rudi die letzte Tapete an die Wand von Hankas Wohnung klebten. Armin war so aufgeregt, dass er sich kaum konzentrieren konnte. Jede Stunde lief er nach unten zur nächsten Telefonzelle und rief in der Universitätsfrauenklinik in Leipzig an. Er hatte Annekathrin gestern im Taxi in die Klinik begleitet und war dabei nervöser als sie gewesen. Es war ihm unendlich schwer gefallen, sie in der Entbindungsstation allein zu lassen, aber es war nicht gestattet, an der Geburt teilzunehmen.

Jetzt fragte er Rudi nach einem Zwanzigpfennigstück, und kaum hatte er es in der Hand, rannte er die Treppe hinab und hinüber zur Telefonzelle. Die Nummer der Entbindungsstation kannte er inzwischen auswendig.

»Ja, jetzt haben Sie Glück, Ihre Frau hat gerade entbunden«, hieß es dieses Mal, und Armin spürte, wie sein Herz nach unten sackte.

»Mutter und Kind sind gesund.«

»Was ist es denn geworden? Wie geht es Annekathrin?«, fragte Armin mit trockenem Mund.

Die Schwester am anderen Ende der Leitung lachte. »Ich

denke, das sollte Ihnen Ihre Frau erzählen. Alles ist gut, es gibt nicht den geringsten Grund zur Sorge.«

Armin eilte zurück, um Rudi die Nachricht zu überbringen, dabei fiel ihm ein, dass er vollkommen vergessen hatte, die Schwester nach den Besuchszeiten zu fragen. Und so standen Armin und Rudi bereits eine halbe Stunde später vor der Klinik. Sie hatten Glück. Es war Sonntag, und die Besuchszeit würde in zehn Minuten beginnen.

Armin konnte nicht eine Sekunde lang stillstehen. Er tigerte auf dem Fußweg hin und her, dann fragte er Rudi: »Hast du mal eine Zigarette?«

Rudi zog erstaunt die Augenbrauen hoch. »Seit wann rauchst du denn?«

»Ich rauche nicht. Aber ich muss etwas in der Hand halten.« Plötzlich schlug er sich mit der flachen Hand vor die Stirn. »Blumen! Ich habe vergessen, Blumen für Annekathrin zu kaufen.«

Rudi zündete sich eine Zigarette an, reichte Armin die Schachtel. »Es gibt keine Blumen, es ist Sonntag.«

»Aber ich brauche unbedingt einen Strauß.« Er warf Rudi die Schachtel mit den Zigaretten zu und rief im Laufen: »Warte hier auf mich.«

Rudi nickte, sah dem davonrennenden Schwiegersohn in spe nach, lehnte sich an die Hauswand und rauchte seine Zigarette zu Ende. Keine zehn Minuten später traf Elli ein. »Wir sind Großeltern«, rief sie. »Was sagst du dazu? Opa Rudi, wie klingt das?«

Sie umarmte ihn, dann fragte sie: »Warum gehst du nicht rein?«

»Weil der Kindsvater verschwunden ist. Er sollte doch sein Kind zuerst sehen.«

»Und wo ist Armin hin?«

»Irgendwas mit Blumen.«

»Es ist Sonntag.«

Rudi seufzte. »Das habe ich ihm auch gesagt.«

Sie warteten eine Viertelstunde, dann kam Armin, völlig abgehetzt, in den Armen einen Strauß gelber Rosen, die nur ganz wenig verwelkt waren.

»Wo hast du die denn aufgetrieben?«, fragte Elli, aber Rudi brach in Lachen aus. »Du warst auf dem Friedhof. Du hast die Blumen von einem frischen Grab geklaut. Aber du solltest wenigstens die weiße Trauerschleife abmachen.«

Er zupfte daran herum und las vor: »In stiller Trauer – die Hausgemeinschaft.«

»Ich … ich habe mir die Blumen nur geliehen. Das Grab habe ich mir gemerkt. Ich werde mit dem Baby einen Spaziergang dorthin machen und frische Rosen aufs Grab legen.«

Elli konnte sich ein Lächeln nicht verkneifen. »Die Hausgemeinschaft wird nichts dagegen haben, denke ich. Können wir jetzt reingehen?«

Armin rannte voraus, den Strauß wie eine Fahne in der Hand schwenkend. »Wo liegt denn meine Frau?«, fragte er eine vorübereilende Krankenschwester.

»Wer ist denn Ihre Frau?« Die Schwester blieb stehen und blickte Armin freundlich an. Elli sah, dass sie aufgeregte Väter gewohnt war.

»Annekathrin. Annekathrin Salomon.«

»Sie liegt in Zimmer 121. Herzlichen Glückwunsch.«

Armin drehte sich um die eigene Achse. Elli fasste nach seinem Ellenbogen. »Da ist Zimmer 121.«

Armin schluckte. Dann strich er sich über die Haare, die davon nicht glatter wurden, und öffnete so behutsam die Tür, als wäre sie aus Eierschalen gemacht.

Rudi wollte hinterher, aber Elli sagte: »Lass den beiden mal fünf Minuten Alleinsein.«

»Allein? In einem Sechsbettzimmer?«

Er drehte sich um und blickte aus dem Fenster hinüber zur Russischen Kirche mit ihrem goldenen Dach. Endlich war Elli der Meinung, dass die frischgebackenen Eltern genug Zeit allein gehabt hatten. Ebenso vorsichtig wie Armin drückte sie die Klinke herunter.

Sie grüßte die fünf Frauen in den anderen Betten freundlich, dann eilte sie zu ihrer Tochter, umarmte sie. »Und, wie geht es dir?«, wollte sie wissen. »Wie war die Geburt? Wie schwer ist das Baby, wie groß? Und vor allem, was ist es denn?«

Annekathrin lächelte. Sie sah erschöpft, aber glücklich aus. »Es ist ein Mädchen. 52 cm, 3050 Gramm. Sie heißt Elena.«

»Herzlichen Glückwunsch. Elena ist ein wirklich schöner Name.« Dann trat Elli neben Armin, der auf einem Stuhl neben Annekathrins Bett saß und seine Tochter so vorsichtig im Arm hielt, als wäre sie aus Muranoglas. Elli beugte sich zu ihnen hinunter, doch in diesem Augenblick fing die Kleine an zu brüllen. Armin streckte die Arme mit dem schreienden Bündel von sich und sah hilfesuchend zu Elli. Sie nahm ihm das Kind ab, machte merkwürdige Geräusche, von denen sich das Baby nicht stören ließ. Aber dann, so plötzlich, wie es angefangen hatte, hörte das Gebrüll auf. Die Kleine schmatzte ein wenig, dann ballte sie die Hände zu winzigen Fäustchen und schlief an Ellis Brust ein.

Rudi schüttelte Annekathrin die Hand, als hätte sie gerade einen Olympiasieg errungen. Elli musste lächeln. Normalerweise umarmte Rudi seine Töchter, küsste sie auf die Wange. Aber hier, zwischen all der frischgebackenen Mutterschaft, die für die meisten Männer ein Mysterium war, war ihm auch die eigene Tochter fremd. »Gut gemacht«, sagte er, räusperte sich und wusste offensichtlich nicht, wohin mit sich.

»Da, nimm du sie mal.« Elli reichte Rudi das kleine Bündel, aber ihr Mann verschränkte rasch die Arme vor der Brust. »So was kann ich nicht«, erklärte er.

Elli lachte. »Du kannst mit dem dünnsten Faden nähen, mit dem feinsten Stoff, aber du traust dich nicht, dein Enkelmädchen zu halten?«

Darauf antwortete Rudi nicht, und zu seinem Glück räusperte sich Armin nun. Er hielt plötzlich ein Samtkästchen in der Hand, reichte es über das Bett, griff mit der anderen nach Annekathrins Hand und fragte: »Annekathrin, möchtest du meine Frau werden?«

Schlagartig herrschte Stille im Raum. Die Frauen in den anderen Betten blickten zu Annekathrin, ihre Besucher ebenfalls.

Annekathrin lächelte zaghaft, und doch kam Elli dieses Lächeln ein bisschen schief vor. »Wollen wir das nicht zu Hause besprechen?«, fragte sie leise, und Elli musste schlucken. Sie hätte Armin am liebsten eine Hand auf die Schulter gelegt.

»Wie lautet deine Antwort?«, fragte Armin und konnte es offensichtlich nicht fassen, dass Annekathrin nicht in Jubel ausgebrochen war. »Willst du mich heiraten, Annekathrin?«, wiederholte er stur, und Annekathrin ließ ihren Blick zu den anderen Müttern schweifen, holte tief Luft und sagte: »Ja, Armin, ich will.«

Elli atmete auf. »Papa und ich gehen jetzt. Wir kommen übermorgen wieder, wenn euch das recht ist.«

Annekathrin nickte. »Und bringt Hanka mit.«

»Oh, du wirst sie bald sehen. Ich kann mir nicht vorstellen, dass Hanka ihre Nichte nicht schon heute kennenlernen möchte.« Sie küsste ihre Tochter noch einmal, dann verließen Rudi und sie das Krankenhaus.

Als Hanka aus der Kunstgewerbeschule trat, hielt sie einen Zettel in der Hand und strahlte über das ganze Gesicht. Elli hatte in der Schule angerufen und ihr die Nachricht von der Ankunft ihrer Nichte hinterlassen. Sie wusste, dass Rudi schon gestern vor ihrer Wohnung gewesen war; die Nachbarin hatte es ihr erzählt. Aber sie war, wie an vielen Sonntagen, auf einer Modenschau gewesen. Und danach war Hartmut mit zu ihr gekommen. Hanka fragte sich seit einer ganzen Weile, was die Liebe war. Manchmal fand sie Hartmut schrecklich. Zum Beispiel, wenn er vor der Schau die anderen Mannequins anschrie, sie sollten nicht so ein Theater machen, weil sie sich weigerten, Stöckelschuhe anzuziehen, oder eine andere Frisur haben wollten. Wenn sie nicht gerade über Mode und über die Schauen sprachen, fehlte es ihnen hin und wieder an Gesprächsthemen. Am wohlsten fühlte sich Hanka, wenn sie mit ihm im Bett war. Der Sex war herrlich, sie war schier süchtig danach. Aber sie war auch nicht besonders traurig, wenn Hartmut am späten Abend die Wohnung verließ und nach Hause fuhr.

Hanka blickte auf die Uhr. Es war kurz nach drei. Sie hatte noch ein wenig Zeit und beschloss, auf dem Weg zum Krankenhaus eine kurze Zwischenstation in der Innenstadt einzulegen. Sie hatte schon vor Wochen einen kleinen Schlafsack für das Baby genäht und einen winzigen Anorak für den kommenden Herbst. Den Stoff dafür hatte Hartmut besorgt, aber Hanka hatte noch kein Geschenk für Annekathrin. Als sie in Richtung Straßenbahn laufen wollte, wurde sie von einer Frau aufgehalten.

»Verzeihung, sind Sie Hanka Salomon?«

»Ja. Das bin ich. Wie kann ich Ihnen helfen?«

»Mein Name ist Elisabeth Grube.«

Hanka runzelte die Stirn, doch dann fiel ihr ein, dass Hartmut mit Nachnamen Grube hieß.

»Ich bin Hartmuts Ehefrau.«

Hanka nickte, weil sie nicht wusste, was sie sonst tun sollte.

»Ich habe Sie mir anders vorgestellt«, erklärte Elisabeth Grube nun.

»Wie anders?«, fragte Hanka, noch immer verwirrt.

Die Frau lächelte ein schmerzliches Lächeln. »Nicht so schön. Ich kann Hartmut verstehen. Bei Ihnen wird wahrscheinlich jeder Mann schwach.«

Noch immer wusste Hanka keine Antwort.

»Haben Sie Zeit für einen Kaffee? Wir könnten gleich dort drüben einen trinken.«

Sie wies auf ein kleines Café gegenüber. Das Letzte, was Hanka wollte, war, mit der Frau ihres Geliebten einen Kaffee zu trinken, aber sie glaubte, sie habe nicht das Recht, Elisabeth Grube diesen Wunsch zu verweigern.

Kurze Zeit später saßen sie einander gegenüber.

»Er hat gesagt, er will sich scheiden lassen«, entfuhr es Hanka plötzlich.

Elisabeth Grube nickte. »Ich weiß, dass er so redet. Aber das ist nicht wahr. Ich will mich von ihm scheiden lassen.«

»Und was wollen Sie von mir?«, fragte Hanka erstaunt.

»Nichts weiter. Ich wollte Sie nur sehen.«

»Warum?«

»Weil ich wissen wollte, warum mein Mann seit geraumer Zeit so verändert ist.«

»Wie verändert?«

»Wissen Sie, Hanka, mein Mann ist immer fremdgegangen. Ich wusste das. Aber solange er abends zurück nach Hause kam, war es mir egal. Ich bin keine besonders leidenschaftliche Frau.«

Hanka rutschte unruhig auf ihrem Stuhl hin und her. Sie wollte das nicht wissen, sie wollte nicht mit dieser Frau sprechen.

»Vor einem Jahr hatte ich plötzlich das Gefühl, in dieser Ehe mit Hartmut zu ersticken. Ich hatte ihn und hatte ihn doch nicht. Also sprach ich von Scheidung. Ich dachte, er würde begeistert zustimmen, aber das tat er nicht. Im Gegenteil. Er brachte mir plötzlich Blumen, ging mit mir ins Theater. Er warb regelrecht um mich.«

Hanka runzelte die Stirn. Das konnte sie sich eigentlich nicht vorstellen. Sie hatte es von Hartmut immer anders gehört, aber warum sollte diese Frau sie belügen?

»Ich sollte ihm versprechen, mich nicht von ihm zu trennen. Aber das konnte ich nicht.« Frau Grube trank einen Schluck von ihrem Kaffee. »Hartmut kann nicht allein sein. Er braucht immer jemanden, der sich um ihn sorgt, der die dunklen Schatten vertreibt. Ich wollte sehen, ob Sie so eine Frau für ihn sein können.«

Hanka schüttelte erschrocken den Kopf. »Ich möchte nicht so eine Frau für ihn sein.«

»Warum nicht?«

Hanka schluckte. »Ich bin noch jung. Ich habe noch einiges vor.«

»Und Hartmut ist alt. Ist es das, was Sie meinen?«

»Nein, das ist es nicht. Das ist es nicht allein. Ich möchte einfach noch keine Verantwortung für einen anderen Menschen übernehmen. Ich wusste nicht, dass Harmut so ... so ...« Sie fand das passende Wort nicht.

»Dass er so bedürftig ist?«, ergänzte Frau Grube.

»Ja.« Plötzlich wollte Hanka nichts als weg von hier. Weg von Frau Grube, aber auch, und das ganz drängend, weg von Hartmut. Sollte er sich eine andere suchen, die ihn von seiner Einsamkeit, oder was auch sonst, befreite. Sie konnte das nicht. Sie wollte das nicht. Sie würde mit ihm Schluss machen.

»Wenn ich mich von Hartmut trenne, bleiben Sie dann bei ihm?«, fragte sie.

»Nein. Ich habe die Scheidung eingereicht. Wenn alles gut geht, sind wir in sechs Wochen geschieden.«

»Das können Sie nicht tun!« Auf einmal bekam Hanka Angst. »Wenn Sie gehen, wird er sich an mich klammern.«

Da lachte Elisabeth Grube auf. »Die Geliebte bittet die Ehe-

frau, sich nicht scheiden zu lassen. Mein Gott, das ist so lustig.«
Und wieder lachte sie lauthals, aber dann wurde sie plötzlich
ernst. »Ich werde bald geschieden sein. Hartmut ist dann Ihr
Problem.« Sie kramte in ihrer Geldbörse, legte 5 Mark auf den
Tisch und erhob sich. »Ich wünsche Ihnen alles Gute, Fräulein
Salomon.« Dann ging sie, und Hanka blieb vollkommen ver-
wirrt zurück.

Ihr erster Impuls war, sich auf der Stelle von Hartmut zu
trennen. Sie wollte niemanden, der bedürftig war. Dann dachte
sie an ihre Aufträge als Mannequin. Und neulich erst hatte
Harmut ihr versprochen, einen ihrer Entwürfe in der »Pramo«
vorzustellen. Hartmut Grube war ein bekannter Name in der
Modebranche. Er konnte Karrieren fördern oder verhindern.
Wenn sie sich von ihm trennte, würde sie Nachteile haben.
Aber unbeschwert mit ihm zusammen sein, das konnte sie
nach diesem Gespräch auch nicht mehr. Hanka seufzte und
blickte auf ihre Uhr. Die Besuchszeit im Krankenhaus hatte
bereits begonnen. Sie hätte so gern ihre große Schwester um
Rat gefragt, ihr erzählt, dass ihr Hartmut Angst machte. Dass
er zu viel wollte. Aber auch, dass sie ohne Hartmut nach ihrem Studium keinen Fuß in der Modewelt fassen würde. Was
sollte sie tun? Hanka hatte das unbedingte Bedürfnis, mit jemandem zu reden. Am besten mit jemandem, der Hartmut
auch kannte. Aber unter den Mannequins herrschte Krieg.
Jede neidete der anderen die Aufträge. Und da sie sehr viele
Aufträge bekam, war sie nicht besonders beliebt. Außerdem
war ihr Verhältnis mit Hartmut bloß ein unausgesprochenes
Geheimnis. Das wusste sie, weil die Gespräche der anderen
Mädchen verstummten, wenn sie dazukam. Hartmut betonte

zwar immer wieder, dass er Hanka nur nach Hause fuhr, weil sie nahe beieinander wohnten, aber diese Lüge durchschaute jede und jeder. Ihre Schulfreundinnen hatte sie lange nicht gesehen. Sie hatte sich gut mit Birgit verstanden, aber Birgit studierte in Halle auf Lehramt. Ihre Mutter fiel ihr ein. Sie würde wissen, was zu tun ist. Aber hatte Elli sie nicht vor Hartmut gewarnt? »Ich habe es dir ja gesagt«, würde Elli nicht über die Lippen kommen, aber auch ihre Blicke sprachen eine deutliche Sprache.

Hanka fühlte sich gefangen. Wie in einer Falle, aus der es kein Entrinnen gab. Und plötzlich stand ihr Hartmut noch deutlicher vor Augen als vor dem Gespräch mit Elisabeth Grube. Da waren nicht nur die wenigen guten Gespräche, jetzt sah sie auch seine ewigen Forderungen vor sich. Seine Fragen. Wohin gehst du? Was hast du gestern Abend gemacht? Du hast zu wenig Zeit für mich. Und zugleich entzog er sich ständig. Ich kann heute Abend nicht, ich muss noch arbeiten. Ins Kino will ich nicht, den Film habe ich schon gesehen.

Sie seufzte so laut auf, dass die Kellnerin fragte, ob alles in Ordnung wäre. Hanka nickte, stand auf und verließ das Café. Sie war jetzt eine andere als noch vor einer Stunde.

Kapitel 12

1964

Annekathrin saß in ihrem Zimmer und starrte auf den Fußboden. Aus der Küche hörte sie Geräusche. Jemand goss Wasser
in den Ausguss, Töpfe klapperten, Worte wechselten hin und
her. Sie musste aufstehen, musste sich die nassen Haare eindre-
hen, damit sie nachher Locken hatte. Sie musste Elenas Sachen
zusammenpacken und sie rüber zur Nachbarin bringen. Sie
musste die Milchflaschen vorbereiten und ihre eigene kleine
Tasche richten. Aber sie konnte sich einfach nicht bewegen.

Vor sich, am Schrank, hing ihr weißes Kleid. Hanka hatte es
entworfen, Rudi hatte es genäht. Ein wunderschönes weißes
Kleid. Ärmellos und von den Schultern bis zum Boden hinab-
fallend wie Wasser, darüber ein weißes Bolerojäckchen, denn
es war inzwischen Oktober und kühl. Sie hatte keinen Schleier
gewollt. Und auch keinen Blumenkranz im Haar. Wenn sie
ehrlich war, musste sie sich eingestehen, dass sie nichts von all
dem hier gewollt hatte. Nicht einmal Elena. Die ersten Wochen mit dem Baby waren ihr schwergefallen. Aber dann war
Elena krank geworden, und Annekathrin hatte um ihr Leben
gebangt. Seitdem liebte sie ihr Kind so sehr, dass es wehtat.
Auch Armin war ganz verrückt nach der Kleinen. Er trug
sie mit sich herum, zeigte ihr das Zimmer, die Wohnung, die

Stadt. Sie waren eine kleine Familie. Das sagte Elli zumindest immer, aber Annekathrin empfand nicht so. Sie und Elena gehörten zusammen. Armin stand draußen und musste warten, bis sie ihn einließ in ihre kleine Welt. Und heute sollte sie ihn heiraten. Und sie würde ihn auch heiraten, das stand ganz außer Frage. Denn ein Kind brauchte seinen Vater. Sie wusste nicht, ob sie Armin je geliebt hatte oder ob sie nur mit ihm zusammen war, weil er sie gewollt hatte. Sie hatte nicht nachgedacht, als sie sich kennengelernt hatten. Zumindest hatte sie nicht über die Liebe nachgedacht. Da war jemand, der sie wollte. Und wer sie wollte, den wollte sie auch. So einfach war das gewesen. Sie seufzte. Es war zu spät. In zwei Stunden würde sie vor der Standesbeamtin stehen. Und am Abend würde es ein kleines Fest geben. Nichts Großes, nur ein paar Freunde und die Verwandten. Sie hatten im Kulturhaus einen kleinen Saal gemietet. Die Miete war günstig. Und auch das Essen, denn dafür sorgten sie selbst. Seit Tagen standen Elli, Hanka und sie in der Küche und schnippelten Salate. Gestern hatte sie den ganzen Nachmittag lang Tomaten ausgehöhlt und sie mit Fleischsalat gefüllt, während Elli ihren berühmten Eiersalat gemacht hatte. Auch Armins Mutter Gisela war dabei gewesen. Sie hatte einen Kartoffelsalat und einen Nudelsalat bereitet. Rudi war beim Fleischer gewesen, hatte Gehacktes geholt, das heute noch zu Buletten gebraten wurde. Daneben gab es Schnitzel und Bratwürste.

»Annekathrin?«

Sie hörte, wie Elli ihren Namen rief. Sie stand auf, ging in die Küche.

»Kind, du hast ja noch gar nichts gemacht! Deine Haare

sind nicht eingedreht, und Elena hat Hunger. Hier, ich habe das Fläschchen schon vorbereitet.« Elli hielt ihr die warme Milchmischung hin. Annekathrin hatte stillen wollen, aber es hatte nicht geklappt. Jetzt ging sie hinüber ins Wohnzimmer, nahm Elena aus dem großen Weidenwäschekorb, den Armin zu einem Stubenwagen umgebaut hatte. Sie setzte sich, hielt Elena die Flasche an den Mund. Das Kind suchte nach dem Schnuller, dann schloss es die Augen und trank. Annekathrin summte ein Lied dabei und genoss die Augenblicke der Innigkeit mit Elena. Doch dann hörte sie die Wohnungstür und gleich darauf Armins Stimme.

»Sie ist im Wohnzimmer«, hörte sie ihre Mutter sagen, und schon gab die Klinke nach, und Armin stand vor ihr. In der Hand hielt er einen Strauß roter Rosen. Einen wunderschönen, prächtigen Strauß mit Rosen und Schleierkraut.

»Und? Was sagst du nun?« Armin platzte beinahe vor Stolz. Es war nicht einfach, im späten Oktober Rosen zu bekommen.

Annekathrin lächelte. »Er sieht wunderschön aus. Danke sehr.«

Armin legte den Strauß auf den Tisch, setzte sich neben Annekathrin, strich seiner Tochter mit dem Zeigefinger behutsam über die Wange.

War nun der passende Zeitpunkt gekommen? Annekathrin holte tief Luft. Es musste jetzt sein. Armin würde an ihrem Hochzeitstag sicher kein Theater machen.

»Ab Montag geht Elena in die Krippe«, sagte sie und musste sich räuspern, weil ihre Stimme so belegt klang.

Armin schaute auf. Sein Gesicht verdüsterte sich. »Du hast es also wahr gemacht. Du wirst also studieren.«

»Ja.«

»Hast du dabei auch nur ein einziges Mal an uns gedacht?«, fragte er vorwurfsvoll.

»Ja, das habe ich. Und ich glaube, dass eine frohe, zufriedene Mutter dem Kind besser bekommt als eine, die zwar da, aber unzufrieden und mürrisch ist«, erklärte sie bestimmt. »Ich bringe sie morgens um acht Uhr in die Einrichtung. Du holst sie ab. Oder ich. Das besprechen wir, wenn wir unsere Vorlesungspläne haben.«

»Du hast dir alles schon genau überlegt, nicht wahr?« Armin wirkte plötzlich wie ein kleiner Junge, der Hausarrest bekommen hatte. Beinahe tat er ihr leid.

»Ja, ich habe nachgedacht. Über alles. Ich habe sogar mit der Kinderärztin gesprochen. Sie hält Elena für krippentauglich.« Sie griff nach seiner Hand. »Wenn das hier mit uns auf Dauer funktionieren soll, dann musst du mich meine Träume erfüllen lassen.«

Armin nickte. »Ich weiß«, antwortete er. Dann stand er auf, nahm den Brautstrauß vom Tisch. An der Tür hielt er inne. »Sag, hättest du mich auch geheiratet, wenn du mir das Studium verboten hättc?«

Kurz musste Annekathrin schlucken. »Es ist nicht dein Recht, mir etwas zu verbieten.«

»Hättest du …?«

Langsam schüttelte Annekathrin den Kopf. »Ich habe doch nur ein Leben.«

Hanka stand vor dem Spiegel in ihrer kleinen Wohnung, in der mittlerweile der letzte Farbgeruch verflogen war. Sie hielt sich ein rotes Kleid an, betrachtete sich, schüttelte den Kopf, hängte es zurück in den Schrank. Hartmut war ins Zimmer getreten. »Warum ziehst du nicht das Rote an?«, wollte er wissen.

»Es passt nicht zum Anlass.« Hanka nahm ein blaues Kleid vom Bügel, stieg hinein.

»Das nicht, darin wirkst du altbacken«, kommentierte Hartmut. Er lehnte lässig im Türrahmen, die Arme verschränkt, auf dem Gesicht ein zufriedenes Grinsen. »Schade eigentlich, dass ich nicht mitkommen kann. Ich würde deine Familie zu gern kennenlernen.«

Hanka schluckte, drehte sich zu ihm. »Du kannst mitkommen.«

»Ach, Hanka, wir haben schon so oft darüber gesprochen. Wenn mich jemand erkennt. Meiner Frau geht es nicht so gut. Sie könnte so etwas jetzt nicht verkraften.«

Hanka nickte. Sie wusste nicht, wie oft sie diese Worte schon gehört hatte. »Elisabeth hätte nichts dagegen«, hörte sie sich plötzlich sagen.

»Wie bitte?« Hartmuts Lächeln zerfiel. »Was hast du gesagt?«

»Ich sagte, Elisabeth hätte sicher nichts dagegen.«

»Woher willst du das denn wissen?« Seine Stimme hatte einen hämischen Beiklang. »Da weißt du ja mehr als ich.«

»Ich habe sie getroffen.« Hanka hatte ganz leise gesprochen.

»Wie bitte? Ich habe dich nicht verstanden.«

»Ich habe deine Frau getroffen.« Hanka hatte laut und deutlich jedes Wort einzeln betont und ihm vor die Füße geworfen.

»Du hast was? Wann? Wo?« Seine Augen weiteten sich von Panik ergriffen.

Hanka setzte sich auf die Bettkante, das blaue Kleid noch in der Hand. »Sie hat mich vor der Kunstgewerbeschule abgepasst.« Plötzlich musste sie lachen. »So wie du damals, als ich noch zur Schule ging. Es ist schon ein paar Wochen her.«

»Was wollte sie?«

»Sie wollte mich kennenlernen.«

»Woher weiß sie von uns?«

»Frag sie. Ich habe sie nicht gefragt.«

»Was hat sie erzählt?« Alle Lässigkeit war von Hartmut abgefallen. Er stand vor ihr, mit eingezogenen Schultern, das Kinn vorgereckt. »Was wollte sie von dir?«

Hanka fühlte sich plötzlich entspannt. »Sie erzählte mir, dass sie sich von dir scheiden lassen will.«

»Das ist doch völliger Quatsch!«, brauste Hartmut auf. »Und du hast ihr wahrscheinlich auch noch geglaubt!«

Er strich sich die Haare aus der Stirn. »Das … das war doch nur ein verzweifelter Versuch, dich zu vertreiben.«

»Den Eindruck hatte ich nicht. Ich habe ihr geglaubt. Sie sagte, die Scheidung wäre eingereicht, der Termin stünde bevor.«

»Das ist alles Unsinn. Das will sie doch nicht wirklich. Das sagt sie nur so.«

Hanka zuckte mit den Schultern. »Weißt du was, Hartmut? Ich habe keine Lust, in eure Ehespielchen hineingezogen zu werden. Kläre, was zu klären ist. Und jetzt geh. Und komm erst wieder, wenn du Antworten hast. Fragen habe ich nämlich selbst genug.«

Hartmut warf ihr noch einen Blick zu, dann nahm er seine Wildlederjacke vom Garderobenhaken, griff nach dem Autoschlüssel auf dem Schuhschränkchen und ging, ohne sich zu verabschieden.

Hanka saß noch immer auf der Bettkante und hielt das blaue Kleid. Sie wusste nicht, was sie fühlen sollte. Sie war nicht traurig, höchstens wehmütig. Und sie hatte den Eindruck, dass etwas zu Ende gegangen war, das nichts mit Hartmut zu tun hatte.

»Ich komme auch ohne ihn klar«, sagte sie laut zu sich selbst, aber ein Angstschauer rieselte ihr über den Rücken.

Vier Stunden später vermisste sie ihn zum ersten Mal. Annekathrin und Armin hatten sich das Jawort gegeben. Wie gern hätte sie Hartmut dabeigehabt. Sie fühlte sich im Angesicht des Glücks ihrer Schwester besonders einsam und allein. Ihr war, als würde sie nie den richtigen Mann finden, als müsste sie Hartmut festhalten trotz allem, was ihr an ihm nicht gefiel. Ohne einen Mann, der zu ihr gehörte, der sie liebte, fühlte sie sich nicht ganz vollständig, vor allem jetzt, da sie rings um sich nur Paare sah.

Man hatte Reis geworfen und Glückwünsche ausgetauscht. Jemand von Armins Freunden hatte einen Sägebock und einen Baumstamm herbeigeschleppt, dazu eine Säge mit zwei Griffen. Das frisch vermählte Paar hatte den Stamm in einem Ruck durchgesägt und war gefeiert worden. Jetzt saßen sie im kleinen Saal des Kulturhauses und warteten darauf, dass der Schallplattenunterhalter sein Amt versah.

Elli, Schwiegermutter Gisela und zwei andere Frauen räumten das Büfett ab, aus der nahen Küche drang das Geräusch von Wasser, das in ein Spülbecken lief. Hanka hatte ebenfalls ihre Hilfe in der Küche angeboten, aber die Frauen hatten sie weggeschickt. »Geh zu den anderen. Ihr jungen Leute sollt euch amüsieren.« Und jetzt saß sie da und betrachtete die ersten Paare, die auf der Tanzfläche herumhampelten. Nun kündigte der Schallplattenunterhalter einen Schmusesong an. Die Paare fanden sich, viele waren schon länger zusammen. Hanka hatte die Beine übereinandergeschlagen, wippte mit den Zehen und zündete sich eine Zigarette an, damit auch der Letzte begriff, dass sie nicht tanzen wollte. Ein junger Mann setzte sich zu ihr. Er hatte eine offene Flasche Rotwein mitgebracht und hielt sie über Hankas Glas: »Darf ich?«

»Nur zu. Wir sind ja nicht zum Spaß hier.« Sie lachte, aber der Witz war schal.

Der junge Mann schwieg. Hin und wieder blickte Hanka zu ihm hinüber. Aber er saß einfach nur da und schaute in die Luft.

»Solltest du mich nicht in ein Gespräch verwickeln? Mir Fragen stellen und so?«

»Was für Fragen?« Der junge Mann schaute überrascht.

»Zum Beispiel, in welchem Verhältnis ich zu Braut und Bräutigam stehe. Dann könntest du dich vorstellen und nach meinem Namen fragen. So Sachen.«

Der junge Mann reichte ihr die Hand. »Uwe. Ich studiere zusammen mit Armin. Und du?«

Hanka lachte. »Ich studiere nicht zusammen mit Armin.«

Uwe zog die Augenbrauen hoch. »Das dachte ich mir, denn da müsste ich dich ja kennen.«

Hanka wollte mit den Augen rollen, weil Uwe alles so wörtlich nahm, aber sie ließ es. »Ich bin Hanka. Die Schwester von Annekathrin.«

»Das Mannequin?«

»Ja, woher weißt du das?«

Uwe grinste schief. »Na, von Armin. Er bringt jede Zeitung mit, in der du abgedruckt bist, und zeigt sie herum. Er ist mächtig stolz auf dich.«

Das war Hanka neu, aber es interessierte sie auch nicht besonders. Nur ein Mann mehr, der sich mit ihr schmückte. Aber Uwe hatte sich zu ihr gesetzt, ohne zu wissen, wer sie war. Oder tat er nur so? Nein, dazu verhielt er sich zu unbeholfen. Ein Glas Wein später tanzte sie doch mit ihm. Dabei bemerkte sie die Blicke der anderen jungen Männer und deren Partnerinnen. Und eine Stunde nach Mitternacht ließ sie sich von ihm nach Hause bringen. Sie schlenderten durch den nächtlichen Clara-Zetkin-Park, küssten sich am Springbrunnen, liefen durch die leeren Straßen, in denen nur die Müllfahrzeuge unterwegs waren, und gelangten schließlich in die Krönerstraße. Vor dem Haus ließ Uwe ihre Hand los. »Dann gehe ich mal«, sagte er, steckte die Hände in die Hosentaschen und wippte unschlüssig vor und zurück.

»Möchtest du mit hochkommen?«

Sie sah, wie sein Adamsapfel auf und ab bebte.

»Ja oder nein?«

Schließlich nickte er, und sie zog ihn an der Hand die Treppe hinauf in den ersten Stock. Sie fing gar nicht erst an, von einem Kaffee zu reden, sondern küsste ihn, zog ihn dabei ins Schlafzimmer und in ihr Bett.

Nach zehn Minuten war alles vorbei. »Es ist besser, wenn du jetzt gehst«, erklärte sie ihm. Sie war auf einmal unfassbar traurig und hätte am liebsten geweint.

»Aber ich könnte morgen früh Brötchen holen«, sagte Uwe.

»Ich frühstücke nicht.«

»Können wir uns wiedersehen?«

»Ich glaube nicht.«

»Was habe ich denn falsch gemacht?«

»Nichts. Gar nichts. Du bist nur einfach nicht der Mann, mit dem ich hier gern liegen würde.«

Wortlos zog sich Uwe an und verließ die Wohnung. Sie hatte ihn verletzt, das hatte sie nicht gewollt. Und jetzt rollten auch die Tränen. Sie drückte die Wange ins Kissen, ließ die Tränen einfach laufen. Sie sehnte sich nach Hartmut. Er sollte hier liegen. Der Sex hatte so sein sollen, wie es mit ihm gewesen war, aber das war er nicht. Jetzt wusste sie wieder, dass sie Hartmut liebte. Oder wenigstens brauchte. Sie hoffte so sehr, dass er zu ihr zurückkam. Es war ihr gleichgültig, ob er mit Elisabeth verheiratet blieb oder nicht, Hauptsache, er kam zurück.

 Zweiter Teil

1964–1967

Kapitel 13

1964

Annekathrin war glücklich, sobald sie das Gebäude der Hochschule für Grafik und Buchkunst in der Wächterstraße betrat. Noch immer genoss sie den Geruch nach Farben und Terpentin. Sie eilte die Stufen hinauf in die Klasse für Fotografik, öffnete die Tür – und hätte am liebsten laut gejubelt. Jeden Morgen wieder.

Elena war in der Kinderkrippe der Karl-Marx-Universität. Montags und dienstags holte Armin die Kleine ab. Mittwochs und freitags sie, und am Donnerstag sprang Hanka oder Elli ein.

Armin würde im nächsten Jahr mit seinem Studium fertig sein; er war dann Lehrer an einer Erweiterten Oberschule. Sie hatte noch vier Jahre vor sich. Vier wundervolle Jahre, in denen sie an jedem einzelnen Tag etwas Neues lernen würde. Heute stand eine Exkursion auf dem Lehrplan. Die Studenten hatten ihre Kameras mitgebracht, und als Annekathrin diese sah, kam sie sich mit ihrer kleinen Pentacon F ein wenig schäbig vor. Die meisten ihrer Mitstudenten hatten Zeiss-Kameras, der Himmel mochte wissen, woher. Und eine Mitstudentin, Karline Hunger, besaß sogar eine ziemlich neue Canon. Aus dem Westen natürlich, und die dazugehörigen Filme hatte sie auch dabei. Der Dozent, ein im ganzen Land bekannter Fotograf namens Kauffmann, besah sich das Equipment seiner Studenten. »Solide«, sagte er zu Annekathrins Kamera. Karlines betrachtete er kaum, versah sie nur mit der Bemerkung: »Ich weiß nicht, ob Sie damit hier glücklich werden, denn Agfa-Filme sind nicht erlaubt.«

Karline zog einen Flunsch. Annekathrin hatte das schon öfter bei ihr beobachtet. Sie verzog die Mundwinkel, und als es am ersten Tag darum ging, wer mit wem in welcher Dunkelkammer arbeiten sollte, da standen ihre Augen sogar unter Wasser, weil sie nicht die Kammer bekam, die sie wollte. Annekathrin mochte Karline nicht besonders, aber Andreas hasste sie beinahe. Egal, was Annekathrin tat, Andreas wusste es besser. Ja, er hatte ihr sogar erklären wollen, wie sie ihre Kamera halten musste. Dabei war er nicht einmal ausgebildeter Fotograf, sondern hatte eine Druckerlehre hinter sich.

»Wir gehen heute in den Park«, erklärte Prof. Kauffmann. »Ich erwarte von jedem von Ihnen am Ende zwei Fotos, die ausdrücken, wer Sie sind.«

»Wer ich bin?«, fragte eine Studentin nach. »Dafür kann ich doch eine Porträtfotografie machen.«

»Sind Sie nicht mehr als Ihr Gesicht?«, fragte der Dozent.

Die anderen nickten; sie hatten verstanden.

Wer bin ich?, fragte sich Annekathrin. Studentin, Ehefrau, Mutter. Sie war so vieles, aber nichts davon beschrieb, wer sie im Ganzen war. Eine junge Frau mit einem Kinderwagen kreuzte ihren Weg. Annekathrin überlegte, ob sie die Frau fotografieren sollte, denn auch sie hatte ja ein Baby. Nein, das war platt. Sie schlenderte weiter, blickte nach oben in die

Bäume. Als sie an einer Kastanie vorüberkam, sah sie zwei Äste, die einander umschlungen hielten. Und in der Mitte der Umarmung hatte sich ein neuer Spross gebildet. Ja, das sind wir, dachte Annekathrin. Armin, Elena und ich. Doch dann schüttelte sie den Kopf. Nein, so waren sie nicht. So hätten sie sein sollen, so wünschte sich das Annekathrin, aber so waren sie nicht. Sie und Armin hielten sich nicht umschlungen. Sie kämpften. Manchmal miteinander, aber manchmal auch gegeneinander. Sie wohnten noch immer in Annekathrins Kinderzimmer bei Rudi und Elli. Es gab nur einen Schreibtisch darin, und derjenige von ihnen, der zuerst zu Hause war, belegte ihn, während der andere mit dem Küchentisch vorliebnehmen musste. Annekathrin hatte gehofft, dass Armin sie bei ihrem Studium unterstützen würde. Aber er tat, als wäre die Fotografik ein Hobby, eine Spielerei für Frauen, die ein bisschen mehr sein wollten als das, was sie waren. Und Armin machte ihr manchmal sogar Elena streitig. »Wer ist dein Liebling?«, fragte er und lachte siegesbewusst, wenn das Baby gluckste. Annekathrin wusste, dass er in seiner Männlichkeit gekränkt war. Er hatte sich als Ernährer der Familie gesehen, als ihr Oberhaupt, und er hatte nicht bemerkt, dass dieses Bild schon lange nicht mehr galt. In den dreißiger Jahren hätte er sich in dieser Rolle wohlfühlen können, aber, Herrgott, sie hatten die Sechziger. Annekathrin erschöpfte dieser Wettkampf, aber sie wusste nicht, wie sie ihn beenden konnte.

Sie lief weiter. Zwei Schnecken krochen nebeneinander über das Kopfsteinpflaster, die eine mit einem winzigen Vorsprung vor der anderen. Ist das mein Bild?, fragte sich Annekathrin. Bin ich im ständigen Wettstreit? Früher mit Hanka, jetzt mit Armin? Und wenn ja, welche Schnecke bin ich dann? Die, die ein wenig zurückliegt? Nein, das wollte sie nicht sein.

Sie schaute in den Himmel. Vielleicht gab es eine Wolkenformation, die geeignet war. Aber nein, nur ein paar leichte Federwölkchen. Und dann sah sie es. Ein Blatt. Ein Blatt, das weder grün noch rot noch gelb war, aber von jeder Farbe etwas in sich trug. Ein Blatt, das vom Baum fiel, das vom Wind getragen wurde und durch die Luft taumelte. Ein Blatt, das ein Ziel hatte, aber noch unterwegs war dorthin. Es hatte sich von seinem Ernährer, dem Baum, getrennt und war auf dem Weg in eine neue Existenz. Ja. Das war sie. Und waren sie nicht letztlich alle Blätter im Wind? Sie hob die Kamera und schoss eine ganze Fotoserie.

Hanka quälte sich. Sie sehnte sich nach Hartmut. Aber nicht nach den Gesprächen mit ihm, sondern nach seiner Haut, nach seinen Händen, seinem Mund.

Sie war heute zeitig aufgestanden. Eine Modenschau in Wittenberg stand auf dem Programm. Um 16 Uhr trafen sich die Mannequins, Maskenbildnerin und Friseurin mit dem zuständigen Redakteur in der Waldstraße, um dann in einem rumpeligen Minibus in die Lutherstadt zu fahren. Das hatte Hanka bisher nie gemusst. Hartmut hatte sie stets abgeholt und wieder nach Hause gebracht. Sie hoffte noch immer, dass er vor ihrer Haustür stand, das Fenster des Wartburgs heruntergekurbelt und ihr lässig zuwinkend. Doch als sie das Haus verließ, stand da kein Wartburg. Also nahm sie die Straßenbahn, fuhr in die Waldstraße und musste dort zweierlei erleben: Hartmut war nicht da. Für die heutige Veranstaltung war eine Redakteurin zuständig. Und sie wurde nicht gebraucht. »Hat man dir nicht gesagt, dass du mal eine Weile pausieren sollst?«, wollte die Redakteurin wissen.

»Warum? Ich war immer pünktlich, habe nie Scherereien gemacht.«

»Ja, das kann schon sein, aber manchmal, wenn ein Mannequin zu oft zu sehen ist, nutzt sich das Gesicht ab. Du warst in allen Ausgaben der ›Pramo‹ der letzten zwei Jahre. Und auf jeder Modenschau.«

»Mein Gesicht hat sich also abgenutzt?«, fragte Hanka, schwankend zwischen Empörung und Traurigkeit.

Die Redakteurin antwortete nicht.

»Wer hat das angeordnet?«, beharrte Hanka.

»Mädchen, jetzt lass das doch. Mach einfach mal eine Pause. Das wird schon wieder.«

»Wer hat das angeordnet?« So leicht würde sie nicht aufgeben.

Die Redakteurin seufzte. »Was denkst du wohl? Hartmut hat das entschieden, aber die meisten aus der Redaktion waren seiner Meinung.«

»Dann will ich mit Hartmut sprechen. Auf der Stelle.«

Die Redakteurin breitete die Hände aus. »Er ist nicht hier. Er hat frei. Er wollte, glaube ich, mit seiner Frau nach Dresden fahren und sich ein paar schöne Stunden machen.«

»Nie im Leben!«, schoss es aus Hankas Mund. »Das glaubt er doch selbst nicht.«

»Wie auch immer. Wir müssen jetzt los. Du bekommst Bescheid, wenn du wieder gebucht wirst.«

Die Mannequins, von denen ein Teil sie mitleidig, der andere Teil spöttisch betrachtet hatte, stiegen in den Barkas, aber eine von ihnen hielt inne, drehte sich zu Hanka: »Das hast du nun davon. Aber du hast ja geglaubt, mit ihm die ganz große Karriere zu machen. Lieber widerlich als wieder nicht, oder?«

Hanka wandte sich ab und ging schnell davon, damit niemand ihre Tränen sehen konnte.

Zu Hause brachen dann alle Dämme. Sie fühlte sich so verloren und allein, dass sie kaum atmen konnte. Sie musste unbedingt mit jemandem reden. Nicht mit ihrer Mutter oder ihrer Schwester, die nur sagen würden, dass diese Entwicklung abzusehen war und sie froh sein konnte, nicht länger eine Ehebrecherin sein zu müssen. Guido fiel ihr ein. Guido, den sie seit zwei Jahren nicht mehr gesehen hatte. Den sie überhaupt nur ein paar Mal getroffen hatte und der ihr plötzlich als Retter vor Augen stand. Er war der einzige Mann gewesen, der sie ganz gesehen hatte. Nicht nur ihre Schönheit, sondern auch ihre Verletzlichkeit, ihr ganzes Inneres. Bei ihm hatte sie sich nie verstellen müssen, er nahm sie so, wie sie war.

Sie wusste, wo er wohnte. Es war gar nicht weit von hier. Sollte sie wirklich zu ihm gehen? Ja. Sie brauchte Trost. Allein hielt sie es nicht aus.

Sie stand auf, schminkte sich die Tränen aus dem Gesicht und zog eine Bluse an, deren Stoff so zart war, dass der BH darunter hervorschimmerte. Dann lief sie los. Mit der Straßenbahn fuhr sie drei Stationen stadtauswärts, dann war sie in Probstheida. Sie eilte die Kommandant-Prendel-Allee entlang, betrachtete flüchtig die Villen, in denen, so hieß es, Künstler und Parteigenossen lebten. Endlich war sie an der Nummer 37 angelangt. Auch hinter ihr verbarg sich eine Villa. Ein zweistöckiges Gebäude mit rotem Giebel und Balkon, zu dem sich der Efeu hinaufstreckte. Sie durchquerte den kleinen Vorgarten, erklomm die drei Stufen vor der Haustür und klingelte. Von innen war Musik zu hören, und Hanka wusste nicht, ob man ihr Klingeln gehört hatte. Gerade als ihr Finger erneut den Knopf drücken wollte, wurde die Tür geöffnet. Eine schlanke, jung wirkende Frau sah sie fragend an.

»Guten Tag, ich bin Hanka. Ist Guido zu sprechen?«

Ihr schien, als betrachtete die Frau sie besonders genau. Dann sagte sie: »Einen Augenblick, bitte, ich hole meinen Sohn.«

Hanka hörte, wie sie nach Guido rief, wie dann jemand eine Treppe herunterpolterte, und schließlich stand er vor ihr.

»Hanka? Was machst du denn hier?«, fragte er. Da begann Hanka zu weinen. Die Tränen rannen in Strömen über ihre Wangen, und sie konnte kaum antworten.

Guido trat einen Schritt zur Seite. »Dann komm erst einmal herein.«

Er führte sie einen Flur entlang, der von Bücherregalen gesäumt war. Eine Tür stand offen und zeigte ein Wohnzimmer mit angeschlossenem Wintergarten. »Wir gehen in mein Zimmer«, rief Guido.

»Ist gut. Sag Bescheid, wenn ihr etwas braucht.« Guidos Mutter winkte kurz.

Guidos Zimmer war groß und hatte einen eigenen Balkon. Sein Bett war durch einen Vorhang vom Rest abgetrennt. Auch hier bedeckten Bücherregale die Wände. Ein Schreibtisch lehnte sich an einen Kleiderschrank, und gegenüber stand ein Sideboard mit einem Schallplattenspieler darauf. Auf dem Schreibtisch lagen aufgeschlagene Bücher, mehrere Stifte und ein Block mit unliniertem Papier.

»Setz dich.« Guido dirigierte Hanka in eine Ecke, in der zwei Sessel standen und dazwischen ein kleiner Tisch mit einer Schale voller Kekse. »Möchtest du etwas trinken?«

Hankas Mund war vom vielen Weinen ganz trocken geworden, und sie bat um ein Glas Wasser. Dann setzte sich Guido in den anderen Sessel, legte die Arme auf die Lehnen. »Was ist los, Hanka?«

Und Hanka erzählte. Sie berichtete von den Modenschauen und den vielen Fotoserien. Sie erzählte von der Leipziger Frühjahrsmesse, als sie bei der großen Messemodenschau mitgelaufen war. Und sie erzählte von Hartmut, ohne den sie nicht leben konnte. Guido hörte geduldig zu, ohne sie zu unterbrechen. Erst als sie fertig war und ihr Taschentuch nass, fragte er vorsichtig: »Und was kann ich da für dich tun?«

In diesem Augenblick klingelte das Telefon im Haus, und sogleich erklang die Stimme seiner Mutter: »Guido, das ist für dich. Ines ist dran.«

»Bitte entschuldige mich.«

Nach fünf Minuten war er wieder da, setzte sich.

»Wer ist Ines?«, fragte Hanka.

»Meine Freundin.«

»Du … du hast eine Freundin?« Hanka war vollkommen überrascht.

»Ja. Wieso nicht?«

Auf einen Schlag fühlte sich Hanka noch einsamer und verlorener als noch vor wenigen Minuten. Ihr wurde bewusst, dass sie zu Guido gegangen war, um bewundernde Blicke zu bekommen, um seine nie erloschene Liebe zu spüren. Dass er eine Freundin hatte, damit hätte sie nie im Leben gerechnet.

»Seid … seid ihr denn schon lange zusammen?«

»Ein halbes Jahr.«

»Und du … du liebst sie?«, flüsterte sie.

»Ja«, sagte Guido schlicht und ohne Zweifel.

»Dann gehe ich mal lieber wieder.« Hanka erhob sich.

»Nein, warte. Bleib sitzen.« Guido war aufgesprungen, drückte sie beinahe in den Sessel zurück.

»Aber du hast sicher schon etwas vor mit Ines.«

»Ich habe ihr abgesagt.«

Hanka lächelte. Das erste Mal am heutigen Tag. Dann setzte sie sich wieder.

Später, es dunkelte bereits, brachte Guido sie nach Hause.

»Danke, dass du für mich da warst«, sagte sie. Sie hatte sich gefragt, ob sie ihn küssen sollte, aber dann hatte sie anders entschieden. Er sollte sie nicht für eine Frau halten, die sich beim kleinsten Kummer trösten lassen musste. Er sollte nicht den Eindruck bekommen, ein Lückenbüßer zu sein. Da hob Guido die Hand und strich ihr sanft über die Wange. Hanka griff nach der Hand, hielt sie fest.

»Nicht«, sagte sie. »Du hast eine Freundin.«

Doch Guido zog sie an sich und küsste sie, und Hanka erwiderte den Kuss, wärmte sich an dem Gedanken, dass Guido für sie da war, dass sie nicht allein und ohne Liebe sein musste.

～ Kapitel 14 ～
1965

An jedem Montagmorgen verspürte Elli das Bedürfnis, einfach im Bett zu bleiben. Seit sie in die PGH eingetreten waren, machte ihr die Arbeit keinen Spaß mehr. Das Ballkleid von Frau Hempel war der einzige Auftrag gewesen, der ihr Freude bereitet hatte. Und dann war im Atelier im Hinterhaus Schimmel aufgetreten, und die Baubehörde hatte das Geschäft geschlossen, so dass sie nun zusammen mit Rudi in der Waldstraße in der großen Schneiderwerkstatt der PGH arbeitete.

Sie saß mit einem halben Dutzend Frauen in einem großen Raum, eine jede mit einer Nähmaschine vor sich. In dieser Woche nähten sie Uniformen für den Justizvollzug. Das hatten sie bereits letzte Woche getan, und das würden sie in der nächsten Woche wieder tun.

Zwanzig Uniformen in einer kleinen Größe, zwanzig in einer mittleren und zwanzig in einer großen. Elli wusste, dass die Uniformen nicht sitzen würden. Hier würden Ärmel und Hosenbeine zu lang sein, da die Uniform im Rücken Falten schlagen oder vorn die Knöpfe über Bäuchen spannen. Aber was sein musste, musste sein. Elli hatte Siebert gefragt, warum nicht ein größerer Textilbetrieb mit Industrienähmaschinen diese Sachen fertigte.

»Das ist nicht wirtschaftlich«, hatte ihr Siebert erklärt. »Passt es dir etwa nicht, Uniformen zu nähen?«

»Doch, doch.« Elli beeilte sich, zu nicken. Dann ging sie zu einem Tisch, nahm ein paar Uniformteile und fügte sie an ihrer Nähmaschine zusammen. Vor den Uniformen hatten sie Vorhänge für die Büros der Stadtverwaltung genäht und davor Tischdecken für das Hotel Astoria, in dem zumeist Westgäste abstiegen.

Rudi arbeitete in der Zuschneiderei. Abends taten ihm die Hände weh, denn der Uniformstoff war schwer, die Scheren ebenfalls.

»He, habt ihr schon den neuesten Witz gehört?«, rief eine der Näherinnen über den Lärm der Maschinen. Die Frauen hörten auf zu arbeiten. »Los, erzähl!«

Die Näherin blickte zur Tür, doch die war fest verschlossen, die Frauen waren unter sich.

»Also, Ulbricht sieht eine große Menschenschlange vor einem Gebäude. Auch er stellt sich an, ohne zu wissen, was angeboten wird. Da löst sich die Schlange plötzlich auf. Ulbricht fragt seinen Vordermann: ›Genosse, weshalb haben wir hier Schlange gestanden?‹ Der Vordermann erwidert: ›Die Leute standen hier, um ihre Ausreiseanträge abzugeben.‹ Ulbricht: ›Und weshalb gehen sie jetzt alle?‹ Vordermann: ›Na, wenn du einen Ausreiseantrag stellst, können wir ja alle hierbleiben.‹«

Brüllendes Gelächter. Auch Elli kicherte. Aber zugleich sprangen in ihrem Kopf die Alarmglocken an. Wenn nur eine der Frauen ein Spitzel war, dann konnte die Witzeerzählerin einpacken. Die Frauen waren alle nett. Sie halfen sich untereinander, luden zum Geburtstag ein, feierten Silvester zusammen. Sie duzten sich und sprachen in den Pausen sogar über Dinge, die Elli noch nie über die Lippen gekommen waren. Sie saßen in ihren Kittelschürzen an einem großen Tisch, jede eine Flasche mit Wasser, Limo oder Cola vor sich, griffen in die offenen Stullenbüchsen und lachten laut und ungeniert.

»Meiner wollte gestern Abend, aber ich habe gesagt, er darf nur, wenn er die ganze Woche kocht«, erzählte eine, und die anderen lachten.

»So kann man seinen Mann auch schlank kriegen«, kreischte eine andere, und wieder schlugen sich die Frauen vor Vergnügen auf die Schenkel.

»Wie ist deiner denn so?«, wurde auch Elli gefragt. Elli überlegte. Sie wollte die Frauen nicht enttäuschen, aber sie wollte auch nichts aus dem Nähkästchen auf den Pausentisch packen. »Och, meiner ist ganz normal«, sagte sie also.

Die Kollegin ihr gegenüber grinste. »Er hat allerhand in der Hose, das habe ich gesehen.«

Elli schluckte. Was sollte sie antworten? Das ging doch niemanden etwas an. Schließlich sagte sie mit hochroten Wangen: »Ich kann mich nicht beschweren.« Sie kam sich beinahe frivol dabei vor, aber sie wusste doch, dass es unter den Näherinnen keine Geheimnisse gab. Jeder wusste von der anderen, was sie verdiente, wie es im Bett so lief, was sie am Wochenende gekocht hatten. Sie machten sich über die Männer lustig, ganz gleich, ob es dabei um Ehemänner oder um Vorgesetzte ging. Einerseits genoss Elli diese Frivolität, anderseits war sie ihr peinlich.

Hanka dagegen war nichts peinlich. Sie hatte Guido beim zweiten Treffen vor der Haustür an sich gezogen und geküsst. Zuerst hatte er sich ein wenig gewehrt, aber dann doch ihren Kuss erwidert. Leidenschaftlich sogar. Aber schließlich hatte er sie von sich gestoßen und gesagt: »Nicht. Wir sollten das hier nicht tun. Ich habe doch Ines.«

»Ich verstehe«, hatte Hanka gesagt und gelächelt. Dann war sie ins Bett gegangen und hatte sich viel besser gefühlt als noch vor wenigen Tagen. Sie war doch nicht so allein, wie sie dachte. Es gab noch immer Männer, die sie wollten. Guido hatte es ihr bewiesen. Hartmut sollte machen, was er wollte. Aber sicher wäre es ihm nicht recht, wüsste er, wie schnell Hanka Ersatz für ihn gefunden hatte. Denn dass Guido wiederkommen würde, stand außer Frage. Schade war jedoch, dass Hartmut sie nicht mit Guido sehen konnte.

Als sie heute aber zur Kunstgewerbeschule ging, schienen die Einsamkeit, die Verlorenheit und Verzweiflung aus dem Straßengraben zu steigen und sich in ihr einzunisten. Das Lächeln verblühte auf ihren Lippen. Die Sonne verdunkelte sich, die Schultern wurden schwer.

Sie hatte gleich Unterricht im Zeichnen, und sie, die stets vor Einfällen sprühte, fühlte heute gar nichts.

»Heute probieren wir uns im Entwerfen aus«, erklärte die Dozentin. »Ich möchte, dass jeder von Ihnen einen eigenen Entwurf zu Papier bringt. Es muss ein Kleidungsstück sein, das ist die einzige Bedingung. Sie haben zwei Stunden Zeit dafür. Anschließend werten wir Ihre Arbeiten aus, und dann werden Sie Ihre überarbeiteten Entwürfe nähen.«

Eigentlich hatte Hanka auf solch eine Unterrichtsstunde gewartet, aber heute erschien ihr auch dieser Auftrag grau und schwer. Sie spitzte ihre Bleistifte: den HB, die harten H 1 bis 4, den H, den B und die weichen B 1 bis B 4. Mehr würde sie nicht brauchen. Die Mitstudenten packten ihre Buntstifte aus, so dass sie Auswahl aus 64 Farben hatten. Einige suchten sich eine Staffelei, andere benutzten den Schreibtisch. Hanka blieb sitzen. Sie zeichnete eigentlich lieber an der Staffelei, weil sie dort Licht und Schatten besser ausmachen konnte. Aber heute würden ihre Beine sie wohl nicht die zwei Stunden über tragen. Also schlug sie ihren Zeichenblock auf und spielte mit dem Stift in ihrer Hand. Sie hatte den B-1-Stift genommen. Mit dem begann sie immer. Er war weder zu hart noch zu weich, und falls man sich vermalt hatte, ließ sich der Strich gut wegradieren, ohne das Papier groß zu schädigen, wie es mit den H-Stiften der Fall war. Hanka blickte sich im Raum um. Die anderen waren bereits eifrig bei der Sache. Die Dozentin, Frau Brücke, lief durch den Raum, blieb stehen, nickte, tippte auf das Blatt, ging weiter. Auch bei Hanka hielt sie inne. »Na, Sie haben ja noch gar nicht angefangen.«

»Mir will nichts einfallen«, klagte Hanka.

Kurz legte ihr Frau Brücke eine Hand auf die Schulter. »Denken Sie einfach an Ihre letzte Modenschau, Fräulein Salomon.«

Hanka nickte, und Frau Brücke ging weiter. Und auf einmal hatte Hanka eine Idee. Sie würde ein Trauerkleid zeichnen. Ja, das war gut. Das war richtig gut, denn so etwas gab es nicht. Mode für Trauernde. Man trug einfach die gängige Mode und färbte sie schwarz ein. Aber Hanka wusste heute, wie sich Trauernde fühlten. Sie froren. Der Körper war ihnen fremd.

Sie wollten sich am liebsten in ihrer Kleidung verstecken. Sie zeichnete ein weites Kleid mit Kapuze in einer klassischen, wenn auch übergroßen A-Linie, das bis zu den Füßen reichte und mit Fell gefüttert war. Die Ärmel waren etwas weiter, so dass man die Hände gut in den Ärmeln verbergen konnte, die linke im rechten Ärmel und umgekehrt. Das Kleid hatte überdies einen Kragen, der mit Knöpfen bis zum Hals hoch geschlossen werden konnte. An den Seiten fügte sie große Taschen ein, damit mehrere Taschentücher darin Platz hatten. Sie merkte nicht, wie die Zeit verging. Sie war ganz in dieses Kleid versunken, zeichnete ihre Verzweiflung und die Einsamkeit in den Entwurf. Sie war gerade dabei, dem Modell auf ihrem Blatt knöchelhohe Stiefel aus samtweichem Leder zu zeichnen, als Frau Brücke die Entwürfe einsammelte.

»Jetzt machen wir Pause. Ich erwarte Sie in einer halben Stunde zurück.«

Die Studenten erhoben sich, standen kurz darauf auf dem Innenhof. Ein paar rauchten, fast alle hatten eine Flasche oder Thermoskanne in der Hand, jemand aß einen Apfel. Hanka stellte sich dazu. Sie wäre jetzt zwar lieber allein gewesen, wusste aber nicht, ob sie das Alleinsein überhaupt aushalten würde.

»Was hast du entworfen?«, wurde sie gefragt.

»Ein Trauerkleid.«

»Ein was? Ein Kleid zum Trauern?« Die anderen blickten sie verblüfft an.

»Ja. Ein Kleid wie eine Umarmung. Ein warmes Kleid, in dem man sich vor der Welt verstecken kann.«

Einer nickte. »Gute Idee, aber ein bisschen schräg.«

Ein Mädchen sagte: »Gibt es das überhaupt? Kleider zum Trauern?«

Die anderen wussten es nicht. Hanka zündete sich eine Zigarette an, nahm einen Schluck Kaffee aus ihrer Thermoskanne. »Wir sollten etwas entwerfen. Etwas, das es noch nicht gibt.«

Doch schon wendeten sich die Gespräche anderen Themen zu. Ein junger Mann hatte gerade das neue Buch von Christa Wolf gelesen, *Der geteilte Himmel*. Darin ging es um zwei Liebende, die durch den Bau der Mauer getrennt worden waren.

Hanka schwieg dazu. Sie hatte das Buch auch gelesen, und es hatte ihr nicht gefallen, denn die junge Heldin im Buch unternahm einen Selbstmordversuch. Wegen eines Mannes! Und obschon Hanka heute traurig war, so würde sie sich doch niemals wegen eines Mannes umbringen. Wirklich nicht.

Die anderen sprachen jetzt über die Mauer. »Es ist schade; ich war immer in Westberlin einkaufen«, erzählte ein Mädchen. »Die Stoffe drüben, ein Traum!«

Ein anderer erzählte von einem verlorenen, gleichaltrigen Freund, der sich im Westen sogar schon ein Auto gekauft hatte. Und Bernhard, der in der Partei war, erklärte entschlossen, dass es der DDR nun viel besser ginge.

»Aber warum wollen noch immer mehr Menschen in den Westen?«, fragte Karin, deren Vater in Westberlin lebte. »Es ist doch nicht zu leugnen, dass der Sozialismus uns alle verarscht hat. Da war von der Erfüllung aller Träume die Rede, von Freiheit und Menschenliebe. Nichts davon hat sich bewahrheitet. Wir arbeiten wie die Ochsen, aber bekommen nichts dafür. Was habe ich denn davon, dass wir ein Kollektiv sind, das um den Titel ›Kollektiv der sozialistischen Arbeit‹ kämpft?«

Hanka legte Karin eine Hand auf den Unterarm. Hör auf, sollte diese Geste sagen. Du weißt nicht, wer hier mithört, ob jemand bei der Stasi ist.

Aber Karin achtete nicht darauf. Später, als sie wieder ins Schulgebäude gingen, sagte Karin leise zu Hanka: »Man muss doch sagen können, was man denkt. Wenn Kritik nicht erlaubt ist, dann ist auch kein Fortschritt möglich. Aus Fehlern muss man lernen.«

Hanka war der gleichen Meinung, doch sie war nicht der Ansicht, dass man in diesem Land aus Fehlern lernte. Aber was wusste sie schon?

Die Auswertung wurde mit Spannung erwartet. Kurz bevor Frau Brücke um Ruhe bat, drehte sich Hankas Vordermann zu ihr um. »Ich wette, du gewinnst diesen Wettbewerb«, raunte er.

Frau Brücke hielt jeden Entwurf einzeln in die Luft, zählte auf, was gut und was schlecht gelungen war. Hanka wartete, dass sie endlich drankam, aber sie musste bis zum Schluss warten.

»Und hier weiß ich nicht, was ich dazu sagen soll«, begann Frau Brücke und heftete Hankas Entwurf an die große Tafel. »Trauer. Ein Trauerkleid. Nun, ich bin der Ansicht, dass so etwas nicht gebraucht wird. Oder kennt jemand aus der Geschichte der Mode eine Trauermode?«

Einige schüttelten den Kopf, aber Karin sagte: »Dass es so etwas noch nicht gab, ist doch ein Pluspunkt. Das zeigt Hankas Kreativität.«

»Ist eine Kreativität, die sich dem Tod widmet, wirklich wünschenswert?«, wollte Frau Brücke wissen.

Nun schwiegen alle. Die Dozentin ergriff erneut das Wort. »Wir leben in einer fröhlichen Gesellschaft. Natürlich hat auch der Tod darin seinen Platz, aber es ist doch nicht wirklich erstrebenswert, ihn dazu noch zu feiern.«

»Ich wollte den Tod nicht feiern«, erklärte Hanka, die sich ungerecht behandelt fühlte. »Ich will nur den Trauernden helfen.«

»Nun, diese Ansicht ist zwar löblich, aber unnötig. Und weil Sie, Hanka, sonst immer sehr gute Arbeiten abliefern, gebe ich Ihnen Gelegenheit, bis morgen einen neuen Entwurf anzufertigen. Einen, der unseren sozialistischen Persönlichkeiten angemessen ist.«

Hanka nickte. Da nahm Frau Brücke ihr Blatt, zerknüllte es und warf es in den Papierkorb. »Nicht!«, wollte Hanka rufen. »Tun Sie das nicht!« Aber dieses Mal war sie es, die eine Hand auf den Unterarm gelegt bekam.

Nach dem Unterricht stürzte sie zum Papierkorb, holte ihr Blatt heraus, versuchte, es glatt zu streichen. Dann steckte sie es in ihren Zeichenblock. Sie wollte gerade das Schulgelände verlassen, als sie Hartmuts grünen Wartburg an der Ecke stehen sah. Zuerst glaubte sie, dass sie sich getäuscht hatte, aber es war eindeutig Hartmuts Wagen. Allerdings saß er nicht darin.

Sie trödelte noch ein wenig vor dem Schulgebäude herum, tat so, als suche sie etwas in ihrer Tasche, holte die Thermoskanne heraus, um etwas zu trinken, zündete sich eine Zigarette an und verwickelte sogar Karin in ein Gespräch. »Denkst du, Frau Brücke hatte recht?«, fragte sie.

»Natürlich nicht. Was sie gesagt hat, war Quatsch. Der Tod gehört dazu. Den können auch die Genossen nicht abschaffen, weil …« Karin sprach weiter, aber Hanka hörte ihr nicht mehr zu. Hartmut war gerade aus dem Schulgebäude gekommen. Hanka versuchte, ihn mit ihren Blicken zu fesseln. Und tatsächlich blieb er stehen, ganz ihr zugewandt.

»Entschuldige mich bitte«, sagte Hanka zu Karin. Und dann ging sie zu ihm. Sie hatte das nicht beschlossen, es war eher so, als hätte sich ein Magnetfeld zwischen ihnen aufgebaut, sobald sich ihre Blicke trafen. Unweigerlich wurde sie zu ihm hingezogen, ging Schritt für Schritt, und endlich stand sie vor ihm. Er hob die Hand, fuhr mit seinem Daumen die Umrisse ihrer Lippen nach.

»Komm«, sagte er nur. Kein Wort mehr. Und Hanka kam, stieg zu ihm in den Wartburg, fuhr mit ihm in ihre Wohnung. Gleich hinter der Tür krallte sie sich an ihm fest, küsste ihn so wild und leidenschaftlich, dass ihr selbst die Luft dabei wegblieb. Und Hartmut hielt sie fest, presste sie gegen die Wand, seine Hände waren überall. Seine Küsse waren nicht zärtlich, und Hanka spürte Blut auf ihren Lippen. Er riss ihr die Bluse auf, ein Knopf fiel zu Boden, er zerrte an ihrem BH, fuhr mit der Hand unter ihren Rock und in ihr Höschen. Und dann stieß er sie auf den Boden, riss den Gürtel aus seiner Hose, zog ihr den Schlüpfer vom Körper und drang mit so heftigen Stößen in Hanka ein, dass sie aufschrie. Plötzlich hörte er auf, blickte ihr in die Augen.

»Das ist es doch, was du willst«, sagte er. »Das ist es doch, was du brauchst.«

Und Hanka wusste, dass er recht hatte. Sie mochte ihn nicht mehr, konnte ihn nicht leiden, aber sie begehrte ihn.

Kapitel 15

1965

Manchmal dachte Annekathrin, dass sie es nicht länger aushielt. Sie hatte permanent ein schlechtes Gewissen. Der Hochschule gegenüber, weil sie nicht so viel arbeitete, wie sie sollte. Elena gegenüber, weil sie sich nicht so viel um sie kümmerte, wie sie sollte. Armin gegenüber, weil sie ihm nicht so viel Aufmerksamkeit schenkte, wie er wollte. Und zum Schluss fühlte sie sich auch noch Elli und Rudi gegenüber schuldig, weil sie deren Hilfe so oft in Anspruch nahm. Zu allem Übel kam dazu, dass sie heute ein Gespräch mit dem Rektor der Hochschule für Grafik und Buchkunst hatte.

»Frau Herold, wie geht es Ihnen?«, fragte Prof. Bernhard Witzel, der mit seinen figurativen Gemälden für Aufsehen sorgte.

»Gut, danke.« Sie zog verwundert die Augenbrauen nach oben.

»Warum fragen Sie?«

Der Rektor lächelte. »Ist es so schlimm, wissen zu wollen, wie es meinen Studenten geht?«

Annekathrin lächelte. »Nein, das ist es nicht.«

»Aber Sie haben recht. Ich habe Sie nicht deswegen rufen lassen.«

»Warum dann?«

»Sehen Sie, ich beobachte Ihre Arbeit schon eine ganze Weile. Sie haben den richtigen Blick. Wissen Sie, was ich damit meine?«

Annekathrin schüttelte den Kopf.

»Fotografik ist ein Handwerk. Aber ohne einen Blick für das Besondere, Einzigartige wird auch aus dem besten Handwerker kein guter Fotografiker. Sie haben diesen Blick. Sie finden das rote Pünktchen in all dem Grau. Sie zeigen in Ihren Bildern Dinge, die so noch nicht gezeigt worden sind.«

»Danke schön.« Annekathrin spürte, wie die Freude ihre Wangen rötete.

»Sind Sie eigentlich in der Partei?«

»Nein.«

»Haben Sie je darüber nachgedacht, Mitglied zu werden?«

»Ähm … na ja …«

»Ich weiß, was Sie sagen wollen: Bisher war es noch nicht notwendig. Glauben Sie mir, ich weiß, wie die Leute denken.«

Annekathrin schwieg. Der Rektor sprach weiter: »Es könnte sein, dass es jetzt notwendig wird, Frau Herold. Sie sind verheiratet, Sie haben ein Kind. Wären Sie jetzt noch in der Partei, wären Sie der ideale Reisekader. Es gibt da eine Ausschreibung unter allen sozialistischen Kunsthochschulen. Auch wir werden uns daran beteiligen. Mit den Illustratoren, den Malern und den Fotografikern. Aus jeder Fachrichtung und aus jedem Jahrgang eine Person. Ich wollte Sie vorschlagen. Prof. Kauffmann würde den Vorschlag unterstützen.«

»Mich?« Annekathrin war verdattert. »Wieso denn mich?«

»Wegen des Blicks, von dem ich vorhin sprach. Es gibt in

Ihrem Jahrgang nicht so viele davon. Außerdem halte ich Sie obendrein noch für eine gute Handwerkerin. Sie sind sehr einfühlsam. Die Modelle fühlen sich von Ihnen geschätzt und geachtet. Das ist auch nicht immer so. Viele denken ja, sie wären was Besseres als die armen Leute, die sich da nackt vor ihnen räkeln müssen. Manche Studenten macht ihre Begabung hochmütig. Mit denen sind nur selten Lorbeeren zu gewinnen. Und dann gibt es welche, die macht das Talent demütig. Das sind die wahren Künstler.«

Annekathrin war eigentlich niemand, der nach Komplimenten fischte, und im Übrigen hatte sie heute schon so viel davon bekommen, dass ihr ganz schwindlig war. Aber zu gern hätte sie gewusst, ob der Rektor sie zu den Hochmütigen oder den Demütigen zählte. Sie hatte so gar kein Gespür für sich selbst. Und seit Elena da war, hatte sie auch keine Zeit mehr, darüber nachzudenken. Sie blickte den Rektor an und sah in dessen Gesicht nichts als Wohlwollen.

»Bin ich hochmütig?«, fragte sie leise.

»Nein, Frau Herold, das sind Sie nicht. In Ihnen steckt eine wahre Künstlerin. Sie haben alles, was man dafür braucht: Demut, Disziplin, Fleiß und natürlich Begabung. Und deshalb erwarte ich auch einiges von Ihnen. Sie nehmen an diesem internationalen Ausscheid teil. Die Aufgabe besteht darin, eine Fotostrecke aus dem Alltag herzustellen. Sie haben sich mit einer Mappe beworben, in der eine Serie Ihrer Schwester zu sehen war. Nicht jedem hier hat sie gefallen, aber für mich gab sie den Ausschlag, Ihnen den Studienplatz anzubieten. Und jetzt diesen Ausscheid. Was fällt Ihnen als Erstes dazu ein?«

Annekathrin schluckte. Sie war überwältigt. Und sie wollte nichts lieber, als an dem Wettbewerb teilzunehmen. Alltag in der DDR. Mein Gott, da war doch das Schöne und Gute längst aus allen denkbaren Perspektiven abgebildet worden. Plötzlich fiel ihr Hankas Trauerkleid ein. Sie hatten sich gestern kurz in der Stadt getroffen. Annekathrin hatte ihr Elenas Maße gebracht, weil Hanka sich angeboten hatte, ihr eine Jacke für den Herbst und Winter zu nähen. Da hatte Hanka ihr von ihrem Trauerkleid berichtet. Und Annekathrin hatte die Dozentin ebenso wenig verstanden wie Hanka.

»Bestattungsinstitut«, brach es aus ihr heraus.

»Wie bitte?«

Annekathrin schluckte. »Ich würde gern die Arbeit eines Bestatters begleiten. Die Würde des Menschen spiegelt sich nicht nur im Alltag wider, sondern besonders im Umgang mit den Toten.«

Der Rektor, bisher bequem in seinem Schreibtischstuhl hängend, stützte die Ellenbogen auf den Tisch und betrachtete Annekathrin, als hätte er sie noch nie gesehen. Erst nach einer Weile sagte er: »Ein schwieriges Thema. Aber Sie könnten es schaffen. Kein Kitsch, keine Todesromantik, wenn ich bitten darf. Ich stelle Ihnen sogar einen Kontakt her. Kommen Sie morgen früh in mein Büro. Und am besten wäre es, Sie wüssten bis dahin auch, ob Sie Mitglied unserer Partei werden wollen. Es tut nicht weh, das kann ich Ihnen versichern, und kann Ihnen so manchen Weg ebnen.«

Annekathrin erhob sich, dankte stammelnd und hätte sich fast selbst kneifen müssen, als sie endlich vor dem Universitätsgebäude in der Wächterstraße stand. Ihr Traum von einer internationalen Karriere schien plötzlich zum Greifen nah. Wenn sie jetzt nur bei dem Wettbewerb gut abschnitt! Doch dazu musste sie in die Partei eintreten. Und genau das wollte sie eigentlich um keinen Preis. Aber Opfer musste man immer bringen. Sie würde später darüber nachdenken.

Sie schaute auf die Uhr. Es war kurz vor drei. Sie war heute damit dran, Elena aus der Kinderkrippe abzuholen, und bereits spät dran.

Im Laufschritt eilte sie in Richtung des neuen Rathauses, dann durch die halbe Innenstadt zur Kinderkrippe, die sich auf dem Gelände der Karl-Marx-Universität befand. Sie hörte Elena schon von draußen weinen.

»Was ist mit ihr?«, fragte sie die Erzieherin, die sie ins Haus ließ.

»Sie weint häufiger in letzter Zeit. Ist bei Ihnen zu Hause alles in Ordnung?«

»Ja, natürlich. Was soll denn sein?«

»Das weiß ich nicht. Mir fällt nur auf, dass Elena oft weint. Wann bringen Sie die Kleine zu Bett?«

»Jeden Abend um sieben. Mein Mann oder ich lesen ihr noch eine Geschichte vor, oder wir singen ein Lied. Meist schläft sie ganz schnell ein.«

Das war allerdings nicht die ganze Wahrheit. Nach dem Singen verließen Annekathrin und Armin zwar das Zimmer, in dem auch ihr Bett stand, aber wenn das Kind eingeschlafen war, schlich sich Armin zumeist wieder hinein, knipste die Schreibtischlampe an, die mit einem Tuch gedimmt war, und arbeitete. Manchmal wachte Elena dann auf, aber was sollten sie tun? Ihre Eltern sahen im Wohnzimmer fern, oder sie lasen.

Annekathrin hockte am Küchentisch und dachte über Raum-aufteilung und Perspektiven nach. Es war nicht einfach. Aber es durfte nicht sein, dass Elena darunter litt.

Sie nahm die Kleine auf den Arm, strich ihr sanft über den Rücken, sog den Kleinkindduft nach frisch gebackenen Kek-sen ein. »Alles ist gut, mein Schatz. Alles ist gut.«

Elena beruhigte sich rasch und lächelte ihre Mama an. We-nig später saß sie wohl verpackt im Kinderwagen auf dem Weg zur Straßenbahn. Wir können nicht länger so wohnen, überlegte Annekathrin. Das ist nicht gut. Für keinen von uns. Niemand fühlt sich so recht zu Hause. Jeder bemüht sich um Rücksichtnahme. Aber so geht es nicht weiter.

Sie überlegte, ob sie zum Wohnungsamt fahren sollte, aber sie wusste jetzt schon, dass sie kaum eine Chance hatten, eine Wohnung zu bekommen.

Annekathrin kaufte unterwegs ein, ging mit Elena durch den Park und war erst gegen fünf Uhr nachmittags zu Hause. Armin war schon da. Er hatte heute in der Universitätsbiblio-thek gearbeitet. Bald würde er sein Studium beenden. Schon jetzt übernahm er hin und wieder eine Unterrichtsstunde, während der eigentliche Lehrer hinten saß und seinen Unter-richt bewertete. Annekathrin war sicher, dass Armin ein guter Lehrer sein würde. Die Frage war nur, an welche Schule man ihn abordnete.

Noch ehe Annekathrin von ihrem Gespräch mit dem Rek-tor berichtete, fragte sie ihren Mann: »Wir müssen hier raus. Egal, wie. Hast du eine Idee?«

»Was?«

Armin blickte von seinem Schreibtisch auf, schlug das Buch

zu, in dem er gerade gelesen hatte. »Makarenko« lautete der Name des Verfassers.

»Eine Wohnung? Woher nehmen, wenn nicht stehlen.«

»Du bist bald mit dem Studium fertig. Gibt es denn keine Stelle, zu der eine Wohnung gehört?«

Armin fuhr herum. »Es gibt eine. In Kitzen. Zehn Kilometer von Leipzig entfernt. Die Wohnung oben im Schulhaus ist frei.«

»Was? Das sagst du mir erst jetzt? Du nimmst die Stelle doch an, oder?«

Armin zuckte mit den Schultern. »Kitzen ist ein Dorf. Dorfschullehrer wollte ich eigentlich nicht werden.«

»Aber wir brauchen eine Wohnung. Lass uns doch nach Kitzen ziehen. Nur für zwei, drei Jahre. Bis wir in Leipzig etwas finden.«

Armin seufzte. »Ich wusste, dass du so reden würdest. Aber hast du dir mal überlegt, wie weit du es bis zur Hochschule hättest? Da fährt nur ein Bus bis nach Knauthain. Zwanzig Minuten dauert das. Dann musst du in die Straßenbahn umsteigen und noch einmal eine halbe Stunde fahren. Du hast dann täglich zwei Stunden reine Fahrtzeit auf der Uhr.«

Annekathrins Begeisterung legte sich rasch. »Aber was sollen wir denn sonst tun?«

Armin zuckte mit den Schultern. »Meinst du, mir gefällt es hier?«

»Also gut. Ich nehme die Fahrtzeit in Kauf. Dann müsstest du Elena morgens in die Krippe bringen und am Nachmittag abholen. Das ginge vielleicht, wenn wir einen Platz im Dorf bekommen würden.«

»In Kitzen gibt es keine Kinderkrippe und auch keinen Kindergarten. Die nächste Einrichtung befindet sich im Nachbardorf.«

»Das kann ja nicht so weit weg sein.«

Armin erhob sich. »Du verstehst nicht, Annekathrin. Ich will nicht in ein Kuhkaff. Ich bin ein Stadtmensch. Und du bist das auch.«

Annekathrin nickte. Sie kannte Armin. Er würde es keinen Monat auf dem Dorf aushalten. Er würde sich abgeschoben fühlen. Und auch das würde ihrer Ehe nicht bekommen.

»Wie war dein Tag?«, fragte er.

Obschon Annekathrin sich den ganzen Weg über vorgestellt hatte, wie sie Armin von dem Wettbewerb erzählen würde, hatte sie jetzt überhaupt keine Lust mehr. Plötzlich fühlte sie sich gefangen. Gefangen in diesem winzigen Zimmer. Gefesselt an Mann und Kind. Sie liebte Elena. Mehr, als sie in Worte fassen konnte. Sie hatte noch nie eine so tiefe Liebe empfunden. Ging es Elena nicht gut, war auch ihr elend zumute. Und sie hasste sich für den Gedanken, an Elena gebunden zu sein. Aber er war in ihrem Kopf, und sie wusste, dass er sie verfolgen würde.

Am nächsten Morgen fand sie sich pünktlich bei Prof. Witzel ein.

»Na, wie erging es Ihnen gestern noch? Haben Sie gefeiert?«

»Gefeiert? Was denn?« Wenn Annekathrin sich an den gestrigen Abend erinnerte, wurde der Tag ein wenig dunkler.

»Nun, dass Sie an dem Internationalen Fotoausscheid der Bruderländer teilnehmen.«

Annekathrin schluckte.

»Sagen Sie bloß, das haben Sie für sich behalten. Es ist eine große Sache, junge Frau. Sie haben Grund, stolz auf sich zu sein.«

»Wir leben zu dritt in einem kleinen Zimmer in der Wohnung meiner Eltern«, berichtete sie. »Das ist nicht immer einfach.«

Der Rektor nickte. »Das glaube ich Ihnen gern. Nun, wenn Sie Ihr Studium abgeschlossen haben, können wir Ihnen sicher bei der Wohnungssuche behilflich sein. Der ›Verband der Bildenden Künstler‹, zu dem die Fotografiker zählen, verfügt über ein kleines Kontingent.«

»Danke schön, das ist sehr freundlich, doch ich glaube nicht, dass wir so lange durchhalten. Aber das wollten Sie ja gar nicht hören. Sie wollten von mir wissen, ob ich in die Partei eintreten werde, und ich habe mich entschieden. Ja, ich möchte Kandidatin der Sozialistischen Einheitspartei Deutschlands werden.«

»Gut. Ist keine große Sache. Sie stellen den Antrag. Das können Sie gleich hier machen. Dann brauchen Sie zwei Genossen, die für Sie bürgen. Ich könnte eine Bürgschaft übernehmen. Und als zweiten Bürgen schlage ich Ihnen Clemens Schall aus Ihrer Studiengruppe vor.«

Annekathrin runzelte die Stirn. Clemens ist in der Partei, dachte sie verwundert. Das hätte ich nie gedacht. Er ist es doch, der immer erzählt, was er sich im Westfernsehen angeschaut hat.

»Gibt es da ein Problem?«, wollte der Rektor wissen.

»Nein, nein. Ganz und gar nicht. Ich werde ihn heute noch fragen.«

»Gut. Er soll zu mir kommen, wenn er einverstanden ist. Ich glaube nicht, dass er sich die Chance entgehen lässt. Es macht sich gut in der Personalakte, Bürge zu sein.«

Annekathrin nickte. In Wahrheit hatte sie überhaupt nicht über die Partei nachgedacht. Vor einem halben Jahr hatte man Armin zu einer Mitgliedschaft eingeladen, aber Armin hatte abgelehnt. Das wagten nicht viele von denen, die Lehrer werden wollten, immerhin war es ihre Aufgabe, die Kinder zu sozialistischen Persönlichkeiten zu erziehen. Aber Armin hatte argumentiert: »Jeden Montag Parteilehrjahr. Dann die Versammlungen. Und am Ende muss ich auch noch in die Kampfgruppe der Werktätigen eintreten und am Wochenende Krieg spielen. Das müssen ja alle Genossen. Nein, das ist mir zu viel.« Annekathrin war es gleichgültig gewesen, wofür Armin sich entschied. Die Partei war ihr gleichgültig. Sie war weder für noch gegen den Sozialismus; sie hätte ebenso gut im Kapitalismus leben können. Sie freute sich über Elenas Kinderbetreuung, ärgerte sich, wenn es wieder einmal keine Windeln zu kaufen gab, las die Zeitung, glaubte das eine und das andere nicht und lebte, so gut sie eben konnte.

»Sie können im Übrigen gleich morgen bei dem Bestatter anfangen. Das Institut heißt ›Zur letzten Ruhe‹. Ist Ihnen das möglich?«

»Ja«, erwiderte Annekathrin und hätte doch am liebsten abgelehnt und zugleich nichts lieber getan. Wenn sie wieder den ganzen Tag unterwegs war und am Abend noch Theorie der

Fotografik lernen musste, würde sie weder für Elena noch für Armin viel Zeit haben. Aber das hier, das war eine Chance für sie. Armin hätte mit beiden Händen zugegriffen. Warum nicht auch sie?

Kapitel 16

1965

»Wann bekomme ich wieder Aufträge?«, wollte Hanka von Hartmut wissen. Er kam beinahe jeden Abend, doch er blieb nie über Nacht.

»Du machst erst mal eine Pause.«

»Warum? Wir sind doch wieder zusammen.«

»Darum geht es nicht, die anderen Mannequins hatten im letzten halben Jahr weniger Schauen und Fotostrecken als du.«

»Kannst du mir nicht irgendetwas besorgen? Ich brauche das Geld.«

»Wofür? Du bekommst ein Stipendium, die Miete kostet grade mal 40 Mark.«

»Ich muss essen, ich muss mich waschen, ich brauche Material und Bücher.«

»Dann frag doch in der PGH deiner Eltern, ob du da aushelfen kannst. Ich glaube, dort werden immer Leute gesucht.«

Das stimmte. Hanka wusste das. Erst vor ein paar Tagen hatte sie ein Gespräch darüber mit ihrer Mutter geführt. »Du bist wieder mit ihm zusammen, nicht wahr?«, hatte Elli gefragt.

»Ja.«

»Du weißt, dass diese Beziehung keine Zukunft hat und dich in Teufels Küche bringen kann.«

»Ja.«

»Kannst du auch noch etwas anderes antworten?« Elli wurde langsam ärgerlich.

»Mama, was soll ich denn sagen? Ich brauche ihn. Ein Leben ohne ihn kann ich mir nicht vorstellen.«

Elli hatte genickt. Sie kannte ihre Tochter, sie wusste, dass Hanka erst auf die Nase fallen musste, ehe sie ihr Leben änderte.

»Ich muss los«, hatte Hanka da auch schon verkündet und zog ihre Jacke über. »Und nur, damit du es weißt, ich treffe mich mit Guido.«

Elli schüttelte den Kopf. »Lass doch den Jungen gehen. Du liebst ihn doch gar nicht.«

Hanka hatte nichts darauf geantwortet, aber ihre Mutter war im Unrecht. Sie mochte Guido so sehr, wie sie nur einen Menschen mögen konnte. Ob das Liebe war, das wusste sie nicht. Ihn könnte ich heiraten, dachte sie manchmal. Bei ihm fühle ich mich sicher.

Er hatte sich von Ines getrennt, und Hanka fühlte sich nun in der Verantwortung. Sie verbrachte gern Zeit mit ihm, fühlte sich verstanden. Doch wenn sie an den Sex dachte, tauchte immerzu Hartmuts Gesicht vor ihr auf. So wie es mit ihm war, war es mit Guido nie.

»Kannst du mir 20 Mark leihen?«, hatte sie ihre Mutter noch gefragt. »Du bekommst das Geld am Monatsanfang zurück.«

»Schon wieder?«

»Ich habe keine Aufträge.«

»Dann nähe für deine Freundinnen oder hilf in der PGH aus.« Elli hatte einen Zwanzigmarkschein aus ihrem Portemonnaie geholt und ihn Hanka gereicht.

Hanka gab ihrer Mutter einen Kuss. »Es wird schon alles so, wie es werden soll.«

Guido hatte vor dem Kino auf sie gewartet. Er wirkte ein wenig verstimmt, aber Hanka fiel ihm um den Hals und küsste ihn. Dann erst fragte sie: »Was hast du?«

»Ines. Es geht ihr nicht gut.« Hanka bemerkte seine Traurigkeit, sein Schuldgefühl.

»Ist sie krank?«

Guido schüttelte den Kopf. »Sie ist traurig. Verstehst du das nicht?«

Sie holte tief Luft. »Doch. Natürlich. Aber was heißt das für uns?«

»Ich weiß nicht, was ich tun soll.«

»Bedeutet das, dass wir uns nicht mehr sehen sollen?« Hankas Herz klopfte zwei Takte schneller. Guido sah müde aus, als hätte er die ganze Nacht nicht geschlafen.

»Liebst du sie denn noch?«, wollte Hanka leise wissen.

Guido nickte. »Ich liebe euch beide.«

Hanka verstand das, auch wenn es ihr nicht gefiel. Ihr ging es ja ähnlich. Aber sie konnte Guido nicht gehen lassen. Sie brauchte ihn, seine Liebe, sein Verständnis, sein ganzes Sein, um Hartmut aushalten zu können. Guido forderte nichts. Hartmut schon.

»Und wie geht es jetzt weiter?«, wollte Hanka wissen. »Willst du dich etwa mit uns beiden treffen?«

»Nein, so etwas könnte ich nicht.«

»Dann musst du dich wohl entscheiden. Aber lass uns jetzt erst einmal den Abend genießen.«

Guido nickte. »Gehen wir zu dir?«

Hanka verneinte. Sie hatte Angst, dass Hartmut plötzlich vor der Tür stehen könnte oder, schlimmer noch: im Schlafzimmer. Er hatte ihr einen Schlüssel abgetrotzt und benutzte ihn, wann immer er wollte.

»Können wir nicht zu dir gehen? Ich habe nicht aufgeräumt.«

Guido schüttelte den Kopf. »Manchmal kommt Ines am Abend vorbei. Ich möchte sie nicht verletzen.«

»Verstehe.« Hanka verschränkte die Arme vor der Brust und zog einen Schmollmund. »Das fühlt sich an, als hättest du dich schon entschieden.«

»Nein, nein.« Guido zog Hanka an sich und streichelte ihren Rücken.

»Ich habe Angst«, murmelte sie an seiner Brust. »Ich habe Angst, dich zu verlieren.«

Sie sagte die reine Wahrheit. Guido war das Gute in ihrem Leben. Die eine Seite der Medaille, das Helle, Reine. Hartmut war das Gegenteil davon. Er war das Dunkle, Verbotene. Ich bin doch erst neunzehn Jahre alt, dachte sie. Wie soll ich wissen, was richtig ist?

Sie belog sich selbst, sie wusste sehr gut, was richtig gewesen wäre. Sie sollte sich sowohl von Hartmut als auch von Guido trennen. Sie sollte Hartmut in die Wüste schicken mit all seinen Lügen und Beschwichtigungen, mit seinen Forderungen und Hinhaltungen. Und sie sollte Guido gehen lassen zu seiner Ines, die so viel besser zu ihm passte und ihm nicht wehtun würde.

Und jetzt lag sie wieder mit Hartmut im Bett, und ihre Haut brannte und kribbelte von seiner Liebe. Er hatte den halben Abend in ihrer Wohnung auf sie gewartet, und als sie nach dem Kino nach Hause gekommen war, hatte sie ihn in ihrem Wohnzimmer mit einem Glas Rotwein und einem Buch vorgefunden, als wäre das ganz selbstverständlich. Danach waren sie sogleich ins Bett gegangen und lagen jetzt nebeneinander, rauchten beide eine Zigarette.

»Was ist eigentlich mit deiner Frau?«, wollte Hanka wissen. »Seid ihr jetzt geschieden oder nicht?«

Hartmut lachte auf, aber es klang nicht fröhlich. »Wir sind geschieden.«

Hanka setzte sich auf, wischte Hartmuts Hand von ihrer Brust. »Und das erzählst du mir nicht?«

»Warum sollte ich? Was hat Elisabeth mit dir zu tun?«

»Du bist jetzt frei.«

Hartmut verschränkte die Arme unter dem Kopf und reckte sich. »Ich weiß, und es fühlt sich herrlich an.«

»Und was ist mit uns?« Hanka kam sich betrogen vor. Sie wollte Hartmut nicht als Partner, sie mochte ihn ja nicht einmal. Aber er hätte sie wenigstens fragen können, ob sie die Zukunft mit ihm verbringen möchte.

»Was soll mit uns sein? Ist es nicht schön, so wie es ist?«

Hanka schwieg, aber über ihren Rücken kroch ein eiskalter Schauer. Hatte sie heute Abend zwei Männer verloren? Guido und Hartmut?

Ellis Mutter Margarethe war gestorben. Elli erfuhr es früh am Morgen. Ihr Vater rief sie auf ihrer Arbeitsstelle an. Sofort nahm sich Elli frei und fuhr zu ihm nach Hause. Und da lag ihre Mutter im Bett, das Gesicht friedlich, die Hände über dem Bauch gefaltet. 74 Jahre wäre sie in einem Monat geworden. Elli setzte sich zu ihr ans Bett, hielt ihre Hand, die noch nicht erkaltet war. Margarethe war nicht krank gewesen. Nur ein bisschen Bluthochdruck und manchmal Schmerzen in der Brust. Woran war sie gestorben? So plötzlich? So unerwartet? Elli hielt Zwiesprache mit ihr, bis der Arzt kam. »Herzinfarkt«, stellte er fest und schrieb den Totenschein aus. Dr. Kretzschmar kannte die Familie, seit Elli ein junges Mädchen gewesen war. Und dann erfuhr Elli, dass ihre Mutter viel kränker gewesen war, als sie geglaubt hatte.

»Sie hatte Krebs. Seit vier Jahren schon. Sie hat alle Behandlungen abgelehnt. Nur Schmerzmittel durfte ich ihr verschreiben.«

»Warum hat sie die Behandlung abgelehnt?«, fragte Elli fassungslos und blickte ihren Vater an, der mit den Schultern zuckte. »Wusstest du auch nichts davon?«

Der Vater schüttelte den Kopf. »Du weißt doch, wie sie war.«

»Sie wollte niemandem zur Last fallen, hat sie mir gesagt. Sie hatte ein schönes Leben und dachte, ihre Aufgabe auf der Erde sei erfüllt«, erklärte der Arzt, der wohl der Einzige war, der von ihrer Krankheit gewusst hatte.

Elli verstand nicht. »Was meinte sie damit?«

Kretzschmar lächelte, legte ihr eine Hand auf die Schulter. »Es war ihr wichtig, dass du glücklich bist, Elli. Als du einen Ehemann, einen guten Beruf und zwei gesunde Töchter hattest, sah sie ihre Aufgabe – nämlich dich großzuziehen und auf das Leben vorzubereiten – als erfüllt an. Sie wollte nicht, dass dein Vater sie pflegen musste. Es war eine wohlüberlegte Entscheidung. Wir haben lange darüber gesprochen, und schließlich habe ich ihren Wunsch akzeptiert.«

Plötzlich verschwamm das Zimmer vor Ellis Augen. Tränen strömten über ihre Wangen, und sie fragte sich, wer hier so laut schluchzte, bis sie merkte, dass sie es selbst war. Ihr Vater nahm sie in die Arme, strich ihr über den Rücken.

»Meinst du, dass sie glücklich war?«, fragte Elli. »Glaubst du, dass sie ein schönes Leben hatte?« Nichts schien ihr in diesem Augenblick wichtiger.

»Ich habe sie so sehr geliebt, wie ich nur konnte«, flüsterte ihr Vater mit tränenerstickter Stimme. »Und ich kann nur hoffen, dass es gereicht hat.«

Dr. Kretzschmar hatte unterdessen den Totenschein ausgefüllt. »Sie war glücklich«, bestätigte er, und dann holte er einen Brief aus seiner Tasche, auf dem der Name von Ellis Vater stand. »Das hier hat sie mir erst letzte Woche gegeben. Sie wusste, dass es nicht mehr lange dauern würde.«

Der Arzt bekundete sein herzliches Beileid und wandte sich zur Tür. »Soll ich von meiner Praxis aus einen Bestatter anrufen?«, fragte er. »Ihr habt ja kein Telefon.«

Ellis Vater nickte. Er hielt noch immer seine Tochter im Arm und strich ihr über den Rücken. »Danke für alles«, sagte er zu dem Arzt, der sich seinen Mantel anzog und nach der Arzttasche griff.

»Gern. Ich nehme an, die Bestatter werden in ungefähr einer Stunde da sein. Reicht euch die Zeit zum Abschiednehmen?«

Der Vater nickte erneut. Sprechen konnte er jetzt nicht, die Trauer hatte die Worte auf seiner Zunge verdorren lassen.

Es dauerte eine ganze Weile, bis sich Elli beruhigt hatte. »Ich muss Rudi Bescheid sagen. Und den Mädchen.«

»Willst du, dass sie ihre Oma noch einmal sehen?«

Elli schüttelte den Kopf. »Nein, sie soll ihnen so in Erinnerung bleiben, wie sie ihre Großmutter zuletzt gesehen haben. An meinem Geburtstag vor zwei Wochen. Sie trug das Blümchenkleid, das Hanka ihr geschneidert hatte. Und darüber die kurze Jacke von Rudi.« Und plötzlich lächelte Elli. Unter Tränen, aber sie lächelte. »Es war ein schöner Tag. Wir haben viel gelacht. Und ich habe sie vor zwei Tagen zuletzt gesehen, das weißt du ja. Sie war sehr blass und wirkte erschöpft, aber das habe ich auf ihr Alter geschoben.«

Elli hielt inne und schloss die Augen. Sie sah ihre Mutter vor sich, als sie sich vorgestern von ihr verabschiedet hatte. Sie hatte Elli in den Arm genommen und lange festgehalten. Und dann hatte sie etwas gesagt, das erst heute an Bedeutung gewann. »Ich bin sehr stolz, deine Mutter zu sein«, hatte sie gesagt. »Und die Oma von Hanka und Annekathrin. Sogar Uroma darf ich noch sein. Ist das nicht schön?«

Elli hatte sich über den ungewohnten Gefühlsausbruch gewundert, aber mehr noch hatte sie sich darüber gefreut.

Sie seufzte, und schon flossen wieder die Tränen. »Kann ich dir ein Glas Wasser bringen?«, fragte der Vater, auch sein Gesicht war tränennass.

Elli schüttelte den Kopf. »Ich muss zur Telefonzelle. Ich muss Rudi und die Mädchen anrufen.«

Sie erreichte Rudi, der versprach, so schnell wie möglich zu kommen. In der Hochschule für Grafik und Buchkunst sagte man ihr, dass Annekathrin nicht im Hause war, und in der Kunstgewerbeschule versprach man, Hanka gleich in der nächsten Pause zu benachrichtigen.

Sie war gerade wieder nach Hause gekommen, als die Bestatter schon dabei waren, einen Sarg in die Wohnung zu tragen. Plötzlich hatte Elli das Gefühl, ihre Mutter in die Arme nehmen zu müssen, sie vor den Sargträgern beschützen zu müssen, doch dann sah sie Annekathrin, die heulend auf einer Treppenstufe saß.

»Was machst du denn hier?«, wollte Elli wissen.

»Ich fahre mit den Bestattern mit, um eine Fotoserie zu machen«, schluchzte Annekathrin. »Oma ist meine zweite Leiche!« Dann warf sie sich ihrer Mutter in die Arme.

Und Elli sagte nichts, sondern wiegte Annekathrin sanft hin und her. »Sie war glücklich, als sie gestorben ist«, flüsterte sie und erzählte dann, was sie von Dr. Kretzschmar wusste. Und Annekathrins Schluchzen verstummte. Sie wischte sich mit dem Ärmel ihres Pullovers über die Augen und seufzte noch einmal tief auf. Ein Mitarbeiter des Bestattungsinstitutes kam aus der Wohnung. »Wir sind jetzt fertig. Frau Herold, Sie können gern bei Ihrer Familie bleiben.«

Da stand Annekathrin auf. »Ich bleibe bei meiner Oma«, erklärte sie fest, und Elli drückte ihr dankbar die Hand.

～

Annekathrin kletterte in den Leichenwagen und setzte sich so, dass sie eine Hand auf den Sarg ihrer Oma legen konnte. Und sie ließ ihre Hand dort, bis sie im Institut angelangt waren. »Was geschieht jetzt mit ihr?«, wollte Annekathrin wissen.

»Wir warten auf Ihren Großvater. Er bestimmt, welche Art von Bestattung wir abhalten werden. Gibt es ein Begräbnis oder eine Feuerbestattung? Danach suchen wir gemeinsam einen Sarg aus. Anschließend waschen wir Ihre Großmutter und kleiden sie in die Sachen, die dafür bestimmt sind.«

»Ein Totenhemd?«

»Wenn Sie das wünschen. Normalerweise bringen die Angehörigen eigene Kleider der Toten mit. Jetzt legen wir sie aber erst einmal auf den Tisch. Vielleicht ist es besser, wenn Sie rausgehen.«

Annekathrin schluckte. Nein, sie wollte bei ihrer Oma bleiben. Sie wollte sogar noch mehr. »Ich bleibe. Darf ich fotografieren?«

Die beiden Bestatter blickten sich an. »Sie sind eine Angehörige. Das müssen Sie mit dem Ehemann der Toten klären.« Sie waren einiges gewöhnt. Es gab Trauernde, die noch im letzten Augenblick einen Gipsabdruck der Hand haben wollten. Es gab andere, die schnitten sich Haarsträhnen ab, und es gab welche, die drückten ihren Toten Fotos in die kalten Hände.

»Das habe ich schon.« Annekathrin sprach sehr leise. Sie wollte nicht, dass die Männer schlecht von ihr dachten. »Er hat nichts dagegen.«

Die Bestatter nickten, öffneten den Sarg und betteten die Tote behutsam auf den silbernen Tisch. Dann ließen sie Annekathrin allein.

Annekathrin spürte ihr Herz laut in der Brust schlagen. Sie zögerte. Darf ich?, fragte sie sich. Darf ich das? Ihr fiel ein, was ihr Lehrmeister Rosner immer zu ihr gesagt hatte: »Ein Fotograf zeigt den Menschen ihr schönstes Gesicht, ein Künstler das Hässlichste.«

Man darf keine Angst haben, dachte Annekathrin. Man muss etwas wagen. Sie soll bleiben. Oma soll nicht fortgehen. Und wenn, dann will ich bei ihr sein, so lange es geht. Ich will sie festhalten. Doch das kann ich nur mit meinen Bildern.

Sie schluckte, schlug das Laken zurück, mit dem die Tote bedeckt war. Sie strich ihrer Oma mit dem Finger über die Wange, richtete ein Löckchen. »Du bist schön«, sagte sie leise. »Und ich bin so traurig, weil du gegangen bist. Ich bin nicht bereit, dich loszulassen.«

Sie hob die Kamera vor ihr Gesicht, dann drückte sie auf den Auslöser. Es war ganz leicht gegangen. Das Gesicht ihrer Oma im Tod. Friedlich, freundlich. Beinahe, als schliefe sie nur.

Annekathrin umkreiste mit ihrer Kamera den Tisch. Aber bei jedem Bild hielt sie inne, berührte ihre Oma, als wollte sie um Erlaubnis fragen. Mal streichelte sie deren Hand, mal die Wange, mal das Bein, mal den Bauch. Und sie sprach mit ihr. Die ganze Zeit über. »Ich würde gern wissen, wo du jetzt bist.« Klick. »Kannst du mich sehen? Kannst du mich hören?« Klick. »Ich hätte dir so gern Auf Wiedersehen gesagt. Du fehlst mir jetzt schon, weißt du.« Klick. »Mit dir konnte ich immer über alles sprechen.« Klick. »Mit Armin und mir, das ist nicht einfach. Weißt du noch, Oma, als ich dich einmal gefragt habe, was ich mit meinem Leben anfangen soll?« Klick. »Du fragtest, was ich am liebsten sein möchte. Ich könnte alles sagen, sogar Prinzessin.« Klick. »»Ich wäre gern eine Fotografin‹, sagte ich. Und du hast geantwortet: ›Dann mach dich auf den Weg.‹« Klick. »Oma, ich brauche deinen Rat. Ich weiß, dass Armin nicht die Liebe meines Lebens ist. Es ist keine große Liebe, sondern nur eine Liebe. Soll ich mich damit zufriedengeben? Soll ich weitersuchen? Früher haben alle Sterne am Himmel geleuchtet, wenn wir zusammen waren. Jetzt bin ich schon dankbar, wenn der Mond eine schmale Sichel bildet. Verstehst du, was ich meine? Es kommt mir so vor, als hätte ich schon ausgeliebt, ohne je vor Liebe gezittert zu haben. Gezittert beim bloßen Gedanken an den Liebsten. Mit schwachen Knien und heißem Begehren. Kann man mit einer kleinen Liebe bis zum Ende leben? Und wenn ja, vermisst man dann nicht immer etwas? Armin war mein erster Freund. Ich war froh, ihn zu haben. Ich wollte nicht freundlos sein. Und jetzt will ich eigentlich nicht mannlos sein. Ach, Oma, ich will so viel. Will ich zu viel?« Klick.

Auf einmal hatte Annekathrin das Gefühl, fertig zu sein. Sie konnte nicht sagen, woran sie das festmachte. Es war einfach nur eine Ahnung. Sie ließ die Kamera sinken, griff nach der Hand ihrer Oma. »Ich bleibe bei dir«, versprach sie. »Und heute Abend werde ich eine Kerze ins Fenster stellen. Vielleicht kannst du sie ja sehen.«

Am Abend saßen Rudi, Elli, Hanka, Annekathrin und Armin und Opa Eduard zusammen. Rudi hatte eine Flasche Rosenthaler Kadarka aufgemacht, und sie stießen auf Oma Margarethe an. Hanka hatte für ihre Mutter das weite Trauerkleid mitgebracht, an dem sie in den letzten Wochen schon gearbeitet hatte, ohne zu ahnen, wie rasch es gebraucht werden würde.

Elli hatte ihre Tochter nur angesehen, sich das Kleid übergezogen und ganz leise »Ich danke dir dafür« gesagt. Und Hanka hatte genickt. Mehr Worte brauchten sie nicht. Hanka berichtete auch nicht von der Kunstgewerbeschule, in der das Kleid als Politikum aufgefasst worden war. Jetzt saß Elli auf der Couch, in ihr Trauerkleid gehüllt, die Hände in den Ärmeln, die Kapuze so, dass sie ihren Hals wärmte.

Sie erzählten Geschichten über Oma Margarethe. Nur Opa war still. Elli fasste nach der Hand ihres Vaters. »Gibt es irgendetwas, das ich für dich tun kann?«

Eduard schüttelte den Kopf. Und plötzlich erblühte ein Lächeln auf seinem Gesicht.

»Was denkst du gerade?«, wollte seine Tochter wissen.

»Ich habe gerade beschlossen, immer mit einem Lächeln an Margarethe zu denken. Eigentlich nicht beschlossen. Es ist einfach so. Wenn ich an sie denke, dann muss ich lächeln. Ich glaube, das würde ihr gefallen.«

Und plötzlich lächelten sie alle. Und dann begann Hanka zu weinen, und Annekathrin und Elli stimmten ein, und dann lächelten sie, während ihnen die Tränen über die Wangen liefen.

»Es ist Zeit für einen Schnaps«, stellte Rudi fest. Er stand auf, holte Gläser und eine Flasche Nordhäuser Doppelkorn aus dem Schrank, goss ein und rief: »Auf Margarethe. Danke für die wunderbare Zeit mit dir.«

Wenig später ergriff Eduard das Wort: »Ich habe da einen Gedanken. Er ist noch nicht ausgereift, aber zusammen denkt es sich ohnehin besser als allein.«

»Worüber denkst du nach?«, fragte Rudi.

»Jetzt, wo ich allein bin, ist mir die Wohnung zu groß. Drei

Zimmer. Mehr, als ich brauche. Und ich tue mich schwer, allein zu essen. Kochen kann ich auch nicht. Mit der Wäsche habe ich kein Problem. Aber die Einsamkeit würde mir zu schaffen machen. Ich denke darüber nach, in ein Altersheim zu gehen. Schließlich werde ich auch nicht jünger. Annekathrin und Armin könnten meine Wohnung haben.«

Eine kleine Weile herrschte Schweigen. Armin fasste nach Annekathrins Hand. Schließlich räusperte sich Rudi. »Ich denke auch, dass du nicht allein sein solltest. Aber auf einen Platz im Heim wartet man zwei bis drei Jahre.«

»Aber es wurde doch gerade das neue Nexö-Heim eröffnet. Ein Aushängeschild der Republik hieß es immer«, warf Hanka ein. »Es ist bei mir um die Ecke.«

»Ich werde gleich morgen dort hinfahren und mich anmelden«, erklärte Eduard.

Elli wirkte unglücklich. »Ich habe ein schlechtes Gewissen, dich in ein Heim zu geben. Das sieht ja aus, als würden wir dich abschieben.«

Eduard hob den Finger: »Von abschieben kann keine Rede sein, wenn ich die Zeit des Wartens bei euch verbringen kann. Die drei Herolds ziehen zu mir, und ich nehme ihr Zimmer. Ich denke, das wäre für uns alle eine Erleichterung.« Er wandte sich lächelnd an seine älteste Enkelin. »Ihr könnt alle meine Möbel haben. Ja, ich weiß, sie sind alles andere als modern, aber bis ihr euch eigene kaufen könnt, tun die es allemal. Auch Besteck, Geschirr, Handtücher und alles andere lasse ich euch da. Sogar den Fernseher.«

Annekathrin musste schlucken, aber Armin fragte: »Was möchtest du dafür haben?«

180

»Eine glückliche Familie.«

»Danke, Eduard.« Armin war aufgestanden und schüttelte seinem Schwiegergroßvater die Hand, während Annekathrin ihn so fest umarmte, wie sie nur konnte.

Elli blickte zu Rudi. Und Rudi legte einen Arm um die Schulter seiner Frau, zog sie an sich. »Wann soll der Umzug stattfinden?«

Eduard lächelte. »Heute ist Donnerstag. Kannst du für das Wochenende einen Transporter bekommen?« Er zwinkerte Annekathrin zu, und diese brach schon wieder in Tränen aus, aber dieses Mal waren es Freudentränen, die sich mit dem Schmerz um Oma Margarethe vermischten. Armin zog sie in seine Arme, strich ihr über den Rücken, küsste ihr Haar. Vielleicht wird jetzt alles gut, dachte Annekathrin. Vielleicht finden wir jetzt zusammen. Als Ehepaar und als Familie.

Kapitel 17

1965

Am nächsten Morgen ging Annekathrin in das Bestattungsinstitut und begab sich zuerst zu ihrer Oma. Wieder fasste sie nach deren Hand. »Du musst dir keine Sorgen um Opa machen«, erzählte sie der Toten. »Er wird bei Mama und Papa einziehen. Papa hat schon gesagt, dass er sich sehr freut, endlich einen richtigen Schachpartner zu haben. Es geht ihm gut. Und er hat uns eure Wohnung angeboten. Ein neuer Schritt. Ich denke, auch Armin und ich werden noch einmal neu anfangen, wir müssen über uns reden. Das klappt in der neuen Wohnung sicher besser als in meinem ehemaligen Kinderzimmer mit Elena im Stubenwagen.«

Der Bestatter kam zur Tür herein. »Es ist alles geklärt. Ihr Großvater möchte eine Feuerbestattung für Ihre Großmutter. Am Montag bringen wir sie auf den Südfriedhof. Möchten Sie sie begleiten?«

Annekathrin nickte. »Ich möchte sie auch waschen und anziehen.«

»Das wird schwierig; Sie sind keine Bestatterin. Aber Sie können helfen.«

Der Umzug am Samstag verlief problemlos. Eduard und Margarethe hatten erst im letzten Jahr ihre ganze Wohnung neu gestrichen. Und sie hatten sogar Raufasertapete an den Wänden, die ihnen ihre Tochter Betty aus Frankfurt am Main geschickt hatte.

Eduard hatte seine persönlichen Sachen bereits in zwei Koffer und mehrere Kisten gepackt. Sein Schachspiel, ein paar Bücher, Fotoalben, Fotorahmen. »Und wie ich schon sagte: auch sonst könnt ihr alles nehmen, was da ist. Ich brauche weder Waschmaschine noch Kühlschrank noch Fernseher. Ich bekomme ja alles, was ich benötige. Und ich werde kochen lernen. Damit Elli nicht so viel Arbeit neben ihrem Beruf hat. Omas Kochbücher habe ich schon eingesteckt.«

Und so zogen Armin und Annekathrin in eine vollständig eingerichtete Wohnung, in der selbst die Gewürze schon vorhanden waren.

Am ersten Abend saßen sie gemeinsam im altmodisch eingerichteten Wohnzimmer, das selbstverständlich nicht ihrem Geschmack entsprach. »Was wollen wir verändern?«, fragte Annekathrin.

»Wir könnten eine Wand rot streichen. Nicht knallrot, sondern eher so ein Rotweinrot. Und dann könnten wir die Anbauwand streichen. Weiß. Und auch die Bücherregale. Den Teppich könnten wir drin lassen. Aber vielleicht näht uns Hanka oder Elli neue Vorhänge und neue Bezüge für die beiden Sessel und die Couch.« Annekathrin fand das eine gute Idee. »Und die Möbel im Schlafzimmer streichen wir schwarz. Nur die Schranktüren könnten wir ebenfalls rotweinrot malen.« Sie gingen die ganze Wohnung durch, und Annekathrin fühlte sich so wohl, ihren Großeltern so nahe, als wäre das der Platz, nach dem sie immer gesucht hatte.

Am nächsten Morgen fuhr sie mit Elena in dem Kinderwagen liegend in den nahen Park. Sie hatte eine kleine Zange eingesteckt und schnitt ein paar Zweige von den Büschen. Hagebutten, Knallerbsen und sogar ein paar Disteln, die sie zu Hause in verschiedene Vasen steckte. Sie fand in Omas Wäscheschrank geblümte Bettwäsche, die sie sich gut als Vorhänge vorstellen konnte. Am Nachmittag kam Hanka mit ihrer Nähmaschine, und am Abend hingen die Vorhänge. Hanka hatte noch weitere Stoffe mitgebracht. Aus Omas altem Wollmantel nähte sie dunkelrote Kissenbezüge. Dann warfen die beiden jungen Frauen Färbetabletten in die Waschmaschine und färbten Omas Bettlaken, die später als Sesselhüllen gebraucht wurden. Sie arbeiteten die halbe Nacht, aber um Mitternacht sah die Wohnung aus wie eine perfekte Mischung aus Margarethe und Eduard und Annekathrin und Armin. Armin hatte gestrichen. Als sie am nächsten Nachmittag Elena von Elli und Rudi abholten, hatte sich auch Eduard schon eingerichtet. Über einer Sessellehne im Wohnzimmer lag die Decke, die er sich am Abend gern über die Beine legte. In Annekathrins Bücherregal standen Opas Bücher, auf dem Schreibtisch war das Schachbrett aufgebaut, und hinter dem Sessel stand Omas Leselampe.

Annekathrin umarmte ihren Großvater. »Und du hast dir das wirklich gut überlegt?«, fragte sie. »Wir ziehen da nämlich niemals wieder aus.«

»Hauptsache, das Wohnungsamt kommt euch nicht auf die Schliche.«

»Da mache ich mir keine Sorgen. Niemand wird eine drei-köpfige Familie wieder zurück ins Kinderzimmer schicken.«

»Trotzdem wäre es mir lieb, wenn ich einstweilen die Miete übernehme«, erklärte Eduard. »Das Amt muss ja nicht mit der Nase drauf gestoßen werden.« Er zwinkerte seiner Enkelin zu. »Und das mache ich nicht für dich, meine Liebe, sondern einzig und allein für Elena.«

Annekathrin wusste, warum Eduard das sagte. Er kannte ihren Gerechtigkeitssinn. Wenn Opa ihre Miete zahlte, dann musste sie die Hälfte davon Hanka geben, sonst war es unge-recht. Aber Opa Eduard betonte: »Ihr studiert beide, und ihr habt ein Kind. Hanka wird nichts dagegen haben.«

Ein wenig fürchtete sich Annekathrin vor dem Montag. Sie würde aushalten müssen, dass jemand Fremdes ihre Oma wusch. Sie wusste noch nicht, ob sie das konnte, aber sie war fest entschlossen, so viel wie möglich selbst zu machen.

Die Frau des Bestatters, eine rundliche Mittvierzigerin mit Grübchen in den Wangen, kam herunter in die Leichenkam-mer. Sie trug einen Waschlappen und ein Handtuch über dem Arm, dazu eine kleine Kosmetiktasche.

»Ich habe gehört, Sie haben ein Kind«, sagte sie. »Sie wissen also, wie man jemanden wäscht. Ich bleibe dabei und sehe zu. Ist das in Ihrem Sinne?«

Annekathrin war so erleichtert und dankbar, dass sie bei-nahe in Tränen ausgebrochen wäre. Es gab nur ein Problem. Sie wollte fotografieren.

»Wenn Sie vielleicht den Anfang machen könnten?«, bat sie, und die Bestatterin war damit einverstanden.

Sie füllte eine Schüssel mit handwarmem Wasser. »Ich nehme nie kaltes, damit die Toten nicht frieren. Das ist natürlich Unsinn, denn Tote frieren nicht, aber ich möchte trotzdem, dass sie es gemütlich haben«, erklärte die Frau mit einem Lachen.

Dann tauchte sie den Waschlappen in die Schüssel, gab etwas Seife dazu und fuhr Annekathrins Oma behutsam über die Arme. Sie nahm ihre Hand, wusch jeden Finger einzeln, und Annekathrin fotografierte und weinte zugleich, weil die Bestatterin so sanft war und so freundlich. Und dann legte sie ihre Kamera zur Seite und übernahm. Sie prüfte mit der Hand, ob das Wasser noch warm war, dann tauchte sie den Waschlappen hinein und wrang ihn aus. Behutsam, ja geradezu zärtlich, fuhr sie ihrer Oma damit über den Bauch. Sie bemühte sich, nicht zu fest zu drücken, denn in den letzten Jahren hatte Margarethe Probleme mit dem Magen gehabt. Und währenddessen sprach Annekathrin mit der Toten. In Gedanken zwar, weil die Bestatterin neben ihr stand, aber sie erzählte ihr von der neuen Wohnung, von Elena, von Hanka, von den Eltern, vor allem aber von Eduard. Er hatte gestern Abend ihren Vater beim Schach geschlagen. Als Erster und Einziger der Familie. Sie sah ihre Großmutter darüber lächeln, und das machte auch sie froh. Sie wusch ihr die Beine und den Rücken, war ganz darauf konzentriert, sah und hörte nichts ringsum. Plötzlich räusperte sich die Bestatterin. »Man darf die Toten nicht festhalten«, sagte sie leise. »Dann fällt der Abschied umso schwerer.«

Annekathrin hatte verstanden. »Ich möchte sie noch ankleiden und ihr das Haar frisieren.«

Die Bestatterin nickte. Beide Frauen wussten, dass die Tote noch heute verbrannt werden würde. Beide wussten, dass es dafür weder einer ordentlichen Frisur noch einer Wäsche bedurfte. Und sie wussten sogar, dass alles, was hier geschah, nur den Trauernden diente. Endlich hatte Annekathrin alles vollbracht. Die Bestatterin hatte lediglich beim Anziehen behilflich sein müssen. Dann wurde der Sarg geschlossen und in den Leichenwagen gehoben.

Annekathrin wollte einsteigen, als die Bestatterin sie am Arm festhielt. »Wollen Sie sich das wirklich antun?«, fragte sie. »Es kann erschütternd sein.«

»Erschütterungen sind gut. Da kann man sehen, wie stark das Fundament ist«, erwiderte Annekathrin, und die Bestatterin nickte.

Während der Fahrt zum Südfriedhof legte Annekathrin wieder ihre Hand auf den Sarg. Sie spürte einen Kloß im Hals, der Magen drückte. Zweifel fielen sie an. Soll ich wirklich zusehen und fotografieren, wie man meine Oma in die Flammen schiebt? Will ich dabei sein, wenn der Sarg anfängt zu brennen? Will ich hören, wie das Feuer brüllt und faucht? Sie schluckte.

Ja, ich will, auch wenn ich Angst habe. Der Tod gehört zum Leben, selbst wenn sich das nicht so anfühlt. Sie hatte es bisher verdrängen können, aber die Frau, die sie gerade gewaschen hatte, das war nicht mehr ihre Oma Margarethe gewesen. Was immer über das Wochenende passiert war, der Leichnam hatte sich verändert, war zu einer leeren Hülle geworden. Annekathrin hatte das nicht wahrhaben wollen, aber so war es nun einmal. Oma Margarethe war nicht mehr da, und sie konnte nur hoffen, dass es schön war, dort, wo sie jetzt war.

Sie waren am Krematorium des Friedhofes angelangt. Annekathrin stieg aus, fotografierte, wie die Bestatter den Sarg auf einen Wagen mit Rollen legten und ihn in das Krematorium hineinfuhren. Sie folgte ihnen.

Das Krematorium war nüchtern, fand sie. Die Wände im Flur waren grau, der Boden mit Beton ausgegossen. Im eigentlichen Verbrennungsraum war der Fußboden gefliest und die Wände waren bis zur halben Höhe mit Ölfarbe gestrichen, darüber weiß. Die Klappe des großen Ofens wirkte wie ein riesiges Maul. An den Seiten standen Särge.

Ein Mann mit einem Klemmbrett voller behördlich aussehender Unterlagen trat an den Sarg heran, öffnete ihn, begutachtete die Leiche. Schließlich nickte er und legte einen Schamottstein in den Sarg.

»Wozu ist der?«, fragte Annekathrin, die alles aufgenommen hatte.

»Ein Schamottstein verbrennt nicht. Auf diesem hier steht der Name der Toten sowie Geburts- und Sterbejahr. Nachher entnehmen wir die Asche und füllen sie in eine Urne. Mit hinein kommt der Stein, damit man auch noch in Jahrzehnten die Asche identifizieren kann.«

»Danke.« Annekathrin wusste nicht warum, aber sie war so erleichtert, dass sie gern geweint hätte. Der Schamottstein, er würde bleiben. Sie würden Oma Margarethe immer wieder finden können.

Der Bestatter trat auf sie zu. »Wir würden jetzt mit dem Kremieren anfangen. Sind Sie bereit?«

Nein, Annekathrin war nicht bereit. Sie wollte ihre Oma nicht verbrennen sehen. Sie wollte sie wiederhaben, wollte, dass sie den Sargdeckel aufschlug und heraussprang. Aber sie nickte.

Die Bestatterin griff nach Annekathrins Hand, und Annekathrin war dankbar dafür. Dann ging das Ofenmaul auf, erfüllte den Raum mit dem Brüllen des Feuers. Die Bestatterin drückte ihre Hand noch fester, und wieder begann Annekathrin zu weinen. Doch sie spürte, dass dieses Weinen das letzte war. Von nun an würde sie mit einem Lächeln an Oma Margarethe denken.

～ Kapitel 18 ～
1966

Hanka wusste nicht, was sie tun sollte. Sie hatte den ganzen Herbst, den ganzen langen Winter gewartet, doch Hartmut blieb vage. Vage in zweierlei Hinsicht: Er gab ihr keine Aufträge mehr, und er genoss seine neu erworbene Freiheit, und Hanka glaubte, dass er sie betrog. Sie hatte selbst in der Redaktion der »Pramo« angerufen, und dort teilte man ihr schnippisch mit, dass sie aus der Kartei der Mannequins aussortiert worden war. Auf die Frage nach dem Warum erhielt sie keine Antwort. »Hören Sie, Fräulein Salomon. Ein jedes hat seine Zeit, und Ihre ist eben abgelaufen«, hieß es stattdessen.

Sie wusste nicht, was sie mehr kränkte: die Abfuhr an sich oder die Art der Abfuhr. Sie vermutete, dass Hartmut dahintersteckte, dass er ein neues Mannequin gefunden hatte, das er förderte und, ja, vögelte. Sie hatte auch bei der »Sibylle« angerufen, und dort sagte man ihr, dass sie sehr gern neue Fotos von Annekathrin hätten, aber für sie als Mannequin keine Verwendung. »Wir beschäftigen junge Frauen, die sich bloß etwas dazuverdienen wollen, aus Rücksicht auf unsere Hauptberuflichen nur in seltenen Fällen.« Auch was das anging, wusste Hanka nicht, ob das stimmte. Vielleicht hatte Hartmut ja hier ebenfalls seine Finger im Spiel, schließlich pflegte er zur »Sibylle« immer ausgezeichnete Kontakte. Ja, hin und wieder kam es sogar zu einer projektbezogenen Zusammenarbeit zwischen den beiden Zeitschriften.

Hartmut entfernte sich von ihr. Sie spürte das, und nichts machte ihr mehr Angst. Sie brauchte ihn nicht im Alltag, aber sie brauchte ihn in ihrem Bett. Nie fühlte sie sich so sehr als Frau wie in diesen Augenblicken, die immer seltener wurden. Kürzlich hatte sie Annekathrin von ihren Ängsten erzählt. Ihre Schwester hatte lange geschwiegen, aber Hanka hatte gespürt, dass sie etwas sagen wollte.

»Rück raus, was hast du?«

Annekathrin zögerte. »Vielleicht redest du nie wieder mit mir, aber ich frage mich wirklich, ob du ihm hörig bist.«

Hanka prallte zurück, verzog den Mund. »Natürlich nicht! Schließlich bin ich erwachsen.«

»Das hat damit nichts zu tun. Aber ich merke, dass dein ganzes Denken und Fühlen sich um Hartmut dreht.«

Da musste Hanka ihrer Schwester recht geben. Sie wusste ja selbst, dass der Mann ihr nicht guttat. Aber sie schaffte es einfach nicht, sich zu trennen. Ja, wenn sie einen anderen Mann hätte, der ihr dabei half, aber Guido hatte sich zuruckgezogen, war wieder mit Ines zusammen. »Es ist besser, wenn wir uns nicht mehr sehen«, hatte er erklärt.

Auch in der Kunstgewerbeschule lief es nicht mehr so, wie sie sich das vorgestellt hatte. Seit sie das Trauerkleid entworfen hatte, schien Frau Brücke sie auf dem Kieker zu haben. Im Entwurfsseminar würden bald schwierigere Aufgaben anstehen, und Hanka freute sich darauf, aber sie hatte auch ein wenig Angst vor dem Urteil ihrer Dozentin.

Heute hatte sie sich mit Bernhard aus ihrer Seminargruppe verabredet beziehungsweise Bernhard mit ihr. Eigentlich hatte sie keine Lust, ihn zu treffen, doch noch schlimmer wäre es, den Abend allein zu verbringen und sich vorzustellen, was Hartmut gerade tat.

Bernhard kam pünktlich. Gemeinsam fuhren sie mit der Straßenbahn in die Innenstadt.

»Darf ich dich in den Auerbachs Keller einladen?«, fragte er.

Auerbachs Keller. Das war ein Ort für Touristen. Sie war noch nie dort gewesen, und sie kannte auch niemanden, der je dort gewesen war. Umschauen konnte man sich da ja mal. Sie nickte.

Am Eingang des Restaurants mussten sie warten. Das war in der DDR so üblich. Wenn sie Glück hatten, bequemte sich ein Kellner zu ihnen und wies ihnen einen Platz zu. Hanka saß gern in einer Ecke, aber dieses Mal wurde ihnen nach einer Viertelstunde ein Tisch in der Mitte des Raumes zugewiesen, obwohl von den Ecktischen nur ein einziger besetzt war.

Bernhard bestellte eine Flasche Wein. Der Kellner goss ihm einen Schluck ein, und Bernhard trank, tat so, als ließe er den Wein im Mund rollen, und nickte dann weltmännisch. Hanka musste ein Kichern unterdrücken. Hartmut verstand etwas von Wein. Er wusste, wie man ihn verkostete. Aber Hartmut war nicht da.

»Und? Wie findest du unser Studium?«, fragte Bernhard.

Hanka zog die Augenbrauen in die Höhe. »Wie meinst du das?«

»Einfach so. Macht es dir Spaß?«

»Natürlich macht es mir Spaß.«

»Und was würdest du nach dem Studium gern machen?«

Bislang hatte Hanka ihre Zukunft klar vor sich gesehen. Sie würde in der Entwurfsabteilung einer der beiden Modezeitschriften arbeiten. Hartmut würde das schon regeln. Doch in diesem Augenblick wurde ihr bewusst, dass Hartmut das sicher nicht regeln würde. Und eine so große Trostlosigkeit überfiel sie, dass sie ihren Wein in großen Schlucken austrank. Erst dann antwortete sie: »Ich weiß es noch nicht. Was wirst du denn tun?«

Bernhard blickte sich nach allen Seiten um, aber es saß niemand in Hörweite. »Es gibt zu wenige Stellen für uns. Am Ende müssen wir vielleicht in einem Kunstgewerbegeschäft die schrecklichsten Dinge verkaufen. Das will ich auf gar keinen Fall.«

»Was dann?«

»Das Modeinstitut in Berlin käme infrage, aber die nehmen bevorzugt Absolventen der Hochschule in Schneeberg.«

»Das weiß ich. Was wirst du machen?«

»Am liebsten würde ich im Ausland arbeiten.«

Hanka lachte. »Im Ausland? In Polen oder in Ungarn?«

»Die Polen sind uns in Sachen Mode weit voraus. Aber ich kann kein Polnisch. Ich würde zur Not auch noch an einem Theater arbeiten, als Kostümbildner. Oder beim Film, bei der DEFA. Aber auch die Vorstellung ist eigentlich unrealistisch.«

»Jetzt hast du alles aufgezählt, was für dich nicht infrage kommt, aber ich weiß noch immer nicht, was du vorhast.«

»Am liebsten würde ich in Paris arbeiten. Bei einem der großen Modeschöpfer. Dior zum Beispiel oder bei Chanel.«

»Davon kannst du nur träumen«, antwortete Hanka lächelnd. »Das wirst du nie erreichen.«

»Und wenn doch?«, fragte Bernhard.

Hanka hielt die Luft an. »Was soll das heißen?«

»Warum sich mit weniger zufriedengeben?«

Hanka starrte ihn an. »Das ist nicht dein Ernst. Was redest du da? Du bist Parteisekretär.«

Jetzt lehnte er sich zurück, verschränkte die Arme vor der Brust und lächelte. »Natürlich ist das nicht mein Ernst. Das habe ich nur so dahingesagt.«

»Nur so dahingesagt … Wir sprechen also nicht über Republikflucht?« Hanka lehnte sich flüsternd über den Tisch.

»Aber nein, wie kommst du nur darauf?« Bernhard lachte, als hätte Hanka einen Witz gemacht.

Sie kniff die Augen zusammen. »Was soll das, Bernhard? Bist du bei der Stasi und willst mich aushorchen? Weil ich ein Trauerkleid entworfen habe? Das ist kein Staatsverbrechen, auch wenn Frau Brücke so tut, als wäre es das.« Sie stand auf, holte 10 Mark aus ihrer Geldbörse und knallte sie auf den Tisch.

»Nein, warte. Du verstehst das ganz falsch«, drängte Bernhard. »So war das alles nicht gemeint.«

»Wie denn dann?«

Hanka setzte sich wieder.

»Es gibt da ein paar junge Leute, die Mode machen. Mode, wie sie es im Westen gibt.«

»Na und? Es gibt immer Leute, die Mode machen.«

»Ja, aber diese jungen Leute verkaufen ihre Mode auch. Von Haus zu Haus, verstehst du? Unter der Hand. Und sie veranstalten auch private Modenschauen.«

»Warum erzählst du mir das?«

»Du bist doch Mannequin.«

»Das war ich mal. Meine Zeit ist vorüber.«

»Mir ist aufgefallen, dass du nicht mehr in der ›Pramo‹ bist.«

»Was soll das alles, Bernhard?« Hanka überlegte erneut, aufzustehen und zu gehen.

»Einige der Leute haben Ausreiseanträge gestellt.«

»Aha.« Hanka war es vollkommen gleichgültig, was diese Leute taten.

»Und sie wollen dich. Als Modemacherin.«

»Wie kommen die denn auf mich?«

Bernhard räusperte sich. »Ich habe denen von dir erzählt. Von deinem Trauerkleid. Sie würden es gern produzieren und verkaufen.«

Hanka schluckte. Sie liebte ihr Trauerkleid. Es war einer der Entwürfe, an dem sie hing, das Kleid, in das ihr Herzblut hineingeflossen war. Es wäre ein wahr gewordener Traum, dieses Kleid in größerer Stückzahl produziert zu wissen. Aber diese Leute mit dem Ausreiseantrag waren nicht förderlich für ihre Karriere. Wenn es für sie überhaupt eine Karriere gab.

Hanka schüttelte den Kopf. »Ich will mit so etwas nichts zu tun haben.«

Bernhard goss Hanka noch ein Glas Wein ein. »Letztes Wochenende haben sie es auf einer Modenschau gezeigt.«

»Was? Ohne mich zu fragen? Woher hatten sie den Entwurf?« Hanka war fassungslos.

»Ich habe ihn mir genau angesehen und dann aus dem Gedächtnis nachgezeichnet«, gestand Bernhard kleinlaut.

»Du hast meinen Entwurf gestohlen?«

»Nicht gestohlen. Nur dafür gesorgt, dass aus der Idee eine Tat wird. Und ich habe immer dabei deinen Namen genannt«, verteidigte er sich.

Hanka wurde schwindlig. »Du hast nicht nur meinen Entwurf geklaut, sondern obendrein noch meinen Namen bei den Ausreiseleuten ins Spiel gebracht? Ich fasse es nicht. Warum? Warum, Bernhard? Was habe ich dir getan?«

Bernhard war offensichtlich überrascht von Hankas heftiger Reaktion. »Ich dachte, ich tue dir damit einen Gefallen.«

»Herrgott, Kontakte mit Ausreisewilligen sind kein Gefallen, sondern Gefahr! Du hast mich hingehängt. Du weißt genau, was passiert, wenn das herauskommt.«

»Es kommt nicht heraus. Ich bin Parteisekretär.«

»Du. Aber ich nicht. Ich verlange von dir, dass du nie wieder meinen Namen nennst. Ich verlange, dass meine Entwürfe nie wieder produziert werden. Ich will mit dieser ganzen Sache nichts zu tun haben.« Jetzt stand sie auf, knallte erneut den Zehner auf den Tisch und ging.

Sie war so wütend, dass sie sich bewegen musste. Statt auf die Straßenbahn zu warten, lief sie den Weg nach Hause. Auf der Straße der Befreiung, in Höhe des Grassimuseums, blieb sie stehen. Am liebsten hätte sie laut geschrien. Auch wenn Bernhard es nicht wollte, so hatte er ihr doch eine Idee gestohlen. Ihre beste Idee. Sie mochte ihn eigentlich, aber wenn es hart auf hart kam, wenn irgendwer von dieser geheimen Modeszene Wind bekam, dann würde Hanka nicht für Bernhard lügen.

Sie wütete noch ein Weilchen weiter, doch dann dachte sie an seinen Satz über Paris. Wer wollte nicht für Dior oder

Chanel arbeiten? Aber sie waren nun einmal in der Deutschen Demokratischen Republik und sollten um des eigenen Heils willen solchen Ideen keinen Platz geben. Was brachte es, vom Westen zu träumen, von Seide und Organza, wenn es in der Realität nur Zellwolle und Dederon gab?

Hanka bog in die Zweinaundorfer Straße ab, und als sie vor ihrem Haus in der Krönerstraße stand, hatte sie beschlossen, sich von Bernhard fernzuhalten. Und nicht nur das. Sie würde ihr ganzes Leben auf den Prüfstand stellen, würde in Ordnung bringen, was faul war, würde die werden, die sie gern sein wollte.

Ja, sie wollte gern anders sein als die anderen. Etwas Besonderes. Aber nicht um jeden Preis. Sie wollte immer extravagant gekleidet sein, wollte ihre Kreativität ausleben, wo immer sich dafür Gelegenheit bot. Sie wollte, dass die Leute ihren Namen kannten, dass sie explizit nach ihren Entwürfen fragten. Sie wollte ganze Kollektionen herausbringen, wollte auf Modenschauen als Letzte auf den Laufsteg treten und den Beifall hören, der ihren Modellen galt. Sie wollte etwas wagen, etwas Neues schaffen und dafür Anerkennung erhalten. Sie wollte keine Ehefrau und Mutter werden, die sich mit einer Anstellung in einer PGH zufriedengab. So sehr sie sich wünschte, etwas Besonderes zu sein, so sehr fürchtete sie sich auf der anderen Seite aber auch davor. Die, die anders waren, waren oft einsam. Und wenn Hanka etwas noch mehr fürchtete als Banalität, so war es Einsamkeit.

Kapitel 19

1966

Als Annekathrin ihre Fotos in der Hochschule entwickelte, kamen ihr die Tränen. Sie schluchzte laut auf, so dass Petra, eine junge Frau, die mit ihr studierte, zu ihr kam und ihr eine Hand auf die Schulter legte.

»Um Himmels willen, was ist denn passiert?«, fragte sie und entdeckte dann die Fotos.

»Es stimmt also, du warst tatsächlich eine Woche mit einem Beerdigungsinstitut unterwegs.«

»Ja«, schluchzte Annekathrin und setzte zu einer Erklärung an, aber Petra unterbrach sie: »Sag mal, das ist ja sensationell. Die Fotos sind großartig. So etwas habe ich noch nie gesehen. Du hast den Tod umarmt.«

Da weinte Annekathrin noch viel mehr und stammelte: »Das … das da ist meine Oma.«

»Deine eigene Oma?«

»Ja.«

Eine weitere Mitstudentin, Karline mit der Canon-Kamera, kam hinzu, sah sich die Bilder an. »Das ist pietätlos«, erklärte sie. »Die eigene Verwandtschaft so vorzuführen. Also, wenn meine Mutter sehen würde, dass ich ihre Mutter zu Kunst verarbeite, die würde nie wieder mit mir reden.«

»So ein Quatsch«, fuhr Petra dazwischen. »Die Fotos sind wunderschön. Man sieht, wie sehr Annekathrin ihre Oma geliebt hat. Der Tod ist ein Tabu. Und in der Kunst darf es kein Tabu geben. Ich finde, Annekathrin war sehr mutig und sensibel.«

Weitere Studenten kamen herbei. Stefan, einer, der sich meist zurückhielt, sagte: »Glückwunsch.«

Jetzt entstand eine heftige Diskussion. Die einen fanden Annekathrins Fotos unmöglich, andere waren begeistert. Es gab niemanden, der keine Meinung dazu hatte. Nur Annekathrin fühlte sich unwohl. Als sie fotografiert hatte, hatte sie keinen Augenblick daran gedacht, dass die Öffentlichkeit diese Bilder sehen würde. Jetzt kam sie sich schamlos vor. Sie drängte sich durch ihre Kommilitonen, raffte die Fotos zusammen, und in diesem Augenblick kam Prof. Kauffmann in den Raum.

»Was ist los?«, fragte er heiter. Und schon erhob Petra die Stimme: »Annekathrins Fotos. Sie sind großartig.«

»Nein, sind sie nicht. Sie sind herzlos und kalt«, widersprach Karline.

»Darf ich die Bilder sehen?« Der Dozent streckte seine Hand aus. Annekathrin schluckte. »Vielleicht habe ich mich vertan«, sagte sie leise. »Vielleicht habe ich die Wirkung der Bilder falsch eingeschätzt.«

»Nicht der Fotograf beurteilt die Wirkung, sondern die, die sich die Fotos ansehen«, erklärte Prof. Kauffmann. »Und jetzt zeigen Sie sie mir bitte.«

Annekathrin seufzte, wünschte sich an einen anderen Ort. Als sie die Fotos von Oma Margarethe gemacht hatte, da hatte sie sich ihr so nah gefühlt, da hatte sie Zwiesprache mit ihr gehalten. Und jetzt besahen fremde Leute die Fotos. Leute, die Oma Margarethe nicht gekannt hatten. Und Annekathrin fühlte sich, als wäre nicht nur sie selbst nackt, sondern hätte auch Oma Margarethe Spannerblicken ausgesetzt.

Langsam blätterte Prof. Kauffmann die Fotos durch. Hin und wieder nickte er. Die Studenten standen stumm und warteten auf seine Meinung. Nur Annekathrin war so unendlich traurig, als hätte sie Verrat an Oma Margarethe begangen.

Schließlich hob Prof. Kauffmann den Kopf, gab Annekathrin aber die Abzüge nicht zurück. »Frau Herold, Sie haben mit diesen Fotos nicht nur bewiesen, dass Sie eine hervorragende Handwerkerin sind, Sie haben auch Ihr künstlerisches Talent gezeigt. Sie waren sehr mutig, haben etwas gewagt, das nicht viele wagen würden. Ich habe allein durch Ihre Fotos den Eindruck, Ihre Großmutter zu kennen. Und ich kann Ihnen versichern, sie wäre stolz auf Sie.«

Der Stein, der Annekathrin vom Herzen fiel, erschütterte die ganze Hochschule.

Prof. Kauffmann legte kurz den Arm um Annekathrins Schulter. »Nehmen Sie sich heute frei. Gehen Sie spazieren, machen Sie etwas, das Ihnen Freude bereitet. Das, was ich Ihren Mitstudenten heute beibringen werde, das wissen Sie schon.«

Annekathrin hielt den Atem an. Sie hatte Gerüchte gehört, dass Prof. Kauffmann sehr selten jemanden nach Hause schickte. Und dass dies das höchste Lob war. Und trotzdem fühlte sie sich ein wenig ausgeschlossen. Doch sie war auch müde. Sehr müde. Die hinter ihr liegenden Wochen hatten sie über alle Maßen angestrengt. Also dankte sie, nahm ihre

Tasche und wollte gehen. An der Tür fiel ihr etwas ein: »Was ist mit meinen Fotos?«

Prof. Kauffmann erklärte: »Sie haben noch nicht alles aus ihnen herausgeholt. Ich werde den besten Fotolaboranten da ransetzen. Und Sie bekommen drei Abzüge von jedem Bild.«

Annekathrin lief an diesem grauen Montag durch Leipzigs Straßen. Es nieselte, und ihr war kühl, so dass sie die Jacke am Hals mit der Hand zusammenraffte. Sie hatte bereits einen Satz Abzüge in ihrer Tasche. Kurz überlegte sie, ob sie Elena vorzeitig aus der Krippe abholen sollte. Aber dann fuhr sie mit der Straßenbahn nach Schleußig in die Wohnung ihrer Eltern.

Heute war Montag, und Annekathrin hoffte, dass ihre Mutter Haushaltstag hatte und auch Opa Eduard da war. Es war in Ordnung, dass Prof. Kauffmann die Fotos gefielen. Aber gut war es erst, wenn auch ihre Mutter und ihr Großvater in den Bildern das erkannten, was sie in sie hineinzulegen versucht hatte.

Ihre Mutter hatte Lockenwickler in den Haaren und backte gerade einen Pflaumenkuchen. Großvater saß am Küchentisch und las seiner Tochter aus der Zeitung vor, als Annekathrin die Wohnung betrat.

»Was machst du denn hier um diese Zeit?«, fuhr Elli auf. »Ist etwas passiert?«

Annekathrin schüttelte den Kopf. »Prof. Kauffmann hat mich nach Hause geschickt.«

»Warum das denn? Hast du was angestellt?«

Und schon brach Annekathrin wieder in Tränen aus. Sie fiel ihrer Mutter um den Hals und schluchzte, als gäbe es kein

Morgen. Großvater erhob sich, holte ein Glas aus dem Schrank, füllte es mit Wasser und stand einfach nur da, das Glas haltend. Es dauerte, bis Annekathrin sich beruhigt hatte. Stockend berichtete sie, was in der Hochschule passiert war.

»Können … können wir die Fotos sehen?«, fragte Elli zaghaft.

»Ja. Deshalb bin ich hier. Wenn euch die Fotos nicht gefallen oder zu privat vorkommen, werde ich sie nicht zeigen. Ihr bekommt alle Abzüge und Negative. Was ihr damit macht, ist eure Sache.«

Elli und ihr Vater tauschten einen Blick, dann wischte sich Annekathrins Mutter die Hände an ihrer Schürze ab und setzte sich an den Küchentisch.

Behutsam, als wären es rohe Eier, legte Annekathrin die Abzüge vor. Langsam tastend und unsicher nahm sich Elli das erste Foto, während Eduard nach dem zweiten griff. Niemand sagte etwas. Annekathrin hatte die Hände im Schoß verkrampft und schämte sich und war stolz zugleich. Sie war so verwirrt, wusste nicht, ob sie eine Grenze überschritten hatte, über die sie nie hätte treten dürfen.

Dann legte Elli das Foto zur Seite, nahm das nächste. Annekathrin kam es so vor, als starre sie Ewigkeiten auf jedes einzelne Bild. Und dann liefen ihr die ersten Tränen über die Wangen. Sie griff nach Annekathrins Hand und drückte sie, während Eduard immer wieder nach seinem Taschentuch langte und sich die Nase putzte. Endlich hatten sie alle Fotos betrachtet, und Annekathrin blickte auf den Tisch, weil sie es nicht wagte, der Familie in die Augen zu sehen. Schließlich sprach Eduard: »Es sind wundervolle Fotos, meine Große. Sie zeigen, wie sehr du sie geliebt hast. Mir ist ein wenig unbehaglich, wenn ich daran denke, dass fremde Leute diese Bilder betrachten, aber ich bin damit einverstanden.«

»Mir geht es genauso, Opa, ich habe nicht an die anderen gedacht. Und du, Mama, was sagst du?«

Elli drückte noch einmal die Hand ihrer Tochter. »Du hast die schönste Erinnerung an meine Mutter geschaffen, die sich denken lässt. Ich bin dir sehr, sehr dankbar für diese Bilder.«

Da atmete Annekathrin auf, und plötzlich wusste sie auch, was sie mit den geschenkten Stunden anfangen sollte.

Als ihre Tochter gegangen war, umarmte Elli ihren Vater. »Ich danke dir sehr«, sagte sie leise. »Ich weiß genau, wie schwer es für dich war, die Bilder zu sehen.«

»Du hast recht. Es war schwer, aber es war auch schön, wunderschön.«

»Es hat sich vieles verändert, nicht wahr?«

»Da sagst du was«, erwiderte Opa Eduard. »Margarethe wäre stolz auf unsere Annekathrin. Und ich bin es auch.«

Elli schob den Pflaumenkuchen in den Ofen, setzte sich zu ihrem Vater an den Küchentisch, griff nach seiner Hand. »Es ist alles anders als früher. Da gab es solche Fotos nicht. Aber Annekathrin ist wohl eine Künstlerin. Wir hatten noch nie eine Künstlerin in der Familie.«

Opa Eduard lachte leise. »Das denkst du nur, meine Liebe. Ihr beide, Rudi und du, ihr habt die Schneiderei zur Kunst gemacht. Eure Entwürfe waren grandios.«

»Dann sieh, was jetzt aus uns geworden ist. Ich habe ein wenig Angst um meine Älteste. Kunst ist auch immer gefährlich. Kunst hat mehr Macht und Einfluss, als sie denkt.«

»Mach dir keine Sorgen um Annekathrin.« Opa Eduard tätschelte Ellis Hand. »Sie ist sensibel und bescheiden und großzügig. Und sie weiß, was sie tut.«

Kapitel 20
1966

»Ich will nicht mehr, dass du kommst«, sagte Hanka, als Hartmut sein leeres Weinglas zurück auf den Tisch stellte. Er lümmelte im Sessel, einen Knöchel lässig auf dem Knie des anderen Beines, die Arme hinter dem Kopf verschränkt. Er hatte ihr gerade berichtet, dass er mit einer Abordnung des Modeinstitutes in Berlin demnächst nach Paris fahren würde. Auch ein paar Mannequins waren dabei. Noch vor Kurzem wäre auch sie eingeladen gewesen, da war sie sich ganz sicher. Jetzt musste sie froh sein, wenn Hartmut ihr irgendwann die Fotos vom Eiffelturm zeigte.

Ihr Herz klopfte ein paar Takte schneller, und sie wünschte, Hartmut hätte ihr nichts davon erzählt. Er hätte doch ahnen müssen, dass die Parisreise sie kränkte. Hartmut aber hielt es nicht einmal für nötig, seine Sitzhaltung zu ändern. Er wirkte weder überrascht noch bestürzt. »Heißt das, du schmeißt mich raus?«

»Ja. Aber nicht nur das: Ich mache Schluss mit dir.«

Da lachte Hartmut, griff nach der Weinflasche und goss sich das Glas voll. »Du redest Blödsinn. Du brauchst mich, du kannst ja gar nicht ohne mich. Denkst du, du findest so rasch jemanden, der dir im Bett dasselbe gibt wie ich?«

»Es dreht sich nicht immer alles nur um Sex.«

»Doch, meine Liebe. Es geht immer nur um Sex und um Geld. Da du kein Geld hast und ich dir keines gebe, geht es zwischen uns um Sex.«

Hanka wusste, dass er recht hatte, aber um nichts in der Welt hätte sie das zugegeben. Also setzte sie die hochmütigste Miene auf, zu der sie in der Lage war, warf den Kopf zurück und sprach: »Früher hast du mich protegiert. Das musstest du auch, denn die zwanzig Jahre, die du älter bist als ich, müssen ja irgendwie überbrückt werden. Du hast mir Aufträge verschafft, ich konnte gut davon leben, hatte eine Zukunft als Mannequin. Das ist jetzt anders, und nur du weißt, warum das so ist. Wahrscheinlich, weil du ein neues Mädchen gefunden hast und dein Ego mich nicht mehr braucht. Aber du musst dich schon fragen lassen, was ich jetzt noch mit einem Mann will, der so viel älter ist als ich.«

Hartmut lächelte, als würde er sich prächtig amüsieren. »Ich sagte doch schon. Es geht um Sex zwischen uns. Wäre das nicht so, hättest du schon längst mit mir Schluss gemacht.«

Und wieder hatte er recht. »Wie auch immer. Geh, und zwar jetzt. Gib mir den Schlüssel, den ich dir für die Wohnung gegeben habe. Und komm niemals wieder.«

Jetzt zog er die Augenbrauen hoch. »Du willst dich wirklich mit mir anlegen?«, fragte er.

»Nein, ich möchte dich nur nicht mehr in meinem Leben haben.«

»Mit mir macht man nicht Schluss. Das solltest du wissen.« Er betrachtete sie abschätzig. Dann holte er Luft und warf ihr gehässig vor die Füße: »Wer bist du schon? Irgendein Mädchen mit einem halbwegs hübschen Gesicht und großen Brüsten. Obwohl ich schon finde, dass du in letzter Zeit ein bisschen aus dem Leim gegangen bist. Mädchen, die mit zwanzig so aussehen wie du, sind mit vierzig die reinsten Matronen. Und auch sonst ist mit dir nicht viel los. Reden kann man nicht mit dir. Sich zeigen auch nicht mehr. Also bleibt ja nur das Bett. Hast du dich nie gefragt, warum ich nur das von dir will? Nein? Tja, da siehst du, dass du obendrein noch dumm bist.« Er fummelte den Schlüssel vom Ring, während Hanka erschüttert schwieg. »Nicht du machst mit mir Schluss, sondern ich mit dir. Ich bin froh, deinen Untergang nicht mitansehen zu müssen. Du bist ein Nichts. Ein Nichts mit großen Titten.«

Er knallte den Schlüssel auf den Tisch, und gleich darauf knallte die Wohnungstür ins Schloss, und Hanka war allein. Da fiel ihr Blick auf den kleinen Tisch, der neben dem Sofa stand. Eine Mappe lag darauf. Hanka öffnete sie. Darin waren die neuen Entwürfe für die Zeitschrift »Pramo«. Hartmut hatte sie hier vergessen. Und so, wie sie ihn kannte, würde er nicht zurückkommen, um die Mappe abzuholen. Er würde seiner Sekretärin einfach unterschieben, die Unterlagen verschlampt zu haben.

Hartmut hatte sie schwer gekränkt, und doch fühlte sie sich elend, seit er aus ihrem Leben verschwunden war. Irgendwie war alles anders, als sie es sich vorgestellt hatte. Gestern hatte Frau Brücke ihr gesagt, sie wäre vorlaut. Sie hat sie vor der ganzen Seminargruppe zurechtgewiesen. »Ich weiß, Fräulein

Salomon, dass Sie etwas Besonderes sein wollen. Doch dafür müssen Sie auch besondere Leistungen bringen. Bislang hat sich ja immer jemand gefunden, der Ihnen die Steine aus dem Weg geräumt hat.«

Ihre Mitstudenten hatten sie verwirrt angeschaut, aber Hanka hatte gewusst, dass Hartmuts Arme auch bis in die Kunstgewerbeschule reichten. Eigentlich dürfte sie das nicht wundern, aber allmählich bekam sie Angst vor ihm. Was hatte er vor? Warum konnte er sie nicht in Ruhe lassen?

Ihr Blick fiel auf Bernhard, und sie musste an die unselige Verabredung mit ihm denken. Ein tiefer Schrecken durchfuhr sie. Wenn jemand erfuhr, dass ihre Entwürfe in der Untergrundmodeszene kursierten, dann konnte sie sich auf etwas gefasst machen.

Am Nachmittag saß sie am Schreibtisch in ihrer Wohnung und starrte aus dem Fenster in die entlaubte Birke vor dem Haus. Es hatte zu nieseln begonnen, der Himmel hing grau und schwer über den Dächern. Vor ihr lagen ein Block mit Entwurfspapier und die Aufgabe, Haushaltskleidung für Frauen zu entwerfen. Hanka ahnte, dass sie an dieser Aufgabe erneut scheitern würde. Und das nicht nur, weil sie sich weigerte, Kittelschürzen zu entwerfen, sondern auch, weil Frau Brücke sie versagen sehen wollte. Plötzlich erfasste sie Panik. Was geschah, wenn Frau Brücke sie bei den Klausuren und Entwürfen am Ende des Semesters durchfallen lassen würde? Dann stünde sie da ohne irgendetwas. Dann wäre ihr Leben endgültig verpfuscht. Sie zwang sich, diese Gedanken beiseitezuschieben, und machte sich an die Entwürfe. Sollte Frau Brücke sie doch auch deswegen tadeln – sie fand, dass Frauen zu

Hause ebenso geschmackvoll gekleidet sein sollten wie auf der Arbeit. Sie nahm einen Bleistift in die Hand, zeichnete einen weiten Rock mit weichem Bund und einem Gummizug. Bequem war dieser Rock, so dass man in ihm auch gut auf dem Sofa sitzen konnte. Darüber einen Pulli aus Polyester, den man nur in die Waschmaschine stecken brauchte, wenn er schmutzig war. Außerdem entwarf sie aus Nickistoff eine Hose mit Gummizug und dazu den passenden Pullover. Der Stoff würde wahrscheinlich an den Knien und am Hintern etwas ausbeulen, aber dafür konnte Hanka nichts. Das lag an den Stoffen. Zwei Stunden später war sie zufrieden mit ihren Entwürfen und noch immer unzufrieden mit ihrem Leben. Sie musste sich unbedingt aufheitern und beschloss, zu Annckathrin zu fahren.

Armin öffnete auf ihr Klingeln. Er trug Elena auf dem Arm, und die Kleine streckte die Ärmchen nach ihrer Tante aus. Hanka nahm sie zu sich, roch an ihrem Haar, küsste sie auf die prallen Wangen. Und Elena kreischte vor Freude, fasste nach Hankas langen Ohrringen und zog daran.

»Ist Annekathrin da?«, wollte Hanka wissen.

»Nein. Sie ist unterwegs, um zu fotografieren. Und ich bin gerade dabei, die Kleine ins Bett zu bringen. Wieder einmal.« Er wirkte mürrisch.

»Ich kann Elena zu Bett bringen«, bot Hanka an.

»Das wäre prima, da kann ich noch schnell den Unterricht für morgen vorbereiten.«

Eine halbe Stunde später schlief Elena, aber Hanka konnte sich nur schlecht vom Anblick der schlafenden Kleinen verabschieden. Sie betrachtete die braunen Haare, die runden

Wangen, den zarten Mund, die leise bebenden Nasenflügel. Elena hatte die Händchen zu Fäusten geballt und schmatzte leicht im Schlaf. Als sie die Wohnungstür klappen hörte, dachte sie, Annekathrin wäre gekommen, aber es war nur Armin, der seine Sportschuhe vom Lüften hereingeholt hatte. Hanka ging zu ihm ins Wohnzimmer. Sein Schreibtisch stand unter dem Fenster, die Lampe darauf war eingeschaltet, aber es lagen keine Papiere in ihrem Lichtkegel.

»Bist du fertig mit deiner Arbeit?«, fragte sie.

Armin nickte. Hanka dachte daran zu gehen, sie wollte Armin nicht stören. Und überhaupt kannte sie Armin zwar schon einige Jahre, aber so richtig unterhalten hatte sie sich noch nie mit ihm.

»Willst du ein Glas Wein?«, fragte er, und auf einmal verspürte Hanka den Wunsch, ihren Schwager kennenzulernen.

»Gern, wenn ich dich nicht störe.«

»Du störst nicht. Du siehst ja, sie ist wieder nicht hier.«

Oh! Das klang verbittert. »Ist sie oft weg?«

Armin zuckte mit den Schultern. »In letzter Zeit schon.«

»Der Ausscheid. Sie muss dafür sicher viel arbeiten.«

»Am Ausscheid nimmt sie mit den Bildern von Margarethe teil. Ich verstehe das nicht, aber ich bin ja auch kein ›Künstler‹.« Hanka meinte zu sehen, dass er kurz mit den Augen rollte.

»Hältst du sie denn nicht für begabt?«

»Begabt! Das ist auch so ein Wort, nach dem der Wert eines Menschen bemessen wird. Begabt gleich interessant, gleich Sonderwünsche. Sind die, die nicht so offensichtlich begabt sind, die weniger interessanten Menschen? Dürfen die sich weniger herausnehmen? Entschuldigt ein Talent alles?«

»Das klingt verbittert.«

Armin fuhr sich durch das Haar. »Na ja, wer wird nicht eifersüchtig, wenn die Frau Karriere macht und man selbst nicht?«

Hanka bemühte sich um ein aufmunterndes Lächeln. »Du bist Lehrer. Das ist doch was.«

Armin schüttelte den Kopf. »Das ist normal. Es gibt viele Lehrer. Und sie ist etwas Besonderes. Ihr Professor hält sie für ein großes Talent. Nächsten Monat wird sie nach Moskau reisen, an die dortige Kunsthochschule. Sie wird sich mit Studenten aus dem ganzen Ostblock treffen. Und wenn sie dann wieder da ist, ist sie trotzdem nicht richtig hier, sondern schon wieder auf der Suche nach neuen Bildern. Alle bewundern sie, aber niemand fragt, wer ihr den Rücken freihält, wer sich zu Hause um alles kümmert.«

Hanka runzelte die Stirn. »Sie holt doch Elena von der Kinderkrippe ab. Sie kauft ein, sie kocht und wäscht und bügelt.«

»Und ich? Ich spüle das Geschirr, ich trage den Müll runter, ich sauge den Boden.«

Hanka lachte. »Aber so ist es doch gerecht. Jeder macht etwas im Haushalt.«

Armin murrte noch etwas, aber dann lächelte er. »Ich bin ja auch stolz auf sie«, gab er zu. »Aber manchmal fühle ich mich so ausgeschlossen aus ihrer Welt.«

Jetzt klappte die Haustür erneut, und dieses Mal war es tatsächlich Annekathrin, die nach Hause kam. Armin und Hanka hörten, wie sie ihre Jacke an die Garderobe hängte, leise die Tür zu Elenas Zimmer öffnete und dann ins Wohnzimmer kam. Sie begrüßte Hanka mit einer flüchtigen Umarmung und ihren Mann mit einem Kuss. »Wie schön, dass du da bist. Gibt es einen besonderen Grund dafür?«, fragte Annekathrin und nahm sich ein Weinglas aus dem Schrank.

»Ich habe mich von Hartmut getrennt. Endgültig.«

Annekathrin nickte.

»Du weißt davon?«

»Ich war heute in der Redaktion der ›Sibylle‹, sie wollten zwei Fotos von mir. Da habe ich gefragt, wann du wieder in der Zeitschrift zu sehen sein würdest. Und die Redakteurin sah mich mitleidig an. ›Wahrscheinlich gar nicht mehr‹, sagte sie. Als ich nach dem Warum fragte, deutete sie nur auf Hartmut, der im Nebenzimmer bei der Chefredakteurin am Schreibtisch saß und in Fotos blätterte.«

»Ich bin tatsächlich raus«, erkannte Hanka, obschon sie das doch bereits wusste. »Ich kriege in Leipzig keinen Fuß mehr auf den Boden.«

Annekathrin sah sie mitleidig an. »Es gibt noch mehr als nur Mode.«

»Für mich nicht«, brauste Hanka auf. »Was für dich die Fotografik ist, das ist für mich die Mode.«

»Du hast recht. Was willst du jetzt tun?«, wollte ihre Schwester wissen.

Hanka schüttelte den Kopf. »Ich weiß es noch nicht.« Aber in Wirklichkeit formte sich ein Gedanke. Sie trank ihr Glas aus und erhob sich. »Ich lasse mich nicht unterkriegen«, versprach sie. »Meine Karriere ist noch lange nicht zu Ende.«

»Was hast du vor?«, fragte Annekathrin erneut, und in ihrer Stimme klang leise Besorgnis mit.

»Wenn ich in Leipzig nicht das erreichen kann, was ich

könnte, dann gehe ich eben woandershin. Es führt nicht nur ein Weg nach Rom.«

»Pass auf dich auf. Er ist wirklich nicht so ohne, dein Hartmut.«

»Ich weiß, aber ich weiß auch, wo sein Pferdefuß liegt.«

»Du willst dich nicht wirklich mit ihm anlegen, oder?« Annekathrin wirkte noch besorgter. »Er hat viel Einfluss, hat Kontakte in der ganzen Republik.«

»Ich auch«, erwiderte Hanka. »Und zwar bessere, als Hartmut weiß.«

Kapitel 21

1966

»Auf Ihre Entwürfe bin ich besonders gespannt«, erklärte Frau Brücke am nächsten Tag.

»Wieso?«, fragte Hanka unschuldig.

»Nun, weil Sie immer alles anders machen müssen, als verlangt wird.«

»Vielleicht denke ich anders als die anderen«, erwiderte Hanka.

Da runzelte Frau Brücke die Stirn. »Das hoffe ich nicht für Sie. Mit Individualität können Sie vielleicht im Kapitalismus punkten, in unserer sozialistischen Gesellschaft aber zählt allein, was Sie für die Werktätigen in unseren Betrieben tun können. Und dieses Mal galt Ihre Aufgabe besonders dem Alltag unserer berufstätigen Frauen.«

»Das ist mir bewusst«, erklärte Hanka. »Und weil mir die berufstätigen Frauen so wichtig sind, habe ich einen Artikel aus der ›Sibylle‹ mitgebracht, den Gisela Steineckert geschrieben hat. Ich darf ihn doch zur Bereicherung des Unterrichts vortragen?«

Frau Brücke kniff die Augen zusammen, ihr Mund wurde ganz schmal. Sie fixierte Hanka, als könnte sie sie allein mit der Kraft ihrer Blicke zu Staub verwandeln.

»O ja, ein Artikel von Gisela Steineckert«, begeisterte sich Bernhard. »Sie ist eine wichtige Stimme in unserem Land.«

Jeder DDR-Bürger kannte Gisela Steineckert. Die Schriftstellerin und Essayistin war ein Vorbild für alle jungen Frauen, eine Ikone, an der selbst die Männer nicht vorbeikamen.

Niemand, nicht einmal Frau Brücke, wagte es, dem Parteisekretär zu widersprechen.

»Bitte, wenn es denn unbedingt nötig ist«, sprach Frau Brücke säuerlich.

Hanka räusperte sich: »Hohe Ansprüche werden an die berufstätige Frau gestellt, und es ist mitunter schwer für sie, auch hohe Ansprüche an sich selbst zu stellen, um gepflegt und gut angezogen zu sein. Sie sollte deshalb alle Möglichkeiten kennen, die ihr die Mode bietet, liebenswert und schön auszusehen. Ihre Garderobe darf nicht viel Zeit beanspruchen, weder beim Zusammenstellen noch bei der Pflege. Sie muss also vor allen Dingen praktisch sein: durchdacht im Schnitt und variabel in der Farbe. Nach wie vor wünschen wir uns für die Berufstätige eine einfache und zeitgemäße Kleidung mit Details, die sparsam und sachlich begründet sind und Spielraum für den persönlichen Stil lassen.« An dieser Stelle hörte Hanka auf zu lesen und blickte zu Frau Brücke, die sie noch immer mit zusammengekniffenen Augen betrachtete. »Persönlicher Stil«, wiederholte Hanka und las dann weiter: »Denn immer wieder kommt es darauf an, wie man seine Kleider trägt. Viele Elemente der modernen Damenoberbekleidung haben maskulinen Ursprung. Sei es das strenge sportliche Kostüm, der Pullover, der Trenchcoat, der übrigens der Regenmantel der englischen Soldaten war und 1928 in die Sportmode aufgenommen und seitdem immer modern geblieben ist. Auch der Lumberjack und die Hose und vor allem die derben, mitunter sogar rustikalen Stoffe sind der Herrenmode entlehnt. Trotz und gerade deshalb sollte die moderne Frau das ganz und gar Feminine nicht verlieren. Eine feine Borte oder Spitze, eine Schleife, ein weiches Lederband, ein raffiniert strukturierter Netzstrumpf zu einfach geschnittenen Schuhen und schmalem Wollrock, weich fallende Haare, eine Kappe aus edlem Material, ein schönes Armband oder zarte, seidig glänzende Pullover sind reizvolle Kontrapunkte zum klaren, sachlichen Stil.«

Hanka ließ das Heft sinken und ihren Blick über ihre Mitstudenten schweifen. Ein paar nickten, einer malte irgendetwas auf seinen Block, eine andere sah aus dem Fenster. »Ich bin fertig«, erklärte sie.

»Dann darf ich jetzt mit dem Unterricht weitermachen, Fräulein Salomon?« Frau Brückes Stimme klang so giftig, dass Hanka wusste, es würde ein Nachspiel geben.

In der Pause ging sie zu Bernhard, der allein unter dem Kastanienbaum stand und aus einer Milchtüte trank. »Ich habe es mir überlegt. Ich möchte deine Freunde aus der alternativen Modeszene doch kennenlernen.«

Bernhard blickte sich um, ob jemand mithörte. »Bist du sicher?«

»Ja.«

»Du weißt aber schon, dass man dich auf dem Kieker hat.«

»Wer hat mich auf dem Kieker?«

»Na, die Brücke. Und wen die Brücke auf dem Kieker hat, der sollte gewarnt sein. Das ist eine hundertfünfzigprozentige

Parteigenossin. Ich glaube nicht, dass alles, was im Seminarraum gesprochen wird, auch im Seminarraum bleibt.«

»Das ist mir gleichgültig«, warf Hanka ein. »Ich stehe auch bei anderen Leuten auf dem Kieker. Aber ich will Mode machen. Und wenn es nicht auf die eine Art geht, dann muss es auf die andere Art klappen.«

Nach der Pause stellte jeder seine Entwürfe vor. Frau Brücke hatte sich wieder ein wenig beruhigt, aber als endlich Hanka als Letzte, kurz vor der nächsten Pause, drankam, da sah Frau Brücke auf ihre Uhr. »Leider haben wir nun keine Zeit mehr. Na ja, ich denke, die Entwürfe der anderen Studenten haben für genügend Anregung und Inspiration gesorgt.«

»Ich möchte für meinen Entwurf ebenso viel Aufmerksamkeit wie für die der anderen Studenten.« Hanka brachte ihre Forderung freundlich vor und wusste doch, dass sie es auf Frau Brückes schwarzer Liste zu einem weiteren Eintrag gebracht hatte.

»Unser Lehrplan ist anspruchsvoll. Wir können nicht ewig auf der Stelle treten. Sie waren es ja, die unbedingt diesen Artikel vorlesen wollten. In der nächsten Stunde geht es um Stoffkunde.«

»Ich möchte meinen Entwurf zeigen und bewerten lassen«, wiederholte Hanka.

»Nun, dann geht das nur in der Pause. Ich frage mal Ihre Mitstudenten: Herrschaften, wer möchte auf die Pause verzichten, um Hanka Salomons Egoismus zu füttern?«

Die Klasse antwortete nicht, aber einige standen auf, packten ihre Unterlagen in die Taschen. Thermoskannen wurden aufgeschraubt, Stullenbüchsen ausgepackt.

»Nun, Fräulein Salomon, Sie sehen selbst, dass Ihre Entwürfe nicht zu denen gehören, die andere inspirieren. Denken Sie über das, was Sie heute erlebt haben, einmal gründlich nach. Das ist Ihre Hausaufgabe. Schreiben Sie einen kleinen Aufsatz zum Thema ›Das Ich in der sozialistischen Gesellschaft‹.«

Hanka wollte widersprechen, wollte sagen, dass Frau Brücke nicht Staatsbürgerkunde unterrichtete, dass die Hausaufgabe fachfremd war, aber das wagte sie doch nicht. Sie seufzte ein wenig und nickte.

»So gefallen Sie mir schon viel besser«, sprach Frau Brücke und verschwand.

Am Samstag kam Bernhard gegen 18 Uhr zu ihr in die Krönerstraße. »Jetzt müssen wir Klartext reden«, verlangte er. »Warum willst du plötzlich in die Szene? Und was versprichst du dir davon?«

Hanka hatte lange nachgedacht und gegrübelt, aber jetzt legte sie Hartmuts Mappe auf den Tisch. »Hier sind ein paar Entwürfe«, sagte sie. »Schau sie dir an.«

Bernhard zog fragend die Augenbrauen hoch, aber als Hanka schwieg, öffnete er den Ordner und holte die Blätter heraus. »Gute Zeichnungen. Sind die von dir?«

Hanka schwieg weiter. Bernhard blätterte durch die Seiten. »Bisschen spießig, oder?«

Hanka zuckte mit den Schultern. »Kann sein.«

»Die sind nicht von dir.« Bernhard sah sie prüfend an.

»Stimmt.«

»Woher sind sie?«, bohrte er weiter.

Ein letztes Mal zögerte Hanka für einen kurzen Augenblick, dann sagte sie: »Es sind die Entwürfe für die nächste Ausgabe der ›Pramo‹.«

»Und was sollen wir damit?«

»Ich dachte, wenn ihr die Klamotten schon vor der ›Pramo‹ vorstellt, würde das gehörig Staub aufwirbeln.«

»Wir wollen keinen Staub aufwirbeln.«

»Doch, genau das wollt ihr. Ihr wollt denen da oben zeigen, wie gut ihr seid. Und wie gut ist es denn, die Entwürfe der ›Pramo‹ zu klauen?«

»Da ist was dran. Aber welches Ziel verfolgst du damit? Wenn das rauskommt, bist du erledigt.«

»Ich glaube, das bin ich jetzt schon. Oder denkst du, ich kann das Ruder bei Frau Brücke noch herumreißen?«

»Nein, das wirst du nicht schaffen«, sagte Bernhard ehrlich. »Nicht einmal, wenn du in die Partei eintrittst. Du hast deinen Ruf als Querulantin weg. Aber das erklärt alles nicht, warum du mir die Entwürfe gibst.«

»Das musst du auch nicht verstehen. Das ist meine Privatsache«, beharrte sie.

»Das ist mir ein bisschen zu heiß, Hanka. Auch für mich steht einiges auf dem Spiel.«

»Wieso? Deine Tarnung als Parteivorsitzender unserer Studiengruppe schützt dich doch perfekt.«

Bernhard legte die Entwürfe zurück auf den Tisch. »Ich glaube, meine Liebe, wir müssen hier mal was ganz Grundsätzliches klären. Ich glaube an den Sozialismus. Ich bin fest davon überzeugt, dass er die beste Gesellschaftsordnung ist, die humanste, die gerechteste. Ich bin Sozialist mit Leib und Seele. Deshalb bin ich in der Partei.«

»Wie passt das dann mit der alternativen Modeszene zusammen?«

»Es hat noch nie eine Gesellschaftsordnung wie die unsere gegeben. Und es ist noch schwerer für uns als für die Polen oder Tschechen oder Ungarn, den Sozialismus aufzubauen, weil wir die Westdeutschen unmittelbar vor Augen haben. Wir stehen im ständigen Wettbewerb mit der BRD.«

»Überholen, ohne einzuholen‹, wie Ulbricht sagte«, warf Hanka ein.

»Genau. Ich sehe die vielen Talente hier, und es ärgert mich, dass sie ungenutzt bleiben. Meine Überzeugung ist, dass wir jedes Talent brauchen.«

Hanka lächelte. »Ich glaube dir nicht. Kein einziges Wort glaube ich dir. Entweder bist du bei der Stasi und willst die alternative Modeszene aushorchen, oder du hast mich angelogen.«

»Stasi oder Staatsfeind? Mehr fällt dir nicht ein? So einfach ist das nicht, Hanka.« Bernhard schüttelte den Kopf.

»Dann erkläre es mir.«

»Mein Vater ist ein Genosse der ersten Stunde. Er verlangt natürlich von seinem Sohn unbedingte Treue zur sozialistischen Sache. Über Widersprüche ist mit ihm nicht zu reden.«

»Ah, jetzt verstehe ich. Du bist bei den Alternativen, um dich von deinem Vater zu lösen.«

Bernhard schob die Unterlippe vor. »Vielleicht. Aber glaube mir, dass ich mit der Staatssicherheit nichts zu tun habe.«

Hanka zuckte mit den Achseln. »Und wenn, wäre es mir auch egal. Willst du die Entwürfe jetzt haben oder nicht?«

»Ich nehme sie mit. Es wäre gut, wenn du zu unserem heutigen Treffen kämst.«

Hanka erhob sich. »Das hatte ich ohnehin vor.«

Sie trafen sich in einer Dachgeschosswohnung in der Judith-Auer-Straße in Stötteritz. Die Wohnung war klein, die Toilette eine halbe Treppe tiefer. Aber es roch gut, nach Tabak und Curry, auch wenn es in den Zimmern ein wenig kalt war. Eine ungewöhnlich schöne junge Frau mit langen Haaren trat auf Hanka zu und reichte ihr die Hand: »Ich bin Barbara. Mir gehört die Wohnung.«

»Hanka. Bist du Schneiderin?« Auf den ersten Blick hatte Hanka das perfekte Handwerk von Barbaras Jacke erkannt. Sie war aus einer alten Pferdedecke geschneidert. Grober Stoff, braun und grau kariert. Aber der Schnitt hätte aus Paris sein können.

»Nein, nicht wirklich. Ich arbeite als Sachbearbeiterin in einem Betrieb. Schneiderin wäre ich gern geworden, aber es hat nicht geklappt. Ich nähe in meiner Freizeit.«

»Darf ich?« Hanka befühlte den Stoff, bestaunte die lange Rückenfalte mit dem geknöpften Riegel, die kleinen Schulterpolster, die dafür sorgten, dass die Jacke gerade am Körper hing, die stoffbezogenen Knöpfe, den Kragen. »Es ist schwer, so eine Jacke zu nähen«, sagte sie anerkennend.

»Ach, so schwer, wie es aussieht, ist es gar nicht. Willst du das Futter sehen?«

Hanka nickte. Sie wusste, dass es in den Kaufhäusern und

Stoffgeschäften kein gescheites Innenfutter zu kaufen gab, und war gespannt darauf, wie Barbara sich beholfen hatte.

Barbara öffnete ihre Jacke, und Hanka sah zu ihrer großen Verblüffung, dass Scheuerlappen als Futter verwendet worden waren. »Sie sind saugfähig«, erklärte Barbara. »Das ist angenehm, wenn man schwitzt.« Aber Hanka entdeckte noch etwas: Barbara trug eine Pluderhose und dazu passend ein enges Oberteil. »Hast du das auch entworfen?«

Barbara nickte. »Ich habe mal ein Buch gesehen, in dem es um das Osmanische Reich ging. Dort trugen die Männer alle Pluderhosen. Und die Araber, die tragen sogar knöchellange Kleider.«

Hanka hatte zur Messe einmal zwei Araber gesehen mit langen weißen Kleidern und einem Tuch auf dem Kopf, das durch eine Art geflochtenen Ring gehalten wurde. Die Leute waren stehen geblieben und hatten ihnen mit offenen Mündern nachgeschaut. Aber sie selbst wäre nie auf den Gedanken gekommen, sich bei der traditionellen Kleidung anderer Völker Anregungen zu holen. Auf der Stelle fielen ihr die zahlreichen Sowjetrepubliken ein. Wie wohl die Menschen in Samarkand gekleidet waren? Dort gab es traumhafte Stoffe für traumhafte Kleidung. Sie musste sich wohl doch mit der Mode in der Sowjetunion befassen.

Hanka nickte anerkennend. »Das ist eine Mode, wie ich sie mir wünsche«, sagte sie. »Neu und anders und aufregend.«

»Und dabei praktisch. Mein Scheuerlappenfutter ist mit Druckknöpfen angebracht. Wenn es wärmer wird, mache ich es einfach heraus und habe eine perfekte Übergangsjacke. Hundertprozent knitterfrei.«

Hanka war wirklich beeindruckt. »Was hast du noch so alles gemacht?«

»Och, ich nähe einfach immer das, was mir einfällt. Du kannst mich ja mal allein besuchen kommen, dann zeige ich dir etwas.«

Hanka nickte. Am liebsten hätte sie sofort einen Termin mit Barbara ausgemacht, aber das wäre vielleicht ein wenig aufdringlich gewesen. Stattdessen blickte sie sich um. Ein junger Mann trug eine Jeans, die erkennbar aus dem Westen stammte, und darüber einen übergroßen Pullover aus Baumwolle, der ihm bis zu den Knien reichte. Eine andere junge Frau hatte sich aus einer Arbeitskombi, wie Monteure sie trugen, einen zweiteiligen Hosenanzug genäht, und ein anderer hatte eine bestickte Schaffellweste übergeworfen und dazu eine mit bunten Blumen bedruckte Hose angezogen, die aus dem Stoff einer Kittelschürze genäht war.

»Und du? Was machst du?«, wollte Barbara wissen und schüttelte ihr wunderschönes langes Haar.

»Ich bin an der Kunstgewerbeschule.«

»Oh, da wäre ich auch sehr gern hingegangen, aber sie haben mich nicht genommen. Und Schneiderin durfte ich auch nicht werden.«

»Warum nicht?«

Barbara zuckte mit den Achseln. »Meine Entwürfe haben ihnen nicht gefallen. Das ist die offizielle Version. Aber ich denke, es liegt daran, dass meine Schwester 1960 in den Westen abgehauen ist.«

»Willst ... hast du auch ...«

»Du meinst, ob ich einen Ausreiseantrag gestellt habe? Nein.

Ich habe eine kleine Tochter und bin froh, sie in den Kindergarten geben zu können. So eine gute Betreuung wie wir haben die im Westen nicht. Da bleiben die Mütter zu Hause und sind verheiratet.«

»Du nicht?«

»Nein. Ich bin mit Kathrin allein.«

Jetzt bat ein junger, sehr schlanker Mann, der ganz in Schwarz gekleidet war, um das Wort. »Freunde, wir wollen heute die nächste Modenschau vorbereiten. Alle, die selbst entworfene Kleidung dabeihaben, sollten zu mir kommen.«

»Warte!« Bernhard stand auf. »Mir ist heute das Layout für die nächste Ausgabe der ›Pramo‹ zugespielt worden. Was haltet ihr davon, wenn wir diese Entwürfe vorstellen?«

Großes Gelächter folgte. Jemand klopfte Bernhard auf die Schulter. »Hast du den Chefredakteur überfallen?«, rief ein junger Mann, und wieder erbebte Gelächter.

Der schmale, schwarz Gekleidete überlegte. »Das wäre natürlich eine große Sache. Und vielleicht sogar hilfreich für die, die Ausreiseanträge laufen haben. Es ist schon vorgekommen, dass die Ausreise von jetzt auf gleich genehmigt wurde. Leute, die den Staat ans Bein pissen, will man loswerden.«

»Das könnte aber auch nach hinten losgehen. Ich habe genug Zeit bei Verhören der Stasi verbracht. Sehnsucht habe ich nicht danach«, gab eine andere junge Frau zu bedenken.

»Jetzt weiß ich es!«, rief der schwarz Gekleidete. »Wir machen beides. Unsere Modelle und die der ›Pramo‹. Wir stellen sie einander gegenüber. Die Zuschauer sollen entscheiden. Übrigens haben wir die Zusage vom Gartenverein ›Einigkeit‹. Wir dürfen das Vereinslokal nutzen.«

»Wir haben nur noch vier Wochen und dazwischen die Weihnachtsfeiertage«, warf ein Mädchen ein, das einen schwarz-grün gewürfelten Minirock trug und dazu eine grüne Kappe. »Werden wir das schaffen?«

»Ich denke schon. Jeder, der einen ›Pramo‹-Entwurf zu seiner eigenen Kollektion nähen kann, kommt zu mir. Es reicht ja schon, wenn wir zehn Modelle anfertigen.«

Die anderen blickten sich an und nickten.

Kapitel 22
1966

»Und der Gewinner des Ausscheides der sozialistischen Kunsthochschulen im Bereich Fotografik ist …«

Annekathrin hielt die Luft an. Sie stand mit hundert anderen Studenten in der Aula der Moskauer Kunsthochschule. Gerade eben war der Preis für das beste Bild gekürt worden, davor für die beste Buchillustration. Sie hatte gehört, dass vor drei Monaten hier ebenfalls die Preise für die besten Textilgestalter und Produktdesigner vergeben worden waren, und sie hatte sich vorgenommen, Hanka zu fragen, was sie darüber wusste.

Sie war so stolz, hier zu sein. Mit den Fotos ihrer toten Großmutter. Sie wünschte, Oma Margarethe wäre dabei, und wenn sie ehrlich war, so hatte sie schon das Gefühl, ihre Oma wäre ihr in diesen Minuten ganz nahe.

»Der erste Preis geht an Julika Kovacs aus Ungarn!«

Annekathrin stieß die Luft aus. Sie kannte Julikas Fotos. Landschaftsaufnahmen aus der Puszta, die sie monochrom eingefärbt hatte. Endlose Steppenlandschaften mit einsamen Ziehbrunnen, blau eingefärbt, so dass sie wie Mond- oder Märchenlandschaften wirkten. Die Fotos hatten ihr gefallen, und sie hatte darüber nachgedacht, es auch einmal mit Monochromien zu versuchen. Die meisten der eingereichten Arbeiten waren schwarz-weiß. Nur die wenigsten hatten es mit Farbfotos versucht, da es in allen sozialistischen Ländern daran mangelte.

»Der zweite Preis im Bereich Fotografik wird verliehen an …« Atemlose Stille in der Aula. »Andrej Kuznezow aus Kiew.« Wieder brandete Beifall auf, und Annekathrin versuchte sich zu erinnern, welche Fotos sie von ihm gesehen hatte. Dann fiel es ihr ein. Er hatte Fotos aus einem Operationssaal vorgestellt. Ärzte und Schwestern mit Masken, die Anspannung lediglich an ihren Bewegungen erkennbar. Instrumente, die im Licht der OP-Lampen aufblitzten, Blut, nach der Entwicklung der Bilder rot eingefärbt. Sehr beeindruckend, aber Annekathrin, die kein Blut sehen konnte, war nicht wirklich angetan. Allerdings fand sie die Idee gut, und auch an der Umsetzung war nichts auszusetzen.

Kuznezow trat auf die Bühne, nahm einen kleinen silbernen Pokal entgegen, eine Urkunde und einen Strauß Blumen. Anschließend bedankte er sich – genau wie Julika Kovacs – bei seinen Professoren. Er tat dies in einem fließenden Russisch, dem Annekathrin angestrengt folgte.

Als es um den dritten Preis ging, drehte Annekathrin sich um und wollte den Saal verlassen, weil sie auf die Toilette musste. Ohnehin wäre die Veranstaltung gleich vorüber, danach würden sie alle nach nebenan wechseln, wo im Foyer der Kunstakademie ein Büfett aufgebaut sein würde. Annekathrin überlegte, ob sie daran teilnehmen sollte. Viel lieber wäre sie noch ins Kaufhaus GUM gegangen, um ein Geschenk für Elena und Armin zu kaufen. Für Armin hatte sie an eine Flasche russischen Wodka gedacht, und für Elena wollte sie eine Matrjoschka kaufen, ein Holzpüppchen, in dem weitere Holzpüppchen steckten. Schapkas, die traditionellen Fellmützen der Russen, hatte sie bereits für ihre Eltern und Hanka besorgt. Außerdem wollte sie nach Wolle Ausschau halten. Hanka hatte sie darum gebeten. Auch eine derbe Jacke, wie sie die russischen Bauarbeiter trugen, hatte ihre Schwester sich gewünscht.

»Und der dritte Preis geht an …«

Sie würde ihrem Professor Bescheid geben, damit er wusste, wo sie war, und einfach später zu der Feierstunde kommen. Annekathrin stellte sich auf die Zehenspitzen, um Prof. Kauffmann in der Menge zu suchen.

»Annekathrin Herold aus der Deutschen Demokratischen Republik.«

Ihr stockte der Atem. War da eben ihr Name genannt worden? Schon machten ihr die Umstehenden Platz, damit sie auf die Bühne gehen konnte.

Wie im Traum setzte Annekathrin einen Fuß vor den anderen, erklomm die Stufen und stand plötzlich neben dem Direktor der Kunsthochschule Moskau vor Hunderten Zuschauern, die ausnahmslos zu ihr blickten. Ihr Herz trommelte im raschen Takt gegen ihre Rippenbögen, und der Kragen ihres Kleides engte sie plötzlich ein.

Der Direktor ergriff ihre Hand und schüttelte sie kräftig, dann küsste er sie nach russischer Sitte herzhaft auf beide Wangen. Annekathrin ließ die Bruderküsse über sich ergehen, nahm wie in Trance den Pokal entgegen, dann die Urkunde und den Blumenstrauß. Das Blut rauschte in ihren Ohren. Dann fand sie sich hinter dem Mikrophon wieder: »Ich danke Ihnen allen«, sagte sie.

»Lauter!«, rief es von unten.

Sie räusperte sich. Sie versuchte sich an die russischen Vokabeln aus dem Unterricht zu erinnern, aber stattdessen fielen ihr englische Worte ein. »Ich danke Ihnen allen und besonders meinem Lehrer, Herrn Professor Kauffmann«, rief sie auf Deutsch. Sie schluckte. Die anderen Preisträger hatten viel länger geredet. Bei wem hatten die sich noch bedankt? Oh, wenn sie doch nur zugehört hätte! Der Direktor der Kunsthochschule Moskau sah sie auffordernd an. »Und dann danke ich noch …« Herrgott, wem denn in aller Welt? Plötzlich wusste sie es. »Und dann danke ich noch dem Staat, der es mir ermöglicht hat, Fotografik zu studieren. Und der Partei danke ich auch.« Sie warf einen Blick zu Prof. Kauffmann, der ihr zunickte. »Ich bin froh und stolz, hier zu stehen und mit meiner Arbeit meinem Land zu dienen.«

Jetzt grinste Professor Kauffmann ein wenig, und Annekathrin hatte den Verdacht, mit dem letzten Satz ein bisschen übertrieben zu haben. Sie klammerte sich an ihrem Blumenstrauß fest, sagte auf Russisch noch ein letztes Mal »Bolschoje spasibo«, dann kletterte sie von der Bühne. Prof. Kauffmann umarmte sie und flüsterte in ihr Ohr: »Sie können stolz auf sich sein. Den Preis haben Sie mehr als verdient.«

Da schluckte Annekathrin und dachte an ihre Oma Margarethe. Ihr hätte sie in der kleinen Rede danken sollen. Nicht dem Staat und Gott weiß wem, sondern ihr. In Gedanken bat sie sie um Verzeihung und nahm sich vor, die russischen roten Nelken auf ihr Grab zu legen. Wahrscheinlich würden sie morgen unter der Reise mit dem Flugzeug leiden, aber das war gleichgültig. Oma Margarethe sollte an ihrem Preis beteiligt werden.

Prof. Kauffmann nickte ihr zu und sagte: »Wir sehen uns gleich beim Empfang.«

Aber Annekathrin fragte: »Ich möchte noch kurz ins GUM, um Einkäufe zu erledigen. Darf ich?«

Da grinste Prof. Kauffmann und schüttelte lachend den Kopf. »Meine liebe Frau Herold, Ihrem Pragmatismus sei Ehre und Ruhm. Während sich die anderen feiern lassen, denken Sie an Ihre Familie. Ja, gehen Sie nur. Und bringen Sie mir bitte ein paar von den leckeren russischen Bonbons mit.«

Armin und Elena holten sie am Flughafen in Leipzig-Schkeuditz ab. Annekathrin umarmte ihren Mann, küsste Elena. »Ich bin so froh, wieder bei euch zu sein«, sagte sie und küsste sowohl Armin als auch Elena erneut.

»Das ist also Ihre Familie, Frau Herold«, hörte sie Prof. Kauffmann plötzlich neben sich.

»Ja«, erklärte Annekathrin stolz. »Das ist mein Mann Armin, und das ist Elena.«

Prof. Kauffmann strich Elena sanft über den Kopf und reichte Armin die Hand. »Ihre Frau ist eine ganz besondere Künstlerin«, sagte Kauffmann. »Sie ist mutig, und ich denke, sie hat in diesem Land eine große Zukunft.«

Armin lächelte geschmeichelt. »Ich weiß, dass Annekathrin etwas ganz Besonderes ist«, erwiderte er. Dann verabschiedete sich der Professor, und Armin nahm Annekathrin ihren Koffer ab. Sie gingen gemeinsam zur Bushaltestelle und waren eine Stunde später zu Hause.

»Erzähl mal, wie war es?«, wollte Armin wissen.

»Ich habe den dritten Platz gemacht. Ich kann es immer noch nicht ganz glauben.«

»Herzlichen Glückwunsch. Und wie war es sonst so?« Annekathrin erzählte von der Stadtrundfahrt durch Moskau, vom Besuch des Mausoleums, in dem die Leiche von Lenin zu besichtigen war, und vom Empfang nach der Preisverleihung. Dann holte sie ihre Geschenke hervor.

»Wie ist es so, berühmt zu sein?«, wollte Armin wissen, nachdem er sich bedankt hatte.

»Ich bin doch nicht berühmt.« Annekathrin streckte abwehrend die Hände aus. »Es ist doch nur ein dritter Preis.«

Dann brachten sie gemeinsam Elena zu Bett und saßen danach nebeneinander auf dem Sofa. Annekathrin kuschelte sich an Armin, während im Fernsehen die Wiederholung eines Kriminalfilms lief. Sie sog seinen vertrauten Geruch ein und genoss es, ihrem Mann so nahe zu sein.

Ihr Verhältnis hatte sich gebessert, seit sie in der neuen Wohnung lebten. Armin wirkte weniger angespannt und lachte häufiger. Es machte ihm Spaß, Lehrer zu sein. Beinahe jeden Tag berichtete er aus dem Unterricht. Annekathrin kannte sogar schon die Namen seiner Schüler.

»Ich werde mich jetzt ein bisschen auf meinen Lorbeeren ausruhen«, sagte Annekathrin mitten im Film. »Ich will mich mehr um euch kümmern. Ihr habt mir nämlich gefehlt. Alle beide.«

»Unsere Mädchen gefallen mir gar nicht«, erklärte Elli ein paar Kilometer entfernt ihrem Mann Rudi. Sie saß in ihrem Fernsehsessel, Rudi lag auf der Couch, und Eduard war bei einem ehemaligen Kollegen zu Besuch. Auch bei ihnen lief der Kriminalfilm.

»Was hast du an unseren Töchtern auszusetzen? Ich finde sie ganz gut gelungen.«

»Ja, das sind sie ja auch. Aber Hanka macht mir Sorgen. Sie hat sich so verändert. Manchmal kommt sie mir so verbittert vor.«

»Sie wird Liebeskummer haben. Mit diesem Heini von der Modezeitschrift ist ja wohl Schluss.«

»Ja, das ist es. Aber sie wirkt traurig. Früher steckte sie voller Ideen und Pläne. Was hat sie genäht! Sie hat alle ihre Freundinnen eingekleidet. Und jetzt, da sie für ihr Studium nähen soll, tut sie es nicht.«

»Woher weißt du das?«, erkundigte sich Rudi.

»Ich war bei ihr. Auf dem Schreibtisch kein Entwurfspapier, die Nähmaschine abgedeckt. Dafür ein Buch über die einzelnen Völker der Sowjetunion aus der Bücherei auf dem Tisch.«

»Vielleicht braucht sie das für ihre Schule?«

»Sie sagte einen Satz, der mich misstrauisch machte, nämlich: ›Wer weiß, wie lange ich noch hier sein werde.‹ Der hat mich zutiefst erschreckt.«

Rudi richtete sich auf und schaltete den Fernseher aus. Nachdenklich sah er seine Frau an. »Was soll das bedeuten?«

»Ich habe keine Ahnung, Rudi. Es klang so endgültig, weißt du.«

Er schluckte. »Du meinst Selbstmord?«

»*Rudi!* Sprich nicht so. Mir läuft es eiskalt den Rücken hinab, wenn du so redest.«

»Aber das hast du doch auch gedacht.«

»Ich mache mir eben Sorgen.«

»Soll ich mal mit ihr reden? Hanka war schon immer ein Vaterkind, während Annekathrin ein Mutterkind ist.«

Elli sah ihn traurig an. »Ja, vielleicht. Das wäre gut.«

»Und Annekathrin? Sorgst du dich auch um sie?«

Elli schüttelte den Kopf. »Das ist anders. Sie arbeitet so viel. Sie will alles richtig machen. Eine perfekte Mutter, eine perfekte Ehefrau, eine perfekte Studentin sein. Ich habe Angst, dass es ihr eines Tages zu viel wird.«

»Armin unterstützt sie doch aber«, warf Rudi ein.

»Ja, das tut er. Aber er könnte noch mehr tun. Immerhin hat er Zeit für sein Hobby, und ich befürchte, Annekathrin kommt nicht einmal dazu, sich auszuruhen.«

»Die meisten Männer spielen gern Fußball. Armin ist jung. Er soll sich amüsieren.«

»Dagegen habe ich gar nichts. Ich möchte einfach nur, dass sich auch Annekathrin ausleben kann.«

»Was können wir tun? Hast du eine Idee?«

Elli zögerte, aber dann sprach sie doch: »Am liebsten würde ich ihr den Haushalt abnehmen. Die Bügelei, das Einkaufen und Kochen. Aber ich fürchte, damit wird sie nicht einverstanden sein.«

»Da hast du sicher recht.«

»Eine Putzfrau würde helfen. Wir könnten sie bezahlen, aber Putzfrauen sind nicht so einfach zu bekommen. Niemand soll einem anderen den Dreck wegräumen, heißt es ja im Sozialismus. Und fast alle Frauen gehen arbeiten. Also fällt diese Möglichkeit auch weg.«

Auf einmal hatte Hanka wieder Spaß am Nähen. Sie hatte sich bereit erklärt, ein Teil der »Pramo«-Kollektion nachzuschneidern, und dann hatte sie noch einen eigenen Entwurf, der Frau Brücke bestimmt wieder zu unpolitisch oder zu politisch für die falsche Seite erschien. Sie hatte das Buch über die Völker der Sowjetunion genau studiert. Von Oma Margarethe hatte sie zehn Meter Brokatstoff geerbt. Niemand wusste weder, woher sie ihn hatte noch, was sie damit vorhatte. Nun nähte Hanka aus dem schweren, braun und gelb gemusterten, orientalisch anmutenden Stoff eine Uniform. Sie sah den Anzug schon vor sich. Das Schönste daran war aber, dass er sowohl von Frauen als auch von Männern getragen werden konnte. Für die weibliche Variante würde sie noch einen Turban nähen, für die männliche einen Filzhut im Stile der türkischen Fez.

Sobald Hanka an der Nähmaschine saß, vergaß sie ihre Ängste, ihre Verzweiflung. Sie dachte nicht an Hartmut und nicht an Frau Brücke, sondern nur daran, wie der Stoff wohl fallen würde und ob man am Rücken noch eine Falte einsetzen sollte. Sie gab sich so große Mühe wie lange nicht mehr. Sie nähte mit Nadeln im Mund und mit heißem Herzen. Am Abend war sie fertig, stellte sich vor den Spiegel. Der Anzug saß perfekt. Sie wickelte sich den Turban um den Kopf. Der

Brokatstoff schmeichelte ihrem Hautton, und sie kam sich nach langer Zeit wieder einmal schön vor. »So will ich leben«, sagte sie zu ihrem Spiegelbild. »So und nicht anders.«

Die Woche über nähte sie nachmittags und abends an ihrem »Pramo«-Modell, einer einfachen bügelfreien Hose ohne Schick, aber sie war praktisch, zu allem passend und pflegeleicht. Und dann, wenn ringsumher die Fernsehapparate eingeschaltet wurden, schneiderte sie Kleidung für ihre Familie. Weihnachten stand vor der Tür, und sie hatte für Annekathrin eine Jacke mit ganz vielen Taschen entworfen, die sie gut zum Fotografieren tragen konnte. Elli würde das Freizeitensemble bekommen, das sie in der Kunstgewerbeschule vorgestellt hatte, für Rudi war eine Jacke geplant, die mit einer Regenjacke kombinierbar war. Armin bekam eine Tasche für die Schulsachen und Opa Eduard eine warm gefütterte Decke, in die man auch die Arme hineinstecken konnte.

Danach stand die Modenschau auf dem Programm. Und obschon Hanka Angst hatte, war sie doch auch froh, endlich einmal zeigen zu dürfen, was sie konnte.

Kapitel 23
1967

Die Modenschau sollte um 18 Uhr beginnen. Bernhard hatte davon abgeraten, zu früh da zu sein, denn sie rechneten damit, dass die Veranstaltung abgebrochen wurde, obschon der Vorstand des Gartenvereins sie genehmigt hatte.

Also betrat Hanka mit einem Koffer, in der ihre Modelle verpackt waren, erst zehn Minuten vor Beginn das Vereinslokal – und staunte mit weit aufgerissenen Augen. Der Saal war proppenvoll. Da saßen nicht nur die Leute aus dem Gartenverein, die Männer vor sich ein Herrengedeck, bestehend aus einem Bier und einem Korn, die Frauen mit Perlwein im Glas, sondern auch einige Studenten der Kunstgewerbeschule und andere junge Leute in ungewöhnlicher Kleidung.

»Da bist du ja.« Bernhard schien aufzuatmen. »Ich hatte Angst, du kommst nicht.«

»Warum sollte ich nicht kommen?«

Bernhard blinzelte plötzlich, als hätte er etwas ins Auge bekommen. »Wir haben die Redakteure der ›Pramo‹ eingeladen«, sagte er. »Und die von der ›Sibylle‹ ebenfalls.«

»Was?« Entsetzt blickte Hanka sich um. »Hartmut Grube auch?«

»Natürlich. Sonst hat das alles gar keinen Sinn. Vielleicht

gefallen denen ja unsere Entwürfe. Es ist eine Möglichkeit für uns. Vielleicht ergibt sich etwas daraus, obwohl sie über unseren Entwurfsklau nicht begeistert sein werden.«

»Die Entwürfe sind nicht geklaut«, berichtigte Hanka. »Er hat sie liegen lassen, verloren quasi. Und er ist nicht zurückgekommen und hat sie abgeholt.« Sie musste schlucken. Ihr Blick glitt über jeden einzelnen Mann, der im Saal saß. Sie atmete auf. Hartmut war nicht dabei.

»Gehst du dich umziehen? Wir haben gedacht, es wäre gut, wenn du erst das ›Pramo‹-Modell und dann dein eigenes vorstellst.«

»Wo ist Barbara?«, wollte Hanka wissen.

»Sie zieht sich schon um. Beeil dich, in fünf Minuten geht es los. Du bist als Zweite dran.«

Hanka ging nach hinten in eine kleine Küche, die zur Garderobe umfunktioniert worden war. Jemand hatte einen großen, halb blinden Spiegel aufgetrieben, ein anderer hatte zwei Baustrahler aufgestellt, in deren Licht sich die Frauen schminkten.

Barbara begrüßte Hanka mit einer Umarmung. »Ich bin so gespannt auf deinen Entwurf«, sagte sie.

»Und ich erst auf deinen!«

Bernhard kam nach hinten, hielt sich die Hand dabei vor die Augen, um die halb nackten jungen Frauen, die sich in Kleider und Oberteile zwängten, nicht zu verunsichern.

»Barbara, du fängst an«, instruierte er. »Bist du dann auch so weit, Hanka?«

Ein Gong ertönte, im Saal ging das Licht aus, jemand hatte auf allen Tischen Kerzen angezündet. Der Laufsteg führte durch die Menge hindurch. Und der schwarz gekleidete junge Mann, der auch heute wieder ganz in seiner Farbe zu sehen war, stellte ein Tonbandgerät an. »Love Me Too« erklang, und Barbara lächelte Hanka noch einmal zu, dann schwebte sie in einem »Pramo«-Modell, einem praktischen Hemdkleid, durch den Saal.

Gemurmel wurde laut, vereinzelt hörte man ein Klatschen. Eine ältere Frau fragte, wer das Kleid denn bügeln sollte, und erntete ein paar Lacher.

Direkt nach ihr stellte Hanka ihre praktische »Pramo«-Hose vor, zu der sie eine Art Kittelbluse trug, deren Schnitt so einfach war, dass ihn auch Nähanfänger und Neuleser der »Pramo« problemlos nachmachen konnten. Sie reckte das Kinn, steckte beide Hände in die Hosentaschen und ging so, wie sie es als Mannequin immer getan hatte.

»Das ist ja wohl die Höhe!«, rief plötzlich ein Mann, und Hanka erkannte die Stimme sofort.

»Ich rufe die Polizei!«, schrie Hartmut weiter. »Das ist Diebstahl. Und es wundert mich natürlich überhaupt nicht, Hanka, dass du da mitmachst.«

»Jetzt halten Sie doch mal den Mund«, mischte sich eine Frau aus dem Gartenverein ein. »Wir wollen sehen, was wir im Laden nicht zu kaufen kriegen.«

Ein kleiner Tumult entstand. Der junge Mann in Schwarz, der Karsten hieß, drehte die Musik lauter. »Yellow Submarine« sangen die Beatles jetzt. Hanka biss die Zähne zusammen. Am liebsten wäre sie davongerannt, aber bei den vielen Modenschauen hatte sie gelernt, sich durch nichts aus der Ruhe bringen zu lassen. Plötzlich griff jemand nach ihr. Im ersten

Augenblick konnte Hanka nicht erkennen, wer es war, weil die Scheinwerfer, die auf den Laufsteg gerichtet waren, sie blendeten. Sie wurde aus dem Rampenlicht gezerrt.

»Lass sie los!«, hörte Hanka Bernhard brüllen, aber schon klatschte eine gewaltige Maulschelle auf ihre Wange. Sie schrie auf, fasste nach der schmerzenden Stelle, doch ehe sie überhaupt wusste, was genau geschehen war, flüsterte Hartmut ihr ins Ohr: »Das ist dein Untergang. Das hättest du nicht tun sollen. Ich bringe dich in den Knast.«

Karsten und Bernhard kamen dazu, drängten sich zwischen Hanka und Hartmut, drängten den »Pramo«-Redakteur zur Tür und zu ihr hinaus. Nur Augenblicke später prasselte ein Steinhagel gegen die Fenster des Vereinslokals.

»Ist alles in Ordnung?« Bernhard hielt Hanka am Arm.

Sie pustete sich eine Haarsträhne aus dem Gesicht und spürte, dass sie zitterte. »Alles in Ordnung. Ich gehe mich jetzt umziehen für den zweiten Teil.«

»Braves Mädchen.«

Wieder strahlend lächelnd begab sich Hanka wieder ins Rampenlicht und schlenderte gekonnt den Weg zurück bis in die Garderobe. Dieses Mal gab es keinen Beifall. Die Anwesenden sprachen aufgeregt über den Zwischenfall. Eine Frau aber rief: »Kleine, du bist tapfer.« Und dann klatschten alle, aber der Applaus galt nicht der Kleidung, sondern Hanka.

Die restliche Modenschau verlief ohne weitere Zwischenfälle. Hankas Brokatkostüm fiel bei den Älteren durch, wurde aber von den jungen Leuten beklatscht. Barbara lief als Letzte, und dann präsentierten alle vier Mannequins noch einmal gemeinsam die letzten Modelle.

»Wir danken Ihnen für Ihre Aufmerksamkeit«, sprach Karsten in ein Mikrophon. »Sie haben jetzt die Gelegenheit, die gezeigten Kollektionen zu kaufen und mit unseren Mannequins, die die Sachen selbst genäht haben, ins Gespräch zu kommen. Danke schön!«

Die Mädchen verbeugten sich, und dann war die Modenschau vorüber.

Barbara und Hanka behielten ihre Sachen an. Hanka das Brokatkostüm, Barbara das weite bequeme Kleid mit dem geflochtenen breiten Gürtel. Sie setzten sich an einen kleinen Tisch im hinteren Teil des Raumes. Bernhard brachte ihnen zwei Gläser mit Weißwein.

»Das habt ihr gut gemacht«, sagte er, und Hanka fürchtete, er würde ihnen gleich lobend auf die Schultern hauen.

Hanka aber zitterte noch immer. Sie zitterte jedoch nicht nur wegen der Ohrfeige, die auf ihrer Wange brannte, sondern auch, weil von ihrer Teilnahme an dieser halb legalen Modenschau am Montag gewiss die halbe Kunstgewerbeschule erfuhr.

Barbara sah ihr Zittern und griff nach Hankas Hand. »War es so schlimm?«

»Ich habe Angst. Hartmut ist keiner, der sich so etwas bieten lässt.«

»Von ihm hast du also die ›Pramo‹-Entwürfe gestohlen?«

»Ich habe sie gefunden.« Sie blickte immer wieder zur Tür, darauf gefasst, dass Hartmut erschien. Aber die Tür blieb zu. Hanka begann, sich zu entspannen. Eine ältere Frau wollte von ihr wissen, wie man die kittelartige Bluse nähte, da erscholl von draußen das Geheul von Polizeisirenen. Hanka stockte der Atem. Bernhard und Karsten winkten ihr, sie solle aufstehen, es gäbe einen Hintereingang, aber Hanka blieb wie angenäht sitzen. Sie war vollkommen erstarrt, konnte sich nicht rühren, nicht sprechen. Sie saß einfach nur da mit leerem Kopf und verängstigtem Herzen.

Die Tür flog auf, und vier Polizisten stürmten in das Vereinslokal, gefolgt von Hartmut. »Da, das ist sie. Das ist die Verbrecherin«, schrie er und deutete mit dem Finger auf Hanka.

Zwei Polizisten kamen auf sie zu, packten sie derb am Arm, zerrten sie vom Stuhl hoch. Noch immer konnte Hanka nicht sprechen. Die ältere Frau, die sie nach der Kittelbluse gefragt hatte, rief: »Jetzt lasst doch mal das Mädchen in Ruhe, sie hat doch gar nichts getan.«

Aber niemand hörte auf sie. Und schon klackten Handschellen um Hankas Handgelenke, schon wurde sie in das Polizeiauto geschoben. Das Letzte, was sie sah, war Hartmuts hämisches Gesicht.

Für einen Augenblick fragte sie sich, wo die anderen waren. Hoffentlich hatten sie es durch den Hinterausgang geschafft. Draußen, neben dem Polizeiwagen, hörte sie Hartmut lamentieren.

»Die Veranstaltung war nicht verboten«, hörte sie einen Polizisten sagen.

»Das ist doch vollkommen egal; es geht um den Diebstahl der Entwürfe«, schrie Hartmut.

»Wo sind die Ihnen denn gestohlen wurden?«

»Ich war in ihrer Wohnung. Sie hat sie mir weggenommen.«

Der Polizist legte den Kopf schief. »Sie sind ein großer, starker Mann. Wie kommt es, dass diese zarte Frau Ihnen etwas wegnehmen konnte?«

»Herrgott, das ist doch Ihre Aufgabe, das herauszufinden. Sie sind schließlich die Polizei. Ich verlange jedenfalls eine gerechte Bestrafung für den Diebstahl.«

Der Polizist nickte. »Wir werden sehen«, sagte er, stieg in das Auto ein und startete den Motor.

Kapitel 24

1967

Sie brachten Hanka in die Polizeidienststelle in der Alfred-Kästner-Straße. Sie setzten sie in einen Raum, in dem nichts anderes als ein Stuhl stand. Die Wände waren grau gestrichen, der Fußboden ebenfalls. Es gab keine Fenster, sondern nur eine nackte Glühbirne an der Decke.

Hanka saß auf dem Stuhl, und allmählich kam sie wieder zu sich. Sie räusperte sich, sagte leise »Hallo«, nur, um zu testen, wie ihre Stimme klang. Angst kroch ihr das Rückgrat hinauf. Angst vor dem, was kommen würde. Alles lag jetzt in Hartmuts Hand. Er konnte aussagen, dass er die Entwürfe bei ihr hatte liegen lassen. Er konnte aussagen, dass sie die Entwürfe gestohlen hatte. Er hätte auch schweigen können, aber dann ware die Polizei nicht gekommen. Hanka überlegte, was man ihr vorwerfen konnte. Geheimnisverrat? Diebstahl geistigen Eigentums? Schädigung der Volkswirtschaft? Vielleicht sogar Sabotage. War sie die Einzige, die man festgenommen hatte? Waren die anderen entwischt? Was sollte sie sagen, wenn man sie nach ihnen fragte?

Sie war keine Heldin. Früher oder später würde sie aussagen, was sie von ihr wissen wollten. Bernhard würde sich herausreden können. Aber Barbara, über sie musste Hanka schweigen. Unbedingt, denn Barbara hatte ihre kleine Tochter Kathrin.

Sie grübelte ununterbrochen und spürte doch, wie die Zeit unheimlich langsam verstrich. Sie lauschte nach Geräuschen von draußen, nach Schritten oder Worten, doch da war nichts. Gar nichts. Bestimmt hockte sie jetzt schon länger als eine Stunde hier. Und ihre Angst wuchs mit jeder Minute.

Als sie sie endlich holten, war es weit nach Mitternacht. Sie hatten Hanka sechs Stunden warten lassen. Sie war müde, hungrig und durstig. Sie fühlte sich verschwitzt und schmutzig und in ihrem Brokathosenanzug vollkommen idiotisch. Und sie hatte Angst. Mit jeder Stunde in der Zelle hatte sie sich gesteigert. Sie wollte raus hier, sofort, und würde alles dafür tun.

Jetzt führte man sie in einen Raum, der ähnlich karg eingerichtet war wie der erste, nur, dass es hier einen Schreibtisch gab. Dahinter saß ein Mann in Uniform und rauchte eine Zigarette.

»Guten Abend, Fräulein Salomon«, sagte er und wies auf den freien Stuhl, der vor seinem Schreibtisch stand.

Hanka setzte sich. Sie wollte etwas sagen, aber ihre Kehle war so trocken, dass nur ein Krächzen herauskam.

»Kann ich … kann ich bitte ein Wasser haben?«, fragte sie leise.

»Aber natürlich.« Der Mann, der sich bislang noch nicht vorgestellt hatte, öffnete eine Flasche Wasser, goss etwas davon in ein Glas. Hanka trank in großen Schlucken.

»Zigarette?«

Hanka nickte, ließ sich Feuer geben. Als sie zweimal an der Zigarette gezogen hatte, fragte der Uniformierte: »In was für einen Schlamassel sind Sie denn da hineingeraten? Sie sind doch ein hübsches Mädchen, studieren an einer sozialistischen Schule. Das müssen Sie mir mal erklären.«

Hanka wusste nicht, was genau der Mann von ihr wissen wollte. Deshalb sagte sie nur: »Ich habe schon oft als Mannequin gearbeitet.«

»Wissen wir, wissen wir alles. Aber darum geht es nicht. Um was es hier geht, das wissen Sie ganz genau. Also?«

Hanka zuckte mit den Schultern.

»*Was haben Sie getan, gottverflucht noch mal!*«

Hanka erschrak dermaßen, dass sie zusammenzuckte. Die Angst lähmte sie. Wieder konnte sie sich nicht rühren, wieder waren die Worte weg.

»Jetzt reden Sie gefälligst.« Der Mann brüllte nicht mehr, stattdessen war sein Ton nun gefährlich leise, was Hankas Angst noch verstärkte.

Sie trank einen weiteren Schluck Wasser, dann begann sie stockend: »Herr Grube hat die Entwürfe für die ›Pramo‹ bei mir liegen lassen. Ich habe sie genommen für die Modenschau.«

»Wer hat sie damit beauftragt?«

»Niemand.«

»Karsten Holzer?«

»Nein. Niemand. Es wusste doch keiner, dass Hartmut mit diesen Entwürfen zu mir kommen würde.«

»Sie haben ein sexuelles Verhältnis mit Herrn Grube?«

»Hatte. Das ist vorbei.«

»Sie scheinen mir ja ein rechtes Früchtchen zu sein. Ein Feger, alles, was recht ist.«

Hanka erstarrte. Sie war kein Feger. Nein, wirklich nicht. Sie war keine Frau, die leicht zu haben war. Hartmut war der erste Mann, mit dem sie im Bett gewesen war.

»Nun?« Der Uniformierte steckte sich die nächste Zigarette an, bot Hanka aber diesmal nicht seine Schachtel an.

»Ich habe die Entwürfe genommen. Ich … ich habe sie als meine eigenen ausgegeben. Die anderen wussten nichts davon.«

Die flache Hand des Mannes krachte derart auf den Tisch, dass Hanka zusammenfuhr. »Es war ein Mann, der die Redaktion der ›Pramo‹ und der ›Sibylle‹ angerufen hat. Wer war das?«

»Ich … ich weiß es nicht.«

»Reden Sie gefälligst!«

Jetzt begann Hanka zu weinen. Die Tränen strömten über ihr Gesicht, benetzten ihre Bluse, fielen in ihren Schoß. Sie wollte zu Elli und zu Rudi, nach Hause, zu ihren Eltern. Sie wollte weg von diesem grässlichen Mann in seinem grässlichen Zimmer, das sich plötzlich um sie zu drehen schien. Etwas Schwarzes, Schweres kam auf sie zu. Sie merkte, wie sie fiel, aber den Aufprall spürte sie nicht.

Als sie wieder zu sich kam, lag sie in einer Zelle auf einem Schlafbrett, das an die Wand geschraubt war. Es war dunkel, aber ein Streifen Mondlicht fiel durch das vergitterte Fenster. Sie setzte sich auf, musste ihre Gedanken ordnen. Die Modenschau gestern. Hartmut. Polizeisirenen, das Verhör. Und dann nichts mehr. Ihr Oberarm schmerzte, und sie rieb ein wenig daran. Plötzlich fielen ihr die Eltern ein. Ob man sie benachrichtigt hatte? Ob sie wussten, wo sie war? Brauchte sie einen Anwalt? Angst kroch ihr die Wirbelsäule hinab. Was geschah mit ihr?

Noch während sie darüber nachdachte, erklangen Schritte von draußen. Ein Schlüssel wurde ins Schloss gesteckt, die Tür ging auf, der Vernehmer stand vor ihr.

»Nun, Fräulein, wie geht es Ihnen?«

»So weit gut, denke ich.«

»Können Sie laufen?«

Hanka erhob sich, machte ein paar staksige Schritte. Ihr wurde ein wenig schwindlig. »Es geht mir gut, danke schön.«

»Sie können gehen.«

»Wie? Nach Hause?«

»Ja, Sie dürfen nach Hause gehen, aber glauben Sie nicht, dass es das für Sie schon war. Zuvor werden Sie mich in mein Büro begleiten. Ein Gespräch steht noch aus.«

Hanka lief hinter dem Vernehmer die Treppen hinauf, folgte ihm durch einen Gang und dann in ein Zimmer, in dem Hanka das vom gestrigen Abend wiedererkannte. Sie würde ein Taxi nach Hause nehmen. Das tat sie sonst nie, aber ihre Müdigkeit war so groß, dass sie den hohen Fahrpreis mit Freuden bezahlen würde.

Der Vernehmer setzte sich hinter seinen Schreibtisch, sie nahm davor Platz.

»Möchten Sie einen Kaffee?«

»Nein, danke. Es ist sicher schon sehr spät. Ich kann nach Kaffee nicht schlafen.«

Der Offizier blickte auf seine Uhr. »Es ist kurz nach vier Uhr morgens. Und das hier kann noch ein Weilchen dauern. Sie sehen ein bisschen blass aus. Ein Kaffee würde Ihnen guttun.«

Hanka wagte keinen Widerspruch, sondern nickte.

»Haben Sie Hunger?«

Hanka hatte seit gestern Mittag nichts mehr gegessen, aber ihr Magen hatte sich zu einem schmerzenden Klumpen geballt.

»Danke, nein.«

»Wie Sie wollen. Ich hätte Ihnen eine von meinen Stullen abgegeben. Meine Frau macht hervorragende Stullen. Na?«

»Nein, danke. Ich möchte wirklich nicht.«

Der Vernehmer bestellte telefonisch den Kaffee, dann blätterte er in einigen Unterlagen auf seinem Tisch. Er nahm einen Stift, unterschrieb irgendwo, drückte Stempel aufs Papier. Dann kam der Kaffee, und obwohl Hanka ihn immer schwarz trank, gab sie dieses Mal zwei Stück Würfelzucker hinein. Zucker ist gut für die Nerven, hatte Oma Margarethe immer gesagt, und Hanka hatte den Eindruck, dass sie jetzt gute Nerven brauchte.

Endlich sah der Vernehmer von den Unterlagen auf und wandte sich ihr zu.

»Der Kaffee ist gut, oder?«

Hanka nickte. »Was wollen Sie noch von mir?«

»Och, da gäbe es eine ganze Menge. Wer hat die Modenschau organisiert? Wer gehört alles zu Ihrer Gruppe? Welche weiteren Aktionen sind geplant?«

»Da gibt es nicht viel zu sagen. Wir sind keine Gruppe, sondern einfach ein paar junge Leute mit einem Faible für Mode. Wer die Schau organisiert hat, das weiß ich nicht.«

»Sie haben also nur die Entwürfe genommen? Hören Sie, ich sagte ›genommen‹ und nicht ›gestohlen‹. Das ist ein großer Unterschied, der eine Menge ausmacht. Ob es bei dem ›genommen‹ bleibt, entscheiden Sie.«

Hanka nickte. Sie hätte gern von dem Kaffee getrunken, aber sie hatte Angst, dass der Vernehmer sah, wie ihre Hände zitterten.

»Sie sind eine junge hübsche Frau, ein Fest für jeden Mann.« Er schüttelte betrübt den Kopf. »Ich möchte gar nicht glauben, dass Sie etwas mit dem Grube von der ›Pramo‹ zu tun hatten. Das ist doch kein Mann für Sie.«

»Das habe ich auch bemerkt.« Hanka gab sich Mühe, ihre Stimme fest klingen zu lassen.

»Der Grube ist nicht wirklich einer von uns. Der tut nur so«, sprach der Offizier weiter. »Unter uns: Ich konnte den noch nie leiden.«

Was sollte Hanka darauf erwidern? Die Gefühle des Offiziers Hartmut gegenüber interessierten sie nicht, gingen sie nichts an. Sie wartete, dass der Vernehmer weitersprach, dass er endlich zum Punkt kam, aber der hatte sich in seinem Schreibtischstuhl zurückgelehnt und betrachtete sie stumm, während er eine Zigarette rauchte. Hanka musste husten. Der Rauch bereitete ihr auf leeren Magen Übelkeit.

»Sehen Sie, mein liebes Fräulein, ich tue Ihnen einen Gefallen. Wenn ich ›gestohlen‹ sage, kann das zwei bis drei Jahre Haft bedeuten.«

Hanka erschrak. Ins Gefängnis?

»Aber da ich Ihnen nun mal diesen Gefallen getan habe, wäre es doch nur gerecht, wenn auch Sie mir entgegenkommen würden.«

Hanka blickte auf. Ihr ganzer Körper war starr, doch sie hatte das Gefühl, dass ihre Lippen zitterten. »Was ... was soll ich tun?«

»Nicht viel, Hanka, gar nicht viel.«

Es störte Hanka, dass der Mann jetzt so vertraulich wurde. Sie kannte ja noch nicht einmal seinen Namen.

»Und was?«

»Weitermachen wie bisher. Gehen Sie ruhig zu diesen Modedissidenten. Machen Sie mit, nähen Sie Kleider, stricken Sie Pullover, alles, was Ihnen gefällt.«

»Was soll ich dafür tun?«

»Wie gesagt, nicht viel. Nur, dass wir uns hin und wieder einmal treffen und Sie mir erzählen, was so los ist bei Ihnen.«

Obwohl der Vernehmer zu ihr sprach wie ein Onkel, wusste Hanka genau, was seine Worte zu bedeuten hatten.

»Ich soll für die Staatssicherheit spitzeln.« Sie formulierte den Satz nicht als Frage, sondern als Feststellung.

»Spitzeln! Wie das klingt, liebe Hanka. Nein, nein, wir sorgen nur dafür, dass sich jeder an die Regeln in diesem Land hält. Mehr nicht.«

»Und wenn ich nicht will?«

Der Vernehmer breitete seine Arme aus. »Es ist Ihre Entscheidung.«

»Dann komme ich ins Gefängnis?«

»Das Gefängnis ist vom Tisch. Das haben Sie mir zu verdanken, weil ich darauf vertraue, dass Sie die richtige Entscheidung treffen. Sie sind doch ein kluges Mädchen, Hanka.«

»Ich möchte darüber nachdenken.«

»Die Entscheidung ist nicht besonders schwierig. Ich glaube, die Zeit können wir uns sparen.«

Er öffnete die Schublade, holte ein Formular heraus, schob es über den Tisch.

Hanka ignorierte das Papier. Sie lehnte sich zurück, fühlte sich plötzlich ruhiger. Jetzt, da sie wusste, was man von ihr wollte, verflog ihre Angst.

»Ich möchte nicht für Sie arbeiten«, sagte sie klar und deutlich.

Der Vernehmer nickte langsam, zündete sich eine neue Zigarette an. »Sie sind noch jung. Vielleicht habe ich Sie überschätzt. Gehen Sie nach Hause und schlafen Sie sich erst einmal richtig aus.«

Hanka blieb sitzen. Sie hatte damit gerechnet, angebrüllt zu werden. Die freundlichen Worte machten ihr Angst.

»Na los, gehen Sie!« Der Vernehmer wedelte mit der Hand, als wollte er den Rauch wegfächeln.

Da stand Hanka auf, nahm ihre Jacke, ihren Beutel und ging. Sie hatte keine Ahnung, wo ihre Entwürfe jetzt waren, und sie würde auch nicht nachfragen. Nur weg von hier wollte sie, nur weg.

Eine halbe Stunde später war sie zu Hause. Als die Tür hinter ihr ins Schloss fiel, atmete sie auf. Ihre Zähne und der Kiefer taten ihr weh, und Hanka stellte fest, dass sie die ganze Zeit über die Zähne fest aufeinandergepresst haben musste. Doch jetzt war sie in ihrer Wohnung, war in Sicherheit. Sie atmete auf, ließ sich auf das Sofa sinken. Ihre Hände zitterten wieder, und Hanka sehnte sich nach einem Menschen, der sie in den Arm nahm, der ihr sagte, dass alles in Ordnung war oder wenigstens in Ordnung kommen würde. Sie legte sich hin, zog die Decke über sich. Obwohl das Adrenalin noch durch ihren Körper kreiste, schlief sie auf der Stelle ein.

Sie erwachte am Nachmittag und fühlte sich wie erschlagen.

Sie hätte gern gewusst, was mit Barbara, Bernhard und Karsten geschehen war. Sie hätte gern gewusst, wo ihre Entwürfe waren, aber sie wagte es nicht, zurück in das Vereinslokal zu gehen. Sie wüsste auch gern, was Hartmut tat. Was hatte er vor?

Sie stand auf, wusch sich. Beim Zähneputzen betrachtete sie ihr Gesicht im Spiegel. Sie hatte Angst. Schreckliche Angst. Aber sie war auch ein wenig stolz auf sich. Sie hatte sich nicht von der Staatssicherheit breitschlagen lassen. Sie war standhaft geblieben, hatte ihre Meinung deutlich zum Ausdruck gebracht. Was sollte ihr jetzt noch passieren? Die Gefängnissache war vom Tisch, hatte der Vernehmer gesagt. Sie glaubte ihm das. Wahrscheinlich auch deshalb, weil Hartmut auf eine Anzeige verzichtet hatte, um den eigenen Ruf zu wahren. Ansonsten hatte sie nichts Verbotenes getan. Sie hatte nur ihre Kleider vorgeführt. Das konnte nicht strafbar sein.

Sie kämmte sich das Haar, steckte es zu einem lockeren Knoten zusammen. Kurz überlegte sie, ob sie ihre Eltern oder Annekathrin besuchen sollte, aber sie fühlte sich noch immer erschöpft. Also setzte sie sich an ihren Schreibtisch und wollte an einigen Entwürfen weiterarbeiten. Doch dann hielt sie inne. Warum sollte sie noch Kleidung entwerfen, wenn niemand neue Ideen sehen wollte? Warum sollte sie sich das Hirn verrenken, wenn Frau Brücke sie doch nur tadeln würde? Sie hatte die Modenschau wirklich genossen, sie war so stolz gewesen. Und sie hatte Beifall bekommen. Aber sie würde nie wieder daran teilnehmen, das kam ihr viel zu gefährlich vor.

Kapitel 25
1967

Annekathrin fuhr mit dem Bus in Richtung Borna. Ihr Ziel waren die riesigen Tagebaue, die hinter Leipzig begannen und denen schon einige Dörfer zum Opfer gefallen waren. Der Linienbus war nur spärlich besetzt. Die, die in den Tagebauen beschäftigt waren, waren längst bei der Arbeit. Außer ihr saßen nur noch zwei Frauen im Bus, die sich laut darüber unterhielten, was denn der Zuckerarzt gesagt hatte. Einig waren sie sich darüber, dass ein Stückchen Torte hin und wieder auf keinen Fall schaden dürfte, Diabetes hin oder her.

Sie fuhren durch ein Dorf mit verlassenen Häusern. Jemand hatte ein altes Fahrrad an einen Zaun gelehnt. Eine Elster strich kreischend über ein Haus. Das Dorf sah gespenstisch aus. So nackt und leer. Es wird eines von denen sein, die demnächst für die Kohle abgerissen werden müssen, da war sich Annekathrin sicher. Sie überlegte, ob sie hier aussteigen und fotografieren sollte, doch der Busfahrer fuhr einfach an der alten, aufgegebenen Haltestelle vorbei, und Annekathrin war unsicher, ob es überhaupt erlaubt war, hier zu fotografieren.

In Espenhain stieg Annekathrin aus. Die Luft hier kam ihr viel schwerer vor als die in der Stadt. Sie musste husten und betrachtete die beiden Schornsteine, aus denen dicker, schwarzer

Rauch quoll. Sie hatte einmal gehört, dass Espenhain die dreckigste Stadt der Republik wäre. Jetzt glaubte sie es.

Sie lief die Straße hinunter, bis sie an ein Klubhaus der Werktätigen kam. Dort war sie verabredet. Sie sollte eine Fotoserie über die Bergbaukumpel erstellen, die zum Jahrestag der Republik in deren Kulturhaus ausgestellt werden sollte.

Herr Bremme wartete schon auf sie. Er war ein rundlicher Mann in den Fünfzigern, der über seinem Hemd eine braune Strickjacke trug.

»Guten Tag, Fräulein«, grüßte er jovial und schüttelte ihre Hand. Annekathrin war versucht, ihm zu sagen, dass sie kein junges Fräulein war, sondern eine Ehefrau und Mutter, doch dann ließ sie es bleiben.

»Wo soll ich beginnen?«, fragte Annekathrin und deutete auf ihre Fototasche.

»Tja!« Der dicke Mann kratzte sich am Kopf. »Da ist wohl was schiefgegangen. Sie können hier nicht fotografieren.«

»Wieso denn nicht? Das war doch mit der Hochschule so abgesprochen. Der Kulturbund hat den Auftrag dafür erteilt.«

»Jaja, das ist schon richtig. Aber das soll jetzt jemand anderes übernehmen.«

Annekathrin runzelte die Stirn. »Jemand anderes? Wieso denn?«

»Das weiß ich nicht. Ich soll Ihnen nur ausrichten, dass Sie hier nicht mehr gebraucht werden. Morgen soll ein anderer Fotograf kommen und die Aufnahmen machen.«

Annekathrin verstand überhaupt nichts. Prof. Kauffmann hatte sie ausgewählt für diesen Auftrag, der mit 500 Mark vergütet wurde. Geld, das sie gut gebrauchen konnte.

»Wie gesagt, Fräulein, ich weiß nicht, was da vorgefallen ist.«

»Kann ich mal telefonieren?«

»Bitte, bitte. Im Klubhaus ist ein Telefon.«

Herr Bremme ging voran. Drinnen rief Annekathrin sofort in der Hochschule an. Prof. Witzels Sekretärin erklärte ihr, dass der Professor einen Rundgang durch die Ateliers machte.

»Vielleicht können Sie mir ja auch weiterhelfen. Hier ist etwas durcheinandergekommen, schiefgelaufen, ich weiß auch nicht, aber hier ist ein Mann, der mir erzählt, ich dürfte hier nicht fotografieren.«

»Ja … ähm … wie soll ich sagen …«

»Was ist hier los?« Annekathrins Stimme war ein wenig lauter geworden.

»Das hat schon seine Richtigkeit. Sie sind von diesem Auftrag abgezogen worden.«

Annekathrin war fassungslos. »Wer hat das veranlasst?«

»Das kann ich Ihnen nicht sagen. Am besten, Sie fragen morgen den Professor selbst.«

»Ich bin aber jetzt schon vor Ort.«

»Wir konnten Sie leider nicht früher erreichen. Es tut mir leid, dass Sie den Weg auf sich nehmen mussten.«

»Ich habe meine Kamera selbstverständlich dabei. Es ist alles vorbereitet.«

»Das glaube ich Ihnen ja, aber wie gesagt: Sie sind von dem Auftrag abgezogen worden.«

»Warum? Ich verstehe das alles nicht.« Annekathrin war verletzt, aber mehr noch erstaunt.

»Sprechen Sie morgen mit dem Professor. Ich kann Ihnen auch nicht mehr sagen.«

Die Sekretärin legte auf, und Annekathrin stand ratlos mit dem Hörer in der Hand da.

»Und nun?«, fragte sie Herrn Bremme.

Der kratzte sich am Kopf. »Der Bus zurück nach Leipzig fährt in zehn Minuten.«

Annekathrin nickte und verließ grußlos das Klubhaus. Sie war verwirrt, aber allmählich gewann der Ärger die Oberhand. Als der Bus kam, stieg sie ein, fuhr bis zum Leipziger Hauptbahnhof mit. Dann lief sie quer durch die Stadt, über den Marktplatz und die Petersstraße hinauf bis zum Neuen Rathaus und dann über die Straße zur Hochschule für Grafik und Buchkunst. Wenn sie Glück hatte, war Prof. Kauffmann für sie zu sprechen. Nein, nicht wenn sie Glück hatte, sie hatte ein Recht darauf zu erfahren, was hier los war.

Doch zuerst begab sie sich in die Kantine der Hochschule. Wenn es etwas zu wissen gab, dann erführe sie es hier als Erstes.

Sie holte sich einen Kaffee und setzte sich an einen Tisch. Am Nebentisch saßen die Maler mit ihren farbverschmierten Kitteln und den großen Händen. Auf der anderen Seite hatten sich die Buchillustratoren niedergelassen. Sie trugen normale Straßenkleidung und hatten feine schmale Finger. Von den Fotografikern jedoch war weit und breit niemand zu sehen. Sie trank ihren Kaffee aus, ging hoch zum Sekretariat. Dort fand sie Frau Sommer hinter dem Schreibtisch. »Wir hatten vorhin telefoniert«, erklärte sie.

»Ich weiß, Frau Herold.«

»Deshalb möchte ich jetzt den Professor sprechen.«

»Tut mir leid, der ist nicht mehr im Haus. Sitzung des Kulturbundes, wissen Sie.«

Annekathrin seufzte. Sie musste sich wohl damit abfinden, heute nichts mehr zu erfahren. Also grüßte sie freundlich und verließ das Gebäude in der Wächterstraße.

Sie hatte keine Lust, nach Hause zu gehen. Ihre Mitstudenten waren heute im Botanischen Garten, um Makrofotografien anzufertigen. Kurz überlegte sie, ob sie ihnen folgen sollte, doch die Makrofotografie interessierte sie nicht so besonders. Sie glaubte, dass diese Art der Fotografie, bei der ein kleines Objekt nah vor die Linse geholt wurde, vielleicht am besten für Blumenkalender und für die Wissenschaft geeignet war, für sich suchte sie nach anderen Wegen. Ihre Kamera hatte sie dabei. Was also sprach dagegen, an diesem trüben Tag ein paar Bilder von Schaufensterauslagen zu machen?

Das erste Geschäft, vor dem sie stehen blieb, war ein Konsum. Im Schaufenster hing eine riesige Losung mit der Aufschrift »Von der Sowjetunion lernen heißt siegen lernen«. Darunter standen mehrere Päckchen Tempolinsen. Sie musste kichern, als sie das sah, und fotografierte von allen Seiten. Das nächste Schaufenster gehörte zu einer Drogerie. Päckchen mit Scheuermitteln fanden sich in einer Ecke der Auslage, in der anderen stapelten sich kleinere Päckchen, und darüber hing der Werbeslogan »Baden mit Badusan«.

Alles in allem wirkten die Schaufenster eher trist als zum Kauf einladend, doch das wurde anders, als sie sich dem Exquisitgeschäft in der Innenstadt näherte. Seit zwei Jahren gab es diese Läden jetzt schon, die hochwertige Produkte der Textilindustrie anboten, die man in den Kaufhäusern vergeblich suchte. Hin und wieder gab es sogar Westprodukte dort. Sie erinnerte sich an ein Gerücht, das vor drei Monaten in der

Stadt die Runde machte. Im Exquisit hätte es Salamanderschuhe, Westschuhe, gegeben. Alles, was Beine hatte, war zum Exquisit geströmt und hatte ein Paar davon erstanden. Doch kaum fiel der erste Regen, löste sich die Sohle von den nagelneuen Schuhen. Es hatte viele Beschwerden gegeben, bis sich herausstellte, dass die Schuhe für den letzten Weg bestimmt waren. Es waren Schuhe, die man den Leichen im Sarg anzog. Annekathrin wusste nicht, ob das stimmte, es gab immer mal wieder solche Gerüchte. Doch jetzt stand sie vor dem Schaufenster und betrachtete das ausgestellte Kostüm, das ihr sehr elegant erschien. An politischen Losungen fehlte es hier, doch die Auswahl der Stücke war geschmackvoll, obschon die Preise nicht ausgewiesen wurden.

Annekathrin fotografierte die Auslage, dann betrat sie das Exquisitgeschäft. Sie war noch nie hier gewesen, da ihre Eltern und Hanka ihr ihre Kleidung nähten. Zögernd blickte sie sich um. Hinter dem Verkaufstresen stand eine junge Frau mit viel Schminke im Gesicht, die sie von oben bis unten musterte. »Sie wünschen?«, fragte sie schnippisch.

»Ich schaue mich nur um«, erklärte Annekathrin und lief zu einem Regal, in dem Lederstiefel standen. Schöne Lederstiefel. Sie nahm einen in die Hand, befühlte das weiche Leder, bewunderte die Nähte und das Profil der Sohle. Daneben stand ein Paar dunkelbraune Wildledersstiefel, wie sie gerade im Westen Mode waren. Bis hoch über die Wade geschnürt. Solche Schuhe hatte sich Annekathrin heimlich gewünscht, aber nie geglaubt, dass man sie in Leipzig irgendwo kaufen konnte.

»Was kosten die hier?«, fragte sie die Verkäuferin und hielt einen der Stiefel hoch.

»280 Mark.«

Vor Schreck hätte Annekathrin beinahe den Stiefel fallen lassen. 280 Mark. Das war die Hälfte von dem, was Armin als Lehrer verdiente. Das war das Fünffache ihrer Wohnungsmiete, das war schlicht Wucher. Sie stellte den Stiefel zurück und stürzte aus dem Laden. Inzwischen war es Mittag geworden, und Annekathrin hatte Hunger. Sie stellte sich an die meterlange Schlange vor einem Schnellimbiss an, holte sich, als sie endlich an der Reihe war, Kartoffelsalat und eine Bockwurst, aß im Stehen, weil kein einziger Platz frei war, und fuhr dann nach Hause. Vor Kurzem hatte um die Ecke eine Kaufhalle aufgemacht, und da heute Donnerstag war, wollte sie schon für das Wochenende einkaufen.

In der Kaufhalle war es voll. Zuerst musste sie auf ein Körbchen warten, dann sah sie, dass es Zellstofftaschentücher gab. Das war selten. Annekathrin legte eine Sechserpackung in ihren Korb, wollte noch eine zweite nehmen, doch da schnarrte eine Mitarbeiterin: »Pro Person nur ein Päckchen.«

Gehorsam legte Annekathrin das zweite Päckchen zurück. Armin hatte gerade sein Gehalt bekommen, deshalb konnte sie echten Bohnenkaffee kaufen. Heute gab es Rondo-Kaffee, den sie am liebsten trank. Er war teuer. 125 Gramm kosteten 8,50 Mark, aber das Wochenende stand vor der Tür, und am Samstag wollten Rudi und Elli zum Kaffeetrinken kommen. Annekathrin kaufte noch eine Tüte grusinischen Tee, eine Flasche Fit-Spülmittel, Mehl, Margarine und Eier, ein Dreipfundbrot für 93 Pfennige, zwei Liter Milch und für Armin zwei Flaschen Bier. In der Obst- und Gemüseabteilung sah es traurig aus. Zu dieser Jahreszeit gab es nur ein paar Rotkohlköpfe,

Möhren und Spitzkohl. In einem Korb lagen ein paar Äpfel, die ihre besten Tage schon hinter sich hatten. Trotzdem kaufte Annekathrin sie, denn Elena mochte Apfelbrei. An der Kasse merkte sie, dass sie vergessen hatte, ein Stück Seife in den Korb zu legen. Aber sie hatte keine Lust, noch einmal loszugehen und sich dann wieder in die Kassenschlange einzureihen. Tante Betty, Mutters Schwester in Frankfurt am Main, hatte zu Weihnachten Lux-Seife geschickt. Annekathrin hatte das Stück zwischen die Bettwäsche gelegt, damit sie gut duftete, aber jetzt würde sie sie wohl aus dem Schrank holen.

Sie brachte die Einkäufe nach Hause. Dann holte sie Kohlen aus dem Keller und ärgerte sich, dass Armin dies offenbar vergessen hatte. Sie stopfte Zeitung in den Berliner Kachelofen, legte ein paar Holzscheite darauf, und als diese brannten, die Briketts. Ungefähr eine Stunde würde es dauern, bis die Kohlen durchgebrannt waren und sie den Kachelofen schließen konnte. Jetzt verschloss sie die Klappe so, dass das Feuer genügend Luft bekam, um kräftig zu brennen. Wenn sie sich beeilte, konnte sie Elena aus der Krippe abholen und wieder zu Hause sein, ehe das Feuer verlosch. Sie fuhr mit der Straßenbahn zurück in die Stadt und grämte sich schon wieder. Sie hätte Elena vorhin so bequem mitnehmen können, aber in der Krippe gab es Regeln, von wann bis wann die Kinder gebracht und geholt werden durften.

Sie nahm Elena auf den Arm, fragte, ob sie mittags gut geschlafen und ob sie geweint hätte.

»Alles in Ordnung«, erklärte die Krippenerzieherin. »Nur der Po ist ein bisschen wund. Aber das ist bei vielen Kindern jetzt so.«

Der wunde Po. Hätte sie Penatencreme, wäre das nicht so. Aber die ostdeutsche Florenacreme war damit einfach nicht zu vergleichen. Sie beschloss, Elenas Po heute mit einer dünnen Schicht Butter zu bedecken; ihre Mutter schwor auf diese Methode.

Als sie zurück nach Hause kam, war Armin schon da. Er hatte nicht nur den Ofen rechtzeitig geschlossen, sondern obendrein noch Kaffee gekocht.

»Bohnenkaffee an einem Wochentag?«, fragte Annekathrin.

»Glaub mir, das musste heute sein. Ich habe einen schrecklichen Tag hinter mir.«

Annekathrin setzte sich an den Küchentisch und legte Elena auf das dicke Schaffell im Laufstall. »Ich hatte auch einen schrecklichen Tag, aber erzähl du zuerst.«

Armin goss den Kaffee ein, setzte sich. »Stell dir vor, man hat mir meine Klasse weggenommen.«

»Deine Klasse? Dort, wo du Klassenlehrer warst?«

»Ja.«

»Und warum?«

Armin seufzte und lächelte grimmig zugleich. »Der Direktor hat mir gesagt, dass es mir an staatsbürgerlicher Reife fehle.«

»Wie bitte?«

»Ja.«

»Hast du ihn nicht gefragt, wie er darauf kommt?«

Armin nickte. »Er hat gesagt, mein gesamtes Auftreten ließe darauf schließen. Ich vermute, er hat mich abgesetzt, weil ich nicht in die Partei eintreten will.«

»Komisch«, meinte Annekathrin. »Mir hat man heute einen Auftrag entzogen. Den im Tagebau. Ich hatte dir davon erzählt.

Ich bin nach Espenhain gefahren, und dort sagte man mir, dass ein anderer Fotograf kommen und die Bilder machen würde.«

Annekathrin und Armin blickten sich an, während Elena im Laufstall saß und mit einem Holzauto spielte.

»Was hat das zu bedeuten?«, wollte Annekathrin wissen.

»Das werden wir entweder bald oder nie erfahren«, antwortete Armin.

Kapitel 26
1967

Hankas Herz schlug ihr bis zum Hals. Sie saß auf dem Korridor beim Rat der Stadt Leipzig, Abteilung Inneres. Eine ganze Woche lang hatte sie überlegt, ob sie diesen Schritt wirklich gehen sollte. Sie hatte an ihre Träume gedacht, aber auch an ihre Familie. An ihre Zukunft und daran, wie Elli litt, seit die Eltern der PGH angehörten. Vor einigen Tagen hatte ihre Mutter erzählt, dass sie einen Kinovorhang genäht hatte. Einen Kinovorhang! Eine Maßschneiderin, zu der die vornehmsten und elegantesten Kunden früher gekommen waren. Sie wollte nicht so enden. Nein, niemals. Das hatte sie sich geschworen.

Obwohl sie ihren Mantel ausgezogen hatte, schwitzte sie. Ein Tropfen rann ihr den Rücken hinab. Sie wartete schon über eine Stunde und wurde von Minute zu Minute aufgeregter. Sie kreuzte die Beine, dann schlug sie eines über das andere, rutschte auf dem harten Stuhl herum, stand auf, ging ein paar Schritte, setzte sich wieder und kreuzte erneut die Beine. Das, was sie vorhatte, würde ihr ganzes Leben verändern, aber sie sah einfach keine andere Möglichkeit mehr.

Am Montag nach dem Verhör war sie wie immer in die Kunstgewerbeschule gefahren. Doch noch bevor sie den Seminarraum betreten konnte, war Frau Brücke auf sie zugegangen. »Fräulein Salomon, zur Direktorin bitte.«

Frau Brücke hatte sie halb spöttisch, halb herablassend angeblickt, und Hanka hatte gewusst, dass sie nichts Gutes erwartete.

Die Direktorin hatte ihr nicht einmal einen Platz angeboten, sondern mit dem Zeigefinger auf eine Akte getippt, die vor ihr lag.

»Fräulein Salomon, ich exmatrikuliere Sie hiermit von der Kunstgewerbeschule. Holen Sie Ihre Sachen aus dem Seminarraum und gehen Sie. Hier ist Ihre Urkunde.«

Hanka wurde blass, als sie das hörte. »Wieso? Was habe ich denn getan?«

»Sie haben sich an einer unerlaubten und unangemeldeten Veranstaltung beteiligt, die von der Polizei aufgelöst wurde. Damit haben Sie nicht zum ersten Mal bewiesen, dass Sie nicht in der Lage sind, sich wie eine sozialistische Persönlichkeit zu benehmen, die das große Glück hatte, an einer sozialistischen Hochschule zu studieren.«

Hanka rang nach Worten. »Das … das ist absurd. Wir haben nur ein paar Kleider vorgestellt. In einem Gartenverein!«

»Es geht nicht darum, wo Sie Ihr unerlaubtes Verhalten ausgelebt haben, sondern dass Sie es überhaupt taten. Frau Brücke hat mich schon vor einer ganzen Weile auf Sie aufmerksam gemacht. Wir haben Ihre Entwicklung im letzten halben Jahr mit Sorge beobachtet. Wir haben darauf gehofft, dass Sie sich letztendlich doch zu unserer sozialistischen Gesellschaft und ihren Werktätigen bekennen. Nun, diese Hoffnung war vergebens.«

Hanka stand still und hoffte, sich verhört zu haben. »Aber ich habe doch nur ein paar Kleider vorgeführt«, wiederholte sie.

»Herr Grube rief mich heute Morgen an. Er sprach von Diebstahl. Nun, diese Information hatte ich bis dahin noch nicht. Ich habe mich erkundigt. Für diesen Diebstahl können wir Sie nicht belangen, da keine Anzeige gestellt wurde, aber das Fass war auch ohne dies übergelaufen.«

»Wer wird noch exmatrikuliert?«, fragte Hanka kleinlaut.

»Ich war ja nicht allein dort.«

Die Direktorin hatte sich ein wenig weiter nach vorn gebeugt. »So? Dann erzählen Sie mal, wer noch alles an dieser Modenschau mitgewirkt hat.«

Hanka schwieg. Sie blickte auf den Schreibtisch der Direktorin auf der Suche nach weiteren Akten, doch da lag nur der Schnellhefter mit ihrem Namen drauf.

»Sie können gehen, Fräulein Salomon. Warten Sie bis zur Pause und holen Sie dann Ihre restlichen Sachen. Und danach will ich Sie hier auf dem Schulgelände nie mehr sehen. Haben Sie das verstanden?«

Hanka hatte genickt. Dann hatte sie das Direktorat verlassen, nicht auf die Pause gewartet, sondern war auf der Stelle, ohne ihre Sachen mitzunehmen, gegangen. Sie würde Bernhard bitten, ihr alles, was noch in der Schule war, zu bringen. Wie betäubt fühlte sie sich, und sie konnte noch immer nicht glauben, was ihr gerade passiert war.

Zu Hause hatte sie sich ein Glas Rotwein eingegossen, obwohl es noch Vormittag war. Sie hatte sich in ihren Sessel gesetzt und nachgedacht. Sie war von der Hochschule geflogen wegen politischer Unzuverlässigkeit. Das hieß, dass sie sich auch sonst nirgends mehr bewerben konnte. Eine anständige Arbeit blieb ihr verwehrt. Keine PGH des Schneiderhandwerks würde sie einstellen. Vielleicht würde sie in einer Großwäscherei unterkommen. Dort, wo die Häftlinge des Frauengefängnisses ihre Arbeit verrichteten. Oder in der Konservenfabrik am Band. Aber Mode würde sie hier nie mehr machen können. Sie hatte alles verloren. Alles. Und sie wusste noch nicht, wie es weitergehen würde.

⌒

»Der Nächste!« Eine Bürotür ging auf, ein grau gelockter Kopf wurde sichtbar. »Sind Sie die Nächste?« Die Grauhaarige deutete auf Hanka.

Hanka nickte und erhob sich. Sie folgte der Frau in das Büro, setzte sich auf einen Stuhl, der neben dem Schreibtisch stand.

Die Grauhaarige spannte ein Blatt Papier in eine Schreibmaschine. »Name, Beruf, Adresse.«

»Hanka Salomon, Studentin, Krönerstraße 52.«

»Was wollen Sie hier? Was ist Ihr Anliegen?«

Hanka holte noch einmal ganz tief Luft, dann sprach sie mit fester Stimme: »Ich bitte um die Entlassung aus der Staatsbürgerschaft der Deutschen Demokratischen Republik.«

Die Grauhaarige blickte auf. »Abgelehnt. Sie können gehen.«

»Abgelehnt? Sie können doch mein Gesuch nicht ablehnen!«

»Doch, das kann ich. Gehen Sie jetzt.«

Hanka hatte ihren Antrag vorsorglich schriftlich formuliert. Jetzt holte sie den Umschlag aus ihrer Tasche, legte ihn vor die Grauhaarige. »Bitte bestätigen Sie mir den Eingang dieses Schreibens.«

Die Grauhaarige warf keinen einzigen Blick auf den Umschlag. Sie wischte ihn einfach vom Tisch, so dass er in den Papierkorb neben dem Schreibtisch fiel. »Ich sehe hier keinen Antrag.«

»Ich möchte einen Ausreiseantrag stellen. Jetzt, hier und heute.« Hankas Stimme zitterte ein wenig.

»Kommen Sie nächsten Monat wieder. Aber nicht vorher«, schnarrte die Frau.

Hanka, die schon aufgestanden war, setzte sich wieder, die Tasche auf ihrem Schoß. »Nein. Ich werde den Antrag jetzt stellen. Sofort.«

Die Grauhaarige verschränkte die Arme vor der Brust und lehnte sich zurück. Sie betrachtete Hanka schweigend. Und Hanka hielt diesem Blick stand. Eine, zwei, fünf Minuten vergingen. Jemand klopfte an die Tür, Schritte wurden laut. Hanka schwieg. Und die Grauhaarige schwieg ebenfalls.

»Um sechs habe ich Feierabend«, unterbrach die Grauhaarige die Stille.

Hanka blickte auf ihre Uhr. »Da haben wir ja noch zwei Stunden Zeit.«

»Sie wollen die ganze Zeit hier sitzen bleiben?«

Hanka nickte.

»Denken Sie nicht an die anderen, die draußen warten?«

»Sie brauchen meinen Antrag nur anzunehmen, und schon bin ich weg.«

Wieder herrschte Schweigen. Die Grauhaarige erhob sich, goss die Zimmerpflanzen, die wie Soldaten auf der Fensterbank aufgereiht waren. Nach ein paar Minuten drehte sie sich um. »Sie sind ja immer noch da.«

»Sie haben meinen Antrag noch nicht angenommen.«

»Jetzt reicht es mir.« Die Grauhaarige griff nach dem Telefonhörer. »Klaus«, sprach sie in den Hörer. »Ich habe hier eine renitente Person, die nicht von allein gehen will. Kannst du mal kommen?«

Da stand Hanka auf. Sie blickte der Grauhaarigen direkt in die Augen und sagte: »Ich komme wieder. Jede Woche. So lange, bis ich bekommen habe, was ich will. Ich habe nämlich nichts mehr zu verlieren.«

Am Sonnabend klingelte es pünktlich um halb vier an der Wohnungstür der Herolds. Annekathrin öffnete mit Elena auf dem Arm, die ihre Händchen Elli sogleich entgegenstreckte.

»Hallo, mein Schatzekind«, säuselte Elli und nahm Annekathrin die Kleine ab. Sie küsste ihre Tochter auf die Wange und ging weiter ins Wohnzimmer, wo der Kaffeetisch schon gedeckt war. Rudi klopfte seiner Tochter im Vorbeigehen auf die Schulter und folgte seiner Frau. »Hier riecht es ja köstlich.«

Annekathrin hatte einen Streuselkuchen gebacken, der schon im Wohnzimmer bereitstand. Sie goss Kaffee in jede Tasse, legte Kuchen auf die Teller.

»Und, wie war eure Woche?«, wollte Elli dann wissen. »Bei uns war nicht viel los. Alles wie immer. Wir haben Kleider genäht für den Jugendchor Leipzigs. Keine große Herausforderung. Im Konsum gab es Zellstofftaschentücher, ich habe euch eine Packung mitgebracht.«

Elli biss von ihrem Kuchen ab.

»Zellstofftaschentücher habe ich auch erwischt«, erklärte Annekathrin. »Behalte deine mal schön selbst. Der nächste Schnupfen kommt bestimmt.«

»Der ist schon da«, meinte Rudi. »In der Zuschneiderei fehlen drei Leute. Ich habe jeden Tag Überstunden gemacht. Und seit heute Morgen kratzt es in meinem Hals.«

»Und bei euch?« Elli nahm sich ein zweites Stück Kuchen.

Annekathrin wechselte einen Blick mit ihrem Mann. »Armin ist nicht mehr Klassenlehrer, und mir wurde ein Auftrag entzogen.« Annekathrin dachte an ihr Gespräch mit Prof. Kauffmann, das sie gestern geführt hatte.

»Ich kann Ihnen nicht helfen, Frau Herold«, hatte er gesagt. »Die Anordnung kam von oben. Die Gründe kenne ich nicht.«

»Heißt das, es hat jemand ›von oben‹ angerufen und gesagt, die Herold dürfe keine Fotos im Tagebau machen?«

»Ja, so ähnlich. Aber, Frau Herold, ich weiß aus Erfahrung, dass der Wind sich dreht. Halten Sie einfach ein bisschen durch, dann wird das schon wieder.«

Annekathrin hätte ihren Professor gern nach dem »das« gefragt, aber sie wusste, er würde ihr nichts verraten, selbst wenn er etwas wüsste.

»Warum denn das?«, wollte Elli jetzt entrüstet wissen.

»Wir haben nicht die geringste Ahnung. Irgendetwas ist vorgefallen.«

»Komisch«, fand Rudi. »Habt ihr irgendetwas gesagt? Einen Witz erzählt?«

Annekathrin und Armin schüttelten die Köpfe.

»Na ja, wer weiß. Vielleicht beruhigt sich alles wieder, vielleicht war das nur Zufall«, steuerte Elli ihre Gedanken bei, und die anderen nickten, dabei wusste jeder, dass es solche Zufälle nicht gab in der Deutschen Demokratischen Republik.

Es klingelte erneut, und Armin blickte Annekathrin fragend an. Sie zuckte mit den Schultern, erhob sich und ging zur Tür. Hanka stand davor.

»Was ist denn mit dir los?«, entfuhr es Annekathrin. Ihre Schwester sah blass aus und hatte tiefe Ringe unter den Augen.

»Lass mich erst einmal rein.«

»Aber klar.«

Hanka hängte ihre Jacke auf. »Hast du auch noch einen Kaffee für mich?«

»Immer. Unsere Eltern sind auch da.«

»Das trifft sich gut.«

Annekathrins Gesicht verdunkelte sich. Sie machte sich Sorgen um ihre kleine Schwester.

»Was ist los mit dir?«

»Gleich. Ich brauche erst einmal einen Kaffee.«

Sie betrat das Wohnzimmer, begrüßte die Eltern, den Schwager, gab Elena einen Kuss und ließ sich neben Armin auf das Sofa fallen. Annekathrin goss ihr Kaffee ein, legte ein Stück Kuchen auf Hankas Teller.

»Schön, dass du da bist«, meinte Elli an Hanka gewandt. »Wir haben ja die ganze Woche nichts von dir gehört.«

Hanka nickte. »Es ist viel passiert.« Sie verschlang den letzten

Bissen von ihrem Streuselkuchen, trank den letzten Schluck Kaffee. Dann blickte sie auf. »Ich habe einen Ausreiseantrag gestellt.«

»Was hast du?« Ellis Stimme schraubte sich in die Höhe. Annekathrin kippte die Kinnlade herunter, und selbst Elena fing an zu weinen, weil Rudi sie wohl vor Schreck ein wenig zu fest an sich drückte.

Hanka schluckte, dann begann sie zu weinen. Sie warf sich ihrer Schwester an die Brust. »Ich will nicht weg von euch. Eigentlich will ich bleiben, aber ich habe keine andere Wahl.«

Elli suchte in ihrer Handtasche nach den Blutdrucktabletten, Rudi seufzte, und Armin erhob sich. »Wer will alles einen Schnaps auf den Schreck?« Niemand antwortete, also stellte er einfach fünf Gläser auf den Tisch und goss den Nordhäuser Doppelkorn ein.

Annekathrin hielt ihre Schwester ganz fest, strich ihr über den Rücken, aber auch ihr liefen die Tränen.

Es dauerte, bis sich alle wieder ein wenig beruhigt hatten. Dann holte Elli ganz tief Luft, trank ihren Schnaps in einem Zug und sagte: »Erzähl. Von Anfang an.«

Und Hanka erzählte. Sie sprach von Hartmut, von Frau Brücke, von der Modenschau. Und als sie fertig war, blickte sie so hilfesuchend um sich, dass es Elli das Herz brach.«

»Du musst nicht gehen«, erklärte Rudi leise. »Wir finden eine Lösung. Vielleicht kannst du nach Berlin. Fängst noch mal von vorn an. Du bist jung.«

Armin schüttelte den Kopf. »Wer einmal in den Radar der Stasi gerät, der bleibt auch da. Sie werden Hanka auf Jahre hinaus Steine in den Weg legen.«

»Ich will nicht weg«, weinte Hanka. »Ich will bei euch bleiben. Andererseits kann ich hier nicht mehr bleiben. Ich will gehen und bleiben zugleich, versteht ihr das?« Elli stand auf, zog Hanka an sich, strich ihr über den Rücken.

Niemand sagte mehr etwas, aber auch bei Elli rollten die Tränen.

»Es ist doch eigentlich ganz schön hier. Ich hatte so viel. Die Kunstgewerbeschule, die Modenschauen. Was ist nur passiert?«

Annekathrin griff nach der Hand ihrer Schwester, umklammerte sie, hätte sie gern für den Rest ihres Lebens so festgehalten.

Rudi putzte sich die Nase, und dann nickte Armin: »Jetzt verstehe ich, warum ich nicht mehr Klassenlehrer bin und warum Annekathrin den Auftrag verloren hat.«

»Ja. Wir sind jetzt keine verlässlichen Sozialisten mehr mit einer Dissidentin in der Familie, die den Sozialismus sabotiert.«

Hanka schreckte hoch. »Ihr habt Nachteile deswegen?«

»Sei nicht naiv«, wies Annekathrin sie zurecht. »Eine Aktion wie diese Modenschau und der Diebstahl der Entwürfe haben immer Einfluss auf die Familie. Das weißt du genau. Ich hoffe nur, dass ich mein Studium wenigstens zu Ende bringen kann.« Sie sagte es ohne Bitterkeit oder Ärger in der Stimme. Und doch griff die Angst nach ihrem Herzen. Sie blickte Armin an, der die Hand nach seiner Kaffeetasse ausgestreckt hatte, obschon sie leer war.

»Es ist nicht deine Schuld«, sagte er leise, aber Annekathrin wusste genau, dass er Hanka die Schuld für seine Absetzung als Klassenlehrer gab. Und auch sie wusste in diesem Augenblick nicht, ob sie nicht doch irgendwann Hanka all das übelnehmen würde. Zum Beispiel, wenn man sie von der Hochschule warf und sie für den Rest ihres Lebens Hochzeits- und Jugendweihefotos machen musste.

Eine kleine Weile schwiegen alle, mussten verdauen, was sie gehört hatten.

Dann weinte Hanka noch einmal laut auf. »Ich wollte das nicht. Ich will nicht, dass ihr Nachteile habt. Mein Leben sollte doch ganz anders verlaufen.«

Kapitel 27
1967

Annekathrin hatte lange überlegt und sich dann für die Offensive entschlossen, frei nach dem Motto »Angriff ist die beste Verteidigung«. Zuerst bat sie Prof. Kauffmann um ein Gespräch.

»Meine Schwester hat einen Ausreiseantrag gestellt. Deshalb hat man mich aus Espenhain zurückgeholt, nicht wahr?«

»Ja, aber das war nicht unsere Entscheidung«, antwortete der Professor. »Sie wissen, wie viel ich von Ihnen halte. Ich habe mich für Sie eingesetzt, aber das nur nebenbei.«

»Danke sehr. Doch was geschieht nun? Werde ich weiter an meiner Arbeit gehindert?« Es kostete sie ihren ganzen Mut, diese Frage zu stellen.

»Frau Herold, Sie sind meine beste Studentin. Dieses Land kann auf Talente wie das Ihre nicht verzichten. Es ist eine unangenehme Situation. Für uns alle.«

»Was heißt das? Was versuchen Sie mir zu sagen?«

Kauffmann holte tief Luft. »Ich werde Sie weiterhin so gut unterstützen, wie ich nur kann. Ihre Schwester wird ihre Gründe haben.«

»Vielen Dank, aber ich weiß noch immer nicht genau, was das für mich bedeutet.« Annekathrin brauchte eine klare Antwort.

»Nun, Sie werden von allen internationalen Wettbewerben ausgeschlossen. Natürlich nicht offiziell, aber Sie werden nicht mehr zur Teilnahme nominiert werden. Deshalb fallen auch viele Aufträge weg. Ich hätte Sie gern zu meiner Starfotografin gemacht, das Zeug dazu haben Sie, aber jetzt sind mir die Hände gebunden. Sie dürfen versichert sein, dass ich mich trotzdem für Sie ins Zeug werfe, aber Sie können sich darauf einstellen, in Zukunft eher Hochzeiten zu fotografieren als alles andere.«

»Ich verstehe«, erklärte Annekathrin. Sie konnte Hanka nachvollziehen, aber jetzt ärgerte sie sich über sie.

»Noch eins, Frau Herold.«

»Ja?«

»Sie sind Mitglied der Sozialistischen Einheitspartei Deutschlands.«

»Ja.«

»Distanzieren Sie sich offiziell von Ihrer Schwester, dann lassen Sie zwei, drei Jahre ins Land gehen. Womöglich können Sie dann wieder durchstarten.«

»Nein. Das werde ich nicht tun. Ich werde mich auf gar keinen Fall von Hanka distanzieren.«

Prof. Kauffmann lächelte. »Das dachte ich mir, ich habe nichts anderes von Ihnen erwartet.« Dann schlug er Annekathrin leicht auf die Schulter und sagte so leise, dass sie es kaum verstehen konnte: »Das wird schon, Frau Herold. Das wird schon.«

Dann ging er davon.

Einen Augenblick fragte sich Annekathrin, ob sie sich verhört hatte, doch dann sah sie auf ihrer Uhr, dass der Unterricht schon längst begonnen hatte.

Und plötzlich verstand sie, was Prof. Kauffmann ihr zwischen den Zeilen gesagt hatte. Sie hatte noch eine Chance, aber sie musste ihre Arbeit ganz neu ausrichten.

Armin stand vor seiner achten Klasse, die er im letzten Herbst übernommen hatte und in der er jetzt nur noch einmal in der Woche Geschichte unterrichten durfte.

»Warum sind Sie nicht mehr unser Klassenlehrer?«, fragte ein Schüler, nachdem er sich ordentlich gemeldet hatte.

Armin hatte mit so einer Frage gerechnet und sich seit gestern Abend, als Elli, Rudi und Hanka gegangen waren, damit beschäftigt. Die Antwort musste so sein, dass sie vor der Parteigruppe bestehen konnte, aber auch die Schüler nicht enttäuschte.

»Wisst ihr, meine Frau und ich haben eine kleine Tochter. Sie wird im September drei Jahre alt. Und weil meine Frau noch studiert, muss ich mich ein wenig mehr als andere Väter um die Kleine kümmern. Deshalb bin ich nicht mehr euer Klassenlehrer. Aber wenn ihr etwas auf dem Herzen habt, bin ich natürlich weiter für euch da.«

»Und wer geht mit uns auf Klassenfahrt?«, wollte eine Schülerin wissen.

»Das ist noch nicht entschieden, aber ich hoffe, dass ich mitfahren kann.«

»Und wer betreut dann die Kleine?«, fragte eine andere Schülerin. »Oder bringen Sie sie doch einfach mit. Wir kümmern uns alle darum.«

Da lachte Armin und wusste wieder, warum er Lehrer geworden war. Er liebte seine Schüler. Manche mehr, andere weniger, aber er liebte sie und seinen Beruf von ganzem Herzen. »Dafür ist sie noch zu klein«, erklärte er. »Aber ich bin sicher, die Klassenfahrt wird für alle ein großer Spaß werden.«

Hanka brauchte eine Arbeit. Sie musste Geld verdienen, aber sie wusste, wie schwer es werden würde, eine Anstellung zu finden. Sie hatte gehört, dass Ausreisewillige bei der Kirche arbeiteten, aber sie war weder getauft noch konfirmiert. Sie wusste auch, dass Karsten von der Modenschau auf einem Friedhof als Totengräber arbeitete, obwohl er Maschinenbau studiert und früher im Bodenbearbeitungsgerätewerk an der Herstellung und Entwicklung von neuen Maschinen gearbeitet hatte. Seit seinem Ausreiseantrag hob er Gruben aus und trug Särge.

Sollte sie zur Kirche gehen? Aber zu welcher? Es gab so viele in Leipzig. Oder sollte sie zum Südfriedhof laufen und dort nach Arbeit fragen? Es war ihr gleichgültig, was sie für eine Tätigkeit verrichten sollte.

Elli hatte ihr gestern noch 100 Mark zugesteckt, damit sie die Miete bezahlen konnte und ein paar Lebensmittel. Hanka hatte auch überlegt, ob sie ein Zimmer an einen Studenten vermieten sollte, aber die paar Mark, die die Miete betrug – es waren genau 46 Mark der DDR –, brachten sie auch nicht weiter. Natürlich würde sie weiterhin nähen. Vielleicht konnte

Bernhard ihr helfen, die Sachen zu verkaufen. Sie hatte gehört, dass es in Connewitz einen kleinen Laden für selbst genähte Kleidung gab, vor dem sich lange Schlangen bildeten, denn die Leute waren mit dem Angebot in den staatlichen Läden noch nie glücklich gewesen.

Sie beschloss, es auf dem Friedhof zu versuchen, und machte sich auf den Weg.

»Wir haben keine Arbeit für Sie«, hörte sie eine Stunde später. »Es tut uns leid. Wir beschäftigen in erster Linie Männer. Die Arbeit ist schwer, nicht für Frauen geeignet.«

Hanka sackte in sich zusammen. »Was soll ich jetzt tun?«, fragte sie.

Der Mann im Büro der Friedhofsverwaltung blickte sie mitleidig an. »Versuchen Sie es in Lindenau. Da gibt es ein kirchliches Alten- und Behindertenheim. Vielleicht haben Sie da Glück.« Er schrieb ihr die Adresse auf einen Zettel, und obwohl Hankas Mut sank, fuhr sie doch nach Lindenau. Sie klingelte an der Pforte des Heimes. Eine ältere Frau öffnete.

»Bitte sehr?«

»Ich suche nach einer Arbeit«, erklärte Hanka und wollte sich schon zum Gehen wenden, in der Annahme, auch hier weggeschickt zu werden.

»Kommen Sie herein, Sie kommen mir wie gerufen. In der Küche ist gerade Land unter.«

Die ältere Frau stieß die Tür weit auf, und keine zehn Minuten später fand sich Hanka mit einer Haube auf dem Haar und einem Kittel vor einem großen Berg Kartoffeln, den es zu schälen galt.

Außer ihr war in der Küche des Heims nur noch die Köchin,

eine verschwitzte rotgesichtige Frau um die vierzig, die hin und her eilte und kurze Befehle gab.

»Kartoffeln fertig?«, rief sie Hanka zu.

»Ja.«

»Aufsetzen. Dann die Möhren putzen.«

Hanka gehorchte, putzte Möhren, bis ihr die Hände schmerzten.

»Möhren so weit?«

»Ja.«

»Quark anrühren für heute Abend. Frische Kräuter gibt's nicht. Mach was mit Gewürzen. Aber nicht zu scharf, das vertragen unsere Leute schlecht.«

Die Köchin, die zwischendrin noch gerufen hatte, dass sie Jutta heiße, zeigte auf den großen Kühlschrank.

Hanka fand darin einen Fünflitereimer mit Quark, gab ihn in mehrere Schüsseln, schnitt mit tränenden Augen Zwiebeln, gab sie in den Quark, ein wenig Speisewürze dazu, Pfeffer, Salz und Paprika. Dann schmeckte sie ab, fand den Quark zu fade, würzte nach, bis Jutta kam.

»Zeig mal her!« Sie kostete den Quark, nickte, sagte: »Bisschen mehr Salz noch.«

Und Hanka salzte, während Jutta Buletten briet. Hanka gab danach Butter zu den Möhren sowie Salz und Pfeffer. Sie dachte, sie wäre gerade eine halbe Stunde hier, doch die Uhr zeigte ihr, dass sie seit zwei Stunden in der Küche stand.

»Tische decken!«, rief Jutta.

»Wo?«

»Im Speisesaal natürlich. Wo denn sonst? Für zwanzig Personen.«

Hanka eilte in die gewiesene Richtung. Fand Teller und Bestecke in einem Schrank, verteilte Messer und Gabeln auf den Vierertischen.

»Servietten?«, rief sie in Richtung der Küche.

»Ha'm wir nicht«, rief Jutta zurück.

Danach belud Hanka Servierwagen mit angerichteten Tellern, und als sie damit fertig war, saßen die Bewohner des Heims schon an den Tischen, und Hanka verteilte das Essen.

»Mach hin«, drängte Jutta, die mit ihr die Teller ausgab. »Sonst ist das Essen für die Letzten schon kalt.«

Hanka gehorchte. Mittlerweile taten ihr nicht nur die Handgelenke von der Schälerei weh, sondern auch die Füße von der Hin-und-her-Rennerei.

»So, jetzt erst einmal einen Kaffee«, erklärte Jutta, als die leeren Teller allesamt wieder abgeräumt waren.

»Was soll ich tun?«, fragte Hanka und sprang von dem Stuhl auf.

Jutta lachte. »Bleib mal sitzen, hast gut gearbeitet. Ich mache das jetzt.«

Wenig später saßen die beiden Frauen an einem kleinen Tisch und aßen, was die Bewohner übrig gelassen hatten: Buletten, Möhren und Kartoffeln. Danach tranken sie den Kaffee.

»Jetzt erzähl mal, was hast du angestellt?«

»Wieso angestellt?«

»Hierher kommt keiner freiwillig. Die Kirche zahlt schlecht, und die Arbeit ist schwer. Also? Ausreiseantrag oder Bewährung in der Produktion?«

»Ausreiseantrag.«

Jutta nickte. »Bis letzte Woche war Marianne hier. Über

Nacht hat sie die Ausreisegenehmigung erhalten. Jetzt wird sie schon in Gießen sein.«

»Und du?«, wollte Hanka wissen.

»Ich bin schon ewig hier. Mir macht die Arbeit Spaß. Mein Vater war Pfarrer, weißt du. Und mein Mann ist es auch. Klar, dass ich für die Kirche arbeite.«

Hanka hätte gern noch weiter gefragt, aber die Frau, die ihr vor Stunden die Tür geöffnet hatte, kam herein.

»So, jetzt machen wir uns erst einmal miteinander bekannt«, sagte sie und reichte Hanka die Hand. »Ich bin Ellen Melzer. Die Leiterin. Wie lief es denn?«

Jutta erwiderte: »Hat sich gut geschlagen.«

»Willst du wiederkommen?« Die Leiterin sprach Hanka an.

Zwar spürte Hanka jeden Knochen, aber es hatte ihr Spaß gemacht, die Ergebnisse ihrer Arbeit vor Augen zu sehen. Die alten Leute hatten gegessen und gesagt: »Schmeckt heute wieder gut.«

»Wenn ich darf, bleibe ich.«

»Gut. Übrigens duzen wir uns hier alle. Ich bin Ellen. Du bist Hanka, wenn ich das richtig gehört habe. Dann komm doch nach der Pause hoch in mein Büro. Erster Stock, gleich links neben dem Treppenhaus. Dann machen wir den Arbeitsvertrag.«

»Was verdiene ich denn?«, wollte Hanka wissen. Das war nur eine rhetorische Frage, denn sie wusste schon, dass sie so oder so bleiben würde.

»200 Mark. Dafür kannst du hier essen. Frühstück und Mittag. Oder Mittag und Abend, ganz so, wie deine Schicht liegt.

Am Wochenende ein Zuschlag. Bist du dabei?« Ellen streckte ihr die Hand hin.

»Ich bin dabei.«

»Hört mal, ich kenne einen neuen Witz.« Die Frauen an den Nähmaschinen der PGH »Roter Faden« hoben die Köpfe.

»Einen politischen?«, wollte Elli wissen.

»Klar, die machen doch am meisten Spaß.«

»Dann warte bitte, bis ich draußen bin.« Elli erhob sich.

»Warum das denn auf einmal?«, wollte die Witzeerzählerin wissen.

»Meine Tochter hat einen Ausreiseantrag gestellt. Ich will so wenig wie möglich auffallen.«

»Oh!« Die Kolleginnen blickten sie mitleidig an, und Elli begab sich auf die Toilette.

Als sie zurückkam, saßen die Frauen brav vor ihren Maschinen und nähten. In der Mittagspause nahm Elli ihre Brotdose und ihre Thermoskanne mit Tee und ging nach draußen, obwohl die Märzsonne noch nicht wärmte. Bisher hatte sie immer mit den anderen Frauen die Pause verbracht. Sie hatten geredet und gelacht und geraucht. Sie war gern dabei gewesen, aber jetzt fühlte sie sich ein bisschen wie eine Aussätzige. Sie dachte, wenn sie allein die Pause verbrachte, dann konnten die Frauen so frei von der Leber weg reden wie immer. Elli würde weder sich noch die anderen in Gefahr bringen.

Die Witzeerzählerin – sie hieß Ingrid – kam heraus, um Abfall in die Mülltonne zu werfen. »Was machst du denn hier?«, wollte sie wissen.

»Ich wollte … an die frische Luft.« Elli wusste nicht, was sie sagen sollte. Wie verhielt man sich am besten in einer solchen Situation?

»Mach keinen Quatsch«, forderte Ingrid. »Zwischen uns allen hat sich nichts geändert. Komm mit rein. Und Witze werde ich auch weiterhin erzählen. Du wirst schon nichts sagen. Wir müssen uns gegenseitig vertrauen. Und zusammenhalten.«

Elli war so dankbar für diese Worte, dass sie Ingrid am liebsten umarmt hätte, aber das tat sie nicht, sie lächelte nur über das ganze Gesicht. Sie fasste nach Ingrids angebotenem Arm, und so gingen sie zurück zu den anderen.

Kapitel 28

1967 bis 1969

1967 wurde in Leipzig die erste »Goldbroilerbar« eröffnet. Lange Schlangen mit Appetit auf Brathühnchen reihten sich davor auf. Die sozialistische Produktion war um weitere Produkte reicher geworden. Neben der Wunschkindpille, die es seit zwei Jahren unter dem Namen »Ovosiston« in den Apotheken gab, waren nun in den Drogerien auch Kondome der Marke »Mondos« zu bekommen. Auf eine Waschmaschine wartete man sechs Monate oder bis zu zwei Jahre. Bekam man sie dann endlich, kostete sie 2600 Mark, das Zehnfache eines durchschnittlichen Gehalts.

Im Frühjahr des Jahres 1968 bekamen die Bürger der DDR Post von ihrem Oberhaupt. Walter Ulbricht schrieb: »Es wird einen neuen Entwurf der Verfassung geben. Das geht dich an, denn es ist dein Gesetz; es zu gebrauchen, bist auch du berufen.«

Im Artikel 1 der neuen Verfassung stand: »Die Deutsche Demokratische Republik ist ein sozialistischer Staat deutscher Nation. Sie ist die politische Organisation der Werktätigen in

Stadt und Land, die gemeinsam unter der Führung der Arbeiterklasse und ihrer marxistisch-leninistischen Partei den Sozialismus verwirklichen.«

Diese Partei war es auch, die am 30. Mai 1968 die Sprengung der Kirche St. Pauli in Leipzig in Auftrag gab, denn der Sozialismus kam auch ohne Kirchen aus.

Auch die Mode veränderte sich. Die »Jugendmode« wurde gegründet und richtete im ganzen Land Verkaufsstellen ein, deren Angebot sich unter dem Motto »kess und farbenfroh« an die jugendlichen Konsumenten richtete. Lange Schlangen waren die Folge, und es kam vor, dass bei der Jugendweihe drei oder vier Mädchen einer Klasse dasselbe Kleid trugen. Unter dem Motto »100 Kleider warten auf ihre Trägerinnen/ Ihr testet – Konfektionsbetriebe produzieren« kamen Kleider in die Geschäfte, die zwischen 8,90 und 11,50 Mark kosteten. Der Volksmund, kritisch wie eh und je, hatte rasch einen Spitznamen dafür zur Hand. »Papierkleider« wurden die dünnen Fähnchen genannt, weil sich der neue Stoff Vliesett so anfühlte. Genau fünf Wäschen überstanden die Kleider, ehe sie untragbar wurden. Dafür konnte man die Länge der Kleider selbst bestimmen. Einfach mit der Schere losschneiden und ohne das lästige Umsäumen anziehen. Die Designer hatten bei der übrigen Jugendmodekollektion unter dem Titel: »Sonnidee – sonnige Jugend, ideenreich gekleidet« auch insbesondere darauf zu achten, dass die Mode die sozialistische Lebensweise widerspiegelte.

Ein Jahr später, am 7. Oktober 1969, wurde die Deutsche Demokratische Republik 20 Jahre alt. Für die Bürger gab es ein besonderes Geschenk: einen neuen Stoff mit Namen »Präsent 20«. Er bestand aus hundertprozentigem Polyester, war knitterfrei und leicht zu pflegen. Die meisten waren begeistert davon, kauften Anzüge und Kostüme. Aber das Präsent des Staates an seine Bürger hatte auch Nachteile. Der synthetische Stoff förderte den Schweißgeruch, er ging leicht in Flammen auf – ein Zigarettenfunke genügte –, und er lud sich elektrisch auf, so dass die dünnen Sommerkleider an Oberschenkel und Po klebten. Im selben Jahr wurde der Berliner Fernsehturm eingeweiht, und kaum waren die Blumen der Feier verwelkt, kursierten die ersten Witze darüber: »Was ist, wenn der Berliner Fernsehturm umfällt?« – »Dann kann man mit dem Fahrstuhl direkt in den Westen fahren.«

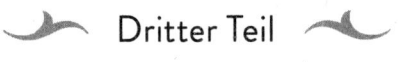 Dritter Teil

1970–1971

Kapitel 29
1970

Im Auffanglager Gießen fragte man Hanka, wie sie sich ihre Zukunft in der Bundesrepublik Deutschland vorstellte. »Ich möchte studieren. Mode oder wenigstens Gestaltung.« Sie war vierundzwanzig Jahre alt und konnte nichts anderes vorweisen als ein abgebrochenes Studium an der Kunstgewerbeschule Leipzig.

Die Sachbearbeiterin nickte. »Hier wird man Sie nicht aus politischen Gründen von der Schule verweisen, das kann ich Ihnen versprechen.«

Und Hanka, die ein wenig Angst hatte vor dem Westen, nickte erfreut und malte sich die Zukunft aus. Ja, sie würde studieren, sie würde bei den besten Modegestaltern arbeiten. Hier im Auffanglager hatte sie einen »Neckermann«-Versandkatalog entdeckt. Sie fand die Mannequins darin weniger hübsch als die in der »Sibylle«. Sie fand auch die Fotografien langweiliger, aber die Kleidung begeisterte sie. Sie sah zum ersten Mal in ihrem Leben eine Bloomer, eine Damenhose. Sie sah einem knielangen Rock sehr ähnlich, verhinderte aber, dass man unter eben diesen Rock schauen konnte. Und es gab sogar eine Jeans für Frauen, die »Girl Campinghose«, die an der Seite geschlossen wurde. Und so viele Farben, so viele Muster! Jeden Abend überlegte Hanka, was sie mit ihrem ersten Geld kaufen sollte. Eine Damenjeanshose, so viel stand fest. Vielleicht noch eine Bloomer mit Bündchen am Knöchel. Und einen Minirock. Am liebsten einen mit graphischen Mustern. Dazu Stiefel. Unbedingt weiße Stiefel mussten es sein. Sie träumte auch von einem Ballkleid, obwohl sie noch nie auf einem Ball gewesen war und so schnell auch nicht dazu kommen würde. Aber sie liebte Wolken aus Tüll und Seide. Kleider, wie es sie nur in Paris gab. Es hieß zwar, die Haute Couture sei tot, aber das glaubte Hanka nicht. Frauen wollten Kleider, die sie schöner machten, die ihre Weiblichkeit unterstrichen. Das taten die Girl Campinghosen nicht und auch nicht die Bloomer.

Vier Wochen nach ihrer Ankunft erhielt sie die Erlaubnis, das Auffanglager Gießen zu verlassen. Ausgestattet mit dem Pass der Bundesrepublik Deutschland stieg sie für die einstündige Fahrt nach Frankfurt in den Zug. Es war alles so schnell gegangen. Vor sechs Wochen war sie noch in Leipzig gewesen und nun auf dem Weg nach Frankfurt. Der Bescheid über die Entlassung aus der Staatsbürgerschaft der Deutschen Demokratischen Republik war ihr im Rathaus übergeben worden. Sie musste das Land innerhalb von 48 Stunden verlassen. Doch zuvor waren noch einige Behördengänge nötig. In der Sparkasse musste ihr bescheinigt werden, dass sie schuldenfrei war, eine Liste der Dinge, die sie mitnehmen wollte, war nötig, der Personalausweis musste auf der Polizei abgegeben werden, die Wohnung geräumt und der Schlüssel bei der kommunalen Wohnungsverwaltung hinterlegt werden. Am schlimmsten aber war der Abschied von der Familie. Alle weinten, sogar

Rudi. Und Hanka selbst schluchzte, als wollte sie nie wieder damit aufhören.

Wäre in diesem Augenblick jemand gekommen und hätte ihr angeboten, in der DDR bleiben zu können, sie hätte unterschrieben, auch wenn sie es womöglich schon am nächsten Tag bereut hätte. Der Abschied hatte wehgetan. So weh, wie nichts sonst in ihrem Leben. Es würde Jahre dauern, bis sie ihre Eltern wiedersah, und noch einmal länger bis zum Wiedersehen mit Annekathrin, Armin und Elena. Wahrscheinlich war die Kleine dann schon ein Schulkind. »Wir treffen uns in Ungarn am Balaton«, hatte Annekathrin versprochen. »Oder in Prag«, hatte Armin hinzugefügt, und doch verlor sie an diesem Tag ihre Familie.

Sie hatte im Auffanglager angegeben, bei ihrer Tante Betty unterkommen zu können. Sie hatte Betty nicht gefragt, hatte gerade erst einmal mit der Schwester ihrer Mutter telefoniert, aber im Osten galt: Platz ist in der kleinsten Hütte. Die ganze Familie Herold hatte lange Zeit im ehemaligen Kinderzimmer gelebt. Also würde sie bei Tante Betty auf der Couch schlafen, bis sie eine eigene Wohnung gefunden hatte. Die Miete würde nicht das Problem sein. Die paar Mark waren schnell verdient. Sie könnte ja neben dem Studium kellnern oder für Bettys Freundinnen nähen. Sie war so gespannt auf Mareike, Bettys Tochter. Sechs Jahre jünger als sie war ihre Cousine. Und obwohl das in diesem Alter ein riesiger Unterschied war, war sich Hanka sicher, in Mareike eine Freundin zu finden.

Sie hatte gehofft, am Bahnhof abgeholt zu werden. Doch da war niemand. Nicht Tante Betty, nicht Mareike, die sie von einem Foto kannte. Sie fragte sich durch, zerrte die beiden schweren Koffer, die sie vor ihrer Ausreise mit den wichtigsten Dingen gefüllt hatte, hinter sich her. Die Arme taten ihr weh. Leute rannten an ihr vorüber. Zweimal wurde sie angerempelt. Ein Mann rief ihr zu, sie solle aus dem Weg gehen, er habe es eilig. Es roch nach Ruß, nach frischen Brötchen und nach etwas Flüchtigem, Eiligem, das Hanka nicht einordnen konnte.

Sie erfuhr, dass sie mit der Straßenbahnlinie 12 ins Nordend kam, zerrte ihre Koffer weiter, überquerte den Bahnhofsvorplatz, wartete auf die Bahn. Es war kurz nach 17 Uhr, und an der Haltestelle standen die Menschen dicht an dicht. Hanka hatte sich so oft vorgestellt, wie es wäre, wenn sie endlich nach Frankfurt käme. Betty und Mareike würden sie abholen, und sie alle würden gemeinsam mit dem Taxi fahren. Unterwegs würde Hanka die vielen Schaufenster mit all den tollen Sachen entdecken. Sie würde junge Leute sehen, die modisch gekleidet waren. Sie würden nach Hause kommen, und Betty würde Kaffee kochen. Sie würden Kuchen essen, und danach würde die Tante ihr zeigen, wo sie ihre Sachen lassen konnte. Ihr war nicht klar, dass sie wie eine Ostfrau dachte. Im Osten wäre es so gewesen, und sie erlebte verunsichert, dass es hier anders war.

Endlich kam die Straßenbahn. Hanka blickte sich um in der Erwartung, jemand würde ihr mit den Koffern helfen. Aber da war niemand. Da waren nur verärgerte Blicke, weil sie den Einstieg versperrte. Endlich hatte Hanka ihre Koffer in die Bahn gewuchtet. Sie schwitzte, blickte sich nach einer Zahlbox um, wie sie sie aus Leipzig kannte. Aber da war nichts. Sie fragte die junge Frau neben sich, wo sie aussteigen musste, um in die Hallgartenstraße zu kommen, aber die junge Frau zuckte nur uninteressiert mit den Schultern. Ein älterer Mann sprach sie an. »Fräulein, steigen Sie einfach aus, wenn ich aussteige.«

Die Bahn fuhr rumpelnd durch die Straßen, vorbei an neuen Gebäuden. Hanka erblickte ein Denkmal, ein Möbelgeschäft und unglaublich viel Reklame. Da hingen Werbetafeln für ein Kaufhaus, die größer waren als die Gartenhütte ihrer Großeltern in Leipzig. Da verteilte jemand bunte Blättchen mit Sonderangeboten, da stiegen bedruckte Luftballons in die Höhe. Aber sie konnte sich nicht auf die Fahrt konzentrieren, da bei jedem Halt Leute gegen ihre Koffer stießen oder sie anrempelten. Sie fühlte sich verschwitzt und durstig und machte drei Kreuze, als sie endlich aussteigen konnte. Der Mann nahm einen ihrer Koffer. Sie bedankte sich, wollte fragen, wie sie zur Hallgartenstraße kam, aber er eilte schon weiter. Sie blickte sich um, sprach eine ältere Frau an, die ein Kopftuch trug und sie nicht zu verstehen schien. Endlich kam eine junge Frau mit einem Kinderwagen und erklärte Hanka den Weg.

Sie schleppte die Koffer, hatte das Gefühl, ihre Arme würden mit jedem Schritt länger. Dann stand sie endlich vor der Hausnummer 44 und klingelte. Jemand kam die Treppe herunter. Hanka grüßte freundlich und erntete ein knappes Nicken dafür. Tante Betty wohnte im zweiten Stock und stand schon in der Tür.

»Herzlich Willkommen im Paradies«, sagte sie lächelnd und wischte ihre Hände an einem Geschirrtuch ab.

Zehn Minuten später saß Hanka vor einer Tasse Kaffee und einem Stückchen Kuchen, genau, wie sie es sich vorgestellt hatte. Tante Betty fragte, wie es in Gießen gewesen war, wie sie hergefunden hatte. Hanka verschwieg ihre Enttäuschung darüber, dass sie nicht abgeholt worden war. Und dann räumte Tante Betty das Geschirr weg, strich sich über die Haare und sagte: »Tja, ich müsste jetzt noch einkaufen gehen.«

»Da kann ich ja mitkommen«, erklärte Hanka.

»Solltest du nicht erst einmal in deine Unterkunft?«

Hanka erstarrte. »Ich habe keine Unterkunft. Ich dachte, ich kann bei dir bleiben.«

Betty schüttelte den Kopf. »So leid es mir tut, Hanka, aber wir haben wirklich keinen Platz. Sieh, Mareike braucht ihr eigenes Zimmer. Sie macht Abitur, da muss sie in Ruhe lernen können.«

»Die Couch im Wohnzimmer?«, brachte Hanka stammelnd hervor.

»Das geht mal für ein, zwei Nächte, aber für länger nicht.«

Hanka war zum Weinen zumute. Sie war erschöpft und kannte sich nicht aus in diesem wilden Land mit seiner Farbigkeit, in dieser Stadt mit ihrem Lärm und den vielen Menschen und Möglichkeiten.

Betty setzte sich wieder hin und unterdrückte ein Seufzen, das Hanka dennoch wahrnahm. »Was hast du denn überhaupt vor?«

»Ich werde studieren«, erklärte Hanka. »Ich habe mir alles genau überlegt. In Offenbach gibt es eine Hochschule für Gestaltung. Dort werde ich mich bewerben.«

»Und wie willst du das finanzieren?«

Hanka winkte ab. »Ach, ich brauche ja nicht viel. Wenn es knapp wird, werde ich ein bisschen nebenbei nähen.«

Betty nickte. »Das habe ich mir schon gedacht. Hanka, du hast keine Ahnung. Hier bekommst du kein Stipendium. Hier musst du dein Leben selbst finanzieren. Bei den meisten Studenten helfen die Eltern. Aber du musst Miete bezahlen, für Lebensmittel und Fahrtkosten aufkommen, und auch für das Material für die Hochschule bist du selbst verantwortlich.«

Hanka fiel auf den Stuhl zurück und starrte ihre Tante an. »Das hat mir niemand gesagt«, stammelte sie.

»Vielleicht, weil es so selbstverständlich ist.«

»Und was soll ich jetzt tun?«

»Nun, es gibt das Bundesausbildungsförderungsgesetz, BAföG genannt. Das regelt die Unterstützung für Schüler und Studenten. Du musst dich erkundigen. Und du musst dir ein Zimmer suchen.«

Kurz flog eine Ahnung von Heimweh durch Hankas Herz. Sie begriff, dass sie sich alles zu einfach vorgestellt hatte. Hätte sie gekonnt, wäre sie in den nächsten Zug nach Leipzig gestiegen.

»Kann ich … darf ich wohl für ein paar Nächte auf eurer Couch schlafen?« Die Frage kam ihr leise, beinahe ängstlich über die Lippen. Hanka fühlte sich so verloren wie nie zuvor in ihrem Leben.

Betty nickte, legte ihr eine Hand auf die Schulter. »Das ist jetzt vielleicht alles ein bisschen viel für dich, aber das wird schon, mach dir darum keine Sorgen.«

Die nächsten Tage verbrachte Hanka auf Behörden. Zuerst bewarb sie sich für das nächste Semester, das in fünf Monaten, im Oktober 1970, beginnen sollte. Dann stellte sie einen Antrag auf Ausbildungsförderung. Von dort eilte sie zum Wohnungsamt. »Wir sehen zu, dass wir schnell ein Zimmer für Sie bekommen«, erklärte die Bearbeiterin. »Aber ein bisschen Geduld müssen Sie schon haben.«

»Ich kann mir Geduld nicht leisten«, widersprach Hanka schüchtern. »Ich habe schlicht keinen Ort, an dem ich bleiben kann.«

Die Sachbearbeiterin zuckte mit den Schultern. »Ach, Sie werden schon etwas finden. Es gibt da Unterkünfte.«

Hanka ließ sich die Adressen der Unterkünfte geben und erfuhr am Abend, dass es Bleiben für Obdachlose waren.

Sie fuhr zurück nach Offenbach, die Bearbeiterin hatte ihr dazu geraten, um auch dort einen Antrag auf ein Zimmer zu stellen. Hier sprach man von zwei Wochen, die es brauchte, um eine Unterkunft für Hanka zu finden. Danach begab sie sich auf das Arbeitsamt. Sie blieb gleich in Offenbach, einer kleineren Stadt, die an den Osten Frankfurts grenzte. Und sie bekam auf der Stelle eine Adresse, bei der sie sich am nächsten Tag vorstellen konnte, und endlich tauchte am Horizont ein Silberstreif auf, der so schmal war wie die schmalste Sichel des Mondes.

»Und, wie sieht es aus? Was hast du heute erreicht?«, fragte Betty jeden Abend.

Mareike war auf einer Klassenfahrt, sie würde am nächsten Tag zurückkommen, und Hanka musste deren Zimmer räumen.

»Es dauert alles. Aber jetzt habe ich wenigstens eine Arbeit. Man hat mir gesagt, ich bekäme in zwei Wochen ein Zimmer. Aber ich weiß nicht, wo ich bis dahin bleiben soll.« Hanka schluckte, erhob sich vom Küchentisch und erledigte den Abwasch, obwohl sie gar nicht mit zu Abend gegessen hatte.

Tante Betty goss sich ein Glas Weißwein ein und seufzte laut. »Na gut, wenn es nicht anders geht. Dann bleib halt bei uns. Aber länger als zwei Wochen können wir dich wirklich nicht aufnehmen und verköstigen.«

Verköstigen. Hanka erschrak. Ja, sie hatte bei ihrer Tante gefrühstückt und auch ein paar Mal zu Abend gegessen. Sie hatte gedacht, sie wäre ein Gast. Aber das schien nicht so zu sein.

»Setz dich mal zu mir«, bat Tante Betty, als Hanka mit dem Abwasch fertig war. Sie goss der Nichte ein Glas Wein ein. »Halte mich bitte nicht für herzlos. Das bin ich nicht, aber das Leben hier läuft anders als in der DDR. Ich bin alleinerziehend, die Miete ist nicht billig. Ein Drittel meines Lohnes geht dafür drauf. Wenn der Monat zu Ende geht, müssen wir jede Mark umdrehen. Verstehst du? Mareikes Schulsachen kosten Geld. Für die Klassenfahrt habe ich monatelang gespart. Ich bräuchte neue Sandalen, bei den alten ist ein Riemchen gerissen. Aber das geht im Augenblick nicht.«

Hanka nickte langsam, beschämt über sich. Sie hatte nie gefragt, hatte es für selbstverständlich gehalten, beköstigt zu werden.

»Ich kann etwas beisteuern, wenn ich ab morgen arbeite«, versprach sie.

»Nein, Schatz, das brauchst du nicht. Du wirst jeden Pfennig benötigen, wenn du dein Zimmer bekommst. Das BAföG wird auch nicht so üppig sein, dass du davon leben kannst. Du wirst kellnern gehen oder etwas anderes tun müssen. Ich möchte nicht, dass du dich als Last bei uns empfindest, denn das bist du nicht. Du bist meine Nichte. Aber zu dritt in zwei Zimmern? Wenn Mareike morgen kommt, stelle ich ein Campingbett für dich auf. Ich habe es mir von den Nachbarn geborgt. Wie gesagt, ich möchte nicht herzlos sein, aber du siehst selbst, wie es hier ist.«

Hanka nickte. »Du hättest früher mit mir sprechen sollen«, sagte sie leise. »Ich habe das nicht gewusst.«

Betty lachte, drückte Hankas Hand. »Wir werden schon zurechtkommen, wir drei Salomon-Frauen. Jedenfalls fürs Erste.«

Als Hanka im Bett lag, dachte sie über ihre Tante nach. Betty arbeitete bei einem Steuerberater. Hanka hatte gedacht, sie würde so viel Geld verdienen, dass es gut zum Leben reichte, aber nach dem Gespräch hatte sie plötzlich einen anderen Blick bekommen. Sie sah, dass der Bezug der Couch an einigen Stellen fadenscheinig war. Bettys Kleidung sah nicht aus, als trüge sie die neueste Mode. Ihr linker Schuh war am Absatz ein wenig abgelaufen, und ihr Haar musste wieder einmal geschnitten werden.

Ich bin dumm, dachte Hanka. Wie kam es nur, dass ich dachte, alle im Westen wären reich? Alle Frauen in Frankfurt trügen die neueste Mode?

Sie hatte in der »Leipziger Volkszeitung« von Armut und Arbeitslosigkeit gelesen. Aber sie hatte es nicht geglaubt. Sie hatte gedacht, das müsste die Zeitung so schreiben, um die Sehnsucht der Leipziger nach dem Westen ein wenig einzudämmen. Sie hatte immer nur das Schöne sehen wollen und das Schlechte nicht beachtet. Sie dachte an den Bettler, den sie heute gesehen hatte. Abgerissen sah er aus, gestunken hatte er, und sie war naserümpfend an ihm vorübergegangen. Bettler hatte es in der DDR nicht gegeben. Und eigentlich hatte es auch keine wirklich armen Leute gegeben, die hungern oder die ihr Nachtlager auf einer Parkbank aufschlagen mussten. Und dann begann sie zu weinen. Sie hatte solche Sehnsucht nach Elli und Rudi, nach Elena und Annekathrin. Sie hatte gedacht, es ginge ihr schlecht im Osten. Das Leben wäre ungerecht gewesen, das Leben und der Staat und die Stasi. Und das war vielleicht auch so, aber es war weniger schlecht gewesen, als sie geglaubt hatte. Der Westen war eine Enttäuschung für sie. Trotz der Tafel Sarotti-Schokolade, die Betty ihr heute vom Einkauf mitgebracht hatte.

Es gab kein Zurück mehr. Niemals mehr. Sie hatte einen Entschluss gefasst und musste nun mit den Konsequenzen leben. Sie wischte sich die Tränen aus dem Gesicht. Ich werde es schaffen, nahm sie sich fest vor. Ich werde eine Modegestalterin werden, deren Namen die Leute kennen. Ich muss es schaffen, sonst war alles umsonst.

Hanka versprach sich in dieser Nacht, alles dafür zu tun, das zu erreichen, was sie sich vorgenommen hatte. Und dieser Entschluss ließ die Verzweiflung und Mutlosigkeit schwinden und setzte die Kraft für die großen Herausforderungen frei.

Kapitel 30

1970

Elena war in diesem Herbst in die Schule gekommen und behauptete, sie wäre ein großes Mädchen. Jeden Morgen um halb acht brachte Annekathrin sie zum Unterricht und holte sie nach dem Hort um sechzehn Uhr wieder ab. Da hatte Elena bereits ein warmes Mittagessen erhalten, und die Hausaufgaben waren auch erledigt.

Elena ging eigentlich gern in die Schule, nur in den ersten beiden Wochen gab es Probleme. Sie konnte schon schreiben und bis einhundert zählen. Und als Elena erfahren hatte, dass man nun damit begann, die Buchstaben M und A zu lehren, da war sie aufgestanden, hatte ihren Ranzen gepackt und war nach Hause gegangen. Und weil dort niemand war, hatte sie sich auf den Weg zu Elli gemacht, die mittlerweile Rentnerin war.

»Mein Gott, Kind, wo kommst du denn her?«, wollte Elli verblüfft wissen. »Du müsstest doch in der Schule sein.«

Da begann Elena zu weinen. »Schule ist doof. Die lernen da jetzt das M und das A, das kann ich doch schon längst. Da muss ich nicht hingehen.«

Elli hatte ihre kleine Enkelin ratlos betrachtet. Dann fasste sie nach deren Hand. »Elena, du musst zur Schule gehen. Da lernt man nämlich auch Singen und Malen und erfährt spannende Sachen.«

Elena hatte die Arme vor der Brust verschränkt und die Unterlippe nach vorn geschoben.

»Was soll ich denn jetzt mit dir machen, wenn du partout nicht magst?«, fragte Elli mit Falten auf der Stirn.

Rudi, der hinter der »Leipziger Volkszeitung« verborgen in seinem Sessel saß, ließ das Blatt sinken. »Das lass mal ruhig die Eltern ausdiskutieren«, empfahl er seiner Frau. »Ich könnte aber mit Elena in den Buchladen gehen. Ich glaube, dort könnten wir etwas finden, das ihr gefällt.«

Elli hatte geseufzt und genickt. »Aber zum Mittagessen seid ihr beide wieder da. Und ruf unterwegs bei Armin in der Schule an; er muss wissen, dass Elena bei uns ist.«

Mittlerweile ging Elena, ohne zu murren, in die Schule, aber der Hort machte ihr dennoch mehr Spaß, und das lag vor allem an Frau Böse, der Hortnerin.

Gerade kam Elli vom Einkaufen zurück. Es hatte wieder nur Mohrrüben und Spitzkohl in der Kaufhalle gegeben, obwohl sie am Wochenende gern einen Bohneneintopf gekocht hätte. Eduard, der unterdessen fröhlich und sorglos im Altersheim Nexö lebte, kam an jedem Samstag, aß mit ihnen, schlief bei ihnen und machte sich erst am Sonntagabend wieder auf den Weg, weil um 18 Uhr der Schachklub begann. Er war es auch, der sich den Bohneneintopf gewünscht hatte, aber nun würde es stattdessen Kartoffelsuppe mit Würstchen geben und am Sonntag Koteletts mit dicken Möhren.

Sie stieß die Haustür auf, holte den Briefkastenschlüssel an ihrem Schlüsselbund hervor und fand zwei Briefe im Kasten.

Einer kam von ihrer Schwester Betty und einer von Hanka. Ihr Herz klopfte auf der Stelle in einem rascheren Takt. Wie immer, wenn Post von Hanka kam. Sie machte sich große Sorgen um ihre jüngste Tochter, sie litt darunter, sie nicht mehr sehen zu können, und sie hatte Angst um ihre Kleine.

Sie klemmte sich die Briefe unter den Arm und schleppte die Einkäufe nach oben. Dort angekommen, setzte sie Wasser auf, räumte die Einkäufe weg und brühte sich dann eine Tasse Kaffee. Rudi war im Garten; er wollte ein paar Beete umgraben und das Gurkenzelt winterfest machen. Sie hatten eine gute Ernte gehabt, so dass Elli reichlich Gurken einlegen konnte. Aus den vielen Tomaten, die sie nicht alle frisch essen konnten, hatte sie eine Tomatensoße bereitet, und auch der eingekochte Kohlrabi füllte im Vorratsschrank eine ganze Reihe. Aus den Johannisbeeren hatte sie Marmelade gemacht und die Äpfel zu Mus verarbeitet.

Sie setzte sich mit ihrem Kaffee an den Küchentisch und öffnete zuerst den Brief ihrer Schwester. Sie hatte Betty gebeten, ein Auge auf Hanka zu haben, und so berichtete diese regelmäßig in ihren Briefen. Der letzte Brief hatte gar nicht gut geklungen. Hanka musste sich kräftig nach der Decke strecken, um in diesem Land, das einerseits so voller Verlockungen und Möglichkeiten und andererseits so voller Egoismus war, zu bestehen. Elli wusste zwar, dass Hanka in Offenbach ein kleines Zimmer bei einer älteren Dame gefunden hatte und Arbeit in einer Gärtnerei, aber das war es doch nicht, was sie gewollt hatte!

Sie nahm Bettys Brief aus dem Umschlag und las.

Meine liebe Elli, lieber Rudi,

Hanka macht sich gut, denke ich. Sie ist voller Pläne. Manchmal denke ich schon, dass sie sich ein wenig viel vorgenommen hat, aber sie ist jung. Sie hat in der letzten Woche ein Kleid für meine Kollegin aus dem Steuerbüro genäht, und es ist ganz wunderbar geworden. Für Mareike hat sie aus Jeansstoff einen Rock geschneidert, der viel günstiger war, als es ähnliche Röcke bei C&A sind. Am Freitag haben wir zusammen gegessen. Gestern waren Mareike und ich bei ihr in ihrem neuen Zuhause. Zum Glück ist das Zimmer möbliert, so dass sie sich keine neue Einrichtung anschaffen musste. Das Zimmer ist recht nett, aber der dunkelbraune Kleiderschrank schluckt doch recht viel Licht. Wir haben ihr unseren kleinen Tisch mitgebracht, den wir sonst immer auf dem Balkon hatten. Dort kann sie ihre Nähmaschine aufstellen und muss nicht immer erst ihre Bücher vom Schreibtisch räumen. Die Wirtin wirkt recht nett, aber auch resolut, und Hanka hat berichtet, dass Frau Bender ihr ab und zu ein Stückchen selbst gebackenen Kuchen anbietet. Du siehst, es geht langsam aufwärts.

Mareike und mir geht es gut. Von uns gibt es nichts Neues zu berichten.

> *Viele liebe Grüße sendet Dir Deine Schwester*
> *Betty.*

Elli ließ das Blatt sinken und trank erleichtert von ihrem Kaffee. Dann erst nahm sie Hankas Brief zur Hand.

Hallo, ihr Lieben,

sag, Mama, kannst Du mir ein paar Bücher besorgen? Oder vielleicht hast Du selbst noch welche? Ich brauche alles über Stoffe. Am liebsten hätte ich die Bücher von der Kunstgewerbeschule. Du hast sie doch auf den Dachboden gestellt, oder?

Ich hatte ja versprochen, von meiner Arbeit zu erzählen. Die Firma nennt sich »Grüner Daumen«, und es ist keine Gärtnerei, obwohl Tante Betty das glaubt. Es ist ein Unternehmen, das Büropflanzen gießt. Ja, stellt euch das vor. Wir werden von größeren Firmen – Banken, Verwaltungen, Behörden, Post – beauftragt, ihre Büropflanzen zu gießen. Unvorstellbar, oder? Aber so ist es hier. Ich laufe mit meinen beiden Gießkannen von Büro zu Büro und gieße die Pflanzen. Manche Leute sind sehr freundlich, andere behandeln mich wie eine Putzfrau, und ein Mann verlangte von mir, dass ich den Papierkorb ausleere. Na, dem habe ich was erzählt! Hinterher hat er sich bei meinem Chef beschwert. Zum Glück ist er sehr nett und hat mir erklärt, dass wir Dienstleister sind und auf alle Kundenwünsche eingehen müssen. Das heißt, nächste Woche werde ich wohl den Papierkorb ausleeren müssen. Aber sonst macht die Arbeit Spaß. Wir sind immer in Zweierteams unterwegs, und ich lerne viel über Zimmerpflanzen. Ich verdiene 450 Mark im Monat. Das klingt nach viel, ist es aber nicht. Für mein Zimmer zahle ich 60 Mark, dafür wäscht mir Frau Bender meine Bettwäsche mit. Von den restlichen 390 Mark kaufe ich Lebensmittel und Kleidung. Viel bleibt nicht übrig, aber wie ihr wisst, war ich ja schon immer sparsam. Aber stellt Euch vor, ein Brot kostet 2,49 Mark! Und ich bin doch so an die in der DDR üblichen 93 Pfennige gewöhnt. Dafür ist der Kaffee sehr viel günstiger, und auch die Dederonstrümpfe. Es gibt hier eine Schokoladencreme, die man sich aufs Brot schmieren kann. Sie heißt Nutella, und wenn ich meinen nächsten Lohn bekomme, schicke ich Euch ein kleines Päckchen. Wie geht es Euch? Wie gefällt es Elena in der Schule? Ich freue mich schon auf ihren ersten Brief.

Schlägt Opa im Schachklub noch immer alle anderen Rentner? Hat Vati den Garten schon winterfest gemacht? Mutti, ich denke so oft an Dich. Manchmal habe ich Heimweh, aber das wird mit der Zeit schon vergehen. Ich vermisse Euch alle so! Bleibt gesund und munter,

Eure Hanka.

Gerade als Elli den Brief weglegen wollte, kam Rudi nach Hause. Sie hörte, wie er den Schlüssel an das Brett hängte und seine dünne Windjacke über die Garderobe warf. Obwohl es noch recht freundlich war für Oktober, wehten die ersten Vorboten der Herbststürme schon durch die Straßen.

»Ich habe für Elena Kastanien mitgebracht«, erklärte er und holte aus seinen Hosentaschen ein Dutzend der leuchtenden braunen Kugeln. Dann tippte er auf den Brief. »Von Hanka?«

»Ja.« Ellis Stimme klang zittrig, und Rudi wusste, dass sie beim Lesen geweint hatte, weil sie Hanka so sehr vermisste.

»Was schreibt sie denn?«

»Die Arbeit macht ihr Spaß. Sie verdient 450 Mark im Monat.«

»Ist das viel?«, wollte Rudi wissen.

»Ihr reicht es. Sie kommt damit aus.«

»Na, das ist doch schon mal was.«

Ja, dachte Elli, das ist schon was. Und alles andere wird auch noch werden. Sie erhob sich, nahm Mehl, Eier und Milch aus dem Schrank und rührte einen Teig daraus. Es würde heute Pfannkuchen mit Apfelmus geben. Hankas Lieblingsgericht.

Als Armin nach Hause kam, war es schon spät.

»Wo kommst du jetzt her?«, fragte Annekathrin.

»Versammlung.«

Sie blickte auf die Uhr. »Um diese Zeit? Es ist schon nach sieben.«

»Ja, um diese Zeit. Glaubst du mir etwa nicht?« In Armins Stimme schwang eine Mischung aus Verärgerung und Großspurigkeit mit, und sein Atem roch nach Alkohol. So klang und roch er jetzt immer öfter, und Annekathrin machte sich Sorgen.

»Natürlich glaube ich dir, oder habe ich Grund zu zweifeln?«

»Nein«, gab Armin kurz angebunden zurück.

»Ich habe dir einen Teller mit Broten in die Küche gestellt.«

»Danke.«

»Soll ich mich zu dir setzen, während du isst?«

»Brauchst du nicht«, winkte er ab.

»Du könntest mir erzählen, wie dein Tag war«, versuchte es Annekathrin erneut.

»Wie immer. So, wie ein Tag eben ist, wenn man nicht mehr Klassenlehrer ist.«

Das hörte Annekathrin nun schon seit Ewigkeiten. Genau genommen, seitdem Hanka ihren Ausreiseantrag gestellt hatte. Nun war sie endlich nach vielen Kämpfen im Westen, und allmählich fragte sich Annekathrin, ob Hanka wirklich der einzige Grund dafür war, dass Armin in seinem Kollektiv nicht gerade gut angeschrieben war. Es hatte vor ein paar Monaten geheißen, er könnte zum neuen Schuljahr wieder eine Klasse übernehmen, aber dann hat man diese Klasse einer Lehrerin gegeben, die frisch von der Pädagogischen Hochschule kam. Nach Armins Meinung trug Hanka auch daran die Schuld. Und Annekathrin musste seine Unzufriedenheit aushalten.

Sie überlegte, wann sie das letzte Mal etwas mit Armin unternommen hatte. Nur sie beide allein, ohne Elena. Ein Kinobesuch vielleicht oder ein Glas Wein in dem Lokal um die Ecke. Außerdem hatte er versprochen, mit Elena und ihr eine Fahrradtour an den Auensee zu machen, und Elena hatte sich auf die Fahrt mit der Pioniereisenbahn rund um das Gewässer gefreut, aber bislang hatte er jeden Samstag und Sonntag eine Ausrede gefunden. Einmal musste er Klassenarbeiten korrigieren, ein anderes Mal sich auf ein spezielles Unterrichtsthema vorbereiten. Dann musste er seinem Bruder beim Bau seiner Datsche helfen, und dann spielte sein Lieblingsfußballverein Lok Leipzig im Bruno-Plache-Stadion.

»Wollen wir übermorgen unsere Fahrradtour endlich in Angriff nehmen?«, fragte sie.

Armin schüttelte den Kopf. »Ich stehe jeden Tag vor der Klasse. Am Wochenende brauche ich auch mal meine Ruhe.«

Kurz überlegte Annekathrin, ob sie es auf einen Streit ankommen lassen sollte. Vielleicht würde sie sogar gewinnen, aber dann würde Armin schlecht gelaunt in die Pedale treten und Elena womöglich sogar die Fahrt mit der Pioniereisenbahn vermiesen.

»Gut, wenn du nicht willst, dann fahre ich eben allein mit der Kleinen.«

Armin nickte zerstreut und angelte nach der Zeitung, ohne nach Annekathrins Tag gefragt zu haben. Sie stand auf, nahm sich ein Buch und setzte sich damit ins Wohnzimmer. Sie las eine kleine Weile, dann kam Armin herein, eine Flasche Bier in der Hand, und schaltete den Fernseher ein. Annekathrin legte das Buch seufzend zur Seite. »Nimm dir ein Bierglas«, bat sie nur. »Und einen Untersetzer.«

»Kann ich in meinem eigenen Zuhause nicht mal mehr Bier trinken, wie ich will?«, fragte er.

»Ach, mach doch, was du willst.« Annekathrin hatte die Nase voll von ihrem schlecht gelaunten Mann. Sie stand auf und ging ins Bett, nahm sich aber fest vor, spätestens am Wochenende ein Gespräch mit ihm zu führen.

Am Samstag schmierte sie für sich und Elena Brötchen, füllte die Thermoskanne mit Kräutertee, dann fuhren sie mit den Fahrrädern hinaus zum Auensee. Und natürlich durfte die Kleine mit der beliebten Pioniereisenbahn fahren. Anschließend aßen sie Bockwurst zu ihren Brötchen, und Elena bekam eine Fassbrause. Danach wollte sie noch einmal um den See fahren, und Annekathrin gestattete ihr auch dies. Sie tat es, weil Elena beim Losfahren gefragt hatte: »Mag uns Vati nicht mehr?«

»So ein Quatsch«, hatte Annekathrin erwidert. »Er liebt dich. Du bist sein Augenstern.« Aber sie hatte nicht mehr sicher gewusst, ob dem tatsächlich so war.

Sie winkte Elena, die mit der Eisenbahn an ihr vorüberfuhr, als sie plötzlich gegrüßt wurde. Neben ihr stand Olaf Reichel, ein Kollege von Armin.

»Grüß dich, wie geht es dir? Ich habe dich schon lange nicht mehr gesehen. Du hast dich ganz schön rargemacht. Beim Kegeln letzte Woche warst du nicht dabei. Armin sagte, du hättest zu viel zu tun. Und auf Sabines Hochzeit bist du auch nicht gewesen.«

Seine Worte bohrten sich wie Schläge in ihre Magengrube. Annekathrin hatte von beiden Veranstaltungen nichts gewusst. Kein Wort hatte Armin ihr davon erzählt.

»Ich habe viel Arbeit, weißt du«, erklärte sie etwas atemlos. »Es gibt immer ein wenig Stress, wenn der Redaktionsschluss vor der Tür steht.«

Olaf zuckte mit den Schultern, und Annekathrin erkannte, dass er ihr nicht glaubte. »Musst du ja wissen. Ich fand's jedenfalls schade. Meine Frau würde euch gern mal wieder zum Essen einladen. Was hältst du vom nächsten Samstag?«

»Gern, aber ich muss erst Armin fragen, ob es ihm auch passt.«

»Er muss doch mächtig stolz auf dich sein. Fotografin bei der ›Sibylle‹. Davon träumt doch wohl jeder.«

Annekathrin schluckte. Ja, sie war stolz auf ihre Arbeit. Und ja, sie hatte davon geträumt, bei der »Sibylle« zu arbeiten. In der letzten Ausgabe war wieder eine ganze Fotostrecke von ihr gewesen. Das Motto hatte »Die Schöne und das Biest« geheißen, und sie hatte ein Mannequin im Leipziger Zoo fotografiert. Die junge Frau im weißen Kleid vor einem schwarzen Panther. Wenn sie ehrlich war, hatten ihr die Fotos selbst gefallen. Und dann das Angebot von der Hochschule für Grafik und Buchkunst. Prof. Kauffmann hatte sie gefragt, ob sie als Dozentin ein Seminar zur Fotogestaltung übernehmen wollte. Sie hatte diese Auszeichnung nur zu gern angenommen. Als sie Armin davon erzählt hatte, hatte er aber nur kurz genickt.

»Und, wie geht es dir so?«, wollte Olaf jetzt wissen.

»Gut«, erwiderte Annekathrin. »Die Sonne scheint, und es ist einfach ein schöner Tag heute.«

»Da sagst du was. Hat Armin denn jetzt eingesehen, dass er einen Fehler gemacht hat?«, fragte Olaf weiter.

Einen Fehler? Annekathrin hatte keine Ahnung, wovon Olaf sprach. Also tastete sie sich allmählich vor. »Du meinst, weil er die Klassenleiterstelle nicht bekommen hat?«

»Ja, genau. Ich habe danach noch mal mit ihm gesprochen, aber ich kann nicht behaupten, dass er sich besonders einsichtig gezeigt hat.«

»Na ja, du weißt ja, wie er ist.«

»Trotzdem: Man darf keinen Schüler schlagen. Ganz egal, was der gemacht hat. Das darf nicht passieren. Und ich finde, man hätte Armin auch noch ganz anders bestrafen können.«

Er hatte einen Schüler geschlagen? Annekathrin erschrak. Also war er nicht nur zu Hause so schlecht gelaunt, sondern ließ seine Laune auch an seinen Schülern aus?

»Ich weiß bis heute nicht genau, aus welchem Grund Armin die Hand erhoben hat«, log sie. »Armin spricht nicht gern darüber.«

Olaf nickte. »Das kann ich mir gut vorstellen. Ich wäre auch nicht erfreut gewesen, wenn mich mein Schüler ›Wichser‹ genannt hätte. Aber selbst das ist kein Grund für Schläge.«

»Wichser? Warum hat ihn der Schüler so genannt?«, wollte Annekathrin wissen.

Plötzlich wurde Olaf einsilbig und blickte auf seine Uhr. »Du, ich muss mich sputen. Ute steht bei den Bockwürsten an. Also vergiss nicht: nächsten Sonntag bei uns. Ute macht

Soljanka. Es gibt keine bessere als ihre. Mach's gut!« Er hob die Hand zum Gruß und ging davon.

Wichser, dachte Annekathrin. So nennt man jemanden, den man nicht ausstehen kann.

Manchmal hatte Annekathrin auch schon überlegt, ob Armin vielleicht eine Geliebte hatte. Eigentlich, dachte sie, war er nicht der Typ dafür, aber kannte sie ihren Mann denn noch?

Sie kramte in ihrem Gedächtnis. Armin hatte nie Lippenstift auf dem Hemdkragen gehabt. Sie hatte auch nie irgendwelche verräterischen Nachrichten in seinen Sachen gefunden. Na gut, sie kontrollierte seine Kleidung auch nicht. Nur, wenn sie eine Hose waschen musste, griff sie in die Taschen. Aber gefunden hatte sie nie etwas. Er ging auch nicht öfter zum Friseur als früher, und er kleidete sich nicht anders. Annekathrin runzelte die Stirn, winkte Elena geistesabwesend zu und sann weiter über ihren Mann nach. Er trank in letzter Zeit ein bisschen viel, überlegte sie. Früher nur eine Flasche Bier am Abend, jetzt konnten es auch mal drei werden. Und zu jeder Flasche einen Schnaps. Schnaps hatte er sonst immer nur am Wochenende getrunken. Und wenn sie mal eingeladen waren. Eingeladen. Auch das hatte sich verändert. Die Kollegen seiner Schule, der Erweiterten Oberschule Max Klinger am Adler, hatten früher häufig zusammen gefeiert. Sie waren ein junges Kollektiv, und oft hatten Annekathrin und Armin an Geburtstagsfeiern teilgenommen.

Als sie jetzt so nachdachte, fragte sie sich, wie sie all das hatte übersehen können. Ihr Mann war nicht mehr der, der er früher gewesen war. Und Annekathrin wollte wissen, warum.

Am Abend, als Elena im Bett lag, setzte sie sich zu Armin ins Wohnzimmer. »Armin, magst du mir nicht sagen, was los ist mit dir?«, fragte sie betont freundlich und ohne Vorwurf in der Stimme.

»Was soll schon los sein? Alles ist wie immer, und immer ist alles in bester Ordnung.«

»Du klingst verbittert.«

Er lachte auf. »Darf ich das nicht sein?«

»Welchen Grund dafür hast du?«

Armin blickte seine Frau an, und Annekathrin war fest entschlossen, ihn nicht mit Ausflüchten davonkommen zu lassen.

Armin seufzte, trank einen Schluck Bier. »Es ist irgendwie alles. Ich komme in der Schule nicht richtig vorwärts. Ich habe das Gefühl, in einem Hamsterrad zu stecken. Jeder Tag ist wie der letzte und wie der nächste sein wird.«

»Dir fehlt es an Herausforderung und Anerkennung?«, fragte Annekathrin nach.

»Ja. Vielleicht. Ich bin gern Lehrer, weißt du. Aber nicht so. Im Augenblick bin ich der, der die Vertretungsstunden macht, der keine Klasse hat. Ich bin nicht verantwortlich für meine Schüler; das sind andere. Ich habe keine Elternabende, kann kein Verhältnis zu den Kindern aufbauen.«

Annekathrin nickte. »Was kann ich tun, um dir zu helfen?«

»Du? Nichts. Gar nichts. Du hast doch alles, was du willst. Du bist erfolgreich, bekommst Preise und lukrative Aufträge. Ja, du verdienst sogar mehr Geld als ich.«

Das stimmte. »Es ist mir egal, wer von uns beiden mehr Geld verdient«, sagte sie. »Das ist überhaupt nicht wichtig. Aber ich finde schon, dass wir darüber reden sollten, dass es dir an Herausforderungen fehlt.«

»Tja, da gibt es nichts zu reden. Ich bin der Mann der erfolgreichen Fotografin, der Lehrer ohne Klasse.«

Annekathrin lehnte sich in ihrem Sessel zurück. »Mit Selbstmitleid kommst du nicht weiter.«

»Das weiß ich selbst.«

»Was können wir tun?«

»Ich sagte doch schon: Nichts.«

Annekathrin seufzte. »Armin, so geht es nicht weiter. Du leidest, und Elena und ich leiden auch, nämlich unter dir. Ich habe schon beinahe Angst, zu erzählen, was ich tagsüber erlebt habe. So kann man als Ehepaar nicht leben. Und Elena, sie hat gefragt, ob du uns nicht mehr magst. Ich finde es schlimm, dass sie so eine Frage beschäftigt.«

Armin sah sie an, als hätte er sie noch nie gesehen. Dann erhob er sich. »Ich muss hier raus; ich muss den Kopf freikriegen.«

Dann ging er, und Annekathrin wartete. Zwei Stunden später kam er zurück. Er setzte sich zu ihr.

»Es tut mir leid«, sagte er leise. »Es darf nicht sein, dass ihr beide unter mir leidet. Ihr könnt nichts dafür. Und im Grunde bin ich ja auch wahnsinnig stolz auf dich. Wer hat schon so eine berühmte Frau? Ich werde um ein Gespräch mit der Schulleitung bitten, werde eine eigene Klasse verlangen. Oder eine Versetzung an eine andere Schule. Ich verspreche dir, ich werde etwas unternehmen.« Er nahm ihre Hand und küsste sie. Und Annekathrin schmiegte sich an ihren Mann.

»Sag mir, wie ich es dir leichter machen kann«, bat sie.

»Du musst mich nur lieben. Das ist schon alles.«

Kapitel 31
1970

Hanka war vorsichtig. Seit Mai war sie nun im Westen, und sie hatte einiges gelernt. Zum Beispiel über Konkurrenzkämpfe. Auf der Arbeit hatte es einen älteren Mann gegeben, der Angst hatte um seinen Job. Sein Körper wollte nicht mehr so. Die schweren Kannen, die vielen Treppen. Hanka hatte ihm geholfen, hatte seine Mietpflanzen mitgegossen, während er Zigaretten rauchte. Er hatte ihr leidgetan, aber dann hatte er sich beim Chef über sie beschwert. Sie würde nicht ordentlich arbeiten, sei unkollegial, eine Streberin, stets bemüht, sich einzuschleimen. Er wüsste gar nicht, warum man sie überhaupt beschäftigte. Der Chef hatte sie in sein Büro bestellt. »Erzähl mir, wie du mit Wolfgang zusammenarbeitest. Aber ich will die Wahrheit hören.«

Hanka hatte geschluckt. Es war nicht ihre Art, jemanden anzuschwärzen. Im Osten hatten die Starken den Schwachen geholfen. »Wir arbeiten gut zusammen«, erklärte sie deshalb.

»Das sieht Wolfgang anders.«

Hanka runzelte die Stirn. »Wieso? Hat er sich beschwert?«

»In der Tat, das hat er. Du würdest nicht ordentlich arbeiten. Du würdest viel zu lange Pause machen. Ist das so?«

Hanka bekam vor Ärger einen roten Kopf. »Nein, so ist das

nicht. Einmal, da wurde die Pause etwas länger, aber da war in der Kantine eine so lange Schlange, dass es einfach nicht schneller ging.«

»Gut. Das ist alles.«

»Wie?« Hanka kam aus der Verwunderung nicht heraus. »Was passiert jetzt? Entlässt du mich?«

Der Chef schüttelte den Kopf. »Keine Sorge. Ich überlege nur, was ich mit Wolfgang mache. Er kann nicht mehr und hat Angst, entlassen zu werden.«

Hanka nickte, aber ihre Wut auf Wolfgang wurde dadurch nicht geringer.

»Ich werde ihm die Buchhaltung übertragen. Er war früher mal Kaufmann, hatte einen kleinen Lebensmittelladen. Dann hat daneben ein Supermarkt aufgemacht, und er ging pleite. Er kennt sich mit Zahlen aus. Ab sofort werde ich dein Gießpartner sein. Bist du damit einverstanden?«

Hanka hatte gestrahlt. Sie mochte ihren Chef, und das Arbeiten mit ihm würde eine Freude sein.

Und das war es auch. Den ganzen Sommer über fuhr sie mit ihm zu den Banken, Behörden, Verwaltungen und goss Pflanzen, tauschte alte, verdorrte gegen neue aus, wischte Pflanzkübel ab, goss die Blumen, kam in unzählige Büros. Einer hatte Sportpokale auf einem Regal stehen, ein anderer Bilder von den Kindern, ein dritter gar nichts. Wieder ein anderer hatte seine Ficus benjamina mit kleinen Kuscheltieren wie einen Weihnachtsbaum geschmückt, im nächsten Büro fand sie Zigarettenstummel in der Blumenerde. Eine Frau hatte Porzellankatzen auf der Fensterbank ihres Büros stehen, eine andere klärte Hanka darüber auf, dass man die Pflanzen am besten mit Kaffeesatz düngte. In den Chefetagen waren die Pflanzen üppiger, die Übertöpfe aus Edelstahl statt Keramik. Montags gossen sie im Bürohaus der Commerzbank in Frankfurt die Pflanzen, dienstags waren sie beim Energieversorger in Offenbach, mittwochs bei der Stadtverwaltung Dietzenbach, donnerstags bei der Deutschen Post, und freitags fuhren sie ein paar Anwaltskanzleien ab. Und montags ging es dann wieder zur Commerzbank und immer so weiter. Hanka lernte die verschiedensten Betriebskantinen kennen, die ihr wie richtige Restaurants vorkamen. Bei der Commerzbank konnte man zwischen fünf verschiedenen Gerichten wählen, der Energieversorger hatte nur drei im Angebot. Die Stadtverwaltung hatte keine Kantine, stattdessen gingen sie zu einem chinesischen Lokal um die Ecke, und freitags machten sie schon um eins Feierabend, so dass Hanka sich zu Hause in der Küche ihrer Wirtin eine Suppe warm machte.

An den Wochenenden saß Hanka über den Büchern und las alles, was sie über Mode in die Hände bekam. Die Bücher holte sie sich aus der Stadtbibliothek. Sie las die Biographie über Coco Chanel und alles über Stoffe und Textilverarbeitung, am Samstag fuhr sie mit der S-Bahn nach Frankfurt und durchstreifte die Kaufhäuser auf der Zeil nach günstigen Stoffen. Sonntags nähte sie. Tante Betty hatte ihr ein paar Kundinnen verschafft, für die sie Rocksäume kürzte, Nähte ausließ oder Hosen enger nähte. Und am Sonntagabend fuhr sie entweder ins Nordend zu ihrer Tante, oder Mareike kam nach Offenbach und holte die Sachen ab. So wie heute auch. Gerade hatte es geklingelt, und eine Minute später stand Mareike in Hankas kleinem Zimmer.

Sie trat neugierig an die Schneiderpuppe, die Hanka sich von ihrem ersten Lohn gekauft hatte und auf der ein Kleid hing. »Und, was hast du diese Woche Schönes genäht?«, wollte sie wissen und ließ eine Kaugummiblase platzen.

»Nicht viel, ich habe gearbeitet.«

»Für wen ist denn das Kleid? Für deine Vermieterin? Ganz schöner Omalook.«

Hanka erschrak. Eigentlich hatte sie das Kleid für sich selbst genäht. Sie hatte sich zwar auch eine Jeanshose gekauft, aber die Hochschule würde nächste Woche beginnen, und sie brauchte noch ein, zwei Sachen. Das Kleid war aus einem leuchtend grünen Stoff, vom Kragen bis zum Saum durchgeknöpft, in der Mitte von einem Gürtel gehalten. Hanka hatte auf jeglichen Zierrat verzichtet, da das leuchtende Grün für sich selbst stand. Das Kleid war für Hanka mehr als ein Kleid. Es war ein Statement. Schaut her, das bin ich.

»So schlimm?«, fragte Hanka nach. Sie wusste längst, dass sie für Mareike so etwas wie ein Landei war, ein Ostei eben. Von nichts eine Ahnung und in jeder Hinsicht tollpatschig.

»Na ja, schon. Sieht aus wie eine Kittelschürze.«

»Hmm«, machte Hanka und betrachtete das Kleid. »Angezogen sieht es gut aus.«

»Ich würde so nicht auf die Straße gehen.«

»Wie denn dann?«

Jetzt kam Leben in Mareike. »Meine Freundin in der Schule hatte diese Woche einen Anzug an, einen Jumpsuit. Aus Jeansstoff und mit Ledergürtel. Wahnsinn, sage ich dir.« Sie machte einen Schmollmund. »Könntest du mir nicht auch so einen nähen?«

»Einen Strampelanzug?«

»Jumpsuit heißt das bei uns.«

»Du kannst ihn dir ja zu Weihnachten von mir wünschen.«

»Puh, das dauert ja noch ewig.«

»Man muss auch mal auf etwas warten können.« Hanka lächelte sie an.

Mareike schüttelte den Kopf. »Jetzt bist du schon seit Monaten hier und redest und denkst noch immer wie ein Ossi.«

»Ich befürchte, das werde ich auch bleiben. Deinen Weihnachtswunsch habe ich notiert.«

»Ich muss dann auch gehen. Carola und ich haben noch etwas vor.« Carola war Mareikes beste Freundin, das wusste Hanka.

»Was ist denn jetzt angesagt? Was würdest du mir empfehlen?«, fragte sie.

Mareike betrachtete ihre Cousine von oben bis unten. »Schwarz. Alle Künstler tragen Schwarz.«

»Das macht blass und steht mir nicht.«

Mareike hob den Finger. »Und schlank. Ich würde gern Schwarz tragen, aber Mama erlaubt es mir nicht.«

»Wahrscheinlich hat sie recht.«

Hanka packte die bestellten Sachen zusammen, legte oben auf das Päckchen einen kleinen Zettel mit ihrem Preis und gab es Mareike.

»23,50 Mark? Ist das dein Ernst?«

»Wieso? Das sind die Materialkosten und dazu mein Stundenlohn. Was ist daran komisch?«

»Runde auf 25 Mark auf. Das macht jeder so.« Mareike griff nach einem Stift und wollte die Zahl durchstreichen, aber Hanka nahm ihr den Stift aus der Hand. »Nein, der Preis bleibt, wie er ist. Bei mir wird nicht aufgerundet.«

»Wie du willst.« Mareike machte noch eine Kaugummiblase, dann ging sie zur Tür. »Dein Trägerrock, der karierte. Der geht. Aber bloß nicht mit einer weißen Bluse.«

»Danke.« Hanka lächelte und schob die Cousine zur Tür hinaus.

Dann betrachtete sie noch einmal das grüne Kleid. Es war schön. Klassisch, nicht modisch. Sie würde es tragen. Egal, was Mareike davon hielt.

Mitte Oktober begann sie ihr Studium an der Hochschule für Gestaltung in der Schlossstraße in Offenbach. Fünf Jahre lang würde sie hier studieren, danach wäre sie Diplom-Designerin mit der Fachrichtung Bühnen- und Kostümbild. Das war zwar nicht direkt Mode, ging aber zumindest in dieselbe Richtung. Sie hatte mittlerweile gelernt, dass eine Ausbildung in Paris bei einem der großen Haute-Couture-Häuser zwar in der Theorie möglich, aber praktisch nicht umsetzbar war. Und für sie schon gar nicht. Wovon sollte sie in Paris leben? So war der Westen: In der Theorie war alles möglich. Es hatte schon Leute gegeben, die Hollywoodstars geworden waren. Aber die Praxis sah anders aus. Man brauchte Geld, um später viel Geld zu verdienen.

Aber sie würde das Beste daraus machen.

Hanka trug ihr grünes Kleid und dazu Stiefel, die noch aus der DDR stammten. Sie fühlte sich wohl in diesen Sachen.

Die Erstsemester fanden sich in der Aula ein und wurden dort vom Leiter der Hochschule begrüßt. Danach wurden die Klassen zusammengestellt. Die Bühnen- und Kostümbildner hatten ihren Sitz im alten Isenburger Schloss. Fünfundzwanzig Erstsemester zählte Hanka. Sie hatte bei ihrer Bewerbung darauf gehofft, dass man ihr die Zeit an der Kunstgewerbeschule in Leipzig anrechnete und sie gleich in das dritte Semester kam, aber das war nicht gelungen.

»Sie wissen viel, Fräulein Salomon. Und Sie sind talentiert. Aber hier läuft der Hase ein wenig anders. Natürlich könnten Sie sofort ins dritte Semester einsteigen, aber das halte ich nicht für richtig. Sie sind noch neu hier, Sie sind jung. Lassen Sie sich Zeit. Gewöhnen Sie sich an das Leben hier. Vielleicht können Sie ja später ein Semester überspringen.«

Hanka hatte geschluckt und genickt. Sie hätte dem Mann gern erzählt, dass dieses Studium für sie eine finanzielle Frage war. Sie bekam zwar BAföG, aber das Geld – weniger als beim Blumengießen – reichte natürlich nicht zum Leben.

Ihr Chef hatte ihr angeboten, weiter als Blumengießerin zu arbeiten, und sie war froh über dieses Angebot gewesen. Er hatte ihr die vier Gebäude des Offenbacher Stromversorgers überlassen, das hieß vierzehn Stunden pro Woche. Das ließ sich sicher einrichten.

Hanka blickte sich um und nahm ihre neuen Kommilitonen in Augenschein. Mareike hatte recht gehabt: Ein Großteil von ihnen trug schwarze Klamotten. Daneben gab es ein Mädchen, das zu einem Blümchenkleid derbe Stiefel trug. Eine andere hatte sich sogar die Lippen schwarz geschminkt und sah aus, als wäre sie ernsthaft krank, fand Hanka.

Neben ihr stand ein Mädchen, das recht schüchtern wirkte. Sie trug das Haar so kurz wie das berühmte Model Twiggy, dazu einen kurzen Rock aus rotem Manchesterstoff, zu dem im Westen Cord gesagt wurde, und einen weißen Rollkragenpullover. Die Augen hatte sie schwarz mit Kajal umrandet und die Wimpern so stark getuscht, dass sich Fliegenbeine gebildet hatten. Eigentlich, fand Hanka, sah sie aus wie ein Schulmädchen. Als die Eröffnungsveranstaltung vorüber war, sprach sie das Mädchen an. »Ich bin Hanka.«

Das Mädchen lächelte und reichte ihr die Hand. »Ich heiße Janne. Also eigentlich Marianne, aber der Name gefällt mir nicht.«

»Wir sind in derselben Klasse, nicht wahr? Du willst auch Kostümbildnerin werden?«

»Ja, schon mein ganzes Leben lang«, sagte Janne schüchtern.

»Hast du den Rock selbst genäht?«

Die Kommilitonin nickte. »Aber sag das bloß nicht laut, sonst hörst du gleich, dass wir keine Handwerker sind, sondern Künstler. Eine Freundin meiner Schwester studiert auch hier, aber schon im sechsten Semester.«

»Wie bitte? Man sollte nicht sagen, dass man selbst näht? Aber das gehört doch dazu.«

»Natürlich gehört es dazu, aber man sagt es eben nicht.«

Hanka schüttelte den Kopf. An der Kunstgewerbeschule hatten sie viel nähen müssen.

Dann fand die erste Vorlesung statt, »Die Geschichte des Kostüms«. Der Dozent sprach über die ersten Theaterkostüme. Als er fragte, ob jemand wüsste, wer das regelmäßige Theater in Deutschland begründet hatte, sahen sich alle fragend an.

Hanka wusste die Antwort, doch sie zögerte, sich zu melden. Der Dozent zeigte auf sie. »Sie wollten etwas sagen?«

»Caroline Neuber, genannt die ›Neuberin‹.«

Der Dozent lächelte. »Sie haben sich also schon mit der Geschichte befasst. Sehr löblich.«

Hinter sich hörte sie jemanden stöhnen. Sie schüttelte den Kopf. »Ich habe in der Schule über das Leben und Wirken der Neuberin gehört.« Sie wunderte sich, dass sich niemand gemeldet hatte. Sie mussten doch alle die Neuberin kennen.

»Auf welcher Schule waren Sie, wenn ich fragen darf?«

»Ich war auf der Leipziger Kunstgewerbeschule, und davor habe ich an einer Erweiterten Oberschule mein Abitur gemacht.«

Der Dozent lächelte noch immer. »Das habe ich mir fast gedacht. Unsere Studenten, die aus Ostdeutschland stammen, haben eine sehr gute Allgemeinbildung.«

Hanka freute sich, aber in der Reihe hinter sich hörte sie jemanden sagen: »Blablabla.«

Sie drehte sich um und sah das Mädchen mit dem schwarzen Lippenstift. »Ist was?«, fragte sie unfreundlich.

»Nein, es ist nichts«, erwiderte Hanka, aber sie wusste, dass das Mädchen und sie niemals Freundinnen werden würden. Sie hatte noch keine ganze Stunde studiert, und schon hatte sie eine Konkurrentin.

Kapitel 32
1970

Annekathrin wusste nicht, wie oft sie schon das Gehäuse der Pentacon F mit grauem Teppichband umwickelt hatte, aber immer wieder bildeten sich an den Nähten winzige licht-durchlässige Spalten, die auf den Film einwirkten. Sie brauchte eine neue Kamera. Unbedingt. Sie hing an ihrer Pentacon, sie würde nie vergessen, wie sie sie in Westberlin gekauft hatte, aber jetzt war sie mehr als zehn Jahre alt.

Sie hatte schon beim Verband Bildender Künstler, zu dem die Fotografiker gehörten, angerufen und nach einem Son-derkontingent gefragt. Carl Zeiss Jena lieferte vorrangig in den Westen, aber hin und wieder gab es auch für die einhei-mischen Künstler einen der begehrten Fotoapparate. Auch die Chefredaktion der »Sibylle« hatte ihr ein Schreiben ausgestellt, dass sie für ihre Arbeit unbedingt eine gute Kamera benötigte, und nun hoffte sie jeden Tag auf eine entsprechende Nach-richt.

Sie arbeitete jetzt immer öfter für die »Sibylle«. Ihr Name hatte sich herumgesprochen. Sie bekam auch wieder öffent-liche Aufträge. Der Bann, der wegen Hankas Ausreise über ihr lag, war gebrochen, zumal sie keinen Kontakt mehr zu ihrer Schwester hatte. Offiziell zumindest. Die Parteigruppe hatte ihr den Kontaktabbruch nahegelegt, und Annekathrin hatte zugestimmt, weil sie in der DDR leben wollte und musste. Sie hatte, genau wie Hanka, nur ein Leben und nur eine Karriere. Aber natürlich schrieb sie ihr regelmäßig. Elli schickte den Brief unter ihrem Absender nach Offenbach. Mit den Antworten hatten sie es ebenso gehalten. Sie hatte Sehnsucht nach Hanka. Sie vermisste die Schwester, ihre übersprudelnde Art, ihre vielen Ideen, ihre Herzlichkeit. Am Tag nach Hankas Ausreise hatte sie nur im Bett gelegen und geweint. Sie waren nicht immer die besten Freundinnen gewesen, aber immer die besten Schwestern. Auch Elena würde ihre Tante vermissen, das war klar. Hanka hatte Elena kürzlich über Elli ein Päckchen zu ihrem Geburtstag geschickt. Eine Stange mit Kaugummikullern war darin gewesen, dazu eine Tafel Schokolade und ein Pelikan-Füller, den sich Elena so sehr gewünscht hatte, weil die ostdeutschen Heiko-Füller immer klecksten und sie dann Ärger mit der Lehrerin bekam.

Annekathrin hatte immer auf ihre kleine Schwester aufpassen müssen, und jetzt hatte sie oft Angst um Hanka. Sie las in der Zeitung von den vielen Arbeitslosen in der BRD, von den Bettlern und den Drogensüchtigen. Sie hatte gehört, dass Frankfurt und Offenbach gefährliche Pflaster waren, und sie befürchtete, dass Hanka Opfer eines Überfalls werden könnte. Der Westen, der Klassenfeind, konnte man jeden Tag in der Zeitung lesen, in den Nachrichten hören. Auch wenn Annekathrin hier manches vermisste, anderes nicht gut fand, war sie doch froh, in der DDR zu leben.

Heute hatte sie den Auftrag, für die Kirow-Werke, in denen man Eisenbahndreh- und andere Kräne herstellte, eine Fotostrecke über die Arbeiterinnen dort zu machen. Sie packte ihre Fototasche, nahm auch einen Farbfilm mit und machte sich auf den Weg. Sie fuhr mit der Straßenbahnlinie 4 bis zum Lindenauer Bahnhof und dann mit dem Bus bis zu den Werken. Mittig über das breite Eingangstor war eine Losung gespannt: »So wie wir heute arbeiten, werden wir morgen leben.«

Sie zeigte ihren Presseausweis am Tor vor und wurde eingelassen. »Gehn Se mal bis zur Halle 4, dann rechts in das Verwaltungsgebäude. Die BGLer sitzen im ersten Stock.«

Die BGL, die Betriebsgewerkschaftsleitung, war auch für die Kultur verantwortlich. Annekathrin lief über das großflächige Gelände. Aus den Werkhallen hörte sie unbeschreiblichen Lärm. Maschinen dröhnten, Sägen kreischten, ein Rollkran transportierte Stahlträger hin und her. Die Männer und Frauen trugen blaue Arbeitskombis, weiße Schutzhelme und Ohrenschützer. Eine Frau dirigierte den Rollkran, eine andere lief mit einer Bauzeichnung herum. Annekathrin ging weiter, kam an der Kantine und der Betriebsverkaufsstelle vorbei. Sie durfte nach dem Gespräch nicht vergessen, dort vorbeizuschauen. Die Betriebsverkaufsstellen wurden besser beliefert als der Konsum in der Stadt. Wenn sie Glück hatte, erwischte sie etwas. Honig aus Ungarn zum Beispiel oder die guten Halberstädter Bockwürstchen.

Endlich war sie am Verwaltungsgebäude angekommen. Sie stieg die Treppe in den ersten Stock hinauf und genoss die relative Stille. Es roch nach Kaffee und Zigaretten. Durch offene Türen klang das Geklapper von Schreibmaschinen, ein Telefon klingelte, irgendwo lachte eine Frau. An den Wänden im Gang hingen Wandzeitungen. Es gab eine »Straße der

Besten« mit den Fotos der besten Arbeiter und Arbeiterinnen des Monats. Annekathrin betrachtete die Fotos, fand sie nicht besonders gelungen, aber das war ja auch nicht Zweck der Sache.

An einer Wand hing ein Aushang, in dem die Kinder der Beschäftigten aufgeführt waren, die »für gutes Lernen in der sozialistischen Schule« eine Urkunde des Ministers bekommen hatten. Das war die höchste Auszeichnung für alle Schüler. Elena hatte nach ihrem ersten Halbjahr nur ein Klassenleiterlob bekommen, aber Annekathrin war allein froh, dass die Kleine jetzt mehr Spaß in der Schule hatte als am Anfang.

Daneben hingen Artikel, in denen über die aktuellen Sollzahlen berichtet wurde. Sie erfuhr, dass die Brigade Scholka ihren Plan zu 120 Prozent erfüllt hatte. Daneben waren ein Aufruf zur Pausengymnastik und der Speiseplan der Kantine angeschlagen. Heute gab es saure Nierchen mit Kartoffelbrei, und Annekathrin ließ ihr Vorhaben, hier zu essen, fallen.

Endlich hatte sie die Gewerkschaftsleitung gefunden und klopfte an die Zimmertür, die offen stand und den Blick auf einen leeren Schreibtisch freigab.

»Ist hier jemand?«, rief sie und klopfte noch einmal. Aus einem Raum, der seitlich vom Sekretariat abging, erklang eine Stimme: »Immer rein in die gute Stube, immer rein hier.«

Annekathrin trat ein und fand einen untersetzten Mann hinter einem Schreibtisch und vor einer Regalwand, in der Pokale aufgereiht waren. Der Mann sah genauso aus, wie sie sich einen Gewerkschaftsfunktionär vorgestellt hatte. Wohlbeleibt, ein wenig bräsig, in einen schlecht sitzenden Anzug gekleidet, die Krawatte schief hängend, das Parteiabzeichen für alle sichtbar. Sie musste sich ein Lachen verkneifen, aber sie wusste selbst, dass Klischees dadurch entstanden, dass sie so oft stimmten.

»Annekathrin Herold«, stellte sie sich vor. »Fotografin. Ich soll hier eine Fotostrecke machen.«

»Auch das noch!« Der Gewerkschaftsleiter stöhnte auf. »Das geht nicht gegen Sie, junge Frau, aber heute brennt hier die Luft. Eine Delegation aus Leningrad hat sich angekündigt, aber das Flugzeug ist verspätet gelandet. Die muss ich nachher hier herumführen. Meine Sekretärin ist krank und mein Stellvertreter beim Rat des Bezirkes. Ich heiße übrigens Horst Fischer.«

»Angenehm. Vielleicht kann ich das auch allein machen. Sie müssten mir nur sagen, was Sie sich vorstellen.«

Fischer stand auf, stieß mit seinem Bauch gegen die Schreibtischkante. »Wir wollen Fotos unserer Frauen. Wegen der Gleichberechtigung und weil in einem Monat Frauentag ist. Zu diesem Termin, also dem 8. März, soll es eine Ausstellung in der Kantine geben.« Er hob die Hände. »›Unsere Kirow-Frauen‹ oder so ähnlich. Wissen Sie, was ich meine?«

»Ja, so ungefähr.«

»Warten Sie mal. Ich ruf gleich mal die Ilona an. Die weiß, wo's langgeht. Die kann Ihnen alles zeigen.«

»Und wenn ich die Fotos entwickelt habe, wie geht es dann weiter?«, wollte Annekathrin wissen.

»Na ja, wir müssen dann welche aussuchen. Wir können ja sicher nicht alle nehmen. Bei der Gelegenheit: Was denken Sie, wie viele Sie machen werden?«

Annekathrin wiegte den Kopf. »So um die zweihundert, schätze ich, wenn zwanzig rauskommen sollen.«

Fischer lachte. »Das könnten wir uns hier in der Produktion nicht leisten. Bei zweihundert müssten bei uns am Ende zweihundertzwanzig rauskommen.« Er griff zum Telefonhörer. »Ilona, kannst du mal kommen? Nein, nicht erst heute Nachmittag. Auf der Stelle. Die Fotografin ist da.« Er legte den Hörer auf. »Ilona kommt gleich.«

»Wer ist Ilona?«

»Ilona Weiß ist unsere leitende Ingenieurin aus Halle 4, Fertigung. Eine der Besten, die wir hier haben.« Stolz schwang in seiner Stimme mit.

Annekathrin erinnerte sich, ihren Namen unter den Fotos auf der »Straße der Besten« im Flur gelesen zu haben. Aber an das Gesicht konnte sie sich beim besten Willen nicht mehr erinnern.

»Wollen Sie einen Kaffee?« Fischer stand auf und nahm eine Thermoskanne vom Schreibtisch seiner Sekretärin. »Der steht schon ein bisschen.«

»Danke schön, ich möchte keinen.«

»Selters vielleicht?«

»Ein Glas Leitungswasser.«

Der Dicke riss im Sekretariat die Schränke auf. »Wo hat sie denn die Gläser, verflixt.« Endlich fand er eines, hielt es unter den Wasserhahn und reichte es Annekathrin. Sie dankte und trank in langsamen Schlucken.

»Wo bleibt sie denn, die Ilona?«, fragte er in den Raum hinein. »Ich rufe noch mal an.« Kaum hatte er zum Telefonhörer gegriffen, erklangen Schritte auf dem Gang.

»Ach, da kommt sie ja.«

Eine Frau, die ungefähr so alt war wie Annekathrin, erschien. Sie trug eine blaue Arbeitskombi, die an einigen Stellen Flecke von Motorenöl aufwies. Dazu ein Kopftuch, unter dem dunkle Locken hervorquollen. Sie hatte ein rundes Gesicht mit Grübchen in den Wangen und ein einnehmendes Lächeln.

»Da bin ich.« Sie nickte ihrem Chef zu und reichte Annekathrin die Hand. »Ich bin Ilona. Wir sagen alle Du hier. Komm mit.«

Annekathrin bedankte sich beim Gewerkschaftsfunktionär und folgte Ilona. Unten im Hof blieb die Ingenieurin stehen und zündete sich eine Zigarette an. »Willst du auch eine?«

»Danke, ich hab es mir abgewöhnt, als ich schwanger war.«

Ilona lachte. »Ist mir nicht gelungen. Und ich war dreimal schwanger.«

»Du hast drei Kinder?«

»Alles Jungs. Zwei sind schon in der Schule, einer im Kindergarten. Jetzt wollen wir noch ein Mädchen.«

Annekathrin nickte beeindruckt. Sie hatte nur Elena und war allein mit ihr manchmal schon am Ende ihrer Kräfte und Nerven.

»Sollen wir loslegen?« Ilona warf ihre Kippe auf den Boden und trat sie aus.

»Können wir. Was stellt ihr euch vor?«

»Gar nicht so einfach. Wir wollen auf deinen Bildern das sehen, was wir tun und was uns ausmacht. Es soll so sein wie in der Realität.«

»Ich verstehe.«

Sie betraten die Halle 4, und Ilona reichte Annekathrin einen Helm. Annekathrin sah, dass sie die Lippen bewegte, aber sie konnte sie nicht hören. Der Lärm war so ohrenbetäubend, dass sie ihn im ganzen Körper spürte. Nicht nur im Kopf, er rann ihr über die Wirbelsäule, verknotete sich in ihrem Bauch, ließ die Knie weich werden.

»Hier werden die Eisenbahndrehkräne hergestellt. Die meisten gehen in den Export. Sowjetunion, Kuba, Angola, Vietnam, aber auch nach Großbritannien und Frankreich. Letzte Woche haben wir zwei nach Österreich geliefert«, erklärte Ilona schreiend.

Annekathrin blickte sich um. Die Halle war von Neonleuchten erhellt, der Boden aus grauem Beton. Laufkatzen glitten unter der Decke entlang, brachten große Metallteile zu einem Arbeitsplatz, an dem eine Frau an einer Maschine saß und mit einem Schaltknüppel dafür sorgte, dass Stahlträger in ein Gerüst eingepasst wurden. Die Frau arbeitete konzentriert, als ob der Lärm sie nicht stören würde.

»Wie ist das nach Arbeitsschluss, dröhnt es da noch in den Ohren?«, wollte Annekathrin wissen.

»Ja, klar. Deshalb der Gehörschutz. Ich habe mal einen Tag ohne gearbeitet, und meine Ohren brauchten das ganze Wochenende, um sich zu erholen.«

Annekathrin nahm ihren Fotoapparat aus der Tasche. Sie prüfte das Licht. Es war so hell, dass die Bilder ein wenig körnig werden würden. Sie überlegte, ob sie einen Filter brauchte. Sie stellte die Blende und die Entfernung ein und knipste einen ganzen Film durch, während die Frau noch immer Stahlträger in ein Gerüst hineinlenkte.

Sobald Annekathrin die Kamera vor den Augen hatte, vergaß sie alles um sich herum. Selbst der Lärm machte ihr nichts mehr aus. Sie fotografierte die Frau von vorn, von beiden Seiten. Dann stellte die Frau die Maschine ab und kletterte von ihrem kleinen Podium herunter. Sie war klein, vielleicht gerade mal einen Meter sechzig, und sie war schmal, hatte ein längliches Gesicht und bestimmt die fünfzig hinter sich gelassen.

»Würden Sie sich bitte neben das Gerüst stellen?«, fragte Annekathrin, fasziniert vom Kontrast Groß zu Klein. Die Frau legte ihre kleine Hand auf den Stahlträger, und Annekathrin fotografierte auch das. Nach einer halben Stunde war sie fertig und hatte bereits sechzig Bilder verknipst. Ilona zog sie am Arm. »Wir müssen weiter, es sollen ja möglichst viele Frauen fotografiert werden.« Sie zog Annekathrin aus der Halle, zündete sich wieder eine Zigarette an. »In der Halle herrscht Rauchverbot«, erklärte sie. »Ich muss das jetzt ausnutzen.«

»Was für eine Geschichte soll ich erzählen?«, fragte Annekathrin.

»Eine Geschichte? Was meinst du damit?«

»Jede Fotostrecke erzählt eine Geschichte. Die Bilder müssen zusammenpassen, ein großes Ganzes ergeben.«

»Verstehe.« Ilona zog an ihrer Zigarette. »Die Geschichte einer starken Frau?«

»Ja, schon. Aber was für eine Geschichte?«

»Ich weiß es.« Ilona feuerte die Kippe auf den Boden und trat drauf. »Wenn Mutti früh zur Arbeit geht‹, das Lied kennst du doch, oder?«

Annekathrin nickte. Sie hatte das Lied bei den Jungen Pionieren gelernt und Elena ebenso.

»Wenn Mutti früh zur Arbeit geht,
dann bleibe ich zu Haus.
Ich binde mir die Schürze um
und feg die Stube aus.
Das Essen kochen kann ich nicht,
dafür bin ich zu klein.
Doch Staub hab ich schon oft gewischt,
wie wird sich Mutti freu'n.«

»Genau, das ist es. Wir zeigen den Kindern, was passiert, wenn Mutti früh zur Arbeit geht.«

Annekathrin dachte einen Augenblick nach. Im allerersten Augenblick kam ihr die Idee ein wenig kindlich vor, aber je länger sie darüber nachdachte, umso besser gefiel sie ihr. Sie hatte nichts mit Politik zu tun, sondern mit dem, was die Frauen waren, wenn sie nicht hier arbeiteten. Außerdem kannte jeder dieses Lied, und darum würde es vor allen Parteikontrollgruppen bestehen.

Sie gingen in die Kantine zum Mittagessen. Eigentlich wollte sich Annekathrin ein Gehacktes-Brötchen mit Zwiebeln holen, aber dazu kam sie nicht. Frauen strömten in den Speisesaal. Dicke, dünne, junge, alte. Es gab wunderschöne Frauen unter ihnen, Frauen, die stark wirkten, und Frauen, die eher zerbrechlich aussahen. Es waren natürlich auch Männer dabei, aber Annekathrin sah sie nicht. Sie sah nur diese geballte Weiblichkeit, der eine blaue oder graue Arbeitskombi nichts anhaben konnte. Annekathrin fotografierte sie alle. Und dann hielt sie für einen Augenblick inne. Ich hätte sie alle am liebsten nackt, dachte sie. Nackt an ihren Maschinen. Der Kontrast musste ungeheuerlich sein. Das Dunkle und Harte der Maschinen und dazu die weiße, weiche Haut. Sie wusste, dass das nicht ging, dass die Frauen nicht mitmachen würden, aber das Bild blieb in ihrem Kopf.

Nach dem Essen tranken sie einen Kaffee, und Ilona rauchte mehrere Zigaretten dazu. »Hast du jetzt eine Geschichte?«, wollte sie wissen.

Annekathrin schüttelte den Kopf. »Da ist ein Gedanke, aber er will sich noch nicht ganz zur Schau stellen. Ich muss nachdenken. Wäre es in Ordnung, wenn ich morgen wiederkäme?«

»Na klar. Komm, wann immer du willst. Frag nach mir, du findest mich in Halle 2 oder in Halle 4. Manchmal auch im Konstruktionsbüro.«

Annekathrin packte ihre Fototasche und verabschiedete sich von Ilona. In der Betriebsverkaufsstelle fotografierte sie noch einige der lachenden Frauen, die bereits für den Heimweg umgezogen oder noch in ihren Arbeitskombis waren. Es gab tatsächlich den ungarischen Honig, dessen Verpackung in Bärenform war. Sie kaufte einen Honigbären für Elena. Dann verließ sie das Betriebsgelände. Sie würde nach Hause laufen, den ganzen langen Weg bis nach Reudnitz. Wenn sie lief, konnte sie am besten nachdenken.

Kapitel 33
1970

Armin war mit Elena schon zu Hause, als sie ankam. Sie hatte unterwegs Kuchen gekauft und wollte gern mit ihrer Familie Kaffee trinken. Sie zog sich aus, stellte den Pfeifkessel auf den Gasherd, nahm die Kanne aus dem Schrank und den Porzellanfilter, füllte Kaffee hinein und goss das noch nicht ganz kochende Wasser auf.

Sie deckte den Tisch, während Armin Elena nach ihren Hausaufgaben fragte, und zehn Minuten später saßen sie alle um den Küchentisch herum.

»Wie war dein Tag?«, wollte Annekathrin von Elena wissen.

»Ich habe heute beim Pioniernachmittag ein neues Lied gelernt«, erklärte Elena. »Soll ich es vorsingen?«

Annekathrin nickte, und Elena begann:

»Pioniere, voran, lasst uns vorwärts gehn,
Pioniere, stimmt an, lasst die Fahnen wehn,
Unsre Straße, sie führt in das Morgenlicht hinein,
Wir sind stolz, Pioniere zu sein.

Hell scheint die Sonne und leicht ist unser Schritt,
Froh ist der Schlag unsrer Herzen,

Zieht doch die Freude an unsrer Seite mit,
Singen und Lachen und Scherzen.

Pioniere, voran …«

Beim Refrain stimmten Annekathrin und Armin mit ein, und zu dritt sangen sie das Pionierlied, das schon Annekathrin und Armin in der Schule gelernt hatten.

»Ich war immer gern Pionier«, erzählte Annekathrin danach ihrer Tochter. »Ich mochte die Pioniernachmittage. Wir haben gebastelt und sind gewandert, wir haben viel gesungen. Nur, wenn die alten Veteranen kamen und uns vom Krieg erzählt haben, habe ich mich gelangweilt.«

Armin nickte. »Manöver Schneeflocke. Das hat mir jedes Jahr wieder Spaß gemacht. Und später die Hans-Beimler-Wettkämpfe.«

»Wir haben gespielt, waren fröhlich. Und die Pfarrerskinder habe ich bedauert, weil sie keine Pioniere sein durften.«

»Bei uns sind alle Pioniere«, erklärte Elena stolz. »Wir lieben alle Kinder und den Frieden und kämpfen dafür, dass alle Kinder im Frieden leben dürfen.«

Sie brachte diese Sätze wahrhaft kämpferisch vor, und Annekathrin und Armin lächelten.

Nachdem die Kleine ins Bett gegangen war und Armin ihr vorgelesen hatte, setzte er sich zu seiner Frau ins Wohnzimmer. Er hatte sich ein Bier mitgebracht und für Annekathrin ein Glas Wein. »Was hältst du davon, wenn wir noch ein Kind bekommen?«, fragte er.

Annekathrin schluckte. Armin kam wieder pünktlich nach

Hause, aber restlos zufrieden wirkte er nicht. Doch vielleicht war das zu viel verlangt.

»Sind Kinder nicht etwas für glückliche Paare?« Es kostete sie viel Überwindung, diesen Satz auszusprechen. Das Leben zu Hause war leichter geworden, aber noch immer war es nicht so, wie es Annekathrin sich wünschte.

Armin blickte sie an. »Du bist nicht glücklich?«

»Du hast dich verändert. Du bist mir fremd geworden. Ich habe nicht den Eindruck, dass ich an deinem Leben teilhabe. Wir sind keine Freunde.«

»Aber ich bemühe mich doch. Merkst du das nicht? Du hast sehr wohl an meinem Leben teil«, widersprach er.

»Du erzählst mir nichts von der Schule. Du hast ein Kind geschlagen.«

»Woher weißt du das?« Armin war überrascht.

»Ich weiß es eben.«

»Spionierst du mir nach?«

»Nein, Armin. Das tue ich nicht.«

»Dann sag mir, woher …«

»Nein. Ich bin nur froh, dass ich es weiß. Ich dachte nämlich, dass deine schlechte Laune, deine Unzufriedenheit, mit mir zusammenhängt. Was ist da vorgefallen?«, beharrte Annekathrin.

»Ich habe mich bei dem Schüler entschuldigt. Es ist alles wieder in Ordnung«, wiegelte Armin ab.

Sie hob verzweifelt die Arme. »Siehst du, du schließt mich aus.«

»Mein Gott, was soll ich denn da noch sagen? Er war frech, ich habe ihm eine getachtelt. Mehr gibt es nicht zu sagen.«

Es war schon immer schwer gewesen, mit Armin über seine Gefühle zu reden.

»Und was macht dich so unzufrieden?«, fragte sie weiter, aber sie sprach leise. »Du hast es mir neulich nicht sagen können. Weißt du es jetzt?«

»Ich habe nachgedacht. Ich bin nicht unzufrieden. Nicht mit euch. Ihr zwei seid mir das Liebste auf der Welt. Ich dachte, das weißt du.« Er sah ihr in die Augen.

»Was ist es dann?«

Armin holte tief Luft. »Ich hasse es, dass mir der Lehrplan beinahe Wort für Wort vorgibt, wie ich meine Schüler unterrichten soll. Ich hasse es, in den Parteiversammlungen gesagt zu bekommen, was ich denken soll. Ich bin doch kein Kind mehr. Und ich bin auch nicht freiwillig in die SED eingetreten. Man hat es mir ›nahegelegt‹.«

»Ich weiß, was du meinst.« Annekathrin mochte die Parteiversammlungen jeden Montag ebenso wenig, und auch das Parteilehrjahr besuchte sie nur ungern. Im Grunde wurden dort nur die Parolen wiederholt, die sie jeden Tag in der Zeitung lesen konnte. Für Diskussionen war da kein Platz. Einheitsfront. Annekathrin fand, dass dieser Begriff alles sagte.

»Und was willst du dagegen tun?«

»Ich weiß es nicht. Es ödet mich alles so an. Ich hatte als Jugendlicher ernsthaft geglaubt, ich könnte mitgestalten, etwas bewirken. Aber so ist es leider nicht.«

»Ich weiß.« Sie legte ihm eine Hand aufs Knie. »Rückzug ins Private? So wie alle anderen?«

»Ist das die Lösung?«, fragte Armin zweifelnd.

»Ich weiß keine andere.«

»Siehst du, und genau das ist das Problem. Ich glaube an den Sozialismus. Aber ich darf beim Aufbau nicht mitmachen, nicht mitentscheiden. Alles, was ich darf, ist das Nachbeten der Parteislogans. Jetzt ist wieder ein Wettbewerb ausgeschrieben, wie jedes Jahr. Die Messe der Meister von Morgen. Ich habe zwei Schüler, die sehr interessiert an Physik sind. Sie haben aus alten Funkgeräten etwas gebaut, mit dem man telefonieren kann. Ich fand es großartig, aber unsere Direktorin war dagegen, es beim Wettbewerb zu präsentieren.«

»Warum das denn?«

»Sie hat gesagt: ›In unserem Land gibt es Telefone. Man braucht keine alten Funkgeräte, um miteinander zu reden.‹«

»Und was hast du geantwortet?«

»Dass es nicht ausreichende Telefonanschlüsse gibt. Dass wir schon beinahe acht Jahre darauf warten.«

»Und dann?«

»Dann hat sie mich angesehen. So, wie ich die Schüler ansehe, wenn ich sie beim Schwatzen erwische.«

»Hat sie was gesagt?«

»Dass sie nicht überrascht ist, so etwas von mir zu hören. Schließlich sei ja bekannt, dass ich Kontakte zum Klassenfeind habe.«

»Sie hat Hanka gemeint.«

»Ja, das hat sie. Ich habe sie darauf hingewiesen, dass ich seit Jahren kein Wort mit meiner Schwägerin gewechselt habe, doch das reicht anscheinend nicht. Und morgen muss ich den beiden Jungs mit ihren Funkgeräten klarmachen, dass sie nicht an der Messe der Meister von Morgen teilnehmen dürfen, weil es in der DDR bereits Telefone gibt.«

Annekathrin kaute nachdenklich an einem Nagelhäutchen. »Bist du eigentlich noch gern Lehrer?«

Armin seufzte. »Ich wollte nie etwas anderes werden. Das weißt du. Ich liebe meinen Beruf, aber manchmal habe ich ihn gründlich satt.«

Ihre Stirn legte sich in Falten. »Wärst du lieber etwas anderes?«

»Was denn?«

»Ich weiß nicht. Tischler vielleicht. Du arbeitest gern mit Holz.«

»Du denkst, ich kann so einfach aufhören und mir dann eine Arbeit in einer Tischlerei suchen?«

»Warum nicht?«

Armin schüttelte den Kopf. »Nein, Annekathrin. Ich bleibe Lehrer. Und ich werde meinen beiden Schülern eine Eins geben. Ich werde klug sein müssen, und ich werde mich weiter engagieren.«

»Und schlecht gelaunt sein?«

Er nahm ihre Hand. »Nein, das möchte ich nicht. Ihr könnt ja wirklich nichts dafür.«

Am Sonntag kamen Annekathrins Eltern zum Kaffee. Elli erzählte, dass es Eduard nicht gut gehe, er habe Schmerzen in Händen und Füßen. Die Ärzte hatten Rheuma festgestellt.

Als Annekathrin das hörte, stand sie sofort auf und suchte nach der Heizdecke, die sie im kalten Winter in Elenas Bett legten. »Nimm sie für Opa mit. Er kann sie bestimmt gut gebrauchen.«

Elli nahm sie nicht. »Lass mal, die braucht ihr selbst. Ich habe Hanka um eine Heizdecke gebeten. Eine, die sich nach einer Weile von selbst ausschaltet, so dass Opa unmöglich das Bett in Brand stecken kann. So etwas gibt es bei uns nicht. Und …« Elli hob den Finger. »Und ich werde sie mir persönlich bei Hanka abholen.«

»Wie bitte?«

»Rudi und ich fahren in den Westen. Offiziell zu Tante Betty. Sie wird fünfzig Jahre alt. Die Reise ist uns gestern genehmigt worden. Wir fahren nach Frankfurt am Main!«

»Aber das ist ja wunderbar!« Annekathrin umarmte ihre Mutter stürmisch. »Du wirst Hanka sehen! Du musst uns danach alles erzählen.«

»Na ja, ich bin ein wenig unsicher. Natürlich freue ich mich auf Hanka und Betty und Mareike. Meine Nichte habe ich noch nie gesehen. Aber wenn unsere Reise für euch Nachteile mitbringt, werden wir nicht fahren.«

Armin winkte ab. »Ich freue mich für euch. Fahrt nur, ihr habt lange genug darauf gewartet.«

Annekathrin hatte ihre Fotoserie fertig. Sie war zufrieden mit dem Resultat, aber sie wusste nicht, wie die Bilder ankommen würden. Sie hatte versucht, die Frauen so schön und so weiblich wie möglich darzustellen. Und sie hatte die Geschichte, die sie gesucht hatte, gefunden. In einem Text von Gisela Steineckert, in dem es um den weiblichen Arbeitsplatz ging.

Sie hatte nicht nur gezeigt, wie stark und kompetent die Frauen in den Fertigungshallen des Kirow-Werkes waren, sie hatte auch deren Weiblichkeit unterstrichen. Die zarteste von allen hatte sie neben die größte Maschine gestellt, die kräftigen Frauen mit den kleinsten Teilen fotografiert. Sie hatte Frauen gezeigt, die Kräne bedienten, aber auch die Frauen, die sie entwickelten. So wie Ilona. Sie hatte die Frauen beim Einkaufen in der Mittagspause abgebildet. Und nach der Arbeit. Wie sie auf ihren Fahrrädern nach Hause fuhren. Sie hatte sie zusammen lachen gesehen, aber sie hatte auch Tränen erlebt. Eine vollkommene Frau mit vielen Facetten hatte sie zeigen wollen, und es war ihr nicht schlecht gelungen.

Heute würde sie die Fotos präsentieren. Vor der Parteileitung des Werkes, vor der BGL, vor den Frauen.

Sie war aufgeregt, denn dieser Auftrag hatte auch mit ihr persönlich etwas zu tun. Mit ihr als Frau und der Rolle der Frauen in der Gesellschaft.

In der Kantine, die um diese Nachmittagsstunde leer war, hatte jemand vier Tische zusammengestellt. Auf jedem Platz stand eine Tasse, in der Mitte eine große Thermoskaffeekanne. Eine transportable Wandtafel stand neben dem Tisch. Annekathrin hängte die zwanzig Fotos aus, die ihr am besten gefielen.

Ilona kam als Erste. Sie rieb sich die Hände: »Na, jetzt bin ich ja mal gespannt.«

Sie trat an die Wandtafel, studierte jedes einzelne Foto. Dann trat sie zwei Schritte zurück, schaute aus der Entfernung.

»Und?«, wollte Annekathrin wissen.

Ilona drehte sich zu ihr um, Tränen in den Augen.

»Du hast uns verstanden«, sagte sie leise.

Annekathrin strahlte, umarmte Ilona kurz. »Das ist die schönste Anerkennung, die ich mir vorstellen kann.«

Horst Fischer von der Betriebsgewerkschaftsleitung kam herein, grüßte lärmend, goss sich erst einmal Kaffee ein und steckte zwei Kekse zugleich in den Mund.

»Na, dann wollen wir mal.« Er stellte sich vor die Wandtafel, kratzte sich am Kopf, sog Luft zwischen den Zähnen ein. »Warum sind denn nicht alle Bilder so heroisch wie das erste?«, fragte er.

»Na, weil unsere Arbeit nicht heroisch ist«, fuhr Ilona dazwischen. »Sie ist schwer, sie ist laut. Wir schwitzen und fluchen. So ist das.«

»Das weiß ich selbst, aber muss das auch so dargestellt werden?«

Schließlich kam der Parteisekretär. Er hatte eine Ingenieurin aus dem Konstruktionsbüro an seiner Seite und zwei Genossinnen aus der Produktion.

Annekathrin hielt die Luft an, als die kleine Delegation vor ihren Fotos stand.

»Nicht schlecht, nicht schlecht«, meinte der Genosse. »Was sagen denn die Frauen dazu?«

Die Genossin aus dem Konstruktionsbüro bemängelte, dass eine der technischen Zeichnerinnen eine Bluse unter ihrem Kittel trug, die erkennbar aus dem Westen war. Die beiden Frauen aus der Produktion aber konnten ihre Blicke gar nicht losreißen.

»Sie gefallen ihnen«, flüsterte Ilona. »Sie sind ebenso berührt, wie ich es bin.«

Doch da drehte sich die eine zu Annekathrin um. »Nichts gegen deine Bilder. Du hast das sicher künstlerisch gemacht und so weiter, aber das sind wir nicht.«

»Wirklich? Wieso nicht?«

»Ich hatte mir die Nelke vom 1. Mai an die Kombi gesteckt. Als roten Farbtupfer. Du hast schwarz-weiß fotografiert. Jetzt sieht die Nelke aus wie ein Dreckfleck.«

Annekathrin trat näher. »Ich sehe die Nelke. Ich sehe keinen Dreckfleck.«

Der BGLer guckte auch noch einmal. »So ein Quatsch, Ingrid. Du hast doch an allem was auszusetzen.«

Ingrid zuckte mit den Achseln. »Wenn euch meine Meinung nicht gefällt, kann ich auch gehen.«

»Nee, nee, bleib mal, was gefällt dir noch nicht?«, fragte der Parteisekretär.

»Es ist alles schwarz und weiß, aber unser Leben ist nicht so. Gut, in den Werkhallen herrscht viel Grau vor, aber sonst eben nicht.«

»Es sind nun mal Schwarz-Weiß-Fotos«, erklärte Ilona ungeduldig.

»Meinen Sie, dass es zu wenig Lachen und Freude auf den Fotos gibt?«, wagte sich Annekathrin vor.

»Ja, genau. Kein Lachen. Wir gucken alle wie Zwangsarbeiter.«

»Na, hör mal, Ingrid. Da lacht doch die Wilma mit der Gerda. Da, auf dem dritten Bild. Und die Beate mit der Petra und dem Karsten. Zweite Reihe links.«

»Ja, das sehe ich auch«, betonte Ingrid. »Aber ich kann das Lachen nicht hören.«

Der BGLer breitete die Arme aus. »Niemand kann das, Ingrid. Wir sind hier nicht im Fernsehen.«

Annekathrin hob die Hand. »Ich weiß, was Sie meinen. Soll ich neue Fotos machen?«

Ingrid wagte ein zögerliches Lächeln. »Vielleicht? Ich weiß nicht, was in so einem Fall zu tun ist.«

Annekathrin wandte sich an den BGLer und den Parteisekretär. »Was denken Sie, meine Herren?«

Der Parteisekretär winkte ab. »Was das alles wieder kostet!«

Der dicke Mann von der Betriebsgewerkschaftsleitung schüttelte ebenfalls den Kopf. »Das stört unsere Betriebsabläufe. Außerdem gefallen uns anderen die Fotos.«

»Ich würde Ihnen dafür keine Rechnung stellen«, bot Annekathrin an.

»Darum geht es nicht. In zwei Wochen ist der 8. März. Wir haben keine Zeit, und außerdem ist Ingrid die Einzige, der die Fotos nicht gefallen.«

»Mir gefallen sie ja, aber ...«

»Na bitte, Ingrid. Jetzt sagst du es selbst.« Der Parteisekretär nickte. »Frau Herold, wir danken Ihnen. Wenn Sie Ihr Honorar gleich haben wollen, können wir sofort zur Kassenstelle gehen.«

Annekathrin blickte zu Ingrid, hob bedauernd die Schultern. Und Ingrid lächelte sie an. Das war der innigste Augenblick, den sie im Kirow-Werk erlebt hatte. Und sie wünschte, davon gäbe es ein Bild.

Kapitel 34

1971

Hanka war so aufgeregt, dass sie von einem Bein auf das andere trat. Sie stand neben Betty und Mareike auf dem Gleis im Frankfurter Hauptbahnhof und wartete auf den Zug aus Leipzig, der in wenigen Minuten eintreffen sollte.

»Bist du aufgeregt?«, fragte Betty.

»Und wie! Ich habe meine Eltern seit einem Jahr nicht mehr gesehen.« Sie merkte nicht, dass ihr Tränen in die Augen traten, und als Elli und Rudi endlich da waren, spürte sie nicht, wie ihr in der Umarmung die Tränen auf Ellis Schulter tropften. Aber sie wusste, warum sie weinte. Nicht nur aus Freude, sondern auch aus Wehmut. Sie hatte ein Jahr lang niemanden gehabt, der sie in den Arm genommen hat. Niemanden, der gesagt hatte: Das schaffst du. Sie hatte nicht gedacht, dass sie ihre Eltern so vermissen würde. Schließlich war sie eine erwachsene Frau. Und doch hätte sie sich am liebsten mit dem Kopf in Ellis Schoß gelegt und sich von ihr den Rücken kraulen lassen.

»Geht's dir gut, meine Kleine?«, fragte Elli immer wieder, und jedes Mal antwortete Hanka: »Ja, Mama, es geht mir gut.«

Sie umarmte auch Rudi, der ihr auf die Schulter klopfte, sie musterte und sagte: »Du bist ja ganz schmal geworden. Isst du auch genug?«

Hanka lächelte unter Tränen. Das war ihr Vater. So kannte sie ihn. Und schon wieder spürte sie die Tränen in sich aufsteigen, aber sie wischte ihre Augen mit dem Handrücken blank. »Ich esse wie eine siebenköpfige Raupe«, sagte sie.

Dann fuhren sie mit der Straßenbahn ins Nordend. Elli und Rudi würden bei Betty schlafen. Mareike hatte ihr Zimmer geräumt und würde diese eine Woche bei Hanka bleiben.

Ihre Mutter stellte ihre Taschen ab, holte eine Flasche Krimsekt hervor. »Hier, die habe ich mitgebracht. Zum Anstoßen. Hab ich letzten Monat im Konsum erwischt.«

Betty runzelte ein wenig die Stirn und Hanka begriff, dass sie nicht wusste, welchen Sinn Ellis Rede hatte.

»Krimsekt gibt es nicht so einfach im Laden. Nur, wenn man großes Glück hat«, erklärte sie, und Betty nickte. Sie hatte am Nachmittag einen Teller mit Schnittchen vorbereitet. Lachsschinken, geräucherten Käse, Ölsardinen. Ganz alltägliche Dinge, die es im Osten nur selten gab. Und Elli bewunderte alles. Nicht nur die Schnittchen. Sie durchstreifte die Küche, nickte und sagte immer wieder: »Du hast es wunderschön hier, Betty.« Und im Wohnzimmer lobte sie die Vorhänge und den Fernseher und die Sessel und in Mareikes Zimmer das bequeme Bett und den farbenfrohen Teppich.

Dann saßen sie alle um den Wohnzimmertisch herum, und Hanka hatte Mühe, nicht immerzu nach der Hand ihrer Mutter zu greifen.

»Wie geht es Annekathrin? Und Elena? Was macht Armin?«, prasselte sie los.

»Alle lassen dich grüßen, und Annekathrin und Elena schicken dir viele Küsse. Elena hat ein Bild für dich gemalt, und

Annekathrin hat mir die letzten Ausgaben der ›Sibylle‹ für dich mitgegeben. Ich habe Fotos von allen dabei, und ich soll Fotos von euch allen machen.«

Sie redeten, aber Hanka spürte eine leichte Fremdheit, die sie zum Weinen bringen würde, wenn sie sich nicht zusammenriss. Die Schwestern Betty und Elli hatten sich seit über zehn Jahren nicht mehr gesehen, aber sie sprachen miteinander, als hätten sie sich erst gestern getrennt. Hanka fühlte sich ausgeschlossen, irgendwie verstoßen, und sie fand keinen Weg, das zu ändern. Schließlich mussten sich Mareike und sie auf den Weg nach Offenbach machen. Sie wollten nicht erst in der Dunkelheit mit der S-Bahn fahren. Es passierte so viel.

Hanka erhob sich. »Was habt ihr morgen vor?«, wollte sie wissen.

»Wir würden gern sehen, wie du wohnst. Andere Pläne haben wir nicht«, antwortete Elli. »Oder hast du etwas geplant?«

Hanka lächelte. »Ich habe eine Überraschung für euch. Ich hole euch morgen früh hier ab. Sagen wir, um neun?«

»Das passt prima.« Elli nickte, schaute zu ihrer Schwester.

»Macht nur, ich muss morgen noch arbeiten. Ab Montag habe ich dann aber drei Tage frei.«

Auf dem Heimweg sprach Hanka nicht viel, aber Mareike hatte einiges zu sagen. »Komisch, das sind meine Tante und mein Onkel. Ich habe sie mir ganz anders vorgestellt.«

»Wie denn?«

»Na ja, so wie man sich eben die Ossis vorstellt. Altmodisch, schlecht gekleidet und irgendwie wie Landeier.«

»Nein, das sind sie ganz und gar nicht.« Hanka dachte an das schwarze Kostüm ihrer Mutter, das mit einem weißen Band abgesetzt war. Die Jacke tailliert, der Rock ging bis zu den Knien. Sie fand, Elli habe besser ausgesehen als manche der Westfrauen in der Straßenbahn. Und Rudi trug eine graue Hose und dazu ein Jackett mit Karomuster. Wie aus dem Ei gepellt. Wie immer.

»Und was sie alles erzählt haben. Ich habe wirklich gestaunt«, fuhr Mareike fort.

»Was meinst du?«

»Sie kannten sich in der Politik aus. Sie haben über den Krieg in Vietnam gesprochen, über die RAF. Sie wussten besser Bescheid als ich. Und sie haben von Prag erzählt und von der Ostsee. Ich war noch nie außerhalb Deutschlands.«

Darauf wusste Hanka nichts zu erwidern. Sie verstand es nicht, aber das machte nichts. Jede Mark, die sie übrig hatte, sparte sie, um damit nach Paris fahren zu können. Sie arbeitete noch immer als Blumengießerin, nähte für alle Bekannten ihrer Zimmerwirtin und für Tante Bettys Kolleginnen, für Mareikes Freundinnen. Sie lernte, so fleißig sie nur konnte, aber die Zeit reichte nicht immer aus. Es gefiel ihr an der Hochschule, und doch fand sie ihr Leben anstrengend und schwierig.

Im letzten Monat hatte sie zwei Wochen Unterricht verpasst. Offiziell war sie krank gewesen, doch sie hatte einen Kollegen bei den Blumengießern vertreten. Das hatte ihr 200 Mark zusätzlich eingebracht. Und diese 200 Mark wollte sie mit ihren Eltern ausgeben.

Als sie endlich in Offenbach angekommen waren, gähnte Mareike herzhaft. »Ich bin müde, ich lege mich gleich schlafen.«

Hanka hatte von ihrer Wirtin ein Campingbett geborgt und es in ihrem Zimmer aufgestellt. Jetzt konnte man sich kaum noch darin drehen, aber das war ihr egal. Kurze Zeit später hörte sie an Mareikes gleichmäßigem Atem, dass ihre Cousine eingeschlafen war, und fünf Minuten später schloss auch Hanka die Augen.

Als sie am nächsten Morgen erwachte, war Mareike gerade dabei, sich fertig zu machen. Sie hatte zwar im letzten Jahr ihr Abitur bestanden, doch da sie nicht wusste, was sie studieren sollte, machte sie zunächst eine Ausbildung zur Krankenschwester.

Hanka überlegte, ob sie ihrer Cousine Pausenbrote schmieren sollte, aber Mareike hatte es eilig und sagte, sie würde sich unterwegs ein belegtes Brötchen kaufen.

Hanka wusch sich, zog sich an und stand pünktlich um 9 Uhr vor Bettys Wohnung.

Ihre Mutter öffnete und strahlte sie an. Dann zog sie Hanka an sich und hielt sie eine Minute lang ganz fest.

»Wie habt ihr geschlafen?«, wollte Hanka wissen.

»Gut«, erwiderte ihre Mutter.

Hanka hielt eine Tüte hoch. »Ich habe euch frische Brötchen mitgebracht.«

Sie frühstückten, und danach räumte Elli das Geschirr in die Küche, spülte die Teller und Tassen, während Hanka abtrocknete und Rudi in der »Frankfurter Rundschau« blätterte.

Danach führte Hanka ihre Eltern zum Eisernen Steg, einer Mainbrücke, unter der die Flussschiffe an- und ablegten.

»Ich habe drei Karten für uns gebucht«, erzählte sie stolz. »Wir fahren bis nach Rüdesheim, dort gehen wir in der Drosselgasse einen Kaffee trinken. Auf der Rückfahrt probieren wir einen Wein aus Rheinhessen und sind am Nachmittag wieder in der Stadt.«

Elli schluckte und streichelte Hanka die Wange. »Du sollst doch kein Geld ausgeben für uns«, sagte sie. »Du hast doch selbst nicht genug.«

»Ich habe gespart«, erwiderte Hanka.

Wenig später legte das Motorschiff *Johann Wolfgang von Goethe* ab. Die drei saßen auf dem Deck und betrachteten die Stadt, die an ihnen vorüberzog. Es waren nicht viele Leute an diesem Donnerstagvormittag unterwegs. Außer ihnen gab es noch zwei Rentnerpaare und eine junge Frau, die einen Jungen im Rollstuhl neben sich stehen hatte.

Hanka hatte drei Tassen Kaffee bestellt und dazu ein Wasser für ihre Mutter. Als der Kaffee vor ihnen stand, griff Elli nach Hankas Hand. »Jetzt sag mal ehrlich, meine Kleine, wie geht es dir?«

Hanka seufzte. Sie war die ganzen Monate über so tapfer gewesen. Sie war vor Erschöpfung am Schreibtisch eingeschlafen, hatte sich die Finger wund genäht, hatte das Essen vergessen. Sie hatte gekämpft wie noch nie zuvor in ihrem Leben.

»In Leipzig«, antwortete sie und wägte dabei jedes Wort ab. »In Leipzig war das Leben einfacher. Nicht nur, weil ihr da wart, sondern insgesamt. Hier muss ich jeden Tag aufs Neue kämpfen. Aber was ich bislang geschafft habe, macht mich doppelt stolz.«

Elli nickte. »Du siehst müde aus.«

»Ja, ich bin auch immer müde.«

»Wie können wir helfen?« Das hatte Elli schon immer gefragt. Hanka wusste nicht, wie oft sie diesen Satz schon gehört hatte. Aber jetzt brachte er sie zum Weinen.

»Gar nicht, Mama. Ihr seid so weit weg. Es ist, als wärt ihr gar nicht mehr da.«

Elli legte den Arm um Hankas Schulter, zog sie an sich. Rudi erhob sich, besorgte ein Glas Wasser.

Hanka beruhigte sich schnell wieder. Sie hatte noch ganze Seen an Tränen in sich, aber sie wollte ihren Eltern den Tag nicht verderben.

»Ist alles nicht so schlimm«, erklärte sie jetzt tapfer. »Ich habe einfach einen schlechten Tag. Und ich habe Sehnsucht nach Leipzig.«

»Ja«, seufzte Elli. »Es ist alles so schwer, seitdem es die beiden deutschen Staaten gibt. Und es ist auch nicht zu verstehen, warum nicht jeder selbst entscheiden kann, wie und wo er lebt. Es ist nicht richtig, dass Familien getrennt sind, Ehepaare, Geschwister. Aber so ist es nun mal, und wir können es nicht ändern.«

Rudi räusperte sich. »Bereust du es?«

Elli fuhr herum. »Rudi! Du hattest mir etwas versprochen.«

»Tut mir leid, Elli, aber Hanka hat auch uns verlassen.«

Hanka hob die Schultern. »Ich weiß es nicht. Hier ist vieles möglich, was in der DDR unmöglich war. Aber hier ist auch vieles schwerer als zu Hause. Euch aber wollte ich nie verlassen. Euch nicht mehr um mich zu haben, ist das Schwerste von allem.«

»Wenn du könntest, würdest du wieder zurückkommen?«, fragte Rudi, und Elli stieß ihn verärgert in die Seite.

Wieder hob Hanka die Schultern. »Es ist müßig, darüber nachzudenken. Ich bin hier. Es gibt kein Zurück.«

Rudi warf einen kurzen Blick auf seine Frau. »Ich habe mich erkundigt«, erklärte er. »Ich war beim Rat der Stadt in der Abteilung für Innere Angelegenheiten. Du wärst nicht die Erste. Du müsstest beweisen, dass es dir ernst ist mit dem Sozialismus. Es gab da einen Fall, da reiste ein Mann aus der DDR in den Westen, um hier der Kommunistischen Partei zu helfen. Er ging auch wieder zurück. Man hat ihm sofort einen guten Posten angeboten, denn er hat ja Klassenbewusstsein bewiesen.«

Hanka lachte. »Du meinst jetzt aber nicht, dass ich Mitglied der DKP werden soll, um in einem Jahr reumütig zurückzukehren? Nein, Vater, das mache ich nicht. Es gab so viel, das mir nicht gefallen hat. Denk nur an die Kunstgewerbeschule. Denk nur daran, wie sie mich dort behandelt haben. Es ist kein gerechtes Land. Es ist kein freies Land.«

Elli nickte. »Das dachte ich mir. Du wirst dich nicht ins Bockshorn jagen lassen und allen Schwierigkeiten die Stirn bieten. Das hast du immer getan.«

Sie fuhren an Hoechst vorbei und hielten Ausschau nach den Häusern am Ufer, dann ging es auf dem Rhein weiter bis nach Rüdesheim. Sie betrachteten die Landschaft, die Weinberge und die Fachwerkhäuser, an denen sie vorüberglitten.

In Rüdesheim stiegen sie aus, bewunderten die schmalen, malerischen Gassen. Sie setzten sich vor eines der berühmten Cafés in die Sonne und tranken jeder einen Rüdesheimer Kaffee, der aus schwarzem heißen Kaffee, Würfelzucker, Weinbrand und Schlagsahne mit Schokostreuseln bestand.

Rudi wollte bezahlen, aber Hanka bestand darauf, die Rechnung zu übernehmen.

Auf der Rückfahrt erzählte Hanka von ihrem Studium. »Es ist so anders als in Leipzig. Wir haben viel mehr Freiheiten. Viel mehr Material, wir können alles ausprobieren. Wir haben ungeahnte Möglichkeiten. Im nächsten Semester müssen wir ein Praktikum machen für drei Monate. Ich hatte mich bei den Städtischen Bühnen in Frankfurt beworben, die haben mich nicht genommen, aber stellt euch vor, ein kleines Theater – es heißt ›Katakombe‹ – gibt mir die Möglichkeit, ein ganzes Kostümbild für ein neues Stück zu entwerfen! Meine Kommilitonen beneiden mich darum, sogar die, die bei den Städtischen Bühnen untergekommen sind.« Sie hatte rote Wangen und blitzende Augen, als sie davon erzählte. »Und im vorletzten Semester machen wir ein Praktikum im Ausland. Natürlich wollen alle nach Paris, aber ich werde nach London gehen oder nach Schweden. In Skandinavien gibt es die besten Designer, in Paris und London die besten Modemacher.«

»Du klingst ja richtig begeistert«, stellte Elli lächelnd fest.

»Das bin ich auch. Das Studium ist schwer, aber es gefällt mir sehr. Endlich kann ich zeigen, was ich kann.«

Elli warf Rudi einen Blick zu, dann fragte sie: »War es das wert? Ich meine, die Jahre, die du auf deinen Ausreiseantrag gewartet hast, und all das, was damit zusammenhing?«

»Ja.« Hankas Antwort kam klar und eindeutig. »Es ging um meinen Traum. Und hier kann ich ihn erfüllen. Aber ich muss mich sehr anstrengen. Nur die Besten haben eine Chance. Es gibt auch welche, die letztendlich in irgendwelchen Änderungsschneidereien landen.«

Sie schaute auf den Lastkahn aus Holland, der, beladen mit Kohle, gerade an ihrem Ausflugsdampfer vorüberzog. Ein kleines Mädchen stand an der Reling und winkte, und Hanka winkte zurück.

»Und hast du schon jemanden kennengelernt?«, fragte Elli weiter. »Hast du einen Freund?«

Hanka lachte auf. »Wann denn? Ich habe kaum Zeit zum Schlafen. Nein, die Liebe muss erst einmal warten. Und nach der Sache mit Hartmut drängt es mich noch immer nicht, eine neue Liebe zu suchen. Ich warte einfach, bis sie mich findet. Aber jetzt erzählt mir von euch und von Annekathrin. Wie geht es ihr? Was macht die Fotografik? Ich meine, wir schreiben uns ja, aber ihr wisst, wie sie ist. Man muss ihr alles abringen, wenn es um sie geht.«

»Sie ist schwanger«, erwiderte Elli.

»Oh! Und … und wollte sie das so? Wann kommt das Baby?«

Elli zuckte mit den Schultern. »In einem halben Jahr. Sie ist erst Ende des dritten Monats. Armin und sie verstehen sich wieder besser. Vielleicht schweißt ein zweites Kind sie noch enger zusammen.«

»Du hast da Zweifel?«, wollte Hanka wissen.

»Ich weiß nicht. Man kann deine Schwester so schlecht durchdringen. Aber sie arbeitet jetzt regelmäßig für die ›Sibylle‹, und sie ist vorgeschlagen worden für den ›Kunstpreis des Freien Deutschen Gewerkschaftsbundes für die Arbeitswelt‹. Sie hat es erst letzte Woche erfahren.«

»Wofür bekommt sie den Preis?«

»Sie hat eine Fotoserie über die Frauen der Kirow-Werke gemacht. Eine Ausstellung zum Internationalen Frauentag hat stattgefunden. Sie war in der ›Leipziger Volkszeitung‹.« Elli lächelte stolz.

»Habt ihr die Ausstellung gesehen?« Wie gern sie selbst dort gewesen wäre! Sie hatte die Fotos ihrer Schwester schon immer bewundert. Ach, wie sehr ihr Annekathrin fehlte!

»Ja, wir waren da«, bestätigte Rudi.

»Und?«, drängte Hanka wissbegierig.

Ihr Vater lächelte. »Schön war es. Die Frauen standen vor ihren Bildern und freuten sich. Eine sagte: ›So hübsch bin ich in Wirklichkeit gar nicht.‹ Und eine andere war der Meinung, dass die Fotos die Arbeit im Werk exakt widerspiegelten. Der Vorsitzende des Rates der Stadt Leipzig, Abteilung Kultur, war auch anwesend. Er hat die Eröffnungsrede gehalten.«

»Oh, ich würde die Fotos so gern sehen.«

»Das dachten wir uns schon. Wir haben Abzüge gemacht und mitgebracht.« Wenigstens dieser kleine Trost blieb also. Hanka blinzelte ihre Eltern dankbar an.

»Und Elena?«, fragte sie weiter.

»Elena ist unser stolzes Schulkind. Sie hat bei der letzten Zeugnisausgabe ein Klassenleiterlob bekommen. Armin meint, da wäre noch Luft nach oben, aber sie ist ja erst acht Jahre alt. Und Armin hat im Sportverein Dynamo das Fußballtraining der Knaben übernommen. Ich glaube, das gefällt ihm gut.«

»Ist er immer noch nicht wieder Klassenlehrer?«, wollte Hanka wissen. »Er hatte sich doch darum bemüht, schrieb Annekathrin.«

»Sie haben ihn zum stellvertretenden Direktor ernannt. In dieser Position kann er keine Klasse übernehmen.«

Hanka lachte auf. »Auch eine Methode.«

Die Skyline Frankfurts tauchte vor ihnen auf. Eine halbe Stunde später verließen sie das Schiff und bummelten über den Römer.

Die restlichen Tage verbrachten sie gemeinsam. Hanka führte ihren Eltern die Hochschule vor, ging mit ihnen in den Botanischen Garten, unternahm eine Stadtrundfahrt. Sie feierten Bettys Geburtstag in einem Apfelweinlokal, und am Morgen des letzten Tages stand Hanka in ihrem Zimmer und überlegte. Sie hatte ein Holzkästchen in der Hand, in dem ihr gespartes Geld lag. 300 Mark waren es inzwischen. Ihr Erspartes für Paris. Sie strich mit dem Daumen über die Scheine, dann nahm sie 200 Mark aus dem Kistchen und steckte sie in ihr Portemonnaie.

Sie war mit ihren Eltern um 11 Uhr an der Hauptwache verabredet. Als sie dort ankam, blickte Elli sie traurig an. »Ich kann gar nicht verstehen, wie schnell die Zeit hier verflogen ist. Heute Abend sitzen wir schon wieder im Zug.« Elli strich Hanka über den Arm.

»Aber vorher gehen wir noch einkaufen«, bestimmte Hanka. »Ich will euch etwas für Annekathrins Baby mitgeben, und du musst mir dabei helfen.«

Nichts tat Elli lieber, und doch hielt sie Hanka am Arm fest. »Behalt dein Geld, du wirst es brauchen.«

Hanka aber lachte. »Geld kann ich immer verdienen, aber Annekathrin bekommt nicht so häufig ein Baby.«

Bei C&A kauften sie Windeln, winzige Söckchen, Unterhemdchen, zwei Schlafsäckchen, vier Strampler und eine Kuscheldecke. In einer großen Drogerie erstanden sie eine himmelblaue Tasche mit Puder, Penatencreme, Babyschaum und andere Kosmetikartikel für Säuglinge. Hanka schleppte zwei Taschen, aber noch immer hatte sie etwas Geld übrig. Sie ließ sich nicht davon abbringen, auch dieses Geld noch auszugeben. Sie kaufte für Elena einen Pullover und Strumpfhosen, für Annekathrin Schokolade, Kaffee, Strümpfe, für Armin Gummibärchen und Lakritze und für Opa Eduard Haftcreme für sein Gebiss und ein Buch über die berühmtesten Schachpartien der Welt.

Danach saßen sie im Café Hauptwache zusammen. Elli griff nach ihrer Hand. Den ganzen Tag über hatte sie Hanka immer wieder berührt, hatte ihr die Hand auf die Schulter gelegt, ihren Rücken gestreichelt. »Es fällt mir so unheimlich schwer, dich wieder zu verlassen«, sagte sie leise.

»Du musst dir keine Sorgen um mich machen, Mama. Ich habe mich eingelebt.«

»Ich weiß. Und ich danke dir herzlich für deine Großzügigkeit.«

Sie drückte ihre Tochter fest an sich.

»Dafür musst du mir nicht danken. Das habe ich gern gemacht. Es ist nicht mehr viel, was ich für die Familie tun kann. Aber ich hoffe, ihr seht darin meine Liebe.«

Drei Stunden später standen sie auf dem Bahnhof. Der Zug nach Leipzig rollte ein. Hanka stieg mit ihren Eltern ein, suchte nach ihren Plätzen, reichte ihnen ein Proviantpaket und Getränke: für Rudi ein Bier und für ihre Mutter eine Flasche mit Orangensaft, dazu belegte Brötchen und zwei Schokoriegel. Dann stieg sie so rasch aus, dass sich ihre Eltern nicht richtig von ihr verabschieden konnten, doch sie wollte nicht, dass

Elli und Rudi sie weinen sahen. Erst als der Zug aus der Halle fuhr, ließ sie den Tränen freien Lauf, und Mareike legte einen Arm um ihre Schulter.

Kapitel 35

1971

Zwei Wochen später saß Hanka bei ihrer Tante Betty und wartete auf Annekathrins Anruf. Sie hatten sich brieflich dazu verabredet, und da Hanka keinen eigenen Anschluss hatte, war sie zu ihrer Tante gefahren.

Schon seit Tagen überlegte sie, was sie Annekathrin alles erzählen wollte. Sie hatte ihr zwei Umstandsblusen und eine Umstandshose geschneidert und sie gestern nach Leipzig geschickt. Sie würde so gern miterleben, wie Annekathrins Bauch wuchs. Bei Elena damals hatte Annekathrin manchmal ihre Hand genommen und auf ihren Bauch gelegt, und Hanka hatte das Baby gefühlt. Wenn sie daran dachte, bekam sie beinahe selbst Lust, ein Baby zu bekommen. Sollte sie Annekathrin auch von dem jungen Mann erzählen, den sie am Tag der Abreise ihrer Eltern kennengelernt hatte?

Sie war tränenüberströmt am Hauptbahnhof in die S-Bahn nach Offenbach eingestiegen und hatte sich blicklos auf einen Sitzplatz fallen lassen. Dann hatte sie ihre Hände vor das Gesicht geschlagen und geschluchzt. Plötzlich hielt sie ein Papiertaschentuch in den Händen und sah auf. Ihr gegenüber saß ein junger Mann und lächelte sie an. »Der Zug nach Leipzig?«, fragte er, und Hanka nickte. »Woher wissen Sie das?«

»Ich habe Sie auf dem Bahnsteig gesehen.«

»Ich habe meine Eltern zum Zug gebracht«, erklärte sie.

»Ich auch. Und mir ist ebenso zum Weinen wie Ihnen.«

»Sie … Sie kommen auch aus dem Osten?«

»Ja, aus Altenburg.«

Hanka lächelte. Und mit einem Mal versiegten ihre Tränen. Sie fühlte sich verstanden und wagte sogar ein zögerliches Lächeln. »Bei mir war es das erste Mal.«

»Bei mir das dritte Mal, aber man gewöhnt sich nicht daran.«

Sie stiegen in Offenbach aus, dann fragte der Mann, der sich als Joachim vorgestellt hatte: »Darf ich Sie zu einem Glas Wein einladen? Ich möchte jetzt einfach nicht allein sein.«

»Das geht mir ebenso«, erwiderte Hanka, und wenig später saßen sie in der Weinstube am Marktplatz.

»Warum bist du rüber?«, wollte Hanka, wissen und merkte gar nicht, dass sie zum Du übergegangen war.

»Ich wollte Medizin studieren wie mein Vater und mein Großvater. Aber ich habe keinen Studienplatz bekommen. Obwohl ich ein gutes Abitur gemacht habe, hat man mir Arbeiterkinder mit schlechteren Noten vorgezogen. Also habe ich einen Antrag gestellt und bin vor zwei Jahren rüber. Jetzt bin ich im dritten Semester an der Goethe-Uni. Und du? Was war es bei dir?«

»Auch mein Lebenstraum«, erzählte Hanka und trank einen Schluck von ihrem Wein. »Ausschluss von der Kunstgewerbeschule, Ausreiseantrag, Studium an der Hochschule für Gestaltung hier in Offenbach.«

»Und? Wie gefällt es dir hier?«

Sie zuckte mit den Schultern. »Das kann ich gar nicht so

recht sagen, und heute schon gar nicht. Ich sehne mich nach meiner Familie.«

»Das geht mir ebenso.«

Am nächsten Tag hatten sie sich wieder getroffen und am übernächsten und überübernächsten auch, und an diesem Abend küssten sie sich zum ersten Mal. Hanka war erstaunt über das, was sie fühlte. Nein, es war kein loderndes Feuer wie bei Hartmut, kein winziges Flämmchen wie bei Guido, es fühlte sich einfach gut und absolut richtig an.

Das Telefon klingelte. Tante Betty nahm ab, sprach einige Worte, übergab den Hörer an Hanka.

»Annekathrin, bist du da?«

»Ja, bin ich. Oh, ich danke dir viele tausendmal für die schönen Sachen für uns alle.«

»Du brauchst dich nicht zu bedanken. Schreib mir lieber, was du noch gebrauchen könntest. Eine meiner Mitstudentinnen hat einen kleinen Jungen. Sie gibt mir die Sachen ihres Kleinen.«

»Ich will nicht, dass du noch mehr Arbeit hast, Hanka. Mama hat erzählt, wie viel du zu tun hast.«

»Lass mich, bitte. Es ist die einzige Art, euch zu zeigen, wie sehr ich euch liebe.«

Dann sprach Annekathrin über ihre Arbeit, über Elena, Armin und Opa Eduard. Und Hanka hörte zu. Sie erinnerte sich an ihr letztes Weihnachtsfest, das sie allein verbracht hatte. Ihre Wirtin war zu ihrer Schwester nach Dortmund gefahren, hatte aber für Hanka noch einen Teller mit selbst gebackenen Plätzchen hingestellt. Und Hanka war rausgegangen, hatte es nicht allein ausgehalten, hatte sich vorgestellt, wie ihre Familie zusammen unter dem Weihnachtsbaum saß. Sie wäre gern zu Tante Betty und Mareike gegangen, aber die beiden waren in den Skiurlaub gefahren. »Ich kann Weihnachten nicht ausstehen«, hatte ihr Tante Betty kurz davor eingestanden. »Weihnachten zu zweit? Das fühlt sich recht einsam an. Deshalb fahren wir lieber weg.«

Und Hanka war in die Kirche gegangen, obwohl sie weder getauft noch konfirmiert war. Sie hatte sich die Predigt angehört, die Weihnachtsgeschichte und hatte sich beim Vaterunser für einen Augenblick zugehörig gefühlt. Und dann war sie noch vor dem Schlusssegen gegangen, hatte zu Hause die Weihnachtsplätzchen gegessen und das Paket aus Leipzig ausgepackt. Sie hatte in den Büchern darin geblättert, hatte die Fotos bestaunt und sich gewünscht, sie wäre dabei gewesen.

»Ich habe jemanden kennengelernt«, berichtete sie jetzt ihrer Schwester. Und dann erzählte sie von Joachim, und Annekathrin lachte. »Ich freue mich so für dich.«

Und dann kam die Frage, die Hanka schon ihren Eltern hatte beantworten müssen. »War es das alles wert? Bist du jetzt da, wo du sein wolltest?«, fragte Annekathrin und senkte dabei ihre Stimme.

»Ja«, erwiderte Hanka aus vollster Überzeugung. »Jetzt bin ich dort, wo ich sein möchte. Jetzt bin ich sogar dort, wo ich von einer wundervollen Zukunft träumen kann. Und du? Bist du dort, wo du immer sein wolltest?«

Sie schluckte, wartete auf Annekathrins Antwort, und als diese sagte: »Ja, das bin ich«, da wusste sie, dass sie nicht alles, aber sehr viel richtig gemacht hatten, die Schwestern Salomon.

Deike Wichmann
Die Unbeirrbaren
Bonn 1949: Die Frauen des Grundgesetzes kämpfen
um Gleichberechtigung
Roman
335 Seiten. Klappenbroschur
ISBN 978-3-7466-3955-0
Auch als E-Book lieferbar

Die Stimme der Frauen

Bonn, 1948: Ilsa arbeitet als Sekretärin für den Parlamentarischen Rat.
Dabei lernt sie Elisabeth Selbert kennen, eine der vier Frauen, die an der
Ausarbeitung des Grundgesetzes beteiligt sind. Schnell wird sie ihre
Freundin und Mentorin, Ilsa bewundert ihre modernen Ansichten und
ihr Selbstbewusstsein. Mit ihr kämpft sie dafür, die Gleichberechtigung
im Gesetzestext zu verankern. Doch dann holt Ilsa ihre Vergangenheit
ein, und sie verliebt sich in einen Mann, der nicht zu ihrem neuen Leben
zu passen scheint.

Eine Sternstunde des Feminismus: über die Frauen, die die Gleichberechtigung ins Grundgesetz brachten, verwoben in einer mitreißenden
und emotionalen Geschichte

Regelmäßige Informationen erhalten Sie über unseren Newsletter.
Jetzt anmelden unter: www.aufbau-verlage.de/newsletter

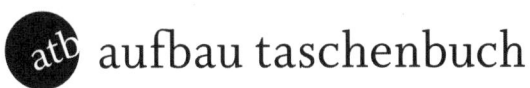

aufbau taschenbuch

Ines Thorn
Der Horizont der Freiheit
Roman
392 Seiten. Broschur
ISBN 978-3-7466-3857-7
Auch als E-Book lieferbar

Eine Frau in den Wirren der Revolution

Frankfurt 1848. Die Stadt ist in heller Aufregung. Die Nationalversammlung tagt in der Paulskirche. Auch der Verleger Joseph Rütten wird von dieser Aufbruchsstimmung angesteckt. Mit seinem Geschäftspartner Zacharias Löwenthal möchte er all die wesentlichen Texte drucken, um die Revolution zu befördern – allen voran den Roman »Wally, die Zweiflerin« von Karl Gutzkow. Doch seinen Verlag plagen nicht nur Probleme mit der Zensur, sondern zudem große Geldsorgen. Und er ist verliebt – in Wilhelmine Pfaff, die Witwe eines Druckers. Die revolutionäre Atmosphäre in der Stadt droht umzuschlagen. Zwei Delegierte werden ermordet – und bald hat die Obrigkeit eine Verdächtige gefunden: Henriette Zobel, eine Freiheitskämpferin und Wilhelmines beste Freundin.

Regelmäßige Informationen erhalten Sie über unseren Newsletter.
Jetzt anmelden unter: www.aufbau-verlage.de/newsletter

aufbau taschenbuch